U0716658

烟波江南

著

将军家的小娘子

上

浙江出版联合集团

浙江文艺出版社

将军家的小娘子 上 / CONTENTS / 目录

将军家的小娘子。上 / CONTENTS / 目录

第一章
因祸得福

沈锦绣完最后一针，小心地剪断了绣线，仔细检查一番后，脸上才露出了几许笑意。

一直守在旁边的丫鬟笑道："姑娘绣得真好，王妃定会喜欢的。"

沈锦抿唇一笑，没把丫鬟的话当回事，如果她这样的算好，那王府里的绣娘绣出来的算什么？

倒是陈侧妃听见丫鬟的声音掀开帘子走了进来，说道："可绣好了？让我瞧瞧。"

"母亲，"沈锦闻言让开了位置，有些不安地问道，"也不知道母妃会不会喜欢。"

"傻丫头，"陈侧妃看了屋中一眼，让伺候的人都下去，就留了贴身的李妈妈，才拉着女儿的手说道，"王妃出身赵家，又嫁给了瑞王爷，什么样的好东西没见过？你就算绣得再精致又能如何？"

沈锦咬了下唇，一下子就明白了母亲的意思，送王妃不过是送个心意。陈侧妃叹了口气："都怪母亲不争气，若是……你也不用小小年纪就学这些。"

"母亲，"沈锦偎进陈侧妃的怀里，娇声说道，"女儿不小了。"

陈侧妃笑着点了点沈锦的头："好了，去外面看看那些花草，王妃今日让人送了两盆芍药，颜色漂亮得很。"

"好。"沈锦年纪小，正是爱玩的时候，闻言就笑盈盈地从陈侧妃怀里起来，说道，"那我一会儿能去花园转转吗？"

"去吧。"陈侧妃自己并不爱出院子，倒是不拘着女儿。

沈锦这才叫上丫鬟到外面看花去了。等沈锦离开，陈侧妃脸上的笑容消失了，她看着女儿绣的帕子，缓缓叹了一口气，这才把刚才未说完的话说完："都怪我不争气不得王爷喜欢，才使得锦娘小小年纪就要想办法去讨好别人，许氏……算了。"

　　瑞王身为当今圣上唯一的同胞弟弟,王府建得又大又漂亮。沈锦最喜欢的是建在湖中央的小凉亭,特别是到了每年的六月,池子里的荷花盛开,格外可爱。

　　不过今日有些不巧,亭子里已经有人了,正是王妃的嫡女——长姐沈琦,沈锦一时有些犹豫,不知该不该上前问候,倒是沈琦身边的大丫鬟主动过来,邀了沈锦进去。

　　"来了怎么也不过来?"沈琦招了招手,叫沈锦坐到身边,亲手拿了块山药红豆糕放到她的手里才问道。

　　沈锦剥开外面那一层糯米纸,笑着说道:"我不知道大姐在做什么,怕扰了大姐的兴致。"

　　沈琦闻言一笑,她是家中的老大,下面有四个妹妹,就这个三妹妹脾气最是温和,就像是她原来养过的小白兔一样,不仅软绵绵的,胆子还小得很。

　　王妃小厨房做的糕点味道极好,山药红豆糕还带着点奶香味,丝毫不腻。沈锦一小口一小口地吃得开心,眼睛都眯弯了起来。沈琦见了觉得那些烦心事都没了,等她吃完,又拿了一块给她。

　　沈锦甜甜地一笑:"谢谢大姐。"

　　沈琦捏了下沈锦的脸。

　　"原来是大姐和三妹妹在说悄悄话呢。"沈梓老远看见了沈琦和沈锦,就带着妹妹沈静过来。沈梓一身大红的散花长裙,头戴纯金凤簪,那簪上镶嵌着耀眼的红宝石,明明是华艳的打扮却不显得庸俗,反而衬着她多了几分夺目的美。

　　而走在沈梓右后侧的沈静头戴明珠步摇,一身碧色长裙,虽没有沈梓那样耀眼,却多了几分娇俏。

　　见到两人,沈锦赶紧放下吃了一半的糕点站起身,先叫道:"二姐姐、四妹妹。"

　　和沈梓、沈静比起来,沈锦清秀的容貌就不够看了,但她随了生母,皮肤又白又嫩的,尤其是长了一双圆溜溜的杏眼,水润润的格外清澈,像是要把人的心都看软了。乍一看不如其他姐妹,可看久了,越发顺眼漂亮,招人疼。

　　几个人相互打了招呼后才坐了下来,沈琦吩咐丫鬟给两人端茶后,说道:"厨房新做了几样点心,你们也尝尝。"只是说了这么一句,也没有像对沈锦那样亲手拿了给她们吃。

　　"谢谢大姐姐。"沈静先拿了一块花形的糕点,笑道,"还是母妃那儿的人手巧,这糕点做得真好看,让人都舍不得下嘴了。"

　　沈锦只当没听出沈静话里的意思,拿过刚刚吃了一半的糕继续坐在一边慢慢地啃着,偶尔还捏点碎渣子去喂湖里的鱼,她觉得看着一群鱼争抢食物特别有意思,就像家里的姐姐妹妹们。

　　沈梓端着茶喝了一口,猛地瞧见戴在沈琦腕上的那个珊瑚串子,便抬头往沈琦耳上看去,果然是配套的珊瑚耳环。当初她听说宫中赏了一套红珊瑚首饰来,就撒娇想管瑞王要过,可是瑞王并没同意,却不想今天在沈琦身上看到。

　　沈梓的眼神太过专注,别说是一直小心翼翼注意着周遭的沈锦了,就连对这两个庶妹不是很放在心上的沈琦都注意到了,眼神不禁往手腕上一扫,心下明了,放下手中的团扇,直接取下那串子,拉过沈锦软绵绵的手,一圈一圈地帮她缠上:"我瞧着你身上的颜色素了些,这串子就送给你玩吧。"

　　沈锦心中暗自叫苦,她都躲到一边喂鱼了,怎么还能牵扯到她呢?可是此时也不好多说什么,只是举着手腕晃了晃,那红色的珊瑚珠子戴在她手上别提多漂亮了。她欢快地说道:"谢谢大姐了,我一瞧见就喜欢得很呢。"反正这串子归了她,已经把沈梓得罪了,总不好再把沈琦也得罪。

　　"三妹妹还真识货,这东西在宫中都是难得的珍品。"沈梓紧紧捏着手中的帕子,明明气急了,脸上偏偏带着笑容,"你可要仔细收好,莫丢了才是,怕是侧妃也没见过成色这般好的。"

　　这话酸的,沈锦都觉得牙疼。

　　沈琦笑道:"我们这样的人家,要什么东西没有?这东西也就颜色还不错,若丢了我给三妹妹找更好的就是了。"言下之意倒是讽刺沈梓眼皮子浅。

　　沈梓脸色一变,忽然笑道:"大姐教训得是,不过我听说母妃正在为姐姐说亲事,这东西莫不是母妃专门准备让……"

　　沈锦瞪圆了眼睛,她怎么不知道这事……等等……这可不是她们姑娘家能说的事情,被王妃知道了可是要重罚的。

　　果然,沈琦皱眉,沈静也发现不好,赶紧拉了拉沈梓的衣袖,沈梓毫不在意,接着说道:"这是让姐姐戴着喜气的?"

　　"来人!"沈琦面色平静地说道,"把二妹妹身边的婆子丫鬟都给我绑了。"说完就站起了身。

沈锦只觉得今天霉运当头，没事出来这一趟做什么，怕是又要给母亲惹祸了。

"大姐你要干什么？"沈梓气得站起身来，今天要是被沈琦绑了身边的人，怕是明天她就要成为府里的笑话了。

沈静赶紧说道："大姐，二姐她只是开玩笑，让二姐给你赔个不是，这事就算了吧。"

沈琦看都没看她们，扶着丫鬟的手边往外走去边说道："二妹妹还是和我去一趟母亲那里。"然后看了一眼沈锦，见沈锦眼睛圆圆的，就像是受了惊吓的小动物，心里不禁软了软，放柔了声音说道："三妹妹和四妹妹就先回去吧。"

沈锦当即说道："是。"转身正要往外走，又停下了脚步，回头说道："那大姐、二姐、四妹妹，我先走了。"等沈琦点头，她才带着丫鬟离开。

沈静想了一下，决定先回去找母亲来救场，暗暗给沈梓使了个眼色后也离开了。

沈锦其实心里悔得要命，直接到正屋去找陈侧妃，顾不得屋中有丫鬟，就钻进了母亲的怀里，紧紧搂着她的腰，闻着母亲身上淡淡的香味，才松了一口气，她觉得这事情还是要先给母亲提个醒。陈侧妃轻轻抚着她的后背，吩咐婆子道："李妈妈，去兑杯蜜水来。"

"母亲，我刚刚在……"沈锦低声把事情说了一遍，然后把手上的串子撸下来放到了陈侧妃的手里，问道，"怎么办？"

陈侧妃心中也暗恨，大姑娘和二姑娘斗法，偏偏把自己的女儿牵扯进去，恐怕明日去书房，女儿又要受委屈了。二姑娘也是个不长记性的，许侧妃再受宠，这后院当家做主的也是王妃。

不过此时却不好再吓女儿。她说道："不要怕，今天的事情和你没什么关系，这珠串既然是大姑娘赠的，你就戴着好了，我还没见过颜色这么漂亮的珊瑚串子，正好配你新做的那条鹅黄裙子。"

沈锦刚想再说几句，就见李妈妈从外面进来，她的眼中露出了几分担忧，只听她说道："夫人，王妃派人请三姑娘过去，说是有几句话要问。"

"母亲……"沈锦咬着粉嫩嫩的唇。

陈侧妃拍了拍她的手："别慌，王妃问什么话，你照实说就是了。"想了一下还是不放心，起身牵着女儿的手，"我陪你一起去。"

陈侧妃带着沈锦过去的时候才发现,不仅瑞王妃在,就连瑞王都端坐在屋中,而沈梓正趴在许侧妃怀里哭,沈静站在一旁默默地垂泪。

沈琦就坐在瑞王妃身边,见到陈侧妃和沈锦跟她们微微点了下头,而瑞王看见陈侧妃则皱了下眉头。陈侧妃带着沈锦问安后,瑞王妃就开口道:"陈氏和三丫头先坐下,翠喜上茶。"

瑞王也没吭声,他虽然宠爱许侧妃,可是后院的事情很少管,都交给瑞王妃处理,而瑞王妃也从来没让他失望过。

沈锦低着头坐在陈侧妃身边,她虽然也是瑞王的女儿,可是真正能见到瑞王的时候很少,更多的是从二姐沈梓的口中听说今天父王送了什么,明天父王又赏了什么,从最开始的嫉妒到后来转念一想:哦,原来父王又去散财了。

瑞王妃的声音很温和,问道:"三丫头,王爷和我叫你来,是问你点事情的。"

"是,母妃。"沈锦这才抬起头,看向瑞王妃。

瑞王妃问道:"把今天在花园的事情说一遍吧。"

"是。"墙头草从来没有好下场的。沈锦微微垂眸,老老实实地把事情说了一遍,并没有添油加醋。可是说话也是有技巧的,她把有些话的顺序稍微变动了下,悄悄往王妃那边偏了偏。

沈锦有些担心地看着哭得梨花带雨的沈梓,接着说道:"后来我就先回去了。"

瑞王从一开始就猜到,事情怕是沈梓看见沈琦戴那套珊瑚首饰引起的。当初沈梓要,他没给并不是因为舍不得,而是刚赏赐下来时瑞王妃就打过招呼说是准备留给沈琦的,沈琦已经到了该出门的年纪。

瑞王虽然疼沈梓,可是说到底沈琦才是府中的嫡长女,自然应该事事以她为先。不过他也让人去南边采买东西的时候,特意吩咐多买一些沈梓喜欢的。

一面是端庄的正妃,一面是温柔漂亮的许侧妃,瑞王心知这事情真的追究起来必定是沈梓的错,可到底是自己疼了许久的女儿,他直接皱眉说道:"陈氏,你是怎么教育女儿的?"

这简直是无妄之灾!陈侧妃没有辩解,跪了下来。沈锦眼中含泪,赶紧跪在了陈侧妃的身边。

瑞王妃给想要说话的女儿使了个眼色,沈琦抿了抿唇到底没有吭声。沈锦强忍着泪,开口说道:"都是女儿的错。"

瑞王咳嗽了一声,看向瑞王妃道:"王妃,你看呢?"

瑞王妃瞋了瑞王一眼,柔声道:"陈氏和三丫头起来吧,都是自家姐妹的小事,谈不上谁对谁错。"

陈侧妃这才开口应道:"是。"她觉得当初还不如生下女儿后就直接病死,也好把女儿送到王妃身边养着,明明同样是庶女,凭什么光作践她们娘俩?

许侧妃此时开口道:"陈妹妹,你别嫌姐姐啰唆多说几句,三姑娘明明是做妹妹的,瞧见两个姐姐拌嘴也不知道劝上一劝,而且都是王爷的女儿,怎么见了东西就想往自己身上扒拉,幸好是在自己家里;若是在外面,丢的可是王爷的脸面。"说着幽幽叹了口气,"梓儿也是看不惯才多说了两句,这丫头自幼是个嘴拙不会说话还爱操心的,她只是太重视这个姐姐了。"

这话把所有责任都推到了沈锦身上。

陈侧妃脸色变了变,再多的委屈她都愿意受,可是委屈她女儿却不行,不过还没等她开口,沈锦就主动站了出来。许侧妃眼神一闪,只要沈锦今天敢顶撞她一句话,她就能死死地把屎盆子扣到沈锦头上。

沈锦根本没有理许侧妃,反而对着沈琦说道:"今天这事儿都是我的错,大姐也是因为疼我才把这串子给我的,谁知道竟然闹出这么多事情。大姐,这串子归我了,是不是我能做主?"

沈琦看着眼里含泪的三妹妹,点了下头,说道:"这事怪不得你,是我瞧着三妹妹你可爱,才想送你的。现在是你的了,自然由你做主。"

沈锦对着沈琦一笑,脸上露出小小的酒窝,却让人觉得心酸得想要落泪。

沈锦把手腕上的珊瑚串子撸了下来,白嫩的手指在上面摸了一下,才看向许侧妃和她身边的沈梓,说道:"二姐姐不要再哭了,我不知道二姐姐这么喜欢这串子,我把串子送给二姐姐就了。父王、母妃平日里最心疼我们几个姐妹了,你这样,他们看了也会心疼的。"

瑞王明显愣了一下,他刚以为自己这个三女儿要落泪,可偏偏忍了回去。

瑞王妃也在一旁叹了口气,轻声喃道:"这个傻丫头。"这声音别人听不见,可是坐在她身边的瑞王听得一清二楚。

沈静心中已觉不好,赶紧说道:"三姐不要误会,二姐并非因为这串子。"

"嗯,那就好。"沈锦没有反驳,反而向前几步,直接把串子塞到沈梓的手里,"就当妹妹送给姐姐的。"

因为沈锦刚刚那句话,沈梓也不好再哭了,再哭好像是她故意让瑞王心疼似的,可是紧接着就被塞了一串手串。这样一来就像是她确确实实因为这串子才哭,而串子到手里就不哭了。沈梓猛地想到这个可能,又看见瑞王果然脸色不好看,猛地松开手说道:"我不要。"

艳红色的珊瑚珠子吧嗒掉在了地上,沈锦的身子颤了颤,又马上蹲了下来。她年纪小身子骨没长开,蹲下的时候小小的一团,格外惹人怜爱。就见她伸手捡起那串珊瑚珠子,偷偷用袖子擦了擦脸,像是要隐藏什么似的,可是瑞王和瑞王妃坐的位置本身就高,将她的小动作看得一清二楚。

沈梓赶紧站起来说道:"我不是故意的,刚才……刚才只是太惊讶失手了。"这也勉强算是个解释。

"嗯。"沈锦站了起来,擦干净了那串珊瑚珠子,重新递给了沈梓,"给二姐。"

沈梓看向母亲,却不知许侧妃心里暗恨,没看出来陈氏那个闷葫芦竟然养出这么一个奸猾的女儿!她一时没把她们放在心上,今天才吃了这个大亏,只得说道:"还不谢谢三姑娘。"

"谢谢三妹妹。"沈梓咬牙接过。

沈锦摇了摇头,重新回到陈侧妃的身边,低着头不再说话。

"好了,都退下吧。"瑞王开口道。

许侧妃先带着两个女儿行礼后离开,陈侧妃带着沈锦走在许侧妃的后面,到了正院门口,许侧妃似笑非笑地说道:"我以往倒是小瞧了陈妹妹。"说完扭头就走。

此时的沈锦哪里还有刚才的镇定,不仅脸色刷白,连小手都是冰凉的,陈侧妃拉着女儿的手,心疼地嗔道:"你这孩子……"

等人都走了,瑞王妃才看向女儿说道:"今日罚你抄三遍《女诫》。"

"是。"沈琦立马应了下来。

沈琦给瑞王和瑞王妃行礼后就退了下去,瑞王妃看着瑞王说道:"王爷今日处事有失公正了。"

瑞王心中也有悔意，却不好意思承认，倒是瑞王妃说了一句后就不再提："许氏把二丫头教得太小家子气了，还不如三丫头懂事。"

"不如王妃把她带到身边？"瑞王也觉得如此。许氏的出身低了些。

瑞王妃叹了口气："我最近要忙琦儿的事情，哪里有时间？再说带了二丫头，四丫头和五丫头我是带还是不带？"

"不如把皓哥送到王妃身边？"瑞王又想到许氏生的小儿子，如果小儿子被教毁了，那他才后悔呢。

瑞王妃自己就有两个儿子，怎么也不可能揽这个麻烦，不过这话却不能明说，只是开口道："我的好王爷，你就让我歇歇吧，皓哥才那么点大，正是离不开母亲的时候，等再大些就接到前院了，到时候有王爷和师傅亲自教导，差不到哪里的。"

瑞王一想也是这个理，就不再说什么了。

瑞王妃说道："这几日我从宫中请几个嬷嬷来，到时候教教几个姑娘就是了。"

见瑞王点头，瑞王妃微微垂眸，又道："其实三丫头、四丫头，就连最小的五丫头都是好孩子，只是这二丫头……王爷我知道你喜欢许氏，可是说到底三丫头也是你的女儿，可不好再这样了。三丫头这般懂事，还处处受着委屈。"

瑞王有些尴尬地咳了几声，瑞王妃接着说道："这段时间我身子不好，那些下人也都逢高踩低的。三丫头身上的衣服还是去年的，陈氏头上的簪子也有些旧了……"

"这事怪不得你。"瑞王皱了皱眉头，心知瑞王妃因为身体不适，府中的大小事情都交给了许氏，而许氏毕竟是小户人家出身，没什么见识。

瑞王妃笑道："宫中刚刚赏下来的那几匹宫缎我觉得颜色挺适合三丫头的，不如一下都给她得了。"

"你做主就是了。"瑞王虽然记得许氏说过这次的缎子颜色好，想多要一些给三个女儿打扮一番，可是因为今日的事情，瑞王决定冷着点许氏，"我那还有三盒宝石，给琦儿两盒，给锦儿一盒。"

瑞王妃一一应了下来，两人又说了一会儿话，瑞王就离开了，没多久就把那三盒宝石叫人送了过来。瑞王妃打开看了看，色泽都不错，并没有像瑞王说的那样把两盒留给女儿，而是叫来了沈琦问道："知错了吗？"

"女儿知错了。"沈琦低着头说道。

瑞王妃道:"这三盒宝石,你父王说给你两盒,给你三妹妹一盒。"

"女儿那两盒也给三妹妹吧。"沈琦并不缺这些东西,"今日三妹妹受了委屈。"

瑞王妃这才点头:"你亲自送去。"

"是。"沈琦见母亲语气缓和了不少,这才靠过去撒娇道,"母亲,今日的事情是我太过急躁,以后不会了。"

瑞王妃就这么一个女儿,自然是娇宠的,闻言轻轻点了点她的额头说道:"你和那人有什么计较的。"

沈琦"哼"了一声:"我就是看不惯!眼巴巴盯着我的东西是个什么事,我就算扔了也不给她。"

瑞王妃没有说什么,只是轻轻摸了摸女儿的脸,心中自有计较。许氏不过仗着王爷的喜欢,竟然敢当着她的面在王爷面前挑事,许氏怕是忘了,她女儿的亲事还在自己手里握着呢。

"且等日后。"

"对了,我瞧着永乐侯的嫡子倒是不错。"瑞王妃柔声说道,"永乐侯夫人我是知道的,不仅为人和善,与我关系也好,你嫁过去她定会好好照顾你的。"

沈琦脸一红:"母亲怎么和我说这个……"

"自然要与你说。"瑞王妃笑道,"我就你这么一个女儿,总归要让你过得平安喜乐才是。"

"母亲做主就是了。"沈琦小声说道。

瑞王妃笑道:"我也见过那孩子,是个稳重的,到时候我与你父王商量好,事情定下来后,永乐侯就会给嫡子请封,到时候你嫁过去就是世子夫人了。"

沈琦应了一声,脸红扑扑地说道:"我去给三妹妹送东西。"

沈琦抱着三盒宝石走后,翠喜这才进屋低声说道:"王爷去怡园了。"怡园正是瑞王小妾住的地方。

瑞王妃应了一声,翠喜接着说道:"是院子里的一个小丫鬟那日上茶的时候听到了几句,我已经让人把那丫鬟关起来了。"

"打十板子!既然她一心想着许氏,就送到许氏院中伺候。"瑞王妃的语气依旧温和。

翠喜却是心中一凛,怕是这丫头送到许氏那儿过不了多久就会没命了。瑞王妃听着翠喜低声把陈侧妃院中的事情说了一遍,听到沈锦给她绣了帕子也只是微微点头,等翠喜说完,才吩咐道:"你一会儿叫人把缎子送去,把我那套蝴蝶点翠的首饰、掐丝鲤鱼步摇收拾出来,也给陈氏送去,告诉陈氏,五日后我带三丫头去永乐侯府,也和绣房打声招呼,先紧着做三丫头的衣服。"

"是。"

墨韵院中,看着熟睡的女儿,陈氏满心喜悦,亲手给她掖了掖被子,又吩咐丫鬟好好伺候,这才扶着李妈妈的手离开。

"夫人这也算是因祸得福了。"李妈妈想到翠喜来传的话,"王妃这是要提拔三姑娘。"

"嗯,明天我要好好交代交代锦娘,跟着王妃出去可不许调皮。"陈氏笑道,"对了,还要赶紧给锦娘做几身衣服出来。"

瑞王妃只带了自家女儿,而没有带二姑娘她们。陈氏心里明白,怕是许氏要恨透了她们娘俩,可是只要能讨好王妃,她受点委屈又算什么?只希望王妃能看在她听话的分儿上,给锦娘选门好的亲事才是。

"姑娘年纪小,也无须用太艳的颜色,老奴瞧着那匹水蓝的颜色极好。"李妈妈笑着说道,"正好配着王妃赏的那只鲤鱼步摇。"

"颜色会不会太素了一些?"陈氏想了一下说道。

李妈妈道:"那再用石榴红做条裙子……"

第二章
王妃其人

沈锦可不知道这些，她早上醒来后，就让丫鬟给她梳头："今天梳个双平髻，用母妃昨天送的那对蝴蝶簪。"

瑞王妃送了东西，不管是因为什么赏下来的，今天去请安的时候都应该戴上。陈氏过来的时候见沈锦的打扮，点了下头，说道："就该如此，戴着王妃送的东西去，王妃见了也是欢喜的。"

沈锦并不觉得王妃那样的人会把这点小事放在心上，可面上却是笑盈盈的，说道："我知道了。"

陈侧妃又检查了一番，这才让沈锦拿着给王妃绣的帕子去请安。瑞王妃早就免了她们这些侧妃妾室去请安，也不要求几个女儿每日都去，许侧妃每五日才让三个女儿去一次，小儿子是一次都不让去的，而陈侧妃就算是刮风下雨也会狠下心让女儿每天去一趟，这么多年下来，终于得到了回报。

沈锦到的时候，瑞王妃正在梳妆，瑞王妃直接叫人带了沈锦进来，笑道："你这孩子，怎么不多睡会儿？"

"已经睡醒了。"沈锦在王妃这里并不多话，只要是王爷留在这里的时候，就会晚来一会儿，平时的时候是掐着点来的，而且从不会没有眼色地留在这里用饭，因为王爷都会来陪着王妃一起用早饭。

沈琦也过来了，见到沈锦就笑道："我就知道三妹妹已经来了，今日母亲专门让人做了珍珠茯苓糕、藕粉桂花糕，就留下来一起用饭吧。"

"就你嘴快。"瑞王妃也打扮好了，闻言笑道。

"谢谢母妃。"沈锦又不是没有眼色的，听到这些话还说要回去用饭才是缺心眼，"我就爱吃这些甜的,可是母亲总不让我多吃,说我胖。"

"你年纪小正是长身体的时候,如果喜欢的话,每日让厨房做了就是,可不许一顿用太多。"瑞王妃柔声叮嘱道。

"是。"沈锦笑着应了下来,两个小酒窝格外地可爱,"我给母妃绣了条帕子,绣得不好,母妃别嫌弃。"

"快拿来我瞧瞧。"瑞王妃催促着,一脸喜悦,就像是根本不知道这件事情一样。

瑞王妃身边的丫鬟从沈锦手中接过帕子,双手捧给了瑞王妃。瑞王妃拿在手里仔细瞧了瞧:"绣得真好。"说着就取下身上的帕子,直接用上沈锦绣的。

"妹妹什么时候也给我绣一个吧?"沈琦在一旁笑道。

"好,只要姐姐不嫌弃就是了。"沈锦听闻沈琦称呼她"妹妹",也改了称呼。

瑞王妃笑着说道:"就会欺负你妹妹!锦丫头别听她的,可不许累了自己。"

沈琦扶着瑞王妃慢慢往外走,路过沈锦的时候,瑞王妃身边的丫鬟就退开了,她伸手也牵起了沈锦的手。

沈锦被瑞王妃牵着的时候心中猛地一跳,不过反应却不慢,随着瑞王妃往外走去,说道:"累不到的,我都是慢慢绣的,不过母亲总说我浪费东西。"

"为什么?"沈琦好奇地问道。

沈锦脸一红,小声说道:"我绣的东西……总是胖。"

瑞王妃听了一时没有反应过来,到了厅里等瑞王的时候,拿出帕子仔细看,然后就笑了起来。沈琦也凑了过去,这一看可不就是胖嘛,沈锦绣的是红鲤戏荷图,不仅那荷叶是圆乎乎的形状,就是鲤鱼瞧着也比一般的鲤鱼肥。

瑞王进来的时候就听见满屋子的笑声,见沈琦和沈锦正在一起嬉闹,而瑞王妃坐在上面不仅不管还笑个不停,看这一幕觉得又温馨又欢快。

"这是闹什么呢?"瑞王走进来问道。

沈琦和沈锦赶紧分开,像是有些不好意思地叫道:"父王。"

瑞王并没有生气,坐到了瑞王妃身边说道:"你们也坐下吧。"

沈琦和沈锦这才坐下,瑞王见两个女儿有些紧张,就笑着问道:"刚才是闹什么呢?"

"锦丫头给我绣了条帕子。"瑞王妃主动递上那条手帕,然后指着荷叶和红鲤给瑞王看,"王爷可看出什么了?"

瑞王见过的珍品不知有多少,沈锦绣的东西自然比不上以此为生的绣娘,甚至比不上一般人家的,可是沈锦不满十岁,又是这样的身份,也算是不错了,就是年纪最大的沈琦都不如她。

"嗯……我觉得这荷叶和鱼是不是肥了点?"

"看吧,父王也这么说。"沈琦戳了戳沈锦笑道,"刚才我说,妹妹还不愿意呢。"

瑞王笑道:"倒是绣得不错,不过别累着。"

沈锦被瑞王忽视惯了,猛地听到这么一句话,脸红扑扑地说道:"父王,我也给您做点东西吧?"

瑞王愣了一下,女儿还真没有给他做过东西,又见沈锦满是期待和紧张的表情,闻言笑道:"好。"

瑞王妃在一旁笑道:"还是锦丫头贴心。"

沈琦说道:"妹妹可别忘了我的。"

"不会忘的。"沈锦蹭到沈琦的身边,保证道,"姐姐最好了。"

"真乖。"沈琦有些得意地看了看瑞王。

这个样子反而让瑞王更加喜爱,他毕竟就这么一个嫡女。

沈锦吃东西时很可爱,一小口一小口的,姿势也规矩,让人看了很舒心,胃口也大开,连瑞王都多用了一碗粥。

用完早饭,沈琦就带着沈锦去上课了,瑞王专门给她们请了先生来,不求她们个个是才女,可至少要知道起码的礼节。

因为不用上朝,瑞王心中又记挂着进门时候看见的那一幕,不禁抓住了瑞王妃的手,瑞王妃脸一红微微低头,带着平时没有的风情。

沈梓今天并没有来学堂,倒是沈静带着妹妹沈蓉来了,沈蓉年纪最小,不过先生说她在学琴上很有天分,所以比较偏重这方面来学习。

沈静见沈琦和沈锦一起来的,眼神暗了暗,不过马上露出了笑容,主动叫道:"大姐姐、三姐姐。"

沈蓉也跟着沈静一起喊完,就坐在一旁看琴谱了,年纪虽小但是很有几分才女的清高感。

几个人学的东西都不一样,学得最差的就是沈锦和沈梓了。以往教书先生虽然不会故意为难沈锦,但是多少有些不上心,而今天看见沈琦亲自牵着她过来,心中倒是微微诧异。

中午的时候沈锦并没有再跟着沈琦去正院,陈侧妃正在院中等着她。陈侧妃见到女儿就露出了笑容,柔声说道:"怎么走得这么急,都出汗了。"说着就拿着帕子帮着沈锦擦了擦额头。

沈锦的眼睛亮亮的,脸也是红扑扑的,很是欢快。

陈侧妃本来还想问两句,可是见女儿这模样,心下明白了几分,拉着女儿进了屋,让人端了温水来给她清洗。

"母亲……"沈锦清洗完,就凑到了陈侧妃的身边。

陈侧妃还像小时候那样端了水喂到她嘴边,沈锦虽然喝完了,可还是说道:"怎么是温的啊。"

"刚回来哪能喝凉的。"

这里的饭菜自然没有正院的丰盛,可是也不差什么,反正沈锦都觉得有鱼有肉有菜有汤的,味道都还不错。陈侧妃再不受宠,到底是为瑞王生了个女儿,又是侧妃,厨房也不敢慢待了。

不过不知道是不是错觉,沈锦觉得今天的菜更合她的口味了。

吃完了饭,陈侧妃就带着沈锦在小院子里转了几圈,这才让她回屋休息。瑞王很久都没来过这个院子了,沈锦有时候就拉着母亲一起睡,陈侧妃也纵容着。今日就是母女两个躺在床上,沈锦小声地把在正院的事情告诉了陈侧妃。

陈侧妃摸了摸沈锦的头说道:"既然王妃对你好,你就要好好孝敬王妃,知道吗?"

"知道的。"沈锦开口道,"我想给母妃做条抹额。"

"那就做。"陈侧妃柔声说道,"母亲慢慢教你就是了。"

"还有姐姐的荷包。"沈锦闭着眼睛嘟囔着。

"好。"陈侧妃笑道,"母亲那还有块很漂亮的料子,到时候给你拿来。"

"还有父王的……"沈锦有些迷迷糊糊的,都快睡着了。

"好。"陈侧妃侧身轻拍着女儿说道,"睡吧,醒了再说。"

"嗯。"沈锦这才安心睡下。

翠喜趁着瑞王妃泡澡的工夫，已经把陈侧妃院中的事情说了一遍，瑞王妃心中满意："不用梳了，稍微绾起来就好。"

"是。"翠喜伺候好瑞王妃，就扶着瑞王妃出去了。

瑞王也梳洗完了，见到瑞王妃就主动上前扶着她一并坐到桌旁，丫鬟这才端了饭菜上来，瑞王难得亲手盛了碗汤给瑞王妃。瑞王妃也夹了瑞王喜欢的菜品给他，两个人一时间竟然比新婚的时候还亲密几分。

用了东西，瑞王就直接在瑞王妃这边午休，躺在床上，瑞王妃才道："王爷，过几日我准备带着锦丫头去永乐侯府。"

"你决定就好。"

"二丫头样貌出众，四丫头也小有名气，五丫头年纪还小倒是不急，只不过锦丫头……她最是乖巧懂事，可这不好我们明着和人说，总归要带着她出去多见见人以后在亲事上才好选择。"瑞王妃温言道，"你也知道我每年夏日精神头都不好，锦丫头懂事还能照顾我一些，再多带几个姑娘，我怕照看不过来。"

"我知你。"瑞王说道，"我们成亲这么多年，你把后院打理得很好，放心吧。"

瑞王知道瑞王妃说这么多，是怕他觉得自己偏心，不过瑞王从没这么想过，他也觉得许氏生的那三个女儿不愁嫁，不过三女儿……还真是不够出色，王妃多为她打算一些也是对的。

"还有，王爷你说，女儿出嫁，公中出多少银子置办嫁妆比较合适？"瑞王妃问道，"琦儿可是嫡女，总归是要多点的。"

瑞王想了一下说道："到时候宫里还会赏下来不少，不过我的女儿都是郡主封号，太少了也不好看，琦儿是嫡女那就五万两，剩下的四个丫头，就一人三万两。"

"嗯。"瑞王妃心中满意，"琦儿的不用担心，倒是二丫头和锦丫头的早早开始准备了才好。"

"你做主就好。"瑞王笑道。

瑞王妃也不再说话，虽然都是三万两，可是这三万两能买的东西可不一样，古董布料三万两和良田商铺的三万两差别大着呢。瑞王妃可不想女儿出嫁后，让许氏生的那三个女儿整日在王爷面前卖乖，这才捧了沈锦出来。想来陈侧妃是知道的，可是却没有告诉沈锦，反而让沈锦好好孝顺自己，这才是真正的聪明人。

　　而许氏？瑞王妃从来不生气，因为她根本没把许侧妃当一回事，对手不是一个等级，也是一件让人惆怅的事情。

　　瑞王这几日一直歇在瑞王妃这里，许氏坐不住了，也不好明着去，便打发了三个女儿让她们早上去给瑞王妃请安。

　　没看见她们的时候瑞王还没觉得什么，可是猛一见，他忽然想到，除了大女儿和三女儿每日都来瑞王妃这边请安外，许氏的三个女儿是头一次来。这么一想，他就皱了皱眉，觉得许氏太不懂事了。

　　瑞王妃倒是毫不在意，还吩咐人去准备了沈梓她们爱吃的东西，瑞王听着瑞王妃竟然记得分毫不差，当下就问："你们平日里都不来给王妃请安的吗？"

　　这话一出，还没等沈梓她们开口，瑞王妃就说："是我不让她们来的，都是长身体的时候，多睡会儿才是正事。"说完还瞪了瑞王一眼，"不许吓到孩子们。"

　　见瑞王妃这样，瑞王心中对许氏的不满越发深了。沈锦低着头缩在一旁，觉得这王府里面最厉害的果然是瑞王妃，就像母亲说的，只要瑞王妃喜欢，就算瑞王不喜欢也无所谓。许氏虽然风光，但依然被瑞王妃压得死死的，这不仅仅是身份上的问题，还有才智上的优势。

第三章
杀神传闻

沈锦穿了一身崭新的纱裙,袖口和裙角绣着彩蝶,脖颈上戴着金蝴蝶的项圈,那蝴蝶的翅膀上镶嵌着细碎的宝石,头上是用瑞王新给的宝石打的蝴蝶簪,那蝴蝶的翅膀分外精巧,猛一看就像是真的蝴蝶落在发间。今日要和王妃出门,沈锦特意打扮了一番。

沈梓开始并没有注意沈锦,还是身边的沈静踢了她一下,她才看到沈锦的装扮,顿时眉头一皱想要说什么,却被沈静偷偷阻止了。她心中不甘,可想起来之前母亲的吩咐和刚才沈静的提醒,又不好说话,眼珠子转了一下,心中倒是有了主意。

沈锦总觉得沈梓她们会选在今天来,事有蹊跷,是许侧妃得了什么消息?可又不像,莫非……沈锦抬头看了瑞王妃一眼,瑞王妃正拉着沈蓉的手,问她平时都做什么。当听到练琴背琴谱等回答后,又让沈蓉注意身体,还特意吩咐了沈蓉身边伺候的,一派慈母的样子。

等吃饭的时候,瑞王妃坐在瑞王身边,沈琦自然就坐在了瑞王的另一侧,沈锦就和往常一样坐在了瑞王妃的身边,沈梓、沈静和沈蓉就顺着沈琦的位置坐下。

按理说,沈锦的位置应该在沈梓的旁边,不过往常她们四个人用饭都这样坐,瑞王早就习惯了,也没觉得奇怪,倒是瑞王妃心中满意,还专门夹了个三鲜包给沈锦。

沈琦也很有长姐的风范,一直照顾着沈梓她们用饭,瑞王看了心中甚是满意。

几个人用完了饭,瑞王妃看着沈锦的衣服说道:"这早晚凉,出去万一吹了风可不好了。翠喜,去找陈侧妃给锦丫头拿件披风。"

沈锦坐在瑞王妃身边撒娇道:"我忘记了,谢谢母妃。"怪不得母亲今天没让丫鬟拿着披风,她当时还奇怪,此时也想明白了,既然瑞王妃想要当慈母,那么她就不能做得尽善尽美,总要给瑞王妃表现的机会。她心里隐隐约约明白了些,可又不是很明白,想了想决定回去问母亲。

沈梓听了瑞王妃的话，眼睛也瞪圆了，她怎么不知道沈锦要出去的事情？再说，沈锦还不是和瑞王妃出去？好像听人提过，瑞王妃准备去永乐侯府。这一下就对上了，想质问可又觉得直接质问的话会惹了瑞王不喜，低头想了一下，再抬头的时候脸上已经露出了几许羡慕和渴望的神色："三妹妹今天的衣服真漂亮，还有首饰，我以前怎么都没见你戴过，是新打的吗？"

沈锦脸一红，抿了抿唇，像是害羞一样捏了捏手中的帕子，并没有说话。

沈梓见状差点就要上去狠狠掐她几下，又看向瑞王妃问道："母妃，这是您送妹妹的吗？可是我们姐妹为什么没有呢？"话虽然是问瑞王妃，却是在向瑞王告状。

瑞王脸色一黑，沈梓见状心中得意，继续问道："母妃要带三妹妹去哪儿？我和两个妹妹也很久没出过门了，能带我们一起去吗？"

"二妹妹，母亲也没带我出门的。"沈琦笑得温婉，"现在母亲心心念念只有三妹妹。"

沈锦发现大姐果然更厉害一些，想来瑞王妃做事之前肯定经得瑞王同意了，所以这话听在知情的瑞王耳中，是帮着沈梓开脱的，可是听在不知情的沈梓耳中，就像是帮着瑞王妃向瑞王解释的。沈梓哪里会甘心？

沈梓眼睛一红，哭得梨花带雨："母妃，是不是梓儿惹了您生气？你就原谅梓儿吧，就算您气梓儿，静儿和蓉儿也是无辜的。"

瑞王妃叹了口气说道："二丫头，你已经不小了，身为王府贵女，莫要学那些小户人家出身的，动不动哭哭啼啼，反而丢了你父王的脸面。翠喜，请二姑娘进内室去梳洗一番。"

"哭什么哭！"瑞王不耐烦地说道，"那是我给沈锦的，许氏是怎么教导女儿的……"

"王爷，"瑞王妃拉了拉瑞王的衣袖，打断了瑞王的话说道，"不要当着孩子的面说她们的母亲。"

沈锦在一旁听着，恐怕瑞王妃已经摸透了许侧妃和她三个孩子的性格，今天的这场戏瑞王妃没少推动，而且刚才那话像是劝瑞王，却把许氏给坑死了。

"好了，先回去吧。"瑞王妃像是有些为难，然后低声劝着瑞王："过几天宫中的嬷嬷请来，多教教就好了。"

"请几个严厉的好好教教，像什么话！"瑞王皱眉说道，"都不如琦儿！"

这话一出，就连沈静和沈蓉眼睛都红了，一起拉着沈梓离开了。沈锦此时才看出瑞王妃的目的,恐怕等她和瑞王妃回来,整个府里都知道沈梓她们三个被瑞王骂哭出去的事了。瑞王妃这么端庄温和,怎么可能欺负庶女呢?

怪不得母亲说,瑞王妃才是最聪明的女人呢。

瑞王准备先去把大女儿的封号请下来,然后再提提永乐侯府世子的事情,免得女儿嫁过去了,那边才请了世子,这人情送得就不够好了。

瑞王妃带着沈锦去了永乐侯府,路上并没有交代什么,其实也有了考验的心思,若是沈锦做得不好,下次自然就不带她出去了。

沈锦看着有些羞涩,可是为人处世倒是大大方方的,再加上和永乐侯夫人说好了亲事,瑞王妃倒是更喜欢了沈锦几分。

很快,宫中的嬷嬷就来了。既然瑞王开口了,瑞王妃自然不会让他失望,给沈梓选的嬷嬷最是严厉不过,而宫中那些手段,就算受了罚也看不出来;倒是沈锦的这个嬷嬷,虽然严厉但是态度温和,陈侧妃看过几次心中更加感激,连夜做了套祥云银纹的衣服送给瑞王妃,不为别的,只是告诉瑞王妃,她领情。

日子一天天过去,春去秋来,不知不觉已到了沈琦出嫁的日子。因为沈琦的亲事,府中停了一个多月的课,沈锦和沈梓她们离得远,又都忙着学东西,姐妹们也许久未见了。

沈锦送给沈琦的是自己绣的十二条帕子,虽然上面的东西还是圆润的,但是比以往精致了不少。

“姐姐,你可不要忘了我。”

沈琦虽然平时有利用沈锦的心思,到底还是有些感情的,特别是想到马上就要离别,眼睛一红拉着她的手说道:“三妹妹,以后有空了就来找姐姐玩。”

“嗯。”沈锦应了下来,“姐姐今天是新娘子,哭了可就不漂亮了。”

沈琦轻轻拧了她的脸,还想说什么,沈梓、沈静和沈蓉就到了,她们也都送了一些小东西,也不知道是许久未见还是错觉,沈锦怎么觉得沈梓好像木讷了不少。还有沈静,总有一种违和感,倒是沈蓉年纪小看不出什么。

沈琦出嫁,她们几个不能出后院,只是看着沈琦的亲弟弟沈轩背着她出门。

作为瑞王的女儿,出嫁前瑞王都会请封,沈琦是以郡主的身份出嫁的,嫁的又是侯府世子,十里红妆都打不住,可谓风光至极。

　　陈侧妃到前面帮瑞王妃的忙，等沈锦都用完了饭，她才回来，沈锦赶紧让丫鬟打了热水给陈侧妃泡脚。陈侧妃看着一天天长大的女儿，感叹道："我今天也瞧见那世子了，果然一表人才，就是不知我女儿长大了，王妃会许个什么样的人家，也不求多富贵显赫，能让我女儿平安喜乐就好。"

　　"母亲，"沈锦脸红扑扑的，"上面还有二姐姐呢。"

　　陈侧妃只是一笑，也没有说什么，那沈梓三人以往可没少欺负自家乖女儿，就凭着许氏的作风，瑞王妃也会好好替沈梓选个婆家的，既让人说不出闲话，又让沈梓有苦难言。

　　不过这些话陈侧妃没准备告诉女儿，她躺在软榻上，看着拿着小软槌给自己敲腿的女儿，心中不禁柔软了起来，只要能让女儿嫁得好过得开心，她十几年的委屈就没白受。

　　"你大姐姐刚出嫁，王妃心里定不好受，你多陪陪王妃，知道吗？"陈侧妃柔声叮嘱道，"可不许淘气让王妃烦心。"

　　"我知道了。"沈锦乖巧地应了下来，"我前段时间给母妃做的抹额快做好了，这几日我拿着抹额去做。"

　　"乖孩子。"

　　也不知是嬷嬷规矩教得好，还是沈梓长大了，又或者是沈琦出嫁了，沈梓成了府中最耀眼的那个，她和沈锦的关系倒是缓和了一些。不过沈锦觉得，更有可能是瑞王妃对她越发地好，许侧妃叮嘱过了沈梓，不让沈梓再欺负她了。

　　特别是这段时间京城发生了一件大事，她们姐妹之间多了些谈资。

　　沈梓拿着团扇，见家学的老师还没来，压低声音说道："你们听说了吗，永宁伯打了胜仗，这回要回京了。"

　　"天哪。"沈蓉惊呼了一声连忙捂着嘴，吓得花容失色。

　　沈静年纪大些，也是打了个寒战："太可怕了，听说永宁伯不仅喜吃生肉，每天还会喝几碗敌人的血。"

　　"好恶心。"沈蓉赶紧说道，"四姐姐别说了，太吓人了，他回来干什么啊？"

　　沈梓从许侧妃那听了消息，说道："是圣上召他回来的，说是准备给他赐婚，用来奖赏这次的胜仗呢。"

　　"赐婚？"沈静瞪圆了双眼，"谁家姑娘不想活了，愿意嫁给他啊，他都克死了多少未婚妻了。"

就连沈锦都咽了咽口水,实在是永宁伯名声太响,刚想发问,就见师傅来了,她们几个赶紧坐好,不敢多提了。

陈侧妃想过无数次女儿出嫁的事情,可是从来没有想过竟然这么快,她脸色苍白地看着瑞王、瑞王妃,还有坐在一旁幸灾乐祸的许侧妃。

"王爷……你说让锦娘嫁给谁?"

瑞王也有些尴尬,这几年他虽然没有像以前那么喜欢许氏,可是和陈氏比起来,许氏更讨他欢心,所以当看见许氏的眼泪和二女儿楚楚可怜的样子后,就答应了下来。

瑞王妃心中暗恨,她虽然对沈锦好的目的不纯,可是到底也在身边带了几年,沈琦出嫁后,沈锦更是时常陪在她的身边,帕子、香囊、抹额、鞋子做了不少,自己身子不适也是她在床前伺候着。

"咳咳……"瑞王妃忍不住用帕子捂着嘴咳嗽了起来。看着病弱的瑞王妃,瑞王心中又是愧疚又是尴尬,昨天皇兄吩咐下来后,因为回来得晚他就去了许氏那边休息,当时三个女儿和一个儿子都在,瑞王看着懂事的儿女们,一时就把皇兄准备指婚的事情说了。许氏问清楚以后就闹了起来,孩子们也哭个不停,弄得瑞王一时心软就答应了下来。

"陈妹妹,既然王爷已经决定了,你就不要让王爷为难了。"许氏带着悠闲的姿态说道,"还是赶紧给三姑娘准备嫁妆的好。"

陈侧妃怒视着许氏,刚想开口,就被瑞王妃阻止了:"陈氏,给我端杯水来。"

"王妃……"陈侧妃看向瑞王妃,眼底带着乞求。

瑞王妃说道:"去。"她最了解瑞王,此时的瑞王满怀愧疚,可是如果陈氏和许氏吵起来,反而会使得瑞王失去耐性。

陈侧妃低头去给瑞王妃倒了水,然后伺候瑞王妃喝下,瑞王妃这才说道:"王爷,二丫头有人家了吗?怎么直接轮到了三丫头?"

瑞王也不好回答,许氏接道:"也是王爷心疼三姑娘,那楚将军年纪轻轻就一身战功,楚家更是因功……"

瑞王妃看着许氏,打断了她的话:"许氏,是不是也需要给你请个嬷嬷教教你怎么做侧妃?"

许氏脸色变了又变，不过想到亲事落不到自家女儿身上，也不再说话。

陈氏现在掐死许氏的心都有了，楚家是因战功封了爵位，楚修明更是年纪轻轻就继承了永宁伯的爵位，可是他克妻啊。他已经定了三次亲，这三个姑娘不是病死就是意外身亡，最后一个刚交换了信物没多久，姑娘外出上香时，马车就出了事，连个全尸都没留下。

不仅是楚修明，楚家的媳妇很多都是早殇，都说是因为楚家杀人太多得了报应。

楚修明这次大破丽奚，得胜而归，将要回京献俘，圣上想用他，但他毕竟还太年轻，往爵位上封赏并不适合，就决定给他指婚。

可是当今圣上没有适龄的女儿，这就把主意打到了同胞弟弟瑞王的身上。不管是按照年龄还是排行，都是许氏所出的二姑娘沈梓最合适，瑞王本也决定是她。

"许氏，你既然觉得楚家好，为什么不让你的女儿嫁过去？"陈氏再也忍不住哭了起来，"锦儿还不满十四啊。"

瑞王妃因为许氏对府中女儿的亲事插手，厌恶得很，便道："陈氏，我知道你就这么一个女儿，心疼得很。"瑞王已经把奏折送上去了，就是没有更改的余地了，现在要做的就是利用瑞王的愧疚多为锦丫头弄点嫁妆。

"算了，你们先下去，我与王爷说说话。"

许氏心满意足地离开了，陈氏面如死灰。走到院子口的时候，许氏还笑道："恭喜陈妹妹了，楚将军少年有为，三姑娘马上也要成为伯爵夫人了。"

陈氏恶狠狠地看着许氏，说道："人在做天在看，许氏你别得意。"

许氏倒是不生气，"哼"了一声："别得意，还不知道能不能平安活到出嫁呢。"多亏了瑞王说漏嘴，想到女儿差点嫁给那个"杀神"，许氏都觉得心惊胆战的。

回到院子后，就见沈梓巴巴地守在门口等着她。

"母亲，怎么样？"

看着如花似玉的女儿，许氏笑得得意："放心吧。"

沈梓松了口气，上前挽着许氏的胳膊道："可吓死女儿了，女儿听说那永宁伯长得吓人，杀人不眨眼，还凶神恶煞的。"

沈静也松了口气："是啊，女儿也听说了，说是他第三个未婚妻根本不是意外身亡的，是他不满意未婚妻的样貌，所以直接把人弄死了呢。"

"是啊,是啊。"沈蓉接道,"听说他一生气就要杀人呢。"

"反正不是我嫁就好。"沈梓笑道,"也不知道三妹妹能不能挨到出嫁那天呢。"

和许侧妃院子中一片欢声笑语相比,陈侧妃这边只觉得天都要塌了,她搂着女儿哭得伤心,忍了让了这么久,为的不就是女儿?可如今连这点希望也没有了。

"母亲……"沈锦还不知道发生了什么,她今天去给瑞王妃请安后,就直接去家学那边上课了,谁知道回来后发现陈侧妃被翠喜请到了正院,好不容易把母亲盼了回来却哭成这样。

"我可怜的女儿……"陈侧妃哭得肝肠寸断,连她身边的李妈妈也没了往日的那种稳重,哭个不停。

"母亲,到底发生了什么事情?"沈锦追问。

"你狠心的父王要让你嫁给那天煞孤星啊,他们都想要了我们娘俩的命啊!"陈侧妃也是听说过楚家的事情的,况且楚修明早年就一直镇守边疆,根本没受过什么教育。那样一个可怕的人……陈侧妃更觉得痛苦不堪。

"天煞孤星?"沈锦没听懂陈侧妃的意思,"母亲,我嫁人?二姐还没有定亲呢,怎么也不可能轮到我。"

"他们那些黑心肝的人!我就你一个宝贝疙瘩啊。"

"母亲……"沈锦问道,"到底发生了什么事情啊?"

李妈妈先冷静了下来,见陈侧妃哭得说不出话来,赶紧端了水喂她喝下,然后缓缓地把事情说了出来。

"永宁伯?"就算沈锦这样的闺阁少女都听说过永宁伯的名声。

听说最开始与永宁伯定亲的李家姑娘,在看见永宁伯画像没多久,就抑郁而终了,说是被吓的。

沈锦此时脸色也不好看:"父王已经决定了吗?"

"王爷说奏折已经送上去了。"李妈妈低着头不忍再看沈锦的脸色。

沈锦只觉得浑身一软,眼前黑了一下:"为什么是我啊……"她一向粉嫩的唇都失了颜色。

陈侧妃见女儿这样反而不哭了:"不怕,他们敢逼你,母亲就撞死在王府门前。"

沈锦看着母亲,眼泪流个不停:"母亲,女儿怕。"说到底,沈锦再懂事也终究是个孩子。

陈侧妃抱着沈锦,母女两人闷头大哭了起来。

"王爷,你既然已经把锦丫头许了出去,那就趁着皇上还没下旨,把二丫头的亲事定下来吧。"瑞王妃柔声说道,"否则,外人要怎么看我们王府?"

瑞王这才想到这一茬,叹了口气说道:"这事情是我做错了。"

"许氏生了皓哥,王爷总归要多顾念着点。"瑞王妃说道,"不过可怜陈氏,就那么一个女儿……王爷可见过那永宁伯?"

"倒是见过他小时候的模样,后来他跟着老永宁伯去了边疆,已经十几年没回京了。"瑞王想到永宁伯的那些传闻说道,"有些传言都是莫须有的。"

"王爷,锦丫头的嫁妆要怎么算?"瑞王妃说道,"本来说的是她们四个,每人三万两,可是如今……不管永宁伯怎样,皇上明显就要重用,我们家只嫁了庶女已是不该,嫁妆三万两,会不会太轻薄了些?"

"王妃的意思?"瑞王看向瑞王妃问道。

瑞王妃说道:"无规矩不成方圆。许氏虽然一片爱女之心,可到底做得不地道。"瑞王妃柔声说道,"沈梓她们三个人的嫁妆,每个人抽出一万两,共用五万两来给锦丫头置办嫁妆,一万两不上嫁妆单,给她当私房钱。"

瑞王沉默。

瑞王妃说道:"本身她们出嫁前都会被封为郡主,自有宫中给她们安排嫁妆事宜。不过因为府中疼惜这几个孩子,才多添了银子给她们。王爷也知道那永宁伯的名声……"

"就按王妃说的办。"瑞王也想到这些,又想到沈锦给他做的东西。沈锦是第一个亲手给他做东西的女儿,想想那些扇袋、腰带和袜子,他不禁有些心软了。

瑞王妃接着说道:"许氏也不得不罚,不过因为她生了皓哥,倒是不好明着罚她。"

"后院的事情都交给你办吧。"瑞王毫不在意地说道。

瑞王妃柔声道:"这样吧,这三个月让她禁足在自己院中。"

"嗯。"瑞王直接应了下来。

瑞王妃说道:"王爷可不许心软又过去了。"

"放心。"

"还有二丫头的亲事。"瑞王妃说道,"如果锦丫头指婚的圣旨下来了,二丫头还没定出去恐怕不好,有人会说王爷的闲话……王爷是心疼二丫头,可是外头人不知道。"

瑞王皱着眉头没说话。

瑞王妃起身去拿了张名单出来:"这上面都是对二丫头有意思的人家,我本想着二丫头年纪小,可以慢慢打听,如今却等不了那么久了。"

瑞王拿过名单,上面是五个人名,后面跟着家世和排行,思索了一下,直接起身去书桌那画掉了两个人名,如今就剩下三个了。

"这三个中选一个。"

"那不如叫了许氏来?"瑞王妃问道。

"王妃决定就好。"瑞王道。

瑞王妃说道:"毕竟是二丫头的终身大事,又实在急了些,二丫头那般出彩,如今也算是委屈了。"

"好。"瑞王见瑞王妃想得事事妥当,越发觉得只会哭闹的许氏上不了台面了。

瑞王妃当即就让翠喜喊了许氏来。

许氏到了以后才知道是说女儿的亲事,可是看着那三个人名,她都有些不满意,便娇声叫道:"王爷……"

"就这三个。"瑞王看向许氏道,"王妃让你看是给你脸,如果你不愿意的话……"

"许氏,"瑞王妃说道,"我觉得第三家倒是不错。"

那一家门第并不高,而且说亲的是家里的小儿子,可是家里富贵,当家主母又是皇商出身。

"梓儿出嫁也会被封个郡主的,这家身份太低不够匹配。"许氏直接拒绝了。

"快点!"瑞王不耐烦地催促道。

许氏知道这事情没有转圜的余地,只能低头看去,看见郑家的时候眼睛一亮:"我倒是觉得这个郑家大少爷不错。"

"郑家书香门第,到这一代已经有百年了,只是他家清贵……"瑞王妃说道,"而且这个大少爷是嫡长子,他的妻子是要做宗妇,管家的。"

瑞王听出了瑞王妃的意思,也觉得有些不满意。只是没等他开口,许氏听到宗妇和管家心中就一动。她这辈子就吃亏在了侧室上,女儿是王爷之女,又有郡主身份,嫁到郑家也算是下嫁，他们绝不敢怠慢，便道："就这个郑家。"

"王爷？"瑞王妃看向瑞王。

瑞王想了一下，既然三女儿已经嫁给了永宁伯，那么二女儿也不适合再嫁到权贵世家，郑家这一代并没有出仕的人，倒也合适，便道："就这样吧。"

"那好，我让人给郑夫人送个信，明日就让他上门，到时候让二丫头偷偷见上一面，可以的话就交换信物，再选个好时候把亲事定下来。"瑞王妃笑道，"许氏，你禁足三个月，回去后三个月内就不要出来了。"

"王爷……"许氏又看向瑞王。

瑞王挥了挥手，许氏还想再说什么，就见瑞王脸色一沉，这才行礼后退下。

瑞王妃让翠喜去见了陈侧妃，既然事情已经成了定局，陈侧妃也不再哭闹，开始默默地给女儿准备嫁妆。

很快，指婚的圣旨就下来了，那些知道要给永宁伯指婚而家中又有适龄女儿的人都松了一口气，不过也感叹瑞王果然忠于圣上，还真是舍得。

沈锦也只能接受这件事，她提前被封了郡主，还得了宫中的赏赐，就连陪嫁的事情，母亲也告诉了她。

沈锦不是怨天尤人的性子，既然接受了，她就开始慢慢准备起了嫁妆，很多事情都是由王府中的下人做的，可是她也想做一些。

陈侧妃也同意："虽然这门亲事不是你选的，可是日子是你自己过的，过得好过得坏，都要看你自己了。"

沈锦想要把日子过好。在圣旨下来后，沈琦都回了家，算是来开导沈锦的，却发现沈锦已经想开了。

在瑞王妃的安排下，沈梓倒是偷偷见了郑家大公子一眼，郑家大公子长得文质彬彬，才华出众，就连瑞王和他谈过以后，也觉得他虽不是做官的料，但适合做文学。

很快，沈梓和郑家大公子定亲的消息就传了出去，两家也热热闹闹地交换了庚帖。

永宁伯回京献俘的那日，京城里热热闹闹的，就连一些平日很少出门的大家闺秀都订了酒楼的包间。

瑞王府中安安静静的,没有派人出去,因为早就得到了消息,永宁伯半路的时候又回了边关,特意上书请罪了。

圣上倒是没有丝毫怪罪的意思,毕竟永宁伯是为了边关的安稳。

沈锦和沈梓的嫁衣都交给专门的绣娘来做,此时的沈梓穿着一身百蝶穿花的纱裙坐在沈锦的房中,说道:"三妹妹,等你嫁到了边关别忘了写信回京,和我们几个姐妹说说边关的景色。"

身为瑞王的女儿,她们早就得到了消息,恐怕这几年内永宁伯都没有办法回京了,所以成亲的时候,恐怕永宁伯也是赶不回来的,圣上有意直接把沈锦送到边关。

"听说皇伯父会给送亲的队伍用公主的仪仗,三妹妹你可风光了。"沈梓笑着说道,"除了和亲的宗室女还没有别人有这样的殊荣呢。"

沈锦正在绣香囊,头也没有抬地说道:"母妃让二姐绣的枕套做好了吗?二姐快要出嫁了,嫁妆准备得如何了?"

沈梓脸色一变,她已经知道自己嫁妆减少的事情,若不是如此,她也不会整日来找沈锦的麻烦,说道:"三妹妹还是多关心关心自己吧,边关缺衣少食的,也不知道什么时候永宁伯才能回京。"

"谢谢二姐关心。"沈锦终于抬头说道,"二姐还有事情吗?"

沈梓皱眉道:"怎么你还准备赶我走?"

沈锦笑着把针别好说道:"那倒不是,我准备去给母妃问安,不知道二姐要不要同我一起去?"

"既然母妃有事,那就算了。"沈梓这才起身说道,"我们姐妹能见面的机会不多了,明日我再来找你叙叙旧。"

众人都在忙沈锦的嫁妆,对沈梓的嫁妆就有些忽视了,沈梓自然心生不满。沈梓一直觉得自己比沈锦强,可是在嫁妆上就比不得她,如今府中的人又都在忙着她的事情。

可惜是瑞王下的命令,沈梓不敢去找瑞王和瑞王妃麻烦,就只能整日找沈锦的不痛快,从永宁伯杀人到边关环境恶劣,颠来倒去地说,沈锦最开始是心慌,现在都听得麻木了。

第四章
初到边关

以郡主之身出嫁的沈梓本来该引来众多羡慕,而这次却是以公主仪仗送嫁的沈锦受到了更多的关注。沈锦的嫁妆一部分被送到了伯爵府,一部分随着她被送到了边关。

沈锦坐着花轿出了城门后,就换成了马车,然后换成水路,再换成马车,在路上走了差不多三个月才到边关。

除了不能随意走动外,沈锦的日子过得并不算难熬,她本身就能静得下来,在车上的时候就看一些书籍。

考虑到花费在路上的时间,沈锦的嫁衣准备了两套,一套是在京城的时候穿的,一套是在边关的时候穿的。他们并没有直接进边关,而是在离得最近的一个城镇等待着永宁伯的人来接。

一大早,沈锦就被喜娘叫了起来,换上了那套加棉的嫁衣,然后静静地坐在驿站里面,等着永宁伯来迎娶。

沈锦从很早就开始去想,永宁伯会是个什么样的人,她成亲后又会过着什么样的日子。如果永宁伯脾气不好,那她怎么办,永宁伯长得太吓人她要怎么办,永宁伯吃生肉,她要不要陪着吃……

虽然想了很多,可是沈锦从没有想过,她根本见不到永宁伯!

永宁伯不仅没有来接亲,甚至没有在边城里面,他带兵去突袭蛮族了,所以来接沈锦的是永宁伯的弟弟,还不满八岁的楚修远。

楚修远早就得了兄长楚修明的交代,带着府中的亲兵来,抬走了新娘和嫁妆,而那些陪嫁的人一个都没有带进去。

在沈锦嫁进来前,府中就楚修明和楚修远两个主人,而沈锦嫁进来后,府中仍然是这两个主人,沈锦一天没得到楚修明的承认,府中的下人一天就不会认她。

边城的府邸自然没有京城的那么豪华,但是面积很大,沈锦住的也是府中的主院,那些嫁妆在询问了沈锦的意见后,就被人妥妥当当地安置好了。

府中也安排了伺候沈锦的人,不管是男人还是女人都很高大,话不多,动作很利索,只有在沈锦主动询问的时候,才会回答她的问题。

在瑞王府中,沈锦身边伺候的丫鬟虽不说满身绫罗绸缎,却也差不到哪里去,可是沈锦发现这边的人很少穿很长的裙子,衣服更多的是布制的,身上的首饰也不多。

陌生的环境,身边没有一个熟悉的人,沈锦整个人都很无措。身边伺候的一个叫喜乐一个叫安平,而沈锦带来的陪嫁丫鬟,早就在回京城的路上了。

沈锦不是爱难为人的性子,反而因为在瑞王府中并不得宠,使得她更加懂事,如果嫁过来的换成了沈梓,恐怕早就闹翻了天。

而喜乐、安平与沈锦又没有仇,看着沈锦每日蔫蔫的样子,心有不忍。喜乐和安平打了招呼后,就来府中找了王总管,直接问道:"王先生,这样对夫人是不是不太好?"王总管不仅是府中的管事,也是楚修明的军师,因为府中没有人管家,这才留着帮永宁伯打理内务。

他其实是不赞同楚修明娶一个娇柔的妻子的,因为在这里,有时候遇到战事,女人也是要上战场的。而永宁伯夫人,不仅仅是一个称呼,而是能在永宁伯不在的时候,自身立起来的人。

"是缺衣少吃了吗? 夫人怕冷,府中还专门加倍采购了炭给夫人取暖。"

喜乐只是一个丫鬟,根本说不过王总管,便道:"又不是夫人非要嫁给将军的。"

沈锦之所以会瘦纯粹是因为不适应,不管是伙食还是天气,都让她觉得不舒服。她因想念母亲而偷偷哭过。

刚到这里的时候,沈锦不敢乱走或者乱要求,实在是关于永宁伯的传闻太过可怕。可是在这边待了一个多月后,沈锦觉得自己就像是一个到了陌生环境的小动物,在最开始的时候,小心翼翼地观察着周围的环境,一点点动静都能把它吓得缩回壳里。可是渐渐地,当它意识到这里是安全的时候,就会慢慢伸出爪子小小试探一下。

沈锦在吃了一个多月又清淡又不合胃口的饭菜后,忽然问道:"喜乐,你们平时都吃什么?"

喜乐没想到沈锦会主动和她聊天，便说道："我们不太习惯吃米的，比较喜欢吃面食。"

"哦?"沈锦瘦下来后眼睛更大了，看着你的时候，就像是一只正在讨食吃的小松鼠。

喜乐给沈锦倒了一杯水笑着说道："我爱吃面条，安平爱吃烧饼夹肉。"

"好吃吗?"沈锦一脸期待地看着喜乐。

喜乐回道："我觉得不错，面条很筋道，用羊骨头熬的汤底，上面加上肉片再放点辣子，不仅好吃还很容易饱。"

"其实我觉得牛肉面比较好吃。"安平收回了被子说道，"特别是红烧牛肉，然后再吃个烤得焦黄的烧饼，很美味。"

"真的吗?"沈锦更加期待了，"真的那么好吃吗?"

"是啊。"安平笑道，"特别是西城那边的乔老头家，味道棒极了。"

沈锦只是用水润润的眼睛看着她们："好像很好吃的样子……"

喜乐和安平就算再迟钝也看出了沈锦的意思，两个人对视了一眼，喜乐说道："不过口味有点重，夫人应该吃不习惯吧。"

沈锦眼中顿时露出了失望的神色："我真的不能吃吗?"

"好吧，我让我弟弟出去买几个回来，如果夫人不喜欢吃，那我们吃掉就好了。"安平看着沈锦的样子有些心软。

沈锦脸上露出惊喜的神色，然后不断用眼神催促着安平，还问道："多少钱一个啊?那么多肉会不会很贵?"

"不贵。"喜乐笑着说道，"这边肉比那些青菜和水果便宜多了。"

沈锦坚持掏了银子出来给安平，说道："不要让人知道啊。"

"为什么?"喜乐问道，"夫人要的东西可以走公中啊。"

沈锦脸一红，手指在裙子上抠了抠说道："不行啊，外人知道我这么贪吃，会笑话我的。"

喜乐和安平不禁笑了起来，心中对沈锦又亲近了不少。沈锦一句话就把喜乐和安平圈为了自己人。这段时间她一直在偷偷观察着这两个贴身丫鬟，发现她们并不像京城中那些人那样心里一堆弯弯绕绕的，收买是不可能的，母亲说的恩威并施也不适合在这边的环境用。所以她换了一种方法。她不知道永宁伯什么时候回来，不过她希望永宁伯回来得更晚一些,让她有时间把府中的局面先打开,不要求他们多尊重多听话,起码要博得这些人的好感。什么郡主之尊,什么伯爵夫人的称呼,在这些人面前一点也不好用,用身份压人根本没用,如果她不识相的话,孤立无援,说不定没多久她就会因为水土不服病死了……

圣上和瑞王会为了她和永宁伯翻脸?想想都不可能。再说她水土不服病死是因为身体不好,和永宁伯有什么关系?恐怕到时候伤心的只有自己的母亲。

沈锦发现安平推荐的烧饼夹肉非常好吃,外焦里嫩的烧饼里面夹着秘制的卤肉。足有沈锦两个巴掌大的烧饼,她竟然吃了一个半,其实她还能把剩下的半个吃掉,可安平和喜乐两人死命拦着,再三保证明天还给她买。

到了晚上吃饭的时候,那些专门给沈锦做的饭菜她一口没有动,全让安平和喜乐给吃掉了,而她摸着吃得有点撑的肚子在屋子里面绕圈消食。

王总管需要忙的事情很多,不光是将军府的内务,还有一些军队的后勤,所以当他注意到沈锦那边的异样时,已经到了月末查账的时候,他发现沈锦那边的开销变得少了许多,特别是厨房。

沈锦吃饭是有单独的小厨房的,他们虽然不欢迎沈锦这个将军夫人,可是却不会留下明显的把柄,就连沈锦小厨房的厨师都是专门请会做京城那边饭菜的。就算是冬天,沈锦每天的蔬菜也没有断过。

王总管专门叫了安平过来,这才知沈锦改了每日的膳食。

"夫人很喜欢吃牛肉面。"安平道,"还有乔老头家的烧饼。"

王总管问道:"夫人胃口好吗?"

"很好。"安平把沈锦每日吃的东西都说了一遍,就见王总管面色有些奇怪,问道:"王总管,怎么了?"

"没事。"王总管说道,"夫人喜欢什么都尽量满足。"

"嗯。"安平道,"夫人今天还准备吃涮锅子。对了,夫人那天问我,她能不能上街去。"

王总管皱眉,莫非夫人是想偷偷给京城送信?这么一想,就说道:"带着人保证安全就可以。"

安平笑道:"好的,我会安排的。"

王总管问道:"夫人的为人怎么样?"

"挺好伺候的。"安平想了一下说道,"就是什么都不会,又对什么都很好奇。"这话说得足够委婉。

"你多注意点夫人。"王总管沉声说道,"夫人年纪小,你记得陪着点,也多提醒点。"

"我知道了。"安平应了下来。

王总管又交代了一些事情后,就让安平回去了,安平走到门口忽然说道:"王总管,我觉得夫人挺单纯的。"

"你难道忘记了当初的那个表小姐?"王总管冷声说道,"那时候表小姐也单纯得可以。"

安平想说沈锦和表小姐不一样,可是又不知道怎么说,就什么都没说出去了。

沈锦此时正在院子里和喜乐她们玩砸沙包,她像是根本没有注意到安平离开似的,不断地跳来跳去躲避着沙包。她的笑声不大却很好听,她每躲过一次还会得意扬扬地叫道:"笨蛋喜乐,砸不到。"

喜乐经过这段时间与沈锦的相处,也了解了她的性格,闻言就笑了起来,如果不是不忍心看着沈锦被砸到失望的表情,她们怎么可能砸不到人?不过是陪着她玩罢了。

安平去厨房端了刚煮好的红枣茶来,说道:"夫人,喝点热茶再玩。"

"好。"沈锦正好也累了,就直接跑了过来。安平没有马上让她喝,而是带着她进了屋,小丫鬟已经打了温水伺候着沈锦梳洗,等清洗好了,红枣茶也正好入口,沈锦捧着红枣茶小口小口地喝着。

等晚上沈锦用完了饭,安平才告诉她可以出去的事情,沈锦眼睛一亮,自然喜笑颜开。她赶紧拉着喜乐找出前段时间刚做好的衣服,并不是京城中习惯穿的那种绣花长裙,而是变成了这边的款式,袖口是收紧的,上面是小款的上衣,下面的裙子刚到脚踝,更方便活动,而鞋子也是短靴类的,而不是绣花鞋。

整套衣服最漂亮的就是那足有巴掌宽的腰带了,那腰带颜色艳丽,上面还挂着银色的装饰品。

有些事情只要开了头就很难再阻止。边城的街上随处可见正在小摊上选东西的少女,沈锦虽然期待出门,可心中到底有些不安,而在看到这样的热闹后,那些不安也消失了,她就像是被放出笼子的兔子,可劲地撒欢。

沈锦更喜欢边城的生活,在京城虽然锦衣玉食,可是她活得很小心。在王府中,王妃和许侧妃她一个都不敢得罪,还需要时刻揣摩着王妃的心思,做对王妃有用的人。几个姐妹中,她是活得最累的。

而在边城,府中的人没有真把她当永宁伯的夫人,可是想来只要自己不触碰底线,他们是不会对她下手的。除了永宁伯的弟弟外,整个府中就沈锦的身份最高,起码的体面她是有的,所以她不用再去揣摩别人的心思,更不用去讨好谁。

沈锦断断续续出去玩了快一个月,王总管再三询问暗中跟着的侍卫,他发现永宁伯夫人真的只是出去玩,别说偷偷给京里送信了,就是多问一句也没有,写的信都直接通过安平送到了他这里。

过年的时候,沈锦再一次看见了永宁伯的弟弟楚修远,从丫鬟口中得知,过了年他才八岁,不过看起来很高。楚修远并不爱笑,见到沈锦也只是点头叫了一声"嫂子"后就不再说话了。

沈锦和楚修远也不熟悉,所以就算是在一起吃饭也没有话说,倒是吃完后楚修远忽然说道:"嫂子,大哥快回来了。"

"啊?"沈锦一时没反应过来,还想再问,就见楚修远已经急急忙忙地离开了。

安平倒是听明白了楚修远的意思,笑着说道:"少爷这是安慰夫人呢。"

沈锦微微垂眸,纤长的睫毛闪动,倒是没说出什么不希望永宁伯回来的话,只是无限娇羞地说道:"我有些害怕呢。"

"夫人怕什么?"喜乐扶着沈锦往院子里走去。

"永宁伯那么厉害,我在京城都听了不少他的传闻。"沈锦像是谈论自己心中的英雄一样,咬了咬粉嫩嫩的唇说道,"我笨手笨脚的,怕惹了永宁伯不高兴。"

"夫人怎么还这样称呼将军呢?"

沈锦低着头,穿着粉色绣鞋的脚在地上踢了踢:"不好意思啊。"

喜乐笑着说道:"夫人放心吧,将军人很好的。"

沈锦期待地看向喜乐,喜乐没忍住,还是和沈锦说了一些永宁伯的事情。安平犹豫了一下也没有阻止,连二少爷都告诉夫人关于将军的消息了,算是府里人接纳夫人了吧?这也是好事,让夫人多了解一些,到时候免得太过生疏。

永宁伯要回来的消息传出后,府里的气氛好了不少,就连王总管脸上的笑容也多了起来,只是谁也没料到,比永宁伯来得更快的是那些蛮族。

此次蛮族来势汹汹,边城很多人都已经习惯了战争,倒是没有乱起来。

府中安全是没有问题的,储存的粮食也够,下人们没有慌乱的情绪,楚修远并不在府中,跟着王总管出去了,而沈锦不再出门。

沈锦从来没有经历过战争,更没有离战场这么近过,她不知道外面的战况怎么样,她不懂这些,可是她能看出,安平和喜乐的神色越来越严肃,好像情况并不乐观。

"等将军回来就好了。"安平咬牙说道,"那些叛徒!"

沈锦不知道自己该不该问,看了一眼在外面压低声音说话的安平和喜乐,沈锦犹豫了一下,到底没有开口。沈锦是不安的,甚至有些不知所措,因为从来没有人告诉过她,这种情况应该怎么应对,想来就是瑞王也没真正经历过战争。

沈锦第一次认识到永宁伯在这些人心中的地位,他们都坚信着永宁伯回来了就安全了,事实上已经半个多月都没有永宁伯的消息了。

"夫人,二少爷受伤了。"喜乐急匆匆地跑了进来。

沈锦正在绣花,手里还拿着绣花针,闻言问道:"怎么回事?"

喜乐说道:"不清楚,只听说是中箭了。"

沈锦其实很想问,告诉她有什么用。可是她只是把针别好说道:"去看看吧,你从我的嫁妆里拿了人参来,不管有用没用,先备着吧。"

"是。"喜乐听完,就跑走了。

安平面上有些犹豫,说道:"夫人……"可是只叫了一声,就没有再开口,是王总管让她们过来的,所以她不知道怎么说好。

沈锦勉强笑了笑,她从来都明白人有亲疏之分,她不知道为什么今天会告诉她楚修远受伤的消息,可是……她觉得他们是需要她做一些什么的。

第五章
边关危机

沈锦的感觉没有错，她还没进屋就听见里面的争吵声，没听到王总管说什么，只听见楚修远暴怒地说道："不可能！"

安平敲响了门，打断了里面的对话，很快就有人从里面把门打开了。这是沈锦第一次来楚修远的房间，和沈锦的房间不同，他的房间并没什么贵重物品，倒是摆放着不少兵器和书籍，床上用的也不是锦缎，而是一种细棉。

楚修远受了伤靠坐在床上，脸色苍白，见到沈锦进来就说道："谁让你来的？回去！"

王总管倒是没有说话。沈锦没有生气，柔声说道："我那还有不少补药，我让人拿了一些来，总管看看还差点什么，直接和我说。"

"谢夫人。"王总管说道。

楚修远眼睛一红，忽然说道："你回去收拾收拾东西，晚上我让人送你走。"

王总管眼中露出几分不赞同，却没有说话。

听到这句话的时候，沈锦的心猛地动了一下，她很想答应，因为她相信楚修远说话算话，可是答应下来她又能去哪里，如果回京城的瑞王府，恐怕瑞王不管是为了名声还是不得罪永宁伯，不是把她重新送回来，就是直接"病逝"了……

所有念头只是一瞬间的事情，外人并没有看出分毫，沈锦只是说道："我不会走的，让王总管安排人先把你送走吧。"

王总管闻言神色缓和了不少，对沈锦也高看了一点。楚修远直接说道："我楚家没有不战而逃的。"

"你还是个孩子，而且受伤了。"沈锦的声音轻轻柔柔的。

近日沈锦在边城吃得好玩得开心，倒是长高了一些，人也圆润了起来，因为骨头架子小倒是不显胖,脸色红润,眼睛水水的,看起来很可爱。

"有什么我能做的吗?"沈锦知道他们不会无缘无故地叫自己过来,等别人开口,她被动同意,还不如主动开口。

王总管和楚修远对视了一眼,只是把边城的情况说了一遍,和沈锦预料的一样,现在的情况很不好。楚修明本该带人回来了,可是不知遇到了什么事情耽误了,而前段时间蛮族攻城,谁知城里竟然出了奸细,留在边城的将领死在了奸细手里。

提到奸细的时候,不管是王总管还是楚修远的脸色都很难看。沈锦不懂战争,可是她对人心揣测得很多,有一瞬间她都怀疑,这些奸细并不是那些蛮族安排的,而是……沈锦因为这个猜测出了一身冷汗,脸色也变得很难看。

不过王总管还有楚修远只以为沈锦是被他们的话吓住了,倒是没有在意。

"我已经派人求援了,不过援军至今没到。"王总管沉声说道。

沈锦已经猜到王总管找她来做什么了。王总管也是没有办法,在他心中,除了将军和二少爷,没有什么是不能牺牲的,包括他自己,他必须替将军守好边城。

边城的风俗和京城不一样,这里全民皆兵,不仅是男人,就连女人也得拿起武器战斗,在没有将领的边城,需要一个人站出来带领着这里的人对抗那些蛮族。

而凭借着永宁伯在边城人心中的地位,所有人都愿意听楚修远的话,可是如今楚修远重伤,就算沈锦没看见当时多危险,可是如今也能看出,他伤得很重,屋子里是掩不住的血腥味。现在必须有人代替楚修远站出来,而能让所有人听命令的,也就剩下永宁伯这个刚过门没多久的夫人了。

"我会派人专门保护夫人的。"王总管说道。

沈锦动了动唇,如果保护真的有用,那么楚修远怎么会伤得这么重?看着沈锦的眼神,王总管也有些心虚了,想到他们对待沈锦的态度,便软了下来说道:"不用夫人真的上战场的,只是一个象征。"

"我知道了。"沈锦咽了咽口水才说道,"我知道你的意思。"

"送嫂子走。"楚修远说道,"这是男人的事情!"

沈锦看着楚修远,此时的她格外清醒,如果楚修远能动,他们是绝对不会让自己来的,如果自己在众人面前吓晕,那才是致命的打击。这不是没有可能,她这辈子拿过最锋利的武器,可能就是剪刀了。

王总管说道:"夫人,只要撑到将军回来就好了。"

沈锦咬牙说道:"好,不过你们也要答应我一个要求。"

"嫂子……"楚修远满脸愧色。他带兵出城本想偷袭敌军,可是被发现了,周围的护卫拼死把他救回来,可是他肩上和腹部中箭,就连腿上也都是伤,根本动不了。他明白楚家必须有人站出来,他一直做得很好……否则边城不可能撑到现在还没有破。

楚修远重伤要死都没有哭过,此时却红了眼睛:"嫂子,你尽管说。"

"不管这件事后,我是死是活,永宁伯要给我生母请封。"沈锦怕死,很怕很怕,但更怕她死后母亲的日子难过。母亲就她一个女儿,如果她死了,那么母亲一点希望都没有了。

"并想办法在我生母名下养一个庶子。"

如果在平时,这样的要求提出来,王总管一定会怀疑沈锦的居心,可是现在却没有开口阻止的意思。楚修远沉声说道:"好,我替我哥答应你。"

沈锦点了下头:"你好好养伤。"说完看向了王总管:"需要我怎么做,你直接告诉我。"

王总管点头,和沈锦说起了边城的具体情况。沈锦直接带着王总管去了放她嫁妆的库房,把其中的药材都搬了出来,还有各种料子。不过沈锦的陪嫁布料多是绸缎这类的,在现在这种环境下还真是没什么用处,倒是那些香料被他要走了。

其实沈锦要做的并不难,就是站出来,领兵抗敌这些事情自然由王总管这样的谋士来。不过沈锦还是写了几封信发出去,有送到京城给瑞王的,有用郡主的名义上奏折说边城情况的……这些都是王总管要求的,沈锦需要做的就是抄一遍以后,盖上郡主的印章。

如果有选择的机会,沈锦是绝不会站出来的,因为瑞王府的情况,沈锦从小就养成了不争不抢、容易满足的性子,可是今天,她却不得不站出来。

在这一刻,永宁伯的威信沈锦是真正认识到了,仅凭着永宁伯夫人的身份,不管是士兵还是百姓都对她很尊重,对她的每一个决定都毫不犹豫地执行,哪怕是送死……

责任吗?沈锦不知道,她木然地把王总管让她背的东西说了出来。现在守城的已经不全是战士了,也有很多百姓,所有的男人都拿起了武器,所有的女人都自发地照顾伤者,家中的存粮也拿了出来,供给需要战斗的人。

老人和年纪小的孩子生火做饭,年轻的女人把受伤的人背到后方,这里像是没有男女之别。如果不是安平在一旁扶着她,沈锦根本都站不住脚。那些尸体堆积在一起,血肉模糊,脚底下踩的路都被血染红了。

王总管并没有为难沈锦,起码没有要求沈锦站在城墙上。沈锦穿着一身骑马服,脸色惨白,安平甚至怀疑下一刻她就会晕过去,可是沈锦撑了下来。战事越来越紧张,蛮族像是得到了什么消息,进攻得更加猛烈。

为了阻止蛮族,边城仅剩的骑兵一次次出击,甚至到最后没有了骑兵,那些会骑马的汉子明知道是去送死,也主动牵着家中的马组成了队伍冲了出去,不能让蛮族撞破城墙,不能让蛮族修筑好鱼梁道,这个城墙后面有他们的父母、他们的婆娘,还有他们的孩子……

边城里面的弓箭用完了,他们就用礌石来回地攻击,滚木上的长钉把敌方士兵碾成了肉饼,就算只是碰一下,长钉也能扎出许多血窟窿,扔完以后他们再用辘轳拉回城头。滚木很有用,不过也消耗得差不多了,剩下能用的很少,就算再装上,上面也来不及插那么多长钉了。

战争的残酷,没有经历的人是不会真正明白的。

当女人都拿起了武器站在城墙上拼杀的时候,沈锦第一次主动开口了:"把所有老人、孩子和重伤战士都挪到将军府。"

边城里是没有永宁伯府的,重伤未愈的楚修远也被人扶着出现在了会议厅。

战报一封封送到京城,可是却没有一兵一卒被派过来救援,就连沈锦的信都石沉大海,瑞王就像是忘记了她这个女儿一样。

将军府里面几乎都被搬空了,和边城所有民宅一样,能用的东西都被搬了出来,就连有些家具都被劈开烧火,什么紫檀木、鸡翅木此时根本没人在意,和所有的木头一起烧开了热水,泼到了蛮族的身上。

王总管他们用尽了一切办法,边城近三个月没被攻破,靠的不仅仅是这里的士兵。他没有命人收缴粮食,可是所有人都把家里的粮食搬到了将军府的门口统一管理。

很多老人小孩自觉地开始节省口粮,就是沈锦每日吃的东西也是定量的,她主动要求伙食和伤员一样,是粗面细面混在一起的馒头。开始的时候她只觉得吞咽都困难,不过人饿极了,什么都吃得香了。

王总管的右臂断了,只是粗粗包上,他绝望地说道:"最多再守七日,如果没有援兵……"

"不会有援兵了。"不知何时楚修远已经成熟起来了，那个会说"哥哥马上回来的少年"消失了。

"皇帝要我们死。"

"将军会回来的。"王总管说道。

楚修远忍不住红了眼睛说道："他们预谋了这么久，这么久……哥哥如果没出事早就回来了，可是至今都没有消息，恐怕……""凶多吉少"四个字到底没说出来。

沈锦甚至怀疑，她本身就是一枚弃子，皇上趁着送亲的工夫和这边的奸细联络，然后又和蛮族勾结……她开始还会想，瑞王知不知道，可是后来她觉得无所谓了。

楚修远看向沈锦，说道："嫂子，王府中有一处修建的密室，这几日你就躲进去吧。"

王总管也说道："那处密室足够撑到将军回来，到时候蛮族攻进城来，我让人一把火把将军府烧了，到时候他们也不会发现少了谁，密室的通风口位置特殊，浓烟也不打紧。"

"密室只有兄长知道打开的方法，还可以从里面打开，到时候除非兄长回来，嫂子你万不可出来。"楚修远的声音嘶哑。

沈锦动了动唇说道："让那些孩子躲进去吧。"她不是不怕死，而是她明白，她死了母亲可能能得到更多的好处；如果她活下来，永宁伯回来了会怎么想？他的弟弟、他的属下都死战到最后一刻，而沈锦这个名义上的妻子却躲起来苟且偷生。就算楚修远当初戒备没让送亲队伍进边城，也难保不是他们传递的消息。恐怕永宁伯早就恨死她了。若是回京城，京城哪里还有她容身的地方？沈锦看得很清楚。

最重要的一点是还没有到最后一刻，她是不愿意放弃希望的。若是他们能撑到永宁伯回来，看在她九死一生的分儿上，永宁伯也会给她一份体面和活路吧。

"先让所有老人、孩子和重伤之人进将军府。"沈锦说道，"让孩子躲进密室。"

王总管看向沈锦，忽然说道："遵夫人令！"

楚修远也说道："嫂子放心，我一定会护着你，就算死也死在你前面。"

沈锦眼睛一红，强忍着泪水点头说道："好。"

经过这段时间的相处，沈锦和楚修远等人的关系融洽了不少，就是对王总管也没有了先时的厌恶。她记得王总管写得一手好字，每逢过年，不少边城的百姓都会来求王总管写春联。

喜乐也求了，还拿给沈锦看，那一手字不比京城大家差，还多了几分他们没有的风骨，可是正是那写字的右手被蛮兵砍断了，为的是救一个上来给士兵送饭的孩子。

　　在大是大非面前，那些小恩小怨也就没那么重要了。沈锦也不傻，在见过朝廷的态度后，也明白了为什么王总管他们先前对自己这般防备。

　　王总管很快叫来了亲信，把大致的情况都说了："夫人心善，怕是没有想那么多，不过密室躲不进那么多人，而且隔音一般，只能选了适龄的孩童进去。"

　　"适龄？"沈锦看向王总管。

　　王总管说道："六岁以上。"

　　"可是……"沈锦想到还有那么多孩子。

　　楚修远年纪虽小，可是比沈锦明白战争的残酷。

　　"嫂子，没办法的，年纪太小的话，先不说能不能撑到兄长回来，就是万一城破了，他们哭闹引了蛮子，那就一个人都保不住了。"

　　"密室虽然有通风口，可是为了不引人注意，开得不算大，只能供给日常生活，万一有人死在里面，怕是……"王总管没有说话，沈锦也明白了，尸体腐烂也容易让人染病。

　　"可是要怎么和百姓说？"沈锦不自觉地看向了安平，安平的嫂子去年才给她家添了个儿子，而安平的哥哥，早已死在了城墙上。

　　"夫人，"安平反而比沈锦看得开，说道，"城里所有的人都是我们的亲人，为了让多一些的亲人活下去，当然是要有牺牲的。"

　　"夫人太过心软。"王总管说道，"不如我来吧。"

　　"我来。"沈锦说道，"我也想为这里做些什么。"

　　"夫人做得够多了。"安平笑着说道。

　　沈锦摇了摇头，看向楚修远说道："你先休息一会儿，我那还有一些阿胶，让人炖了给你和总管吃吧。"

　　"我没事的，嫂子。"楚修远笑着说道，"放心吧，兄长会回来的。"

　　沈锦笑着点头，也不再说什么。母亲曾教过她管家的事情，可是从没有教过在战乱的时候如何管家。不过此时也没有那么多讲究，她让人直接开了将军府的大门，让老人、孩子和重伤者都进来。

　　沈锦看着众人道："如果没有援军，恐怕撑不过七天。"她本来觉得直接告诉百姓这个消息不好，可是王总管和楚修远都赞同直接说，因为根本瞒不住。

"将军府有一密室,此时选适龄儿童躲进去,若是……总不能真被人屠城了,将军回来也不好看。"沈锦的声音带着特有的软糯感。

楚修远站了出来,猛地跪了下来:"是我楚家没有护好大家。"

"少将军!"经过这段时间,这些人已经不再称呼楚修远"二少爷"了,而是叫他"少将军",也是另一种形式的承认。

"我与嫂嫂定会战到最后一刻! 城在人在,城破人亡!"

"少将军!"所有还能动的人都哭着跪下了。沈锦带着将军府的人跪在楚修远的身后。

"少将军,你和夫人才应该进去! 等将军回来了,少将军记得让将军替我们报仇就是了。"

"不用说了。"楚修远站起来,先是扶起了沈锦,然后一一去扶起城中老人:"我楚家只有战死的鬼,绝没有偷生的人!"

"夫人年纪还小,让夫人躲进去吧。"有人看着沈锦提议道。

沈锦道:"我也是楚家的人啊。"

王总管此时已经把沈锦当作了自己人,说道:"这是夫人的提议。夫人本想让所有孩童都躲进去的,不过……"王总管把大致的理由说了一遍。

有人抱着年幼的孩子低声哭泣,可是谁都明白王总管说的是对的,沈锦到底不忍心地说道:"只是以防万一,还没有到那一步。"

"夫人放心,我们懂。"一个年过半百的老人站出来说道:"我来选人,你们如果要怨恨就怨老汉我。"

"少将军和夫人都把活路让给我们了,谁还能有怨恨?"

"将军一定会回来的!"

沈锦他们没有再留下来,外面还有很多事情等着处理,楚修远忽然递给了沈锦一把匕首,并没有说话。

沈锦愣了一下,楚修远把匕首放到了她的手里:"嫂子,拿着以防万一。"

安平也说道:"夫人,那些蛮族都不是人,畜生不如的东西。"

沈锦一下明白了,握紧了匕首应道:"嗯。"

被选出的孩童最大的不过十一二岁,最小的也有五六岁,有男孩有女孩,看起来都很健康。楚修远带着他们一起下了密室,那密室的位置就在客房的花园下面,尽他们所能给孩子们准备足够撑下去的物品。

这些东西省着点吃喝,应该能撑上一个月,楚修远仔细教了他们从里面打开门的方法后,就把密室的门给关上了。

留下的人都做好了赴死的准备。多亏天无绝人之路,在孩子们躲进密室的第四天传来了好消息……

在很久以后,沈锦依然清楚地记着那一天,那迎风招展的帅旗,和像是小灯笼一样穿起来的人头被挂在竹竿上,本在攻城的蛮族都停了手,像是疯了一样朝着后面的部队冲去。

"将军回来了!"

欢呼声不断地从城墙上传来,他们看着帅旗,有的跪在地上号啕大哭,有的互相抱着尖叫……将军回来了!他们安全了!

"杀出去!"不知道是谁第一个喊出来的。很快人群就连成了一片,还活着的人都拿着武器。楚修远命人打开城门,带头冲了出去,配合着永宁伯的军队对蛮族进行夹击……

"不怕是陷阱吗?"沈锦从前两天开始就和安平她们一起帮着照顾伤患。

王总管说道:"就算是陷阱又能怎么样?"

沈锦发现这段时间王总管有意无意地教了她不少东西。她低头继续熬药,是啊,就算是陷阱又能怎么样?情况再差又能比现在差到哪里?

"真的回来了啊……"沈锦还有一种不真实的感觉。

安平狠狠地把一个还要出去战斗的男人按倒在地,用烈酒清洗他的伤口,说道:"老实待着。"

"我要去和将军一起战斗!"男人身上大大小小不少伤口,最严重的是腹部的。

安平毫不留情地在他的伤口上一按,等他痛呼出声,才说道:"你是去找死。"

"死,我也要死在战场上!"男人挣扎着说道。

其实他的年纪不大,也就十六七岁而已。沈锦说道:"死的人已经够多了,活下来对将军更有用一些。"

王总管没有开口,不过明显是赞同的,她的话让不少人都红了眼睛。

永宁伯不仅解了边城之围,还击退了蛮兵,杀得他们溃不成军,这才停止了追击。

不过这不代表着事情就结束了,边城的战损、物资的匮乏、士兵的安葬使得所有人再次忙碌了起来。

哭声就没有停止过……边城虽说不上十室九空,可是没有一户人家是全员都在的,就连那些人见人烦的混混、扒手在这一刻都选择了战死。

沈锦后来才知道,永宁伯军队挂着的那一串串灯笼似的头颅,是蛮族不少首领、族人的,他们直接抄了这些人的后方,不管男女老少全部斩杀。

残忍吗? 如果还是瑞王府的沈锦,那么她一定会觉得残忍害怕,可是经历了战争的她,更多的是觉得庆幸,多亏将军赶回来了。如果是边城被攻破,那些被挂起来的人头,就会变成他们的。

直到第三天,沈锦才见到永宁伯,一身看不出颜色的盔甲,满脸的大胡子,眼神锐利,居高临下地看着她。沈锦正蹲在井旁和几个人清洗棉布,因为是给伤员包扎用的,所以在洗完以后还要用热水煮一煮。

当见到永宁伯时,沈锦根本没认出来,还是安平叫道:"将军……"

其实永宁伯也没有那么吓人……不知道是这段时间沈锦的胆子养大了,还是她被传言误导,觉得永宁伯应该更可怕一些,所以她一时都没反应过来,反而有些呆呆地看着他。

沈锦很快也反应了过来,站起身给永宁伯福了福身:"将军。"

"都起来吧。"永宁伯身边只跟着王总管,他看着沈锦露出了笑容:"夫人,我是来接你的。"

"谢夫君。"沈锦很有眼色地改了称呼。

在很久以后,永宁伯和沈锦聊起了第一次见面的情景,永宁伯说当时就觉得沈锦小小的一团,若不是王总管告诉他,他怎么也没办法想到她有勇气站出来,又追问沈锦对他的印象。沈锦才说了实话,当时啊……沈锦只希望永宁伯不要笑了,看起来真的又难看又狰狞。

不过这时候的永宁伯还不知道,甚至自我感觉不错地伸出了手,沈锦挣扎了一下才把自己的手放上去。她的手早已没了刚来时候的柔嫩,因为在冷水中浆洗棉布,又要用热水烫的原因,手不仅变得红肿还裂了口子,看起来格外难看,可是永宁伯并没在意,反而握紧了她的手。

永宁伯今天亲自来接沈锦,也代表了他的态度,这一刻沈锦才真正成为楚家的一员,被永宁伯承认的妻子。

不过永宁伯只把沈锦接回了将军府,然后就继续去忙了,安平还是留在沈锦的身边,而喜乐……已经死在了蛮族的箭下。

孩子们已经从密室出来了,永宁伯的回归不仅解了边城之围,更使得所有人都有了主心骨。

在第四日,所有还活着能动的人都换上了麻衣,一同去祭奠那些死去的人。

这日,陪在沈锦身边的是楚修远,而永宁伯带着士兵押解着那些俘虏,把他们绑跪在了坟墓前。

所有战死的人都被埋在了一起,他们的名字将被刻在石碑上。那些名字是永宁伯亲自抄写的,这算是边城的传统。这边战事不断,所以就专门找人选了风水好的地单独圈了出来,最好的地方全部留给了战死的人,病死或者老死的就埋在周边。逢年过节,边城的人都会自发地来祭奠这些死者。

酒水洒在土地上,永宁伯沉声说道:"血祭。"

随着他的声音落下,那些俘虏的头一一被砍下,整齐地摆放在坟前。"我楚修明对天发誓,终有一天用所有蛮族的鲜血来祭奠死去的战士!"

"杀!"

"杀! 杀!"

所有人的眼睛都是红的,浓重的血腥味不仅不让人害怕,反而激起了人心底的仇恨,这一刻男女老少都大喊出声,震耳欲聋……

就连楚修远都喊破了音,沈锦看着站在最前面的那个男人,就算他长相狰狞而恐怖,也是一个顶天立地的男人。这就是她的丈夫吗? 一个和瑞王完全不一样的人,更有担当……如果他真的很喜欢吃生肉,沈锦觉得她可以陪着他试试……

第六章
相识相处

　　沈锦看着眼前一身锦袍、面如冠玉的男人，傻眼了，然后看了看和男人坐在一起说话的楚修远，又转头看向身边的安平，最后又看向他，仍然不敢相信这个男人就是永宁伯，就好像是狂草忽然变成了小篆……

　　男人注意到了沈锦的表情，那种有些疑惑又有些纠结的眼神把他逗笑了，说道："夫人，难道不认识夫君了？"

　　从来没认识过好不好！沈锦抿了抿唇到底没说什么，可是她不知道，她脸上根本藏不住事情，男人又哈哈笑了起来。

　　楚修远脸色有些苍白，不过倒是带着笑容说道："嫂子，他确实是大哥。"

　　说好的面如钟馗、性格残虐、喜吃生肉、日饮鲜血、没事杀个人来取乐的那个人呢？

　　沈锦坐在楚修明对面，并没有说话，倒是楚修明笑过以后就说道："再过六日，朝廷的人马就到了。"

　　"哼，仗都打完了，还来有什么用？"楚修远怒道。

　　"他们不来，物资怎么办？"和楚修远相比，楚修明倒是很平静。

　　他这样坐着的时候，就像是画中的人一样，沈锦觉得如果京城中那些大家闺秀真见了楚修明的样子，也不知道会不会后悔。

　　看着又走神的妻子，楚修明无奈地叹了口气，看了弟弟一眼，楚修远耸耸肩，他和这个嫂子相处得也不多，倒是没发现沈锦有这个毛病。

　　"嫂子？"楚修远加大了声音叫道。

　　沈锦愣了一下这才看向楚修远，好不容易养得稍微圆润了一些的脸又瘦了下来，显得她的眼睛又大了一些。

"怎么了?"

楚修明笑着说道:"夫人想什么呢?"

沈锦动了动唇,脸一红:"没想什么。"她可不好意思告诉楚修明自己想的是什么。

楚修明没有追问,只是说道:"等朝廷的人来了,夫人愿意帮着为夫接待一下吗?"

"我?"沈锦看向楚修明,满脸写着"不愿意"三个字。

楚修明只当自己没看出来,说道:"是的,为夫和弟弟重伤无法起身,这府中能做主的就剩下夫人了,只能麻烦夫人了。"

沈锦看了看重伤无法起身的楚修明,又看了看楚修远,这才应了下来:"哦。"缓了缓又问道:"需要我做什么?"

楚修明道:"我会让赵嬷嬷告诉你的。"

"好。"沈锦这才应了下来。

楚修明说道:"那就吃饭吧。"

现在的情况,就算是将军府吃的饭菜也不可能精致到哪里去,桌上都是一些马肉,那时候拼杀死掉的战马都被规整回来。

马肉其实很难吃,特别是这种战马的肉,很硬,沈锦吃过一口以后就不愿意吃了。

战事已经结束了,沈锦又变得有些娇气了,她倒不会浪费粮食,而是不再逼着自己吃那些难以下咽的东西。楚修明和楚修远两兄弟倒是吃得很香。她就吃了杂面的馒头就着咸菜汤。

等几个人用完了饭,安平就去厨房端了一碗炖好的阿胶放到了楚修远的面前。

"嫂子……我觉我已经好了。"

"补血的。"沈锦说道,"我问过大夫了,你吃点好。"

阿胶这种东西对女人很滋补,所以沈锦的嫁妆里面有不少。不过这东西吃起来很麻烦,沈锦嫁妆的药材都被搬空了,唯有阿胶还剩下了大半。

沈锦在问过大夫后,就开始每天按时按顿让楚修远喝阿胶,见楚修远喝得痛苦,就劝道:"过段时间等别的补药送来了,我就给你换。"

楚修远也知道沈锦是一片好心,不过他觉得这东西就该是女人喝的,而家里看着最柔弱的明明是沈锦。

等楚修远喝完了,沈锦才站起来说道:"那我先回去了。"

"这几日等人手空出来,你搬到我院子里住。"楚修明说道,"东西什么的你先收拾着。"

沈锦脸唰地一下红了,她都快忘了这一茬了,咬了下唇没有回答就离开了。

发生战事的时候,楚修明提到的赵嬷嬷并没有在边城,她过完年没多久就去探亲了,这两天才买了许多粮食一并带了回来。

赵嬷嬷看起来也就四十岁左右,很慈祥的样子,听说原来是楚夫人身边的大丫鬟,在楚夫人死后,还奶大了楚修远,所以在将军府中很有几分体面。

赵嬷嬷已经按照吩咐在院子里等着沈锦了,见到沈锦就起身行礼道:"夫人。"

沈锦笑着点了点头说道:"麻烦嬷嬷了。"

赵嬷嬷说道:"能伺候夫人是老奴的荣幸。"

"安平给嬷嬷倒茶。"沈锦吩咐道。

"是。"安平行礼后就下去准备了。

沈锦说道:"嬷嬷先坐下吧。"

赵嬷嬷等沈锦坐下后,才在椅子上坐下。沈锦看着赵嬷嬷的姿态眯了一下眼睛,刚才楚修明称呼她为"赵嬷嬷"的时候,沈锦就有些怀疑,能被称为"嬷嬷"的,要么是奶过主人家子嗣的,要么就是宫中出来的。

如今看来,赵嬷嬷很可能两种都占了,因为她的坐姿和礼节并不是一般下人能练出来的。当初瑞王妃给她们几个姐妹也请了宫中的嬷嬷来教导她们,沈锦学得很认真,所以对这些很熟悉。她觉得赵嬷嬷和当初教她的嬷嬷有些不一样,好像赵嬷嬷教的更简洁些。

沈锦虽然有疑惑,可是她不会问出来,就算现在将军府所有人的态度看着像是接纳了她,但她是瑞王的女儿,朝廷的郡主,而边城和朝廷之间,也没有在京城中看着的那么融洽。

安平很快就端了茶水上来,还给沈锦端了红糖水,这红糖还是赵嬷嬷带回来的那批物资里面的,安平知道沈锦小日子的时间,可是这次明明该到了却一直没来。

赵嬷嬷看了一眼,心中也有数了,楚修明让她来可不仅仅是教沈锦一些礼节,还要她帮着调理身子,特别提了沈锦的手的问题。

"夫人趁热喝些。"安平柔声劝道。

沈锦点头,这东西原先是不稀罕的,可是现在在边城算是稀罕物了,她双手捧着红糖水喝了几口,才笑着说道:"嬷嬷教教我,如果朝廷的使者来了,我要怎么接待?"

赵嬷嬷端着茶抿了一口后,就放到了一边,说道:"夫人为何要担心怎么接待他们?"

"他们是皇上派来的。"沈锦看向赵嬷嬷,"是代表着皇上。"

赵嬷嬷并没说沈锦想的错了,只是道:"那夫人你的身份呢?"

沈锦愣了一下,明白了赵嬷嬷的意思,她是真正的皇亲国戚,有郡主爵位不说,丈夫又是永宁伯,镇守一方的大将。

"而且这次的事情,如果夫人好酒好菜态度温和地招待他们,朝廷才会不放心吧。"赵嬷嬷温和地说道。

"我懂了。"沈锦抿了抿唇。

"城里也有驿站,让他们直接住过去就是了。"赵嬷嬷笑道,"夫人,以你的身份,嚣张一些也是应该的,就算在京城,也没有几个人能让夫人低头的。"

沈锦动了动唇,说道:"我尽量。"

嚣张吗?沈锦想到沈梓的样子……如果换成自己总觉得有些……不太对啊。

赵嬷嬷也知道沈锦的身份,虽然是瑞王的女儿,被嫁到边城,怕也是不得宠的。不过就凭着沈锦对楚修远的照顾,赵嬷嬷也是心甘情愿替她操劳的。当然,她也听说了沈锦在边城的表现,她觉得沈锦是个聪明人。

很快,赵嬷嬷就想收回对沈锦的评价。沈锦就像只兔子,平时一副软绵绵的样子,就算被人拽了耳朵戳了肚子也不会生气,最多换个地方继续窝着。不过当兔子身后站着一只豹子的时候,想拽耳朵?戳肚子?呵呵,豹子就先咬死你。

在和楚修明共用了一次饭后,沈锦发现每次吃饭的时候,她面前就会多一个小碗,里面有时候是蒸蛋,有时候是炸过的小鱼,上次还吃了什么鸟,东西都不多,但是足够她吃了。

刚开始她格外不好意思,总觉得楚修明和楚修远吃那么难吃的马肉,而自己吃独食似的,最后还是楚修远说道:"嫂子,你那么点东西,还不够我吃一口的,你就自己吃吧。"他扫了一眼在一旁想是没注意到这边情况的兄长,就这么点东西,可是他大哥每天早早起来才弄到的。

有的是和人家换的，有的是出城抓的，费了大工夫，他不是舍不得让家里人吃，而是只能找到这些了。

这样的沈锦也不会让人觉得讨厌，起码她觉得不想吃就不吃，捡着有她喜欢吃的吃，不会挑三拣四让人觉得为难。楚修远咽下嘴里的东西，又看了兄长一眼，恐怕就是这样，什么都不要求，反而让兄长更想宠着她点。再看沈锦吃着碗里的东西时，眼睛弯了的样子还真像当初家里养过的那只白猫。

每次小碗里的东西，沈锦都会分成三份，就算楚修远说不够他们一口吃的，她仍会用公筷把东西夹到他们碗中；如果像炸小鱼这样最后多出来一两条不够分的，沈锦也不会矫情地要平分，有时候自己给吃了，有时候会夹给楚修远。

这要看剩下的是不是她喜欢的了。是她喜欢的就留下来，带着点满足和小得意；不喜欢的就给楚修远，还会让楚修远多吃点补补。

沈锦的小心思很明白，让人一眼就看穿了，这样带着点狡猾和亲近的意味在里面，楚修远都会在沈锦把最后的分给他时，笑道："嫂子，又是你不爱吃的？"

"不是。"沈锦可不会承认，用一脸我为你好的表情说道，"我见你脸色不好，你要多补补。"

楚修明话不多，更多的时候是看着他们聊天。沈锦也发现了：楚修明还真是外面一个样，家中一个样；熟人面前一个样子，外人面前一个样子。不知道从什么时候开始，就算有她在楚修明也很少说话，反而更多的时候静静地坐在一旁。沈锦觉得他满身仙气缭绕。

朝廷使者来的那日，沈锦中午刚吃了小鸡炖蘑菇，里面的一大半蘑菇都进了她的肚子，不过那小鸡她就吃了两个翅膀，剩下的全留给了楚修明和楚修远。

沈锦算了算日子也差不多了，不过中午吃得太饱，被赵嬷嬷逼着在院子里转了几圈，此时有些昏昏欲睡。

赵嬷嬷自然看出来了，一边帮着铺床一边说道："夫人休息一会儿吧，那些使者也有人招待呢，他们刚到这边，也要梳洗一下歇歇脚。"

沈锦闻言眼睛一亮，说道："还是嬷嬷考虑周全。"她也不用安平她们伺候，就自己换了衣服，躺在了床上。

赵嬷嬷看着沈锦的样子，帮着掖了掖被子，又把床幔遮好，说道："老奴就在外面守着,夫人有事了就叫老奴。"

"好。"沈锦已经闭上眼睛,应了一声就睡着了。

沈锦是被赵嬷嬷叫醒的。她刚睁眼赵嬷嬷就让安平端了红糖水,一碗喝下去也彻底清醒了。沈锦梳洗了一番,虽没上妆,却也比平日精细了不少,但郡主品级的那些东西一件都没戴。

赵嬷嬷在叫沈锦之前已经让人叫那些使者到大厅等着了,一番梳妆打扮下来,他们最少等了半个多时辰,等沈锦出来的时候,脸色都有些难看。

沈锦看了一眼根本没在意,只觉得这两个人倒是有些蠢,也不想想现在站在谁的地盘,就敢甩脸给她看,就算她当初以郡主之身嫁进来的时候,也丝毫不敢摆架子。

这两个人不认识沈锦,他们开始还以为是永宁伯接见,谁能想到走出来的竟是个弱女子,他们不是第一次替圣上颁旨,可是这样的待遇还是第一次受。

"夫人,这两位就是京里来的大人。"安平等沈锦坐下后,先给沈锦倒了茶水。

沈锦挑眉看了两人一眼,说道:"两位大人来得有些迟了。"

站在沈锦身后的赵嬷嬷闻言眼睛一亮,这一语双关用得极好,不仅是说今天来得迟,也有救援来得迟了的意思。

"吉时都过了,就算我有心接旨,也是不敢接,这可是对圣上的大不敬,让父王知道,可是要骂我没规矩的。行了,回去吧,明早再来,可别再迟了。"沈锦来了这边以后,第一次提起了瑞王。

沈锦的神色像是在叮嘱和担忧,可是话里的意思却是他们不是不接旨,而是这两个人把吉时耽误了不能接。说完,沈锦就起身回去了。

这一番话下来,连个反应的机会都没给这两个使者,赵嬷嬷更是高看了沈锦不少,不愧是京城里的郡主,这气势足得很。谁知道扶着沈锦的手往里面走去的时候,她觉得沈锦的手冰凉,手心还往外冒着汗。

"嬷嬷,我刚才怎么样?"回屋后,沈锦又有些得意地问道。

"夫人表现得极好。"赵嬷嬷选择遗忘了那冰凉的小手,说道,"夫人这般端着就对了。"

"我跟母妃学的。"沈锦抿唇,想要绷着点,可是又忍不住露出了笑容,脸上的小酒窝若隐若现的,就连眼睛都一闪一闪的。

学什么？端着，还是这样的姿态？赵嬷嬷看着沈锦，等她接着说，谁知她不准备再说了，而是去找了那些丝绸锦绣。她现在嫁妆里能找到的布料就是这几种了，被人嫌弃不能包扎又不保暖的。

"嬷嬷，你说这个配上天青色绣个扇套怎么样？我慢慢做，等到天气热了，夫君和弟弟一人一个。"

"老奴觉得极好。"

后来赵嬷嬷从安平处才知道，沈锦在伤兵营表现不错，可一回屋就又吐又哭的，吓得还直哆嗦。不过，安平不好意思让将军知道这些，怕他看不上沈锦。

第二天，将军府倒是规规矩矩地接了圣旨，楚修明脸色苍白，一身药味，还带着点血腥味，像是伤得很重似的。而楚修远根本没有出来，按照沈锦的说法就是楚修远伤得更重，根本起不来身。

两个使者心中不满，可也不能逼着楚修远起身。

沈锦一直扶着"重伤"的楚修明，接完圣旨后，楚修明就被人扶进去休息了，而沈锦看着赏赐的东西一样样搬进了将军府。

有金银珠宝，还有良田别院，就连沈锦都有御造的首饰和布料，可是有用的一样都没有。良田别院都是在京城的，首饰布料沈锦根本不缺，金银珠宝能看不能吃，他们需要的粮食药材根本提都没提。

沈锦看着一样样东西入库，忽然问道："粮草呢？"

使者知道沈锦的身份，昨天更是领教了沈锦的厉害，今天倒是恭顺了不少，说道："粮草物资这些东西，圣上已经下令户部准备，近期就会运往边城。"

沈锦就算再不知事，也明白这个"近期"还真不好说，所以看向了使者，道："然后呢？"

使者一脸疑惑，什么然后呢？

"近期是什么时候？"沈锦问道。

使者道："下官不知。"

沈锦点点头，使者刚松了一口气，就听见沈锦一派天真地说道："那你写信回去问问。"

沈锦像是不知道在为难使者似的道："顺便帮我给父王、母妃和两个出嫁的姐姐送几封信,反正你们的奏折也是要送回京城的。"

使者这才明白,沈锦的意思是让他们问皇上。

"我记得奏折会比普通信件快一些。"沈锦看向脸色难看的使者,皱眉问道:"怎么了?你们是不愿意帮我忙吗?"

其中一个使者躬身说道:"圣上有命,让我们办完事后就火速回京。"

"写信又不耽误时间。"沈锦道:"来人,笔墨伺候两位大人。"

话刚落,就见府中的下人已经把将军府的大门关上了,然后搬桌子拿笔墨纸砚,还很贴心地把纸铺好:"两位大人请。"

沈锦说道:"那两位大人先忙,我也进去给父王他们写信了。"说完,她就直接转身离开了。因为要接旨,她今天穿了伯夫人的正装,根本走不快。就算如此,两位使者也不敢上前拦一步。

"伯夫人留步,不如我等回了驿站再写?"使者提高声音说道。

沈锦没有回答,而是看向了赵嬷嬷,赵嬷嬷头都没抬一下,只是说道:"夫人一大早起来还没用膳,老奴已经让人备了红枣小米粥。"

最近有不少消息灵通的商人开始往这边运送货物,又有楚修明安排的人到周边采购,将军府的伙食倒是比前段时间好了不少,起码沈锦不用看着他们每天吃马肉了。

"好。"沈锦果断地把两个使者抛之脑后。

安平没有跟着沈锦走,留下来看着两位使者,态度恭敬地问道:"不知两位使者需要奴婢通知厨房准备午膳吗?"

言下之意,不写完就别想出去。

沈锦回去的时候,楚修明正坐在她的院中,她的眼睛都瞪圆了,看着楚修明问道:"你怎么会在这里?"

楚修明挑挑眉,并没有说话,倒是赵嬷嬷笑着说道:"老奴去催着点,让厨房上菜。"

边城需要重建,很多地方都需要人手,所以就算是沈锦院中也没几个人,等赵嬷嬷一走,小院中就剩下了楚修明和沈锦。

这还是沈锦第一次和楚修明单独相处,心中有些紧张,见楚修明看着自己,即便没有开口,沈锦也看出了他的意思。

在瑞王府,沈锦能留在瑞王妃的身边,讨了瑞王妃的喜欢,就是因为她很会看人眼色,瑞王妃还没开口,她就能把瑞王妃想要的或者需要的东西拿过来,瑞王妃喜欢的茶水温度、饭菜口味,更是记得一清二楚。

开始的时候还会弄错,后来就熟练多了,所以楚修明这样的,沈锦沟通起来也没障碍。

楚修明其实早就有所感觉,不过因为弟弟在场,他没有表现出来,今天确定了,心中对沈锦在瑞王府的处境也有所猜测,这般有眼色和细心并不是天生就有的。

沈锦身为瑞王庶女能练出这样的本事,可见在瑞王府过的日子,而且楚修明已经听王总管他们说了沈锦来边城以后的表现,这些却不好直接问出口,只等以后慢慢观察就是了。

"坐下吧。"楚修明其实不难相处,他更不是传言中那样嗜杀的人,也不知是不是沈锦的错觉,她总觉得楚修明眉宇间不仅清冷还有着淡淡的忧郁,这样的气质更是吸引人。

"嗯。"沈锦应了一声,这才坐在了楚修明的身边。

楚修明像是没看出沈锦的小心翼翼,笑了一下问道:"刚才那两个使者可有为难你?"

沈锦被楚修明那一笑晃了眼,道:"没有,不过我让他们写信回去问问粮草什么时候能送来,顺便帮我给父王他们送几封信。"像是征询楚修明的意见,"你觉得我做得对吗?"

其实早有人把沈锦在前院的事情告诉了楚修明,他闻言说道:"你都做了,如果我说不对呢?"

沈锦脸色一白,动了动唇:"那怎么办啊……"

"我开玩笑的。"楚修明看见沈锦的样子,放柔声音说道,"放心吧,你做得很好。"

沈锦鼓了鼓腮帮子,想瞪楚修明几眼又不敢,最后还是低着头不吭声了。

楚修明轻笑出声,伸手按住沈锦的手,他的五指修长,一下子就能把沈锦的手全部包着。沈锦一慌往外抽了抽手,却发现根本抽不出去,而楚修明轻轻捏了一下说道:"别气。"

"没有。"沈锦脸红扑扑的,虽然抬起头,可是眼睛都不敢落在楚修明的脸上。

"那你准备给岳父写什么呢?"楚修明问道。

沈锦这才说道:"要东西。母妃说过,若是我缺什么东西可以写信回家,他们会给我送来的。"话里带着小得意,"我想要一些补药、香料,还要告诉我吃不惯这边的东西,让他们寄点干菜果、干蜜饯、熏肉……我其实比较喜欢吃去年大姐夫送给母妃的那种火腿,有点甜还很香,不管是烤着吃还是炖着吃味道都很好,不知道这次写信给大姐,她会不会送来一些给我。"

楚修明听着沈锦嘀嘀咕咕说个不停,没有丝毫不耐烦,反而带了几分兴味。

"我觉得弟弟肯定也会喜欢那种火腿的。"沈锦怕楚修明觉得自己贪吃,就拉了楚修远出来,"还有巴掌大的干虾,虽然有些咸,可是做菜很好吃,夫君你一定会喜欢的……"

"快些长大吧。"楚修明看着沈锦的眼神很柔和,等她停下来,就伸手捏了一下她的脸,果然手感很好,如果再胖点肯定更好。

"啊?"沈锦的手终于从楚修明手里解放了出来,捂着脸,一脸疑惑地看向楚修明。

楚修明没有再说下去,而是看向站在外面的赵嬷嬷:"扶夫人进去更衣吧。"伯夫人的正装虽然华丽,可是吃饭并不方便。

赵嬷嬷把手里的食盒交给了身边的丫鬟,这才进来说道:"是。"然后扶着沈锦往屋里面走去。

丫鬟们见楚修明点了头,才进来开始摆放饭菜。

沈锦经过这次的交流,倒是觉得楚修明很温柔,对她也很好,想到楚修明握着她的手,小脸一红,咬了下唇,眼中露出几许羞涩。赵嬷嬷把这些都看在眼里,脸上更多了几分笑意,说道:"今天将军特意吩咐厨房蒸了发糕,老奴去瞧了,里面不仅放了枣子还有一些核桃仁呢。"

"真的吗?"沈锦眼睛一亮,一脸期待地看向赵嬷嬷。

"是的。"赵嬷嬷动作利索地帮着沈锦去了头上过多的发饰,说道,"将军专门让人买的核桃仁,夫人昨天不是说想吃核桃仁吗?"

"那里面有葡萄干吗?"沈锦接着问道。

赵嬷嬷拿着衣服的手顿了一下,说道:"有的,将军知道夫人喜欢吃,所以特意交代了厨房,里面放了葡萄干。"

"太好了。"沈锦满脸笑容,拿过衣服就开始自己换,催促道,"那嬷嬷快点,发糕热乎乎的才好吃,当初我在京城吃了几次,可惜母妃不爱这东西,我早膳又要陪着母妃,都没吃过几次呢。"

在帮沈锦换完最后一件衣服后,赵嬷嬷才说道:"夫人,老奴有句话不知当讲不当讲。"

"嬷嬷请说。"沈锦看着赵嬷嬷的样子说道。

赵嬷嬷思索了一下才说道:"老奴刚刚在外面倒是听到了一些夫人说的话,老奴知道夫人一心为将军着想,才想着给京中写信,要一些东西来缓解边城的情况。"

沈锦咬了下唇,低声问道:"我做错了吗?"

赵嬷嬷伺候了沈锦一段时间,也明白她心思简单,还真没别的意思。"别人听了,万一觉得夫人是吃不了苦或者是嫌将军府……"话并没有说完,意思却很明显。

沈锦脸色一白,急得眼睛都红了:"我不是这个意思。"

"老奴知道。"赵嬷嬷安慰道,"夫人以后多注意一些就好。"她是真心诚意为了沈锦着想才会提醒这些。

沈锦也明白,点了点头:"我懂了。"

"夫人还是与将军解释一下好。"赵嬷嬷低声说道,"不管别人怎么看,将军明白夫人的心意才是最重要的。"

"好。"沈锦不是不知好歹的人,她并没有说什么,但是心里记得赵嬷嬷对她的照顾,只等以后有了机会再报答。

赵嬷嬷重新伺候了沈锦梳洗,见看不出任何异常了才扶着沈锦出去。

楚修明坐在院子里没有动,饭菜就直接摆在了石桌上。此时见到沈锦和赵嬷嬷出来,丫鬟这才掀了盖子,一一摆放整齐,楚修明并没有让人留下伺候,而是等东西摆放好就让人离开了。

沈锦也吃到了心心念念的发糕,确实如赵嬷嬷所言,里面放了红枣、核桃仁和葡萄干,还多了一些奶香味,味道很好,而小米红枣粥也熬得软糯,小菜都格外可口。沈锦虽然有心事,可是吃到喜欢的,眉眼都舒展开了,再没停过筷子。

楚修明虽然不爱吃甜食,可不知是看着沈锦吃得香还是今天东西做得好,比平时还多用了一碗粥。等吃完以后,守在外面的丫鬟来收拾东西了,沈锦才想到赵嬷嬷的提醒,咬了咬唇,偷偷看了楚修明几眼,见他神色还不错,看起来心情挺好,才说道:"夫君,我让母妃他们寄东西,是因为我嘴馋,没有别的意思,你不要多想……如果,如果你不喜欢,我就不要那些东西了,不过补药这些……边城这边一时弄不齐全,圣上也不知道什么时候才会给……"

沈锦有些语无伦次地解释起来,脸上带着不安。楚修明先是愣了一下,后又觉得有些无奈和好笑,等沈锦不知道该说什么了,才用手指弹了一下她的额头说道:"放心吧,你夫君没那么小心眼,想要什么尽管要,有个胳膊肘往家里拐的媳妇,我开心还来不及,怎么会生气呢?"

"真的?"沈锦眼睛都亮了起来,一脸期待地看着他。

楚修明又弹了一下她的额头:"不许质疑夫君的话。"

沈锦这才后知后觉地捂着额头,皱了皱小鼻子说道:"会疼啊……不要弹。"

"谁让你小脑袋想东想西的。"楚修明虽然这么说,也知道自己刚刚没用力,还是伸手拿下沈锦的手,给她揉了揉:"好了,去写信吧,记得你说的火腿、干虾一类的不要少了。"

"好。"沈锦笑得眼睛弯弯的,格外可爱,起身说道:"嬷嬷,我们回去。"

"我找赵嬷嬷交代点事情。"楚修明说道。

沈锦皱了皱眉头,看向赵嬷嬷,赵嬷嬷笑着说道:"夫人先回去,老奴一会儿就去伺候夫人。"

其实沈锦不是怕没有人伺候,她是有些担心,此时也只能点了点头。

楚修明见沈锦的样子倒是没有说什么,等沈锦离开了,才看向赵嬷嬷说道:"嬷嬷,我让你留在夫人身边,是好好照顾夫人的。"

赵嬷嬷一下子就明白了楚修明的意思,这是猜到刚才回去时自己和夫人提了写信的事情。

"我觉得夫人现在这个样子就好,嬷嬷以后多照看着不要夫人被人欺负了就行。"楚修明提点道。

"老奴明白。"话说到这里,赵嬷嬷还有哪点不明白的,将军喜欢夫人现在的样子。

"夫人实在太过懂事,让人看了心疼。"赵嬷嬷揣摩着将军的心思说道。

楚修明赞同地点头:"明事理就好,你瞧着夫人平日有什么喜欢的吗?"

"老奴瞧着夫人挺喜欢动物的,听安平这丫头说,当初夫人还养了几只兔子,后来因为战事……就把兔子送给伤员补身体了。"

楚修明应了一声,站起身说道:"我知道了。"

看着楚修明的背影,赵嬷嬷叹了口气也没说什么,心里却已经懂了将军的意思,想了一下去厨房端了一碗洗好的红枣,这才进了屋。谁知沈锦并没有去书房写信,而是在屋里坐着,见了她才娇声说道:"嬷嬷,你快帮我找找那种梅花洒金的纸放在哪里了,我都找不到。"

这个傻夫人。赵嬷嬷知道沈锦是担心自己才一直等在这里,可是偏偏找的借口这么粗劣,她都不忍心拆穿了,只是说道:"那老奴去帮夫人找,夫人先吃几颗红枣。"

"好。"沈锦往书房走去,"母妃为人风雅,所以需要用梅花洒金纸来写,我前段时间用干花做的书签呢? 找出来装到锦盒里,送给母妃当礼物就是了。"

赵嬷嬷觉得这礼太薄,说道:"不如再添一些首饰? 虽然没有京中的精致,却也别有趣味。"

沈锦想了一下说道:"也好,一会儿我去选几样给母妃她们做礼物,母妃最喜素雅了,不过大姐喜欢珊瑚,所以给母妃的礼物里面加几样珊瑚的,姐妹们就不送了。"

"其实将军征战多年,奇珍异宝并不少。"赵嬷嬷听出了沈锦的意思,给大姐的礼物并在母妃那里。

沈锦笑道:"嬷嬷,我心里有数的。"

赵嬷嬷想到楚修明的话,也就没有再劝:"那瑞王爷呢?"

"我记得夫君不是杀了几个什么蛮族的首领吗? 他们不都是有贴身的佩刀? 选一柄宝石多的送去就是了。"沈锦笑盈盈地说道,"父王一定会喜欢的。"

"再选一把送给圣上。"沈锦说道。

赵嬷嬷把放在书桌右上角的梅花洒金纸铺好,说道:"还是夫人想得周全。"

沈锦笑起来的样子有些小得意,说道:"反正那些东西放在库房不仅占地方,还要费工夫保养,留着不划算,不如送到京城换些实用的来。"

赵嬷嬷显然猜到了沈锦的心思。沈锦接着说道:"弟弟前几日还抱怨夫君又把这些东西拿了回来,扔了可惜,送身边的人都没有人要,不过我觉得怪不得别人,也是夫君打仗太厉害了,而且不会过日子。要我说啊,逢年过节还有万寿节的时候,送一把过去就好。"

都不要的东西,难道夫人觉得圣上会稀罕吗?

"除了佩刀,我听说还有什么钺、斧一类的,每年送几样,再配上一些别的就够了。"沈锦对这种事情很会精打细算,在瑞王府中人情往来多着呢。不管是出门见客还是府中宴客,衣服、首饰都是不能重复的,否则传出去会被笑话。那时候沈锦还没得瑞王妃的关照,东西都是王府份例而已,这些份例在普通人家已经算是奢侈了,可是在瑞王府这样的环境,哪里够用。

等沈锦大一些,陈侧妃就省下了自己的那份给沈锦,这才让沈锦堪堪够用,陈侧妃经常把旧年的首饰重新改一下再用,衣服什么的也是如此。

沈锦把这些都看在眼里,格外心疼陈侧妃,可是她们两个谁都没有办法,给人回礼送礼一类的,更是要精打细算了来,有些东西就是过过手,然后再送出去,也是有技巧的,再送的人可不能和原来送礼的人有关系,要不摆出来被人瞧见了总归是不好的。

赵嬷嬷听着沈锦一边写信一边絮絮叨叨说着以往的事情,她的口气里没有一丝埋怨也没有难受,反而带着点小得意:"那次我把镯子上的宝石去了,然后金子重新熔了让人打了簪子,她们都没看出来,还夸我的簪子漂亮呢。所以啊,有些府里用不到的,换个方式送出去……"

沈锦的声音带着一种软糯的感觉,不需要刻意就像是撒娇一样。随着她的话,赵嬷嬷总觉得看见了一只小松鼠不停地往家里搬东西藏起来,而小松鼠身后,一头坐在宝山上的狮子时不时地甩甩尾巴,扔块宝石出去,然后等小松鼠给搬回来,再扔出去,再搬回来……

沈锦准备送到京城的礼是不能随着驿站走的,所以选好了东西后,就写了礼单和信放在了一起封好,这才去净了手,吃起了红枣。

自从赵嬷嬷来了以后,沈锦就没再吃到过带核的红枣了,就像是在京城瑞王府不管吃什么水果都是厨房先切成小块再用银扦子扎着吃,能吃到整个的也就是橘子、荔枝这类的,还很有讲究,需要用袖子挡着吐到手帕里面,格外麻烦。

今天这红枣竟然没有去核,沈锦开始还以为赵嬷嬷忘记了,偷偷看了赵嬷嬷几眼,见赵嬷嬷没有注意,才眯起了眼睛把枣核含在嘴里,又拿了一颗红枣继续啃,然后左边藏几颗枣核,右边藏几颗枣核,不自觉地晃动着小腿,别提多美了。

赵嬷嬷看在眼里,如果不是将军今天专门提了,恐怕沈锦依旧吃不到这样的红枣。

不过看着沈锦吃一颗,就偷偷瞟她一眼,她稍微一动,沈锦的嘴马上就不动了,就连脚上缀着小珠子的绣鞋都不晃了的紧张样,赵嬷嬷绝不会承认她故意多在沈锦面前走了两圈这件事的。

"夫人，含得差不多就吐了吧。"赵嬷嬷在离开书房去给安平开门前忽然说道，然后看了一眼少了一小半的碗，"开始的那几颗应该已经没甜味了吧？"

沈锦瞪圆眼睛，小嘴微张了下又马上闭住了，下意识地舔了舔枣核，呆呆地看着赵嬷嬷离开。

等赵嬷嬷带着安平进来的时候，就见沈锦脸红扑扑的，枣核都被吐到了一个巴掌大的碗里，和装着红枣的碗并排放在书桌上。

"安平，他们奏折写好了吗？"不等赵嬷嬷她们说话，沈锦就主动问道。

安平并不知道书房刚才发生的事情，说道："并没写好，奴婢让人给两位大人送了饭菜，此时两位大人正在用饭。"厨房剩下的那些马肉腌得太咸了，没有人愿意吃，正好炖了炖给那两位使者和他们带的下人送去了。

沈锦皱了皱眉说道："怎么这么久，我都写了六七封信了，他们一份奏折都没写完。"

安平笑道："怕是两位大人不知如何下笔才好，毕竟他们刚到边城，不了解这边的情况。"

沈锦想了一下说道："也对，欺君是大罪，若是乱写了他们也是要担责任的。这样吧，嬷嬷你去问问夫君，他那儿有没有文采好一些的下属，让他们写一份给两位大人，两位大人稍作修改抄写一遍就是了。"

"老奴这就去。"赵嬷嬷躬身应了下来，其实她还是小看了夫人，虽然夫人在小事上迷糊，可是大事上倒是分得清楚。

沈锦赶紧点头说道："嬷嬷顺便让人给两位大人传个话，我一会儿睡醒了就去看他们。"

"是。"赵嬷嬷应了下来，见沈锦没有别的吩咐了这才退下。

沈锦听见关门声，松了一口气，对着安平招了招手说道："快来，今日的枣可甜了。"

安平笑着说道："夫人怎么了？"

"我没吐枣核被嬷嬷发现了，不过安平你来得正是时候，我又把嬷嬷给支了出去，等晚上的时候嬷嬷就把这件事忘记了，不会再念叨我了。"沈锦有些得意地说道。

安平可不觉得赵嬷嬷会忘记，再说这枣核真的不是赵嬷嬷特意留下来的吗？

赵嬷嬷默默收回了准备敲门的手，她还没出屋门就想起来忘记拿沈锦写好准备通过驿站寄出去的信了，谁知道竟然听到了这些。

因为赵嬷嬷不在，沈锦和安平愉快地把剩下的红枣分吃完了，安平伺候着沈锦漱了口，忍不住问道："我听说每次科举后，状元、榜眼和探花都会簪花游街？"

"是啊。"沈锦换上了柔软的睡鞋，抱着被子坐在床上。她的被面还是从京城陪嫁过来，陈侧妃亲手给她绣的，是两条活灵活现的锦鲤。陈侧妃的绣工很好，可惜的是沈锦没遗传到这点。

"多讲讲吧。"安平好奇得很。

沈锦换了个姿势，安平给她后背塞了个软垫让她能更舒服地窝起来，沈锦的眼神往身后的软垫上扫了扫，安平无奈地说道："我明天就帮你缝个大靠垫出来，就按照你上次说的，又厚又软靠着能让人陷进去的那种。"

"好。"沈锦这才说道，"其实我就看过一次，是我大姐带着我去的……"

楚修明制止了要去通报的赵嬷嬷，比画了一个安静的手势后，自己去旁边搬了个小圆椅子就坐到了她卧房的门口。其实沈锦和安平对话的声音并不大，赵嬷嬷也仅仅能听个大概。

赵嬷嬷眼角抽了抽，看着面无表情坐着偷听的将军，她觉得有些对不起早逝的老爷和夫人。

"状元真是个老头子？"安平追问道。

沈锦使劲点头："我当时也吓住了，那么老就算考上状元又能当多久的官？不过那家店做的鸡肉很好吃，好像先用油炸过然后再炒的，带点辣味和甜味，不过大姐不让我多吃辣的，又说外面的东西不干净，一盘菜就用了几筷子，很浪费的……"看着安平的表情，有些无奈地说道："哦，好吧，接着说状元，他的胡子都白了。"

安平满脸好奇："那榜眼呢？不可能还是老头子吧？"犹豫了一下才问道，"那道炒鸡真的很好吃吗？"

"嗯。"沈锦毫不犹豫地说道，"我觉得这道菜里面可能放了蜂蜜，真的很不错，可惜姐姐她们都没吃……榜眼啊，我没什么印象啊，不过我记得探花，听说探花一般都是选最英俊的。"

"真的很英俊吗？"安平追问道。

"应该吧。"沈锦是真的记不清楚了，再说她坐在二楼，又不能趴着窗户看，还要趁着大姐没注意到多吃几口带着辣味的鸡肉。

"那和将军比呢？"安平听见沈锦的话问道。

沈锦毫不犹豫地说道:"当然是将军了。"

门外面光明正大偷听的楚修明眼中露出几许笑意。

"我没看清楚那个探花的样子。"沈锦在绵软的靠垫上蹭了一下,说道,"不过,我觉得将军和我想象中不一样!"

楚修明不自觉地坐直了腰。

"我还以为将军虎背熊腰、目如铜铃、满脸胡须、皮肤黝黑、面容狰狞……"沈锦把所有听到的谣言筛选总结了一下,"脾气暴躁,以杀人为乐,每日要饮异族鲜血三大杯,生吞鲜肉,偶尔还会尝尝人肉……"

赵嬷嬷听得断断续续的,可是就这样,她也不着痕迹地往旁边走了两步,离楚修明稍微远一些。她下次还是提醒一下夫人,不要在背后提任何人的名字好,这一天就提了两次,还都被当事人听到了。

"夫人,你怎么会这么想?"安平一脸惊讶,不敢相信地看着她。

沈锦无辜地和安平对视,说道:"我听到的比这些还多呢,什么永宁伯府中的椅子下面垫的都是人头骨,永宁伯最喜欢一人多吃……"

安平听着听着,竟渐渐被吸引了,而屋门口的楚修明已经听到沈锦开始讲京城中提起永宁伯的名字能使得孩童止啼,就差把他的画像贴在门上当门神驱鬼镇宅了,不是不想贴,而是没见过真人,所以没有画像贴。

沈锦正说到楚修明孤身夜闯土匪窝,大吼一声后所有土匪被吓得跪地求饶哭号不止,他手提一把大刀连砍七百八十六个人头,就连刚出生的婴儿也没放过,那天雷雨交加的时候……敲门声忽然响了起来,把沈锦和安平都吓了一跳,只见卧室的门被缓缓推开了,一身锦袍的楚修明就站在门口,还有表情格外纠结的赵嬷嬷。

楚修明走了进来,先是看了安平一眼,安平马上站起来,行礼喊道:"将军。"

沈锦只穿了件粉色的小衣窝在被子里面,她看了看楚修明又看了看赵嬷嬷,唇动了动,问道:"夫君,你什么时候过来的?"

楚修明没有回答,而是看向了赵嬷嬷。赵嬷嬷说道:"夫人早些休息,老奴先告退了,老奴会把夫人的信送给两位京里来的大人,保证让他们和奏折一并寄走的。"

安平也反应过来了,说道:"奴婢告退。"说完就和赵嬷嬷一起退下了,还贴心地关上了房门。

第七章
相知相爱

沈锦快要哭出来了。楚修明看着整个人都快缩进被子里面的沈锦，伸手摸了摸她的头，说道："既然听说我这么可怕，你为什么还要嫁过来？"

"不能不嫁啊……"沈锦抽抽鼻子，小心翼翼地看了一眼楚修明，发现他并没有生气，又看了几眼确认了一下，这才偷偷往外挪了挪，把脑袋、小脖子和小肩膀露了出来，壮着胆子又问道："你什么时候在门口的啊？"

也就是这个小傻子会在这时候还实话实说，就像是她说的，嫁给他纯属无奈，是不得不嫁，听起来真不舒服，楚修明伸手敲了一下她的额头说道："从状元游街。"

这不是从一开始就偷听了！沈锦瞪圆了眼，谴责地看着楚修明，怎么能偷听人说话这么久啊，明明看着是翩翩君子的样子，怎么能使小人行径！

沈锦虽然没说出口，可是脸上明明显显地把想法都露了出来，楚修明没忍住伸出手指，戳着她的额头，硬生生地把她按回床上，使得她眉心中间多了一个红色的指印，不疼但是感觉有些奇怪，沈锦傻傻地看着他。

"闭眼。"楚修明道。

沈锦下意识地闭上了眼睛，楚修明的声音很好听："等你睡醒了，再和安平她们讲我如何夜闯土匪窝连杀七百八十六个人的。"

红晕染上了沈锦的脸颊，她两手抓着被子，闭着眼睛往被子里面缩了缩，背后说人传闻还被当事人听见的这种感觉好羞耻啊……

"对了，一个人就算是不停挥刀，也不可能一夜之间砍下七百八十六个人头，不说人会累，就是刀刃都会倦。"楚修明站在床边，终于不再为难沈锦了，他怕再说一会儿，沈锦不是把自己憋死在被子里就是被羞死了。

"而且七百八十六个人的土匪窝,我一个人是不敢闯进去的。"说完楚修明轻轻捏了一把她的脸,细心地拉上了床幔。

沈锦听见了关门声,这才一点点挪出被窝,眨了眨眼睛,伸出手摸了摸眉心的地方,又摸了摸自己有些烧的耳朵,将军的声音真好听……不过他为什么一直提七百八十六这个数字呢?

她爬起来把软垫抽出来扔到一边,这才重新钻进被子里面,打了个哈欠,有些迷迷糊糊地想,将军会来表示将军是觉得她对使者的安排是对的吧?沈锦觉得自己像是明白了一些,既然满意的话,那她是不会成为第七百八十七个了吧……

这次沈锦是睡到自然醒的,守在外面的赵嬷嬷听见动静后,就吩咐安平去小厨房端了温着的羊奶,里面加了杏仁去腥气。边城的日子缓过来了,将军府的伙食也上来了,沈锦也恢复了每日可以点菜的日子。

一小碗羊奶喝下去,沈锦才下了床,因为太阳已经开始下去了,赵嬷嬷又拿了一件披风给沈锦裹上,这才悠悠然往前院走去。

两个使者还没有写完,也不知道是下人的疏忽还是别的原因,竟然没有人给他们准备椅子,从早上站到现在,这两个人都有点撑不住了。

他们见到沈锦,脸色都不好看,沈锦先看了看放在一边凉透了的四菜一汤,这四道菜可都是荤菜,唯一算是素菜的是白菜炒肉,可是没动几口。她皱了皱眉头说道:"你们的奏折写好了吗?"

"郡主就算你这般折辱下官,下官也不会屈服的。"一个使者说道,另外一个虽然没有说话,可是面上是赞同他的。

沈锦皱了皱眉头说道:"不要叫我郡主了,出嫁以后你们可以称呼我'伯夫人'。"

"伯夫人,你不要顾左右而言他。"使者沉声说道,"等我们回京后,一定据实禀告圣上。"

沈锦叹了口气说道:"边城苦寒,四菜一汤你们还不满足吗?算了,既然不想吃就撤下去吧。"没等他们开口,沈锦又说道:"对了,两位的奏折还没写好吗?"

"你……"使者简直要气疯了,看着沈锦看他们的眼神就像是看不懂事挑食的孩童一样,他们更来气了,"这东西是人吃的吗……"

沈锦脸上沉了下来说道:"放肆!府中上到夫君下到守卫,吃的都是这个!"

永宁伯吃的是这个？两个使者对视一眼，明显是不相信。沈锦真的动怒了，看了一眼旁边的冷菜冷汤，扭头看向赵嬷嬷问道："我不是让夫君的下属写一份供两位大人抄写吗？"

赵嬷嬷面色平静地说道："老奴亲手送给了两位大人，就在书桌左上角放着，下面还压着夫人给瑞王爷他们写的信件。"

沈锦看了看面如死灰的两个使者，想了一下说道："我明白了。也怪不得你们不愿意写，我听母妃说过，文人都有所谓的风骨，你们是不愿抄写别人的文章。"沈锦倒是态度极好地说道，"是我考虑不周，不过你们不该浪费粮食的。"

"算了，安平让人送两位回客栈……"

两个使者还以为沈锦真心悔悟，顿时眼睛一亮："伯夫人，常言道，知错能改善莫大焉。"

"是的。"沈锦很赞同地点了点头，"既然你们也觉得浪费粮食不对，那安平让人把这四菜一汤收拾好了，一并给两位大人送去，两位大人可不要浪费了。"

安平听完，倒是很快就带着小丫鬟开始收拾，还贴心地选了几个虎背熊腰的大汉来护送两个使者以及使者带来的人。

沈锦接着说道："麻烦几位了，一会儿你们在客栈多等会儿，等两位大人写完了奏折，连带着我给家里写的信一并送到驿站。"

"夫人放心，这等小事就交给我们了。"侍卫首领一脸严肃地说道。

沈锦叹了口气："也是，我刚才想得不够周全，使得两位使者受了委屈，你们只当帮我赔罪吧。"说完就看向了安平："拿几两银子给几位侍卫，你们也不用傻站着等两位大人了，文人要酝酿许久才能下笔，这几两银子只当我请诸位吃酒了。"

安平脆生生地应了下来："夫人放心吧。"

沈锦想了一下，觉得自己已经想得很周全了，再没有别的问题了，就说道："那就这样吧。"

书房里听完下人禀报的楚修明和楚修远脸上都有些哭笑不得，怕是沈锦自以为体贴的安排，会让那两个使者恨透了他。楚修远道："哥，你回来之前嫂子也没有这么……"这么什么？他竟然找不到一个词来形容。

楚修明微微垂眸，写下最后一个字，这才停了笔放到了一旁。

"那是因为她不说话而已。"

楚修远想了一下,还真是这么回事,在楚修明回来之前的那段时间,沈锦和他说过的话五根手指都数得过来,他对这个嫂子的印象到现在才真正地鲜活了起来。

"不过嫂子瘦了不少。"

瘦了不少?楚修明想到中午时候那细滑柔腻的手感,若是再胖一些的话会更加绵软吧?晚些时候问问赵嬷嬷,怎么才能把小娇妻养得胖……是养得健康一些。

楚修远看着兄长一脸沉思的样子,想了想他刚才也没说什么难解的问题,不禁问道:"哥,你想什么呢?"

自己这个小娘子好像有些怕冷,府中有几张白狐皮,好像不够做一身衣服的,等今年入冬了再去打几张皮子或者互市开了和人交换一些来,被毛茸茸白乎乎的皮毛包裹起来的小娘子……楚修明眼神闪了闪,神色却丝毫不变,平静地说道:"晚上让厨房烤只兔子吃吧。"

楚修明说得有些晚了,厨房并没有提前准备好兔子,所以晚上的时候沈锦吃了烤鸡,肉质鲜美不说还带着一丝丝甜味,她吃得眼睛都眯了起来。不过她的吃相很秀气,就算直接拿着整个鸡腿啃,也不会把自己弄得满脸是油,最重要的是,她吃得很快。

楚修明就看见沈锦小口小口地啃着鸡腿,脸颊一鼓一鼓的,然后咽下去再重复着这个动作,吃了一个鸡腿两个鸡翅膀后,有些犹豫地看了看另一个鸡腿,想了想才拿过一旁安平备好的帕子擦了擦嘴,又就着腌菜喝了一小碗粥。

"吃饱了?"楚修明和楚修远面前也摆了烤鸡,不过比沈锦的这只大了不少。

沈锦满足地点点头:"吃不下去了。"

楚修明也看出来了,否则按照沈锦刚才的吃法,一定会把整只鸡给啃掉,所以他直接把沈锦面前的盘子端了过来,把鸡腿分给了楚修远后,自己把被沈锦嫌弃的鸡胸脯一类的给吃了。

沈锦脸红扑扑的,看着楚修明的样子,忽然说道:"其实我觉得自己还能吃下一块鸡皮。"

鸡皮才是整只烤鸡最好吃的部分,沈锦期待地看着楚修明。自从今天被楚修明偷听了她和安平的谈话又没有被惩罚后,她的胆子就大了不少,就像是一只被养熟了一些的猫,不再小心翼翼的了,反而伸出爪子挠一下,见主人没生气再挠一下,还没生气继续挠,直到主人宠爱地摸摸头以后……作威作福的日子就来到了!

楚修明没有意识到吗?他早就看出了沈锦这点小狡猾,毕竟她刚到边城时也是这样的,不过这其中有没有楚修明故意纵容或者给沈锦制造机会就不得而知了。

沈锦从嫁过来到到达目的地花费了数月的时间,而现在仅仅是十几天……

楚修明挑眉看了沈锦一眼,眼神又扫过沈锦的小肚子,沈锦不由自主地挺直了腰吸了吸肚子,然后屏息看着楚修明。

"哈哈哈!"笑声从楚修远那儿传了出来,"嫂子……"

就连屋中的丫鬟都忍不住露出笑容,沈锦有些迷茫地看向了楚修远,倒是错过了楚修明嘴角难得一见的笑容,清浅而短暂,却如第一缕阳光照在冰面上。

沈锦看着笑个不停的楚修远,又看了看气质高洁像是不食人间烟火,其实已经吃了两只半烤鸡的楚修明,红嫩的唇嚅动了一下,委屈的眼神看向了赵嬷嬷,可是赵嬷嬷还在因为楚修明的那个笑容惊讶,根本没有注意到沈锦。这下沈锦更委屈了,只能看向安平。

安平刚想提醒,就见沈锦憋不住气了,然后一口气呼了出来,小肚子也绷不住了,因为憋了半天气,她的脸颊满是红晕,就连眼睛都变得水润润的。

很快反应过来的赵嬷嬷,看着沈锦被欺负的可怜样子,说道:"夫人,您不是专门吩咐厨房给两位少爷炖了汤吗?不如老奴现在让他们端上来?"

"好。"沈锦赶紧应了下来,然后说道,"我母妃告诉我的,这些东西都很有营养,炖了汤最是养人。"

楚修远尝了一口,眼角都抽了,这汤不能说难喝但是味道真的很奇特,根本形容不出来。楚修明倒是姿态优雅地一勺一勺喝了起来。等他喝完,沈锦又盛了一碗,还很热情地看向了楚修远,楚修远到底没有楚修明的定力,喝得越发慢了。

沈锦笑得格外可爱地说道:"过犹不及。改天我再给你们炖汤喝。"

楚修明喝完最后一口才放下勺子,没有说话只是点了下头。楚修远有心拒绝,可是看着沈锦的眼神又不忍心,抱着反正喝不死还有兄长陪着受罪的心态,说道:"那就麻烦嫂子了。"

沈锦晚上吃得有些多了,回去的时候赵嬷嬷陪着她慢慢地走,说道:"夫人,其实有些东西虽然很滋补,但是放在一起……"

"放心吧，嬷嬷。"直到出来了，沈锦才想起来她今天穿的是一条高腰襦裙，根本看不见小肚子，"我当初给父王炖补汤前专门问过太医的，太医说这些东西都是温性的，不会让人虚不受补，所以喝着没关系的。"

赵嬷嬷也知道，否则不会让沈锦乱炖了东西给楚修明和楚修远喝，不过那些又酸又涩又苦又咸又腥的东西加到一起能好喝吗？

"除了难喝了点，没坏处。"沈锦很自然地说道，"我到母妃身边后，每次许侧妃和她的孩子让我母亲受了气，我就会趁着父王来母妃这边用饭的时候，亲自下厨炖了补汤给父王。"

赵嬷嬷看向了沈锦，她明白沈锦提到的母妃是瑞王妃，母亲才是她的生母陈侧妃。

沈锦笑得天真灿烂，有些小嘚瑟和小骄傲："父王和母妃都很感动，每次母妃都会劝着父王多喝几碗的。"

赵嬷嬷本想问问瑞王妃尝过那汤没有，可是忽然想到沈锦在饭桌上就说了，这汤是瑞王妃教她的。

"那许侧妃呢？"

沈锦有些疑惑地看向赵嬷嬷问道："我有父王，有母妃还有生母，为什么要管许侧妃呢？她对我又不好。"

两个使者被送出了将军府，沈锦就把他们抛至脑后了。此时，她正坐在书房里，一边和赵嬷嬷说话，一边在纸上画画："我觉得院子里可以种桃树和石榴树。"桃子和石榴是沈锦比较爱吃的水果，而且桃花还可以做糕点，据说还有桃花酒一类的。

赵嬷嬷想了一下觉得石榴和桃子的寓意都不错，一个多子多孙，一个吉祥长久，赞叹道："夫人眼光极好。"

沈锦画了四个圈，分别写上了桃和石榴："这边可以弄上些葡萄。"

赵嬷嬷点头，葡萄的寓意也是多子多孙……咦，莫非夫人是想要孩子了？多生一些也好，楚家人丁太过稀薄了。夫人的身子有些单薄还是再补一补的好，生孩子的事情也不急，起码等夫人再大一些……

"这边挖个小池塘怎么样？"沈锦眼睛亮亮地问道。当初在瑞王府，她就羡慕许侧妃花园中的那个小池塘，里面不仅养着鱼还养了小乌龟，而她想要看鱼只能去大花园。

　　赵嬷嬷想了一下劝道："冬日池水阴寒,对夫人身子不好。"

　　沈锦有些失望地应了一声,不过也知道这是为了她好,就笑道："没关系,反正大花园也有。"而且府中会去看鱼玩的也就沈锦一人,没什么区别的,不像是在瑞王府,沈锦每次去都要拣着沈梓她们不会去的时候。

　　这么一想,沈锦又满足了："那我可以把这块地圈出来,然后养几只兔子。"

　　赵嬷嬷还真看不得沈锦失望的样子,想了一下说道："不如用过午饭,夫人问问将军,说不定将军有办法。"

　　楚修明曾说过让沈锦收拾东西准备搬到那边的院子住,沈锦见楚修明说完以后没有再提也就没当回事,可是赵嬷嬷却记得一清二楚。再说按她对楚修明的了解,他觉得所有他在乎的人或者东西放在眼皮子底下才会安心。

　　沈锦笑了笑并没有再提小池塘的事情,只是说道："还不知道什么时候能空出人手来修呢。"

　　蛮族围城的时候,为了守着城门,能用的东西都用了,当时连家具都不知道毁了多少,更别提这些花草树木了。沈锦屋里的东西是这段时间断断续续重新添置的,不管是用的料子还是样式都没沈锦陪嫁的那些精细,不过用起来也不差什么。

　　沈锦并不会因为这么点事情觉得委屈,她知道楚修明能在刚打完仗没多久就给她配齐了一屋子东西,也是费了不少力气的,而且这些都是新打磨的。她是一个知足的人。

　　"奴婢去送两位大人的时候,到外面转了一圈。"安平放下手中的活计说道,"瞧着已经修得七七八八了,估算着最迟下个月那些工匠就能来府中了。"

　　"那太好了,也不知乔老头还会不会接着卖烧饼了。"沈锦就笑了起来,小酒窝看起来又甜又美。

　　如果不是楚修明下令所有工匠先紧着边城百姓的地方修补,将军府也不会至今都凄凄惨惨的样子。

　　安平笑道："过几日等乔老头开张了,奴婢就去给夫人买些回来。"

　　沈锦果然笑得更开心了,赵嬷嬷心中估算着再给沈锦选个贴身的丫鬟,喜乐没了以后,就剩下安平一人了。

　　"其实开互市的时候,那边新奇的吃食才多呢,我还见过人吃烤虫子。"

　　沈锦瞪圆了双眼,粉嫩的唇微微张着,有些惊奇又有些疑惑地说道："什么虫子?"

"黑乎乎的,就是外面地上爬的跳的那些。"

沈锦皱了皱鼻子,有些纠结地问道:"能好吃吗?"

赵嬷嬷有心让将军和夫人多亲近一些,就说道:"夫人想知道,问将军就好了。"

"夫君吃过虫子?"沈锦表情更纠结了,难道说夫君真的爱吃这些奇奇怪怪的东西?平时只是因为照顾她的情绪而隐忍着?

赵嬷嬷可不知道沈锦的心思,笑着说道:"将军吃过很多东西,行军在外的时候哪里有那些讲究。"

果然啊!沈锦虽然觉得楚修明爱吃那些奇怪的东西有些……可还是很体贴人的,只要不逼着她吃,她其实是没有意见的;如果真要她吃的话,也不知道这边的厨子会不会用做鱼脍的方法来帮她做生肉呢?

赵嬷嬷本以为说了这些,沈锦会期待着她多说一些关于将军的事情,可是却发现沈锦脸上的笑容反而没有了,像是因为什么事情很为难一样,根本没有注意听她说话。

安平明白赵嬷嬷的心思,但她伺候沈锦的时间更长,心知就算沈锦此时在发呆,也是能听到声音的,便笑着说道:"夫人,互市还有不少好玩的,那次奴婢就遇到了卖狗崽的呢。"

"啊?"沈锦听了安平的话,果然惊喜地问道,"真的吗?"

安平说道:"是啊,很可爱的,不过奴婢的爹不让奴婢买,说家里小跑不开。"

沈锦唇嘟动了一下说道:"我这边院子大。"

"所以夫人喜欢的话,可以去和将军说说,让将军带夫人去。"安平笑着说道。

沈锦闻言又有些犹豫了:"会不会太麻烦了?"

赵嬷嬷也觉得安平的主意不错,就说道:"夫人放心吧,就算夫人不去,将军也是要去的,半年一次大市,每个月一次小市,正好轮到了大市,热闹得很,边城很多百姓都会过去。"

沈锦一听是顺便带自己去的,也就心安了,便道:"那我去与将军说。"

赵嬷嬷温言道:"将军此时并不在府中,不如等晚膳后再与将军说?"

沈锦此时也想起来,楚修明和楚修远今日都出门办事去了,在边城地界,只要楚修明不想,京城来的那些人根本不可能发现他们两个的踪迹。

正巧安平提起了边城的事情,沈锦也不画图了,追问道:"好安平,除了那些互市还有什么?"

安平也不太记得了,她也是小时候去了一次。

"很多,而且在那里可以用茶叶、盐这类东西和人交换呢,夫人到时候自己去转转,我说多了就没有意思了。不如夫人接着讲那天将军砍下七百八十六个人头以后怎么样了吧?"故事听了一半,安平可是一直记挂着呢,"将军今天不在。"

沈锦也有些心动,不过偷偷看了赵嬷嬷一眼、两眼、三眼……赵嬷嬷眼角抽了一下,说道:"老奴去瞧瞧厨房的芙蓉糕做得怎么样了。"

"嬷嬷辛苦了。"安平赶紧道,"晚上我帮嬷嬷捏肩膀。"

刚关上门,赵嬷嬷就听见沈锦软糯的声音从里面传出来:"将军挥刀砍掉七十八个人头以后……"

"夫人,不是七百八十六个吗?"安平追问道。

沈锦鼓了鼓腮帮子才说道:"是将军说的,一个人砍那么多人头会累的,所以让他少砍点。"

门外面的赵嬷嬷默默地伸出手指揉了揉眼角。

楚修明和楚修远下午就回来了,正巧沈锦刚睡醒,就被赵嬷嬷打扮了一番,让安平拎上芙蓉糕一并给两人送去。

楚修远已经回屋休息了,前段时间伤得太重,就算伤好了也要慢慢养回来,而楚修明正在看书,听了下人的禀报就把书合了放回了架子上。

"夫君。"这还是沈锦第一次主动来找楚修明,楚修明的院子比她的还要空一些。

楚修明应了一声,脸上没有丝毫表情,不过沈锦倒是从他眼中看出了几许笑意,这才确定楚修明并不反感她来院中找他。

"嬷嬷做了芙蓉糕,夫君要尝尝吗?"

"好。"沈锦拎着食盒跟在楚修明身后,他走得并不快,所以沈锦不仅跟得很轻松还有空偷偷看看四周的样子。她看得太过专心,竟然没注意到楚修明停下了脚步,在撞上去之前,被一根手指轻轻抵住了额头。

"啊?"沈锦的脚已经抬了起来,又乖乖地收了回去,"夫君怎么了?"

楚修明这才放下手指,从沈锦手上把食盒拎了过来:"喜欢的话,我带你转转。"

"可以吗?"沈锦期待地看着楚修明,就像是一只等着喂食的猫崽。

楚修明一向清冷的眉眼柔和了不少,一只手拎着食盒,一只手手心朝上伸到了沈锦面前。沈锦高高兴兴地把比他小了一圈的手放在他的手心里,虽说男女有别,可是楚修明是她的夫君……虽然如此,她的脸颊还是染上了红晕。

"想去互市?"楚修明等沈锦说完一堆关于听说互市有各种新奇的玩意,有可爱的小动物的话题才问道。

沈锦讨好地拿了一块芙蓉糕递给了楚修明,又亲手将他的茶水续到八分满,这才说道:"夫君,带我去看看好不好?"声音软软的,带着几分撒娇,就像是猫崽嫩嫩的爪子在人手心里轻轻地挠。

楚修明慢条斯理地喝了口茶,又吃了芙蓉糕,这才说道:"好。"

幸福来得太快,沈锦都没反应过来,等意识到楚修明答应了,她笑得露出了两边的小酒窝,甜甜地道:"夫君最好了。"

楚修明眼底带着笑意,其实就算沈锦不开口,他也是准备带着她去的,边城正在重建,将军府一时腾不出人手来修整,连个游玩的地方都没有,沈锦每日只能在屋里待着,赵嬷嬷话里话外都说了几次了,就算沈锦没抱怨过,也让人看着心疼。

沈锦目的达到也不再讨好楚修明了,心满意足地吃着芙蓉糕,茶水都是楚修明给她倒的。他好奇地问她:"对了,京城中有很多我的传闻?"

"嗯。"沈锦咽下嘴里的东西,"有很多,很吓人的。"

楚修明虽然没有说话,可是眼底透露着让她讲讲的意思,沈锦想了想说道:"特别是夫君上次说回京献俘,半途却又离开后。"

没等楚修明再问,沈锦就选着一些流言说了起来,边说还边偷乐:"说夫君面目狰狞,第一个未婚妻仅仅是见了夫君的画像就被生生吓死了;第二个貌似是病死的;第三个是因为夫君不满意那家姑娘的样貌,就给弄死了……若是夫君真回了京城,怕是这些流言就不攻自破了。"沈锦的眼睛看起来又水润又无辜,"二姐要后悔了,还说夫君喜喝人血,生吃人肉,一日不杀人手就痒痒的,难受呢。夫君你爱吃虫子吗?"

楚修明就算听了这么多不利自己的话,面色也不动分毫,不过在沈锦的最后一句问话中,没忍住弹了她一下额头:"我为何要爱吃虫子?"

"那你吃过吗?"沈锦再次问道。

楚修明微微垂眸说道："吃过，就连那鼠肉都吃过。"

沈锦又是惊讶又是好气，呆呆地看着楚修明。楚修明无奈解释道："那年我吃了败仗，仅剩数十人藏在林中，饿了自然是把能看见的都抓来吃了。"

一件九死一生的事情就被楚修明这般简单地说了出来，沈锦也像是没有意识到其中的惊险，只是说道："多亏我不用吃那些虫子和鼠肉。"

看着沈锦脸上明摆着的幸灾乐祸，楚修明又弹了她一下额头。这时候难道不应该好奇他为何会吃败仗或者关心一下他那时是否受伤的事情吗？不过被沈锦这么一闹，他内心的那些怅然倒是消失了。

"这些流言大概是从六七年前开始传起来的。"沈锦想了一下说道，"等我知道的时候，这已经是众人皆知了，不过那时候还没有这么多，也没有这么过分而已。"

沈锦鼓了鼓腮帮子说道："又不会有人信，京城是因为大家都没有见过你，每日又过得太无趣了，总是要找些谈资，而在边城，大家都很忙，哪里有这些时间。"

沈锦嘀嘀咕咕地说了不少，有用的很多，没用的更多。

"不过很奇怪，京中并无小叔的传闻。"她口中的小叔正是楚修远。

楚修明眼中露出几分讥讽，但很快就消失了，弄得沈锦都以为自己看错了，也没有在意。既然夫君不想让她知道，那就不知道的好。到了晚膳的时间，沈锦就留在了楚修明这里，和他一并去了厅里。楚修远已经到了，见了他们就笑道："大哥，嫂子。"

丫鬟很快就把饭菜端了上来。当看见那盘鸡丁的时候，沈锦眼睛亮了一下，她已经闻到了淡淡的辣味和甜香。她先盛了满满一勺放在碟中，这才用筷子夹了一块吃了起来。鸡丁是被炸过的，带着些许的甜辣，比记忆中的还要好吃，就着熬得稠乎乎的白粥，别提多香了。

等用完了饭，楚修明就牵着沈锦的手把她送回了院子，沈锦觉得夫君人好，也不计较他上次偷听到的自己说他的事情。晚上，用艾草泡脚的时候还和赵嬷嬷感叹道："夫君真的是好人。"

平日里说再多将军的好话，沈锦都能跑神，今日倒是一道菜就让她感叹了半天。安平笑道："夫人喜欢就好。"

"其实我还吃过一道菜，不仅那肉又滑又嫩，就是里面的配菜味道也是极好的。"沈锦期待地看向赵嬷嬷，又仔细形容了一下味道，就差直接说，赵嬷嬷快去和将军说。想到过几日自己的饭桌上就会出现这道菜,沈锦心里就美滋滋的。

安平和赵嬷嬷都看出了沈锦的意思,赵嬷嬷道:"若是夫人开口,将军一定会吩咐下去的。"

"不行啊。"沈锦想也不想地说道,"那会显得我太爱吃了。"

赵嬷嬷心中又是无奈又是好笑,只得说道:"是,老奴知道了。"

沈锦很满足。不过晚上睡觉的时候,她就因小腹胀疼闹醒了,也不知是不是这段时间赵嬷嬷的调理有效果了,她停了许久的月事突然而至,疼得她小脸煞白,每日只能抱着手炉窝在床上被赵嬷嬷灌红糖水。吃着一点辣椒都没有的菜,她越发觉得痛苦了。

不过这月事来得也是时候,正好赶在开互市之前结束了,整个人都松快了不少。天还没亮她就被赵嬷嬷叫了起来,被迷迷糊糊灌了一碗杏仁羊奶,这才清醒过来,配合着换了衣服梳洗了一番。今日,安平只简单地把她的头发绾起,然后用银冠固定着,着一身深蓝色的衣裙,看起来清清爽爽的样子,最后又给她裹了件深色的披风,这才送她出了门。一身褐色短打的楚修明已经站在外面,见到沈锦的时候就伸出了手,沈锦把自己的手从披风里钻了出来放在了他的手心里。

楚修明的手热乎乎的,驱散了清晨的那些凉意,楚修明伸手把兜帽给沈锦戴上后,这才牵着她往后门走去。赵嬷嬷见此,就把拎着的小包递给了安平,安平拎着跟在沈锦的身后。

沈锦穿的衣服很素,不过细节上格外精致,比如袖子,里面的那件衣服袖口处是蝴蝶样子的盘扣,因为是收紧的样式,更显她的手腕纤细,外面的那件是略短的宽袖,边上还有一圈花草的图案,猛一看就像是彩蝶刚从花丛中翩然飞出一般。

开互市的对方离边城不算远,骑马的话一个时辰就到了。沈锦是和楚修明同乘一骑的,楚修明先把沈锦抱上马,这才接过小厮递来的披风穿上,翻身上马坐在了她的身后,单手执缰,安平把赵嬷嬷准备的东西交给了沈锦。

楚修明帮着沈锦调整了一下位置,让她坐得更舒服后,这才用自己的披风把她裹在里面,另一只手把披风里面的暗扣系上,然后紧紧地搂着她的腰身。

沈锦有些不乐意地把上面的暗扣解开了一颗,头钻了出来,说道:"我都看不见外面了。"

楚修远也上了马说道:"嫂子,大哥是怕马跑起来,你喝了风。"

　　沈锦这才知道误会了楚修明,软软的手指在楚修明的手背上抠了几下,说道:"那过一会儿我再钻进去好了。"

　　楚修明并没有生气,见所有人都准备好了,就说道:"走。"然后用手把沈锦再次按到了怀里,确定沈锦把扣子重新系上才策马前行。

　　沈锦是骑过马的,不过那时候只是坐在马上被下人拉着走了一圈,后来王妃她们就没再允许过,说姑娘家骑马不好,腿会变得难看。她到底没忍住好奇,又解开了一颗,扯了一条缝往外看去,今天的边城格外地安静。

　　等出了城门,马就跑了起来,沈锦发现不仅看不清什么景色,风吹得脸也有些难受,这才乖乖地躲进楚修明的怀里。她觉得有些饿了,就打开赵嬷嬷准备的袋子,从里面掏出用油纸包好的肉干和糕点慢慢啃了起来。

　　楚修明和楚修远两人并肩前行,后面跟着的是府中的侍从。渐渐地,人多了起来,都是去互市的,楚修明他们的速度就慢了下来。

　　楚修远本想和楚修明说话,可是看见自家兄长的披风动了动,又钻出了一条胳膊,手里还捏着一块肉干,然后往楚修明的脸颊上戳去。楚修明眼中露出几分无奈,在楚修远以为兄长会拒绝的时候,却看见他低头把那块肉干吃了下去,然后拍了拍披风里面脑袋的位置,这次动得更开了,胳膊收了回去,换了脑袋拱了出来。

　　楚修明也没再把她按回去,反而让马慢慢跑了起来。楚修远看了看楚修明,又看了看沈锦,忽然想到,那块肉干不会是嫂子为了出来而贿赂自己兄长的吧?

第八章
幸福游市

　　这一路上,其实除了人也没别的可看的,沈锦靠在楚修明的怀里,又被披风裹得暖乎乎的,不一会儿她就有些困了,伸手揉了一下眼睛,重新把头钻回了披风里面。这次不用楚修明动手,她自己就把里面的暗扣系上,昏昏欲睡。楚修明穿着锦袍的时候看着身材修长,可是真的靠在他怀里的时候发现他一点也不瘦,半睡半醒中,拿脸在他身上蹭了蹭。

　　楚修明的胳膊顿了一下,才轻轻地捏了一下沈锦的腰,沈锦已经快睡着了,挥手拍了楚修明的手背一下,扭动了一下,含含糊糊地嘟囔道:"痒,讨厌……"

　　说着指责的话却像是撒娇一般,楚修明低头,下颌抵在她的头顶上,很轻微地蹭了一下:"蠢东西,怎么还不长大?"他的声音很轻,沈锦睡了过去根本没有听见。

　　等沈锦被叫醒的时候,他们已经到了市集外面,这里有专门歇脚和存放马匹的地方,楚修远已经下了马,说道:"哥,嫂子呢?"

　　"睡着呢。"楚修明回答道。

　　楚修远挤了挤眼,压低声音说道:"你是不是舍不得叫醒嫂子?"

　　楚修明似笑非笑地看了楚修远一眼,楚修远瞬间不敢乱说了。他小时候被楚修明收拾了无数次,怕得要命。楚修明松了缰绳,同时松开了一直圈着沈锦腰部的手,改成两手握着她的腰,然后姿态优雅地翻身下马。

　　楚修远下意识地捂住了眼睛,虽然他看不见披风下面的情况,可是在沈锦没有清醒的情况下,就这样突然把她弄下马真的好吗?

　　娇软的惊呼声从披风下面传了出来,沈锦睡得正美,忽然感觉到自己往侧面滑去,像是要被摔下去一样,眼睛还没睁开就叫了出来,然后扭身紧紧抱着楚修明,连腿都盘到了他的身上。楚修明很体贴地在披风遮挡下托住了沈锦的小屁股,然后说道:"走吧。"

沈锦被彻底吓醒了:"咦……"她觉得有些不对,"等等!"

沈锦感觉到她正坐在楚修明手上的时候,脸唰地一下红了:"放我下来!"

"好。"楚修明眼神闪了闪,这才松了手,扶着她的腰让她平稳地站在地上,没等她再次开口,就主动解开了披风的暗扣,然后把披风脱了下来。

沈锦也不知是睡久了还是因为刚才的事情,眼尾都带着红晕。

"嫂子,睡醒了?"楚修远站在一旁笑着问道。

沈锦瞪了楚修远一眼,可是没有丝毫的震慑力,倒是楚修明那轻轻的一扫,就让楚修远果断收起了笑脸,说道:"对了,我就是和嫂子说一声,我先去逛了,你和大哥好好玩。"说完就带着剩下的两个侍卫走了,一时间就剩下了沈锦和楚修明两人。

楚修明抬头帮着沈锦整理了一下头发和衣服,才牵着她的手问道:"饿了吗?"

"不饿啊。"楚修明一眼就看出此时的沈锦还没有彻底清醒过来,所以反应会慢上一些,也不再问了,就牵着她的手往市集走去。在进门的时候,交了二十个铜钱。进这里不管是买东西还是卖东西每个人都要交十个铜钱,而卖东西的人进去后还要登记,然后租用摊位,根据摊位位置的不同,费用也是不同的。

市集里面很热闹,沈锦整个人都清醒了过来,也忘记了刚才下马的事情。

要买的东西楚修明都交代给了楚修远,今天就是带着沈锦玩的,便说道:"慢慢逛。"

"好。"沈锦从进市集后,脸上的笑容就没有消失过,市集的人很多,有卖东西的也有像他们这样来玩的,而且也有不少穿着奇怪的人。沈锦看见了一个露出小腿和胳膊、挂了许多银铃铛的少女,还有穿着没有任何腰身像个筒子一样裙子的……

少女很活泼,走在最前面,她的家人都跟在身边,发现沈锦在看她,还笑着摇了摇手,就听见铃铛响个不停。沈锦也回了一个笑容。若是在京城,少女这样的穿着定会被人耻笑辱骂,可是在这里却让人觉得很合适,就像是吃火锅一样,各式各样的菜汇聚在一起,不仅不会让人觉得古怪,还有一种融洽的感觉。

沈锦拉了拉楚修明的手,说道:"有些饿了。"

楚修明低头看了沈锦一眼,那眼神中明显写着:"不是刚说完不饿吗?"沈锦脸一红,总不能说是想起火锅了吧?

"好。"楚修明的声音很好听,特别是带着几分宠溺的时候,就像是陈年的桃花酿,又香又醉人。楚修明带着沈锦往吃的地方走去,解释道:"市集分了四个区,大致上是按照衣食住行来分的。"

"可以过夜?"沈锦见楚修明愿意说,赶紧问道。

楚修明应了一声:"互市开一个月。"然后看了沈锦一眼,"你不会想要在这里住一宿吧?"

沈锦眨了眨眼,又看了看周围的人,默默地不再提留下来的事情了。沈锦注意到有不少姑娘在偷偷地看楚修明。她又有些得意了,不禁又往楚修明怀里蹭了蹭。

楚修明脚步顿了一下,低头看了她一眼,伸手轻轻拍了拍她的后背:"再忍忍,马上就到了。"楚修明以为沈锦饿了,但是又怕走得太快她会跟不上,刚想低头问她还有没有肉干先垫垫饥的时候,就看见沈锦一脸羡慕地往右后方看去,楚修明也停下了步子扭头看了一眼,就见有个男人双手托举着妻子,好让妻子越过人群看到里面。楚修明眼神一闪,问道:"很喜欢?"

"嗯。"沈锦也注意到楚修明停了下来,她伸手指了指那个很多人的摊子,"那边。"她期待地看着楚修明,想拉着他过去凑凑热闹。

谁知道楚修明一脸真拿你没办法的表情,动作熟练而迅速地把沈锦举了起来,还没等沈锦反应过来,就被他一扔一转然后平稳地落在了肩膀上,胳膊环着她的腿。沈锦后知后觉地惊呼了一声。楚修明问道:"行了吧?"

"可是……"沈锦脸都要烧起来了,"可是……不是这样啊……"

"举着会挡路,这样方便。"楚修明又调整了一下沈锦的位置,确定她坐稳了以后说道:"扶好,走了。"

沈锦不自在地动了动腿,她觉得所有人都在笑话她,这次不仅脸红了,就连脖子都红彤彤的了。

沈锦坐在小木凳子上一边吸着气一边努力地把嘴里的肉给嚼烂咽下去。她身前的小桌子上铺着一张油纸,上面放着切成块的烤肉,只吃了一口她就被辣得受不了了,眼睛和鼻子都红红的,对着楚修明小声抱怨道:"好辣啊……"她本来以为自己够能吃辣椒了,所以在卖烤肉的人问她的时候,才很肯定地说要辣的。

"吐出来吧。"楚修明把手伸到了她面前。

　　沈锦一手拿着竹签一手捂着嘴，就连咀嚼的速度都加快了一些。在外面把嘴里的东西吐出来这样的事情，沈锦根本做不出来，特别是吐到楚修明手上。

　　楚修明也不勉强，倒了一杯凉茶，等沈锦刚把肉咽了，就喂到了她嘴边。沈锦赶紧小口小口地喝了起来，她觉得嘴巴烧烧的，最里面又辣又苦。一杯喝完，楚修明又给她倒满，然后把杯子放到她手里，他握着沈锦还抓着竹签的另一只手，往自己这边送了送，低头把沈锦啃了一口的烤肉给吃了。

　　沈锦不管是在京城还是在将军府吃的辣椒都是去了籽的，所以并不会太辣，不仅如此，辣椒的品种和种植的地方都有区别，将军府中买的都是以香为主、以辣为辅的，而外面的辣椒就是实打实的辣。楚修明没有提前告诉她……看着沈锦白兔一样的眼睛，楚修明的眼神越发柔和了："让人再给你烤点不放辣椒的。"

　　"嗯。"沈锦喝了两杯茶，还是觉得嘴里难受，又倒了第三杯，"少要点。"

　　楚修明招呼了一下烤肉隔壁的摊主，让她送了一大碗杏仁茶来。那是满满一碗杏仁茶，上面铺着黑白芝麻、碎花生、山楂等东西，很实在，还很漂亮。

　　"吃这个。"楚修明把东西搅匀了，才推到了她的面前。沈锦应了一声，杏仁茶有些热，刚喝第一口的时候嘴里更难受了，可是味道又酸又甜。沈锦连喝了几口以后，嘴里的辣味就消减了。

　　"好喝。"沈锦满足地笑了起来，继续娇声说道，"不要吃这个辣椒多的了。"

　　楚修明状似无奈地叹了口气，用竹签扎着被沈锦嫌弃的烤肉吃了起来，说道："有些地方的人口味重，所以你吃不惯。"

　　"那我下次吃东西前问你。"沈锦既乖巧又"狗腿"地说道。

　　两个人把新上的烤肉给吃完了，一碗杏仁茶也分吃了才重新往前走，不过这次楚修明没有再让沈锦坐在他肩膀上，而是牵着她的手带着她沿路吃起了东西。因为品种太多，很多东西就买了一小份不说，他还不让沈锦多吃，剩下的都进了自己的肚子。就算是楚修明，一路吃下来也有些受不住，拉着依依不舍的沈锦往皮子这类死物的地方走去。

　　这里不仅有卖皮子的，还有卖香料的，甚至药材也有，摆在外面的人参品相都不是很好，七两参八两宝，而外面摆的最粗不过拇指大小。

　　"我记得母妃的嫁妆里面有一根七两多近八两的人参。"沈锦小声说道，"那时候大哥病重，母妃就切了人参熬汤。太医都说了，若是没有那株人参，大哥恐怕都救不回来了。"

　　沈锦的语气很平静，不过这段记忆很深，因为大哥病重的时候，整个瑞王府都人心不安，就连陈侧妃和沈锦吃的膳食都被敷衍了。那还是沈锦第一次吃到冷的饭菜，可是谁也不敢闹。大哥沈轩不仅是嫡子还是长子，是瑞王和瑞王妃最看重的，在病好后，瑞王就请封了世子。

　　楚修明应了一声："怎么会病得那么重？"

　　"我不知道。"沈锦和楚修明挨得很近，不时拉着他去摊位上看看那些小东西，"我记得……是在外面被抬回来的……我听大姐提过一次，好像是和哪个皇子出去了……那株参用了大半，后来又养了很长时间，不过大哥身子还是有些虚，每年秋冬交替的时候，母妃都会格外担忧。"

　　虽然都是瑞王的子女，可是沈锦这样的庶女是不怎么进宫的，和那些皇子公主也很少见面，而沈琦、沈轩和沈熙倒是经常和那些人打交道，隔三岔五也会进宫陪着皇太后、皇后说说话，每次回来都是有赏赐的，有时候是宫中新出的首饰，有时候是糕点。

　　"大姐每次从宫中回来，都会把宫里赏赐的东西分下来，不过第二天就要小心二姐了，她嫉妒大姐可是又不敢找大姐闹事。"说完还皱了皱鼻子，"很讨厌啊。"

　　虽然沈锦没有说，楚修明却听出来了，不敢找大姐，那怎么撒气？总不能用亲妹妹来撒气吧？可不就剩下沈锦这个出气筒了，也怪不得沈锦觉得讨厌。听着沈锦的话，楚修明又有些心疼："以后不会了。"

　　不过这件事倒是隐藏得很深，沈轩和皇子出门回来差点死了，怕是遇到什么事情，如果和皇子有关，就更有意思一些了。

　　沈锦笑得眼睛都弯弯的："我也不会傻傻地让二姐欺负的，有大姐在呢。后来大姐出嫁了，我就被王妃带在了身边。而且我嫁给夫君的消息传开以后，宫中就时不时赏赐不少东西呢。"其中多少辛苦和心酸，沈锦都没有说过，她是吃了多亏才有了记性。

　　楚修明看着容易满足的小娇妻，也不再说什么，牵着她的手到专门卖皮子的摊位上，问道："有白狐皮吗？"

　　摊主是一个看起来又黑又壮的男人，他身边还站着一个有些娇小的女人，女人五官不算精致皮肤也不够白，却带着一种说不出的韵味，像是开得正盛的花，美得艳丽而火热，笑的时候又带着一种爽朗的味道。

　　"是给你身边的小娘子准备的吧？白狐皮倒是有，不知道客人要几张？"

"有几张?"楚修明问道。

"还是先看看货吧。"女人给了身后的男人一个眼神,那个男人就弯腰从下面翻出了一张完整的白狐皮:"是冬天猎的狐狸,毛色又密又好。"

楚修明也看出来了,他家的狐皮确实不错,而且收拾得也好。沈锦看着满摊子的毛茸茸的皮子,眼睛都亮了,有些想摸两下却又不好意思。等白狐皮拿出来,她就忍不住用手指抠了抠楚修明的手心,见楚修明没有反应,又抠了几下。

瑞王府每年都有分皮子,可都是按份例给的,又不像是许侧妃得宠,瑞王总是私下多给许氏很多。沈锦在瑞王妃身边也得了额外的,可瑞王妃到底还要给女儿和儿子。楚修明低头看向沈锦,沈锦问道:"会不会很贵啊?"

"不会。"楚修明道,"很喜欢这些?"

"嗯。"沈锦道,"母亲攒下的皮子都给我了。"

楚修明应了一声:"那就多买些,给岳母送去。"其实原来家中库房就有不少,不过被围城那会儿拿出来用掉了,现在剩下的都是他新带回来的,因为要打仗,所以并非所有的皮子都带了回来,只留了珍贵的。

沈锦竟然不知道家中库房有,楚修明也是才反应过来,家中库房的钥匙还没交给她。边城中最不缺的就是皮子,反而布料要比皮子贵些,而他不过是想给沈锦弄一整套的白狐皮衣服,这才需要在外面买。既然沈锦这么喜欢皮子,等明年天冷的时候想来又能攒不少皮子了,给房间里都铺上厚厚的皮子,沈锦一定会喜欢的。

"总共有多少白狐皮?"

"四张。"女人道,"这东西狡猾得很,不好抓。"

楚修明问道:"多少钱?"

"不要钱,要茶和盐。"女人早就看出这两个人不一般,茶和盐这类是朝廷管制的,买的话只能从官府买,而他们买不到官盐,只能买私盐或者等互市开了来交换。

楚修明并不感到意外,只是点了点头问道:"多少?"

女人说了一个数,楚修明皱了皱眉头说道:"高了,天气转暖,今年是用不上了。"这是实话,却又不算实话,皮子只要收拾得好,多放两年也是无碍的,特别是白狐皮这样的。

"可以商量。"女人看了看一脸无辜的沈锦,又看了看楚修明,心中暗道,果然是小白脸靠不住,不是说天启的男人很爱面子,很喜欢在女人面前表现的吗?

楚修明这才应了一声:"再拿一些出来选。"

女人让男人把那些收起来的好皮子拿了出来,楚修明低头看着沈锦说道:"你自己来选送给岳母的。"

"好。"沈锦刚才都是一脸迷茫地听着楚修明和人交流,女人的口音很重,最开始的那句连蒙带猜倒是理解了,可是自从楚修明不知道说了哪个地方的话后,女人和楚修明用了她听不懂的话交流。不过楚修明和沈锦说话的时候,又换了回来,所以她又能明白了。

沈锦不仅给母亲选了,也给瑞王和瑞王妃选了,因为母亲还留在瑞王府,总归是离不开瑞王妃的照顾的。

等沈锦选完了,楚修明又选了一些,然后和那两个人沟通了几句,就牵着沈锦离开了。沈锦乖乖地跟着走了,还柔声说道:"还有很多地方卖皮子的,我们慢慢选就是了。"她以为交易没谈妥,楚修明不要了呢。

楚修明脚步顿了一下,笑道:"放心吧,那些皮子都是你的,我让他们直接把东西送到边城将军府。"

沈锦应了一声,也不再多问。楚修明又陆陆续续买了不少东西,有的直接用银子,有的像是那些皮子一样,让人送到将军府,后来见沈锦累了,他又让沈锦坐在了自己肩膀上,有过一次经验后,沈锦坐得更加安稳了,还悠闲地晃了晃腿。

很快,楚修明就把要买的东西给买齐了,去了"行"的那个区域。这个区域里面卖的不仅有马这类的,还有各种活的小动物。沈锦坐得高,老远就看见楚修远了,低头给楚修明指了指。

而看见楚修明和沈锦的楚修远整个人都愣住了,先仰头看看嫂子,又看了看兄长,最后看了看身后的两个侍卫,他兄长这算是被人骑在头上了吧?楚修明的脸色太过平静,沈锦的表情也很理所当然,楚修远觉得自己不应该这么大惊小怪。等楚修明把沈锦抱下来时,他主动开口道:"大哥,这里有匹母马已经揣崽了,不过要价高而且不知道公马是什么品种,你来看看。"

"好。"

那匹揣崽的母马被单独拴着,肚子已经显怀了,看着就像是快要生了一样。沈锦还是第一次看到,不过这周围的味道很难闻,也怪不得楚修明最后才带着她过来。

楚修明想了一下才松开了沈锦的手说道:"不是想买小东西吗?让修远带你去别处

看看。"

"我在这里等着你。"沈锦格外乖巧地说道。

楚修明闻言心中一暖,刚想说什么,就听见楚修远说道:"嫂子,那边有卖雪兔的,我刚看见了有一窝呢,小兔子还没我手大。"

沈锦眼睛亮了起来,更加乖巧懂事地说道:"夫君你忙吧,我在这里你容易分心,办完事记得来找我和修远。"

楚修明看着沈锦无辜的样子,竟觉得无言以对,顿了下才说道:"去吧。"

"大哥放心,我会看好嫂子的。"楚修远保证道。

楚修明挥了挥手,沈锦开开心心地和楚修远走了。沈锦不断催促道:"快些走,万一被人买走了怎么办。"

"嫂子放心吧,那东西吃得多还没二两肉,没人要的。"楚修远说道。

因为这边卖的都是活物,地上难免有些动物的粪便,和楚修明走一起的时候,他总是会选了干净地方走或者直接把她抱起来,而楚修远可不会注意这些。沈锦踩着脚底软乎乎的东西,简直不敢去想到底是什么。

不过这些不舒服在看见楚修远说的那窝兔子的时候,全部消失了。兔子很可爱,耳朵比平常的兔子要短,尾巴更短,眼睛又大又圆的,身上毛茸茸的却不是纯色,深深浅浅还不一样,像是正在换毛,腹部倒是白色的,耳朵尖和眼圈是黑褐色的,脚掌是淡黄色的。两只稍微大一些的兔子蹲坐着,四五只小兔子就在它们身边。

楚修远说道:"你别看它们的毛色现在不好看,等冬天的时候就变成白色了,而且这几只小兔子,应该出生不到二十天。"

"小兄弟知道得真多。"卖兔子的人道,"本想卖皮的,谁知道这兔子揣了崽,就杀不得了,我家又不想养,索性就直接拎来,母兔是路上生的,小崽子今天才十一天。"

"你怎么知道它们不满二十天呢?"沈锦有些好奇地问道。

"因为满二十天的兔崽,大兔子就不会和它们那么亲近了。"楚修远说道,"嫂子要吗?"

"我能摸摸它们吗?"沈锦看着卖兔子的人问道。

"可别被它们伤着了就行。"

沈锦点了点头,眼睛睁得大大的,楚修远差点没笑出来,因为笼子里的两只大兔子也是睁着大眼睛看着她,他们就像是隔着笼子在交流。沈锦伸出手指顺着笼子的间隙戳了兔子一下,马上又把手收了回来,见兔子没反应,才又伸进去戳了一下,兔子这次有了反应,被戳的兔子慢悠悠地动了一下,然后用短短的尾巴对着沈锦。

"多少钱?"沈锦满心喜欢,她决定回去单独圈个地方。

卖兔人也没多要,说了一个数,沈锦看向楚修远,楚修远点了下头,说道:"我们买了。"

当楚修明办完了事情找到楚修远和沈锦的时候,就见楚修远拎着个笼子。

"大哥一定不会让你养的。"

"为什么?"沈锦看着篮子里的那只狗崽,纯白的毛憨头憨脑的样子,别提多可爱了。

"夫君为什么不让我养?"

"这狗会长得很大。"楚修远道,"你没有发现它的爪子很厚实吗?"

沈锦也不是蛮不讲理的人:"大狗我也可以养啊。"

"这位小娘子,你不如问问你夫君再决定?"卖狗的人道,"这是自家狗生的崽,虽然不是什么名贵的品种,可是能放牧的。"

"怎么了?"楚修明走了过来问道。

沈锦见到夫君,就满脸期待地问道:"夫君,我可以养小狗吗?"

楚修远其实也挺喜欢这小狗崽的,不过怕最后长得太大伤了沈锦。

楚修明没有马上回答,而是走过来先看了看那只狗崽,狗崽可不像是刚才那样无害了,弓着背,毛都竖起来了,小声地对着楚修明呜呜叫。这是狗感觉到了威胁的样子。

"大狗是和狼配的?"

沈锦发现她又听不懂楚修明的话了,而且这次的口音和买皮子的时候还又有些差别。

"夫君很厉害啊。"

"大哥会说很多地方的话。"楚修远低声说道,"我就听不懂沿海那边的话。"

沈锦点头:"我也听不懂。"其实她就没听过,不过只会官话而已。

"是的。"卖狗的人一听,脸上的神色真诚了不少,能说他们那边话的人,一般都是朋友。而且他是第一次看见这只小狗这副模样,平时都是半死不活的样子。

"我也不骗你,那一窝生了三只,这只身体弱,颜色也不好。"白色好看可是太显眼了,进林子里不如深色的狗管用。

楚修明点了下头,伸手捏着狗脖子把狗拎了起来,那狗与楚修明对视了一会儿,才呜呜叫了起来,也不挣扎了。沈锦在一旁看得目瞪口呆。楚修明把狗崽放进沈锦的怀里,小狗呜呜了两声,然后看了看沈锦,低头舔了舔她的手不动了。沈锦只觉得小狗又胖又软,除了眼睛、鼻子和小黑嘴唇,剩下的地方都是白色的,像个棉花团。

楚修远也很喜欢,伸手就要去摸小狗,就见在沈锦怀里又乖又软的小狗,理都不理他,又恢复到楚修明没来时候的样子。

"这狗很聪明,我要了。"楚修明道。

卖狗的人也不多说,报了价钱,楚修明直接付了银子,然后接过卖狗人递来的篮子。

"回去了。"楚修明看了下天色,直接说道。

沈锦买了兔子又买了小狗,很满足,点了点头,说道:"好。"

楚修明见沈锦两只手抱着小狗,眼神暗了一下,把空篮子递给了楚修远后,就伸手搂了沈锦的肩膀,半抱着她走。而楚修远跟在后面一手笼子一手篮子的,刚才还挺老实的兔子不知为何开始挤成一团,稀稀拉拉尿了起来,都弄在楚修远的衣服上,又臊又臭的。

沈锦抱着小狗坐在楚修明的马上,兔子们不能一起带回去,连带着他们买的不少东西都托给了车马行的人,让他们明日把东西送到边城将军府。

沈锦戳了戳小狗的肚子。她觉得自己的夫君很神秘的样子,第一次见他是满脸大胡子跟门神似的,然后在外人面前又爽朗没心机,在府中沉默少言……还有不说话那种不食人间烟火的样子……反正不管怎么样,她都嫁给了这个男人,而且这个男人会让她坐在肩膀上,护着她为她遮风挡雨,这就足够了。

"夫君,赵嬷嬷会给我们留饭吗?"沈锦抱着狗躲在楚修明的披风里面。

楚修明"嗯"了一声并没有说话,因为马跑得快,一开口就是满嘴的尘土。

沈锦满足地窝在他的怀里,捏了捏小狗的尾巴,小狗不耐烦地甩了甩。沈锦想了一下说道:"夫君,你说给小狗起个什么名字好呢?"

楚修明就没有准备回答,他已经发现了,这个小娇妻有时候并不是真的问你。

"不如叫小不点吧?"

虽然早就有了心理准备,可是当听到这个名字的时候,楚修明眼角还是抽了一下。

沈锦还在诉说着自己美好的心愿："虽然修远说它会长得很大,可我还是希望它不要太大了,要不我就抱不动了。小不点,你可不能长得太大,不过你长大了我也很喜欢你的。"沈锦摸了摸小狗的肚子,又挠了挠下巴,顾自嘀嘀咕咕地说了起来。

太阳落山前,几个人赶回了边城的将军府,这次楚修明没再欺负沈锦,先解开了披风自己下去,然后把她抱了下来,说道:"让它自己跑吧。"

"好。"沈锦抱了一路胳膊也累了,就蹲下把小不点放到了地上。小不点到了新的地方很戒备,紧紧地跟在她的脚边,根本不乱跑。

楚修远看着小狗雪团一样的小身子问道:"哥,用不用先让人驯养一段时间?"

"不用。"楚修明道,"我来。"

楚修远看着小狗的样子笑道:"这狗养得精细点,等长大了绝对是条好狗。"

"嗯。"楚修明也发现了,最主要是这狗很聪明,驯养好了留在沈锦身边,也能护着点,就是底子有些差,养得费事还费钱。

"对了,给这狗起个名字,一定要威风点。"楚修远眼中露出向往:"嫂子,以后我去打猎,你把它借给我用啊。"

"好。"沈锦听见小狗不会被带走,就笑着说道,"它已经有名字了。"

楚修远问道:"叫什么?"

"小不点。"沈锦很高兴地说道,"你说它会长得很大,我还是希望它小点,我能抱得动。"

楚修远看向了楚修明,眼中露出指责:"哥,你觉得名字怎么样?"

"很好。"楚修明看都没看楚修远一眼,"夫人的狗,叫什么都行。"

"嫂子,就算叫来福、招财也好。"楚修远有些为小狗抱屈了。

沈锦甜甜一笑,毫不犹豫地拒绝了:"不要,来福、招财这样的名字不好听。"

楚修远觉得自己可能不会带着它去打猎了,一定会被人嘲笑的。

府中已经备好了热水,楚修远很忧郁地看了一眼小不点后,就先回院子里清洗了,而楚修明把沈锦送了回去,到了院门口说道:"小不点我先带走。"

"不能在我院子里吗?"沈锦有些不舍地问道。

楚修明挑眉:"你会养吗?"

沈锦还真不会养,蹲下身又摸了摸小狗的头,抱起来放到了楚修明的怀里,这才说道："那好吧，你不要再拎它脖子了。"

楚修明没再说话，沈锦走几步一回头地进了院子。

赵嬷嬷笑道："夫人如果舍不得，去将军院里看就是了。"

沈锦应了一声："对了，夫君那里有给狗狗睡觉的地方吗？"

谁也不知道将军和夫人会抱着一条狗回来，所以府中并没有准备狗窝。赵嬷嬷说道："夫人放心吧，一会儿老奴吩咐人去找了小褥子缝在一起，先给小狗睡。"

沈锦想了想就把她床上的软垫交给了安平，说道："给将军送去，说是让小狗睡在垫子上，软乎点。"

赵嬷嬷一边帮着沈锦洗头一边说道："今日那两个使者大人派人来传话，说是准备这两日就动身回京复命。"

"可是夫君买了一些皮子，我准备送到京城给母妃她们一些，那些人要明日才能送来，怕是来不及让他们顺路带回去了。"沈锦道，"不如和他们商量下，再晚些时候回？"

"那老奴一会儿让人去传话。"赵嬷嬷觉得反正那两个越晚回去对将军府越有利，而且将军的折子应该已经送到了京城，可是那两位大人先是被沈锦光明正大地关在了将军府，后来又直接派人看管了起来，根本来不及给京城写密信，更别提探查将军府的消息了。最美妙的是沈锦根本没有意识到她帮了将军多大的忙。

沈锦打了个哈欠："有些困了。"

"老奴让厨房炖了粥，夫人一会儿用些再休息。"赵嬷嬷说道，"将军提前吩咐了，让厨房备着好克化的膳食，夫人也不用去前院和他们一并用饭了。"

沈锦应了一声："对了，我买了一窝雪兔，让人把我原来养兔子的那块地收拾出来，等它们送来了，就放进去。"

"老奴知道了。"赵嬷嬷见沈锦累了，就加快了动作，给她冲洗干净换了新的常服。

安平已经送了垫子回来。

"安平，你今天回家还好吗？"

"还好。"安平隔着被子给沈锦揉腿，说道，"房子都修好了。"

"喜乐家……还好吗？"沈锦有些犹豫地问道。

沈锦除了在边城解困后，让人给喜乐家送了东西和银子，就再也没提过喜乐。安平还以为沈锦已经把她抛至脑后或者还在生气，毕竟那时候喜乐为了家人，在蛮族攻城不久就哭着求了沈锦归家,最后是在给大哥送饭的途中,被流矢射中没了的。现在听沈锦提起来,她鼻子酸酸地说道:"也不错,有夫人赏的药材,喜乐的大哥也救了回来……喜乐的弟弟也壮实了不少。"

"嗯。"沈锦闭上了眼睛,"安平,我睡了。"

安平停了手,说道:"夫人快睡吧,等夫人睡着了,我就离开。"

半梦半醒的时候,沈锦好像听见了楚修明的声音,不过因为太困了,她就没有睁眼。

楚修明是来送药的。赵嬷嬷说道:"将军放心,夫人用了饭才休息的。"

"这药一会儿你给她上一些。"楚修明压低声音说道,"夫人是第一次骑马,恐怕明天会有不适。"

赵嬷嬷也反应了过来,把药接过来说道:"老奴知道了。"

楚修明点了下头,看向了在一旁的安平:"你家的事情我知道了,你好好伺候夫人。"

安平眼圈一红说道:"是。"

楚修明没再说什么,倒是赵嬷嬷把沈锦前几日画的草图拿了出来,楚修明看了眼记在心里。赵嬷嬷道:"夫人本想在院子里挖个小池塘,被老奴劝住了,池水阴寒,离得太近对夫人身体不好。"

"我知道了。"楚修明把草稿还给了赵嬷嬷,没再说什么就离开了。

沈锦发现楚修明这段时间忽然忙碌了起来,就连楚修远也不见了踪影,她倒是乐得自在。那一窝雪兔已经被送了过来,就养在院子的角落里。

雪兔不仅有漂亮的木质小窝,里面还铺着干草和小垫子,外面有专门喂兔子的食槽和水槽,每日都被打扫得干干净净的。

每天早上醒来,沈锦用了饭就要溜达到兔窝那边。大大小小的兔子都在外面蹦来蹦去的,而小不点舒服地趴在窝里面,头伸在外面看着兔子。

每天到了时辰,小兔子就在大兔子的带领下蹦跶出窝,然后开始东蹦蹦西蹦蹦。府中的下人先给食槽添满用粗面和剁碎的大白菜拌出来的兔食,等看见从将军院里跑来的小不点后,就打开兔栏的门,让小不点进去。

小不点会趁着沈锦没有出来的时候在兔窝里面睡一觉,等沈锦来了,就过来和沈锦玩,在太阳落山前乖乖地回到楚修明的院子里。沈锦开始还害怕它自己走丢了,跟了一路却发现小不点沿路做了记号，闻着闻着就回去了。

皮子已经送来了，沈锦把给母亲她们选的挑了出来，然后打包后送到了两个使者那里。在得知可以走后，使者甚至没等将军府中的人设送客宴，就连夜打包第二天天还没亮就离开了。甚至一路都不敢休息，就怕什么时候沈锦一句话，又让人把他们抓了回去。

此时，楚修明的奏折已经被送到了诚帝的手里，奏折里并没有提重伤的事情，而且字迹工整。诚帝看了许久，又让人把楚修明以前的奏折找了出来，对比了一下，脸上露出了满意的笑容，就算楚修明极力隐藏，可是有几处下笔还是有些虚软。

"有人云：诗文字画，皆有中气行乎其间……"诚帝用指甲在楚修明奏折上画出了两处。这么多的字中，他能准确地找出这两处，可见对楚修明奏折的重视，也是对楚修明的忌讳。

站在诚帝身后的贴身太监听见诚帝的话也没开口，不过心中默默补上了诚帝未完的话："诗文字画，皆有中气行乎其间，故有识者即能觇人穷通寿夭。"

足足千字有余的奏折，诚帝竟然能看出那两处。

"不过……说不定是永宁伯故作如此。"诚帝随手把奏折扔到了一旁，"你说楚家怎么就这么不识相？"

李福在诚帝身边伺候了十几年，自知此时诚帝根本不是要人回答的，只当自己没有听见。

"算了，等人回来就知道了。"诚帝笑着说道，眼中却露出几分厉色。

不过诚帝还没等到人，又等到了驿站送来的信，不管是给诚帝的奏折还是沈锦写给瑞王的家书都被送到了诚帝手上。诚帝直接让人把信全部拆了，看完以后揉了揉眉心："李福，叫瑞王进来。"

瑞王正好在宫中给皇太后问安，所以很快就到了御书房。诚帝直接把沈锦写的信给了瑞王，一点也没有拆看弟弟家书的愧疚，反而说道："永宁伯为朕镇守边城，威慑异族，朕对永宁伯身体万分关心，先帝七子，就余你我二人。"

"臣惶恐。"瑞王赶紧跪下说道。

"赶紧起来，你我兄弟怎能如此见外？"诚帝见瑞王的样子，心中满意，嘴上倒是说道，"你的女儿就如我的女儿一般，江南那边刚刚进贡了一批锦缎。李福，分出一半来让瑞王带回去。"

"谢皇兄赏赐。"瑞王躬身说道,然后才起身。

回到瑞王府,瑞王就拿着信去了瑞王妃的院子,正巧陈侧妃也在陪着瑞王妃说话,等两个人行礼后,瑞王直接把信拿了出来说道:"三丫头来信了,直接和给皇兄的折子一起寄过来的。"

"真的吗?"瑞王妃脸上带着笑,接过了信。

陈侧妃明明眼中满是喜悦,可是也不敢开口,瑞王妃拉着陈侧妃的手,主动把沈锦写给她的递过去,两个人就旁若无人地看了起来。

"锦丫头还真是……"瑞王妃看着信就笑了起来。沈锦给她们两个的信写了足足十几页,看了足足两盏茶的工夫才算看完。瑞王妃见陈侧妃也看完了,就拉着她说道:"你瞧瞧这还在抱怨那两个使者,下一句又开始说边城卤肉……"再多的话瑞王妃倒是没说,在京城中什么好东西吃不到,哪里会因为吃到了卤肉而开心。前段时间看了沈锦寄来的求救信,瑞王妃心里就揪得慌,到底是疼了几年的孩子。

陈侧妃有些担忧:"这丫头也就王妃不嫌弃,她到了那边以后性子都野了,竟然还抱怨两位使者。"像是害怕瑞王怪罪,缓缓解释道:"她也是个小气的,不如等东西回来,把我……"

"行了。"瑞王妃也看完了礼单,倒是没觉得沈锦有什么不对,打断了陈侧妃的话笑道,"锦丫头刚到边城,身边的人又都被赶了回来,怕是这些东西也费了不少心思。王爷,我还没见过锦丫头说的宝刀呢,等东西回来先让我瞧瞧。"

瑞王妃和陈侧妃又说了一会儿话,陈侧妃就告退了,留下了瑞王和瑞王妃两人。瑞王把人打发了出去后,就把今天诚帝说的话和瑞王妃说了一遍:"你说皇兄是什么意思?"

"不管皇兄是什么意思,照做就是了。"瑞王妃温言道,"我回信的时候会多问问锦丫头关于边城和永宁伯的事情的,这事情王爷就不要出面了。"

"王妃说得是。"瑞王道,"不过这锦丫头也真是的,哪有直接管人要东西的。"

瑞王妃并没有看沈锦写给沈琦她们的信,一时不太明白,瑞王就把信的内容大致说了一下,却见瑞王妃竟红了眼睛,默默地落泪。瑞王大惊问道:"王妃这是怎么了?"

"王爷太过偏心,她们都是亲姐妹,这样直言要东西才是亲近,难不成还要像外人一样才好吗?我不知二丫头会怎么想,可是琦儿定会喜欢的。"瑞王妃用手帕擦了擦眼角的泪,"而且王爷只注意到锦丫头要东西了,可是瞧瞧要的都是什么,若不是边城实在寒苦,她哪里会开口要的都是易存的吃食?"

瑞王被瑞王妃这么一说,心里也有些愧疚地说道:"是我想岔了。"

"王爷,当初被蛮族围城,锦丫头求救的信中字字血泪,可是……你看今日她可有丝毫抱怨或者哭诉?"瑞王妃道,"不说别的,就是二丫头不过是夫君纳了个小妾,就回来哭着闹着让王爷做主。而锦丫头呢?可给王爷添了丝毫麻烦?锦丫头在府中的时候,最喜清淡,东西略不精细宁肯饿着也不入口,现在要的都是一些……"

瑞王心中也觉得酸涩,想想沈锦在边城可谓是九死一生,被蛮族围困那么久,更是吃了不少苦头,可是信中丝毫不提,反而尽全力给他们备了礼送回来,一时间满心柔情,也觉得沈梓太过闹腾。本因许侧妃的苦求而心软想要敲打一下二女婿的瑞王顿时又铁了心:"别哭了,多备些东西给锦丫头送去,宫中刚赏了不少锦缎,也多多送去一些。锦丫头孤身在边城,怕是连个知心的人也没有。"

瑞王妃心知有时过犹不及,听了劝就不再哭了,让人端了水来重新梳妆。不过这次连妆都没上,只涂了一层脂膏,就出来了说道:"刚才是我太……只是想到锦丫头在那边吃不饱穿不暖的,心里就揪着疼,恨不得替她去受这些苦。"

"我知你。"瑞王安慰道。

瑞王妃说道:"想来那边实在难熬,不若多备一些药材给锦丫头送去,还有银钱,她身边又没有贴心人,难免打赏上就多一些。"

"好。"瑞王此时什么都好说。

瑞王妃缓言道:"王爷当初不是说过,少了一柄宝刀吗?没想到一时玩笑的话,锦丫头却记在心里了,我瞧着信上说这可是蛮族首领的佩刀。不过锦丫头竟没把最好的献给圣上,只想着留给王爷……也不知道圣上会不会怪罪。"

瑞王听瑞王妃这么一说,反而笑了起来:"放心吧,皇兄没有这么小气的。"

瑞王妃眼光闪了闪并没说什么,只是笑得温婉。

等瑞王走后,翠喜才给瑞王妃换了温热的红枣茶,瑞王妃端着喝了几口放下杯子,带着翠喜进了内室:"把我的檀木箱子找出来。"

翠喜应了一声,就去把瑞王妃要的箱子翻了出来。瑞王妃打开看了一眼,里面装着满满的银票,微微垂眸说道:"到时候把这个箱子藏在粳米中给锦丫头送去。"

"王妃……"翠喜有些惊讶地看着瑞王妃,这可是瑞王妃所有的积蓄。

想到大儿子,瑞王妃闭了闭眼,说道:"按我说的去做。"

在瑞王妃心中只喜欢吃清淡食物的沈锦此时正在努力吃着涮锅,新鲜的羊羔肉放在汤锅里涮好,就算不用蘸料也格外鲜香,旁边是府中专门备的辣椒酱。

楚修远这段时间在外面跑,看起来黑了一些。他这一大筷子肉下去,等熟了就捞出来低头吃,也是饿得狠了点。而楚修明倒是姿势优雅,不过他筷子使得和刀一样,快、狠、准,肉丸子刚熟就被他挑了出来。

沈锦吃得脸红扑扑的,鼻子上都是汗,她不仅喜欢吃里面的羊羔肉,还喜欢吃豆腐,又嫩又滑的,稍微蘸点辣椒酱,好吃得要命。

吃完火锅后,里面再下点面,又筋道又好吃。吃饱了以后,沈锦就坐在椅子上,双手捧着山楂茶,说道:"还是这里的东西好吃啊。"

"不是说京城很多好吃的吗?"楚修远也吃得肚子滚圆。

沈锦感叹道:"是啊,可是吃不到啊,每次都是按着份例来吃,吃来吃去就那些东西,想要吃些新鲜的都要自己出银子,不像是在这里,想吃什么一句话就好。"她觉得这就是当家做主的感觉,简直不能更好了!

"真可怜。"楚修远感叹道,"嫂子还想吃什么尽管让厨房做来,就算府中没有,和大哥说一声,也能给你找来。"

沈锦顿时看向了楚修明,眼中满是期待:"那时候我听大姐说,他们在宫中吃过烤鹿肉,切成一片片的鹿肉放在炭火上烤熟,配着桂花酿……"

"等今年冬天。"楚修明道。

沈锦满足了,笑着说道:"夫君你真好!"

"这段时间你乖乖在府中。"楚修明说道。

沈锦点头说道:"好。"

楚修远明日要跟着兄长出门一段时间,看着兄嫂有话要说就站起身说道:"我先回去了。"

"小不点我给你留下来了。"楚修明说道。

沈锦很乖巧地应道:"嗯,我每日和小不点、小兔子玩就可以了。夫君放心吧,我不会乱跑的。"

楚修明点头："工匠已经安排好了，他们这段时间会来府中，你就不要往这边来了，我会叮嘱他们不要去你院子附近。"

"嗯。"沈锦应了下来，倒是没问什么时候去给她修院子，想来是要趁着楚修明兄弟两个不在，先把那边弄好。

楚修明是天还没亮就走的。沈锦用了早膳后先去看了小不点和兔子们，然后问道："嬷嬷，你说夫君他们会不会有危险？"

"不会的。"赵嬷嬷笑着安慰道，"夫人放心吧。"

沈锦点了点头，眼珠子转了转说道："那夫君有没有什么吩咐？"

"夫人问的是什么？"赵嬷嬷有些疑惑地问道。

沈锦笑道："比如不让我出府一类的呢？"

赵嬷嬷笑道："没有，将军让府中所有人都听夫人的。"

沈锦心满意足了，问完以后就没再说什么，在楚修明离开的第一天，她乖乖地在府中和兔子玩了一会儿又和小不点玩了一会儿，午睡醒来还问了赵嬷嬷楚修明和楚修远的尺寸，选了布料准备给他们做衣服。

第二天依然如此。等到了第三天一大早，沈锦早早就起来了，然后换了一身衣服就带着安平出去了。边城不少人都认识沈锦，见到沈锦带着安平出来，都会打招呼，还会送一些自家做的东西给沈锦吃。

楚修明和楚修远不在府中，沈锦就是最大的那个，她已经忘记了答应楚修明的事情，每天都带着安平到处走。

而赵嬷嬷最近也不知道在忙什么，只是叮嘱了安平几句后，就不再管了。

沈锦觉得府中的人自从楚修明离开后就变得奇奇怪怪的，每天都很忙碌，可是谁也没告诉她，她也不好多问，不过看着这些人脸上都是喜气洋洋的也就不担心了。

最让沈锦高兴的是，来到边城以后她又长高了不少，前几日赵嬷嬷帮着她量尺寸的时候就发现了，还特意找了她在京城的衣服来试，裙子都短了一些。

沈锦玩够了，想起楚修明时，他们离开已经近一个月了，去了哪里、干什么去了，就连府中的人也不知道。

第九章
盛大婚礼

楚修明兄弟两人回来的时候，工匠已经把院子弄好了，而沈锦住的院子并没有工匠来修理。

不仅如此，楚修明的那个院子每天都有下人进进出出不断地忙碌，就算是楚修明回来了也没有停止，而安平和赵嬷嬷脸上都带着喜气。

沈锦坐在窗户边，看着外面心中隐隐有个猜测，却又觉得自己的猜测有些不切实际，可是难免还是有些期待。

其实沈锦有些弄不明白诚帝的心思，在收到两个使者的折子没多久，粮草辎重就被运送了过来。是看见了边城的描述心软了？沈锦觉得不可能，其实她很多事情都弄不明白，就像是为什么边城被围困这么久，朝廷却没有派人来救他们一样。

边城的失守不仅仅意味着边城所有的人都要被杀死，更意味着天启危险了。边城是保护着天启最重要的地方，诚帝不会不知道。功高震主吗？沈锦都不敢再往下想。

"夫人，瑞王府派人送东西来了。"安平听见小丫鬟的传话就赶紧过来禀报。

沈锦猛地扭头看向了安平，什么功高震主都被她抛至脑后，说到底不过是她没事做才开始琢磨这些。

"走。"

"听说瑞王妃还派了管事来。"安平扶着沈锦的手往外走去，悄声说道，"夫人要见见吗？"

"嗯。"沈锦道，"想来母妃她们也该收到了我送去的东西，也不知道大姐生了男孩还是女孩，我出嫁前大姐就传了喜讯。"

安平见沈锦露出了笑容，就说道："一会儿夫人问问就是了。"

瑞王妃派来的是瑞王府中的二管事,也是瑞王妃的陪嫁,因为猜到沈锦是要见人的,所以将军府的人直接让二管事在客厅等着了。

沈锦过来的时候,二管事赶紧放下了茶杯,行礼道:"给伯夫人问安。"

"快起来。"沈锦笑着说道,"母妃可有信给我? 大姐的孩子是男孩还是女孩?"

二管事并没有急着回话,而是等沈锦坐下后,这才起身躬身说道:"回伯夫人的话,王妃和陈侧妃、世子妃都给伯夫人写了信。"说着就拿过桌上的木盒,双手捧着递过去。

安平把木盒接了过来,递给了沈锦。沈锦打开一看,里面是厚厚的一摞信,脸上的笑容藏也藏不住,手指在信上摸了摸,才勉强忍着不当面拆开,问道:"那大姐呢?"

二管事脸上露出悲痛的表情,跪在地上哭道:"回伯夫人的话,世子妃小产了。"

"什么!"沈锦脸色一白,看向二管事,"怎么可能?"

二管事不敢开口,赵嬷嬷却看出来了,恐怕这里涉及了永乐侯府的阴私,端了红枣茶给沈锦,柔声劝道:"夫人先缓缓,想来瑞王府的管事也无法探知永乐侯府的消息。"

沈锦喝了一口才说道:"二管事快起来,是我太过心急了。"

二管事擦着泪站起身说道:"世子妃也时常念叨着伯夫人,说在王府中和伯夫人关系最好,若是世子妃知道伯夫人这么关心她,定会暖心的。"

沈锦还记得当时大姐很期待孩子的出生,她在出嫁前还给孩子做了小衣……可是孩子怎么就没了呢? 大姐身边不是有母妃安排的人吗?

"听翠喜说,王妃和侧妃一起看了伯夫人的信,还哭了一场,特意把府中御贡的碧粳米收拾了出来,都给伯夫人送来了。"二管事道。

沈锦愣了一下,才说道:"安平和二管事一并去把那碧粳米送到我房中。"瑞王妃不是一个喜欢说废话的人,每句话自然有她的意思,专门让二管事把这米点出来,怕是不简单。

二管事掏出礼单递给了安平,安平再送到了沈锦手里:"王妃、陈侧妃、世子妃、许侧妃以及四姑娘、五姑娘都给姑娘备了礼。"

"嗯。"沈锦闻言说道,"除了吃食送到厨房外,其余的都送到我院内。"

安平跟着二管事离开了,专门去盯着那碧粳米,沈锦没有起身回院子,发了一会儿呆才问道:"嬷嬷,夫君在忙什么?"

"回夫人的话,将军怕是在书房中,今日并无要事。"赵嬷嬷听出了沈锦的意思。

沈锦应了一声，亲手抱着装着信的木盒说道："让人和夫君说一声，来我院中一趟。"

"是。"赵嬷嬷当即吩咐了一个小厮，自己陪在沈锦的身边。

沈锦带着赵嬷嬷走在回去的路上，也没了来时的欢快。

"孩子怎么就没有了呢?"

赵嬷嬷温言道："不如等夫人回去看看世子妃的信，说不定世子妃信上已经写了。"

"大姐成亲好多年，才怀上的孩子。"沈锦双手紧紧抱着木盒，"最是宝贵不过。母妃不仅安排了人，还专门在宫中请了擅长药理的嬷嬷去……"

赵嬷嬷也不知道怎么说好，她离开京城多年，并不知永乐侯府是个什么情况，不过从二管事的表现可以看出，怕是这事情不简单。

楚修明是知道京城送了东西来的，可是没想到沈锦会直接请他一并过去，放下手中的书卷，就往她的院子走去。

沈锦回到卧房，就打开了盒子，想了一下先找出了沈琦的信。沈琦很关心她的情况，还直言若是差了东西就尽管和她说，谢了沈锦送她的礼，沈琦并没有怎么提到永乐侯府，也是在最后才写了孩子的事情。只说孩子流下来的时候，已经是个成形的男婴了，剩下的并没多说，倒是写了一首诗，上面隐隐有泪痕。

其实就算沈琦不说，沈锦也猜到了一些，还没等她落泪，楚修明就过来了，他把小不点也带了过来。看着朝自己扑来的小不点，沈锦抬头看了看一身月牙色锦袍的楚修明，那些酝酿出的难过和悲伤一下子被噎了回去。

沈锦想了想，觉得再哭也不好看，就吸了吸鼻子不哭了。楚修明看了赵嬷嬷一眼，挥了挥手。赵嬷嬷行礼后就要退下，沈锦说道："嬷嬷，让人把碧粳米的箱子先抬进我屋里，这是礼单，你给分一下，该收起来的就收起来，该用的就拿出来用，吃的全部放到厨房，今晚选了那些海鲜来吃。"

"是。"赵嬷嬷一一应了下来，见沈锦没别的吩咐，就拿着东西离开了。

沈锦先把信放到盒子里，然后弯腰把小不点抱到怀里，才看着楚修明。虽然刚才没哭，可是沈锦的眼睛有些红，显得有些可怜巴巴的，楚修明挑眉看了一下被拆开的信。

"你自己看吧。"沈锦说完就把信塞到了楚修明的手上。

楚修明也没有拒绝，沈锦把小不点放到了地上，又拿了绣球扔给它，让它自己玩，谁知道小不点直接叼着绣球出去了。沈锦趴在窗户上看去，才发现它竟然直奔着兔子窝去了。

沈锦又拆了瑞王妃的信看，瑞王妃叮嘱她好好照顾自己，也要好好照顾楚修明，说了一些家中的事情，都是一些家长里短，其他事情并没有多提。沈锦有些疑惑地说道："母妃这是怎么了？信中怎么竟是一些谁家娶了儿媳，谁家纳了小妾，谁家娶了继室一类的，还有圣上给几个皇子选妃的……"

楚修明已经看完了沈琦写的信，听见沈锦的话，眼神闪了闪。沈锦识相地把信交到了楚修明的手里。看完一遍后，楚修明心中肯定了他的猜测，这信果然不是写给沈锦的，而是写给他的。通过瑞王妃这些看似家长里短的事情，楚修明心中已经大致画出了一张京城最新的关系图。不过瑞王妃为什么要这样做？难道是她知道了什么？

沈锦把信交给了楚修明以后，就不再管了，看起了陈侧妃写给她的。陈侧妃只说她在瑞王府一切都好，让沈锦好好照顾自己，不让沈锦再给她送东西了，以后就算送也只给瑞王和瑞王妃送就可以了，剩下的全部在叮嘱她，还亲手给她做了几身衣服，只能估摸着做，都做得大了一些，让沈锦不合身找人修一修……

陈侧妃一片慈母心，甚至不敢多问沈锦在边城好不好，就怕问得太多让沈锦心里难过。沈锦再也忍不住默默地落起了泪。沈锦哭的时候是悄无声息的，还时不时地用帕子擦擦，看起来又娇气又可怜。

楚修明坐到她的身边，摸了摸她的脸说道："你不是想找个孩子放在你母亲名下养着吗？"

"不要女孩。"沈锦边哭边要求道，带着浓浓的鼻音，"母亲有我一个女儿就够了。"

楚修明应了一声："我会安排的。"

"哦。"沈锦还是哭个不停，"我都想母亲了。"

楚修明有些心疼，可他不是一个会安慰人的人，沈锦主动靠到了他的怀里，眼泪往他衣服上擦："母亲从来不逼着我喝红枣茶，都会做红枣酪给我吃……"

看完了信，沈锦就让赵嬷嬷他们进来了，还把箱子和东西搬了一些来，最主要的就是瑞王妃的碧粳米和陈侧妃做的那些衣服。

那些伺候的人把东西搬进屋子后就出去了，屋内就剩下赵嬷嬷、安平两个伺候的。

"赵嬷嬷，哪个是母亲的？"沈锦看着大大小小一堆东西问道。

赵嬷嬷把贴着陈侧妃签子的箱子找了出来，沈锦就过去打了开来。

母女连心这话说得不错,陈侧妃没有沈锦的尺寸,可是做的夏装都恰恰合身,不少秋冬的衣服都比夏装要大上一些,就算沈锦再长高明年修改一下也是能穿的。而且陈侧妃做的并不是京城流行的那些款式,更像是边城流行的,不过样式要更加漂亮新颖,就是不知道陈侧妃是怎么知道的。

沈锦看完以后,就让安平仔细收了起来。碧粳米的箱子上面贴着标签,沈锦直接撕开把箱子打开了,米是装在袋子里的,沈锦解开了口袋,从里面抓了一把出来:"今晚就吃这个。"

赵嬷嬷笑道:"老奴这就去吩咐了厨房。"

沈锦点了点头,然后直接撸起衣袖,露出白嫩的胳膊,把手插进了米袋里面,搅和了半天,最后一脸迷茫地看向楚修明:"母妃和我闹着玩呢?"

楚修明挑眉看了她一眼,沈锦乖乖地让出了位置,楚修明挽了挽衣袖,把手伸进去,没多久就拿着一个木盒出来,然后把它递给沈锦,自己到旁边的铜盆里净手。

"在下面。"

虽然只说了三个字,沈锦却从楚修明的眼神和话里听出了意思,不是没有而是她胳膊太短没有找到而已!她气呼呼地"哼"了一声,把木盒放到一旁的梳妆台上,这上面有一把小锁。

"钥匙呢?"

楚修明已经把手擦干了,看向沈锦:"问我?"

"是啊。"沈锦理所当然地说道。

楚修明想了一下说道:"把瑞王妃送的那盒首饰找出来。"这话是对赵嬷嬷说的。他自己走到沈锦旁边,看了看那把精致的小锁,小锁上还有一枝梅花。

沈锦也凑过去看了看,还伸手拽了两下,那锁看着小可是很结实。

赵嬷嬷很快就把那盒首饰找了出来,楚修明见沈锦还在那里研究小锁,就自己把首饰盒打开,是三层的首饰盒,下面还有小抽屉。

楚修明仔细翻看一圈,找到了一对梅花样式的耳环,然后递给了沈锦,沈锦拿着试了一下就把锁给打开了。木盒里面装着一摞银票,有整有零的。沈锦拿出来粗粗一看,足有五十万两,她的嫁妆满打满算还不到十万两。

沈锦有些呆住了,然后看了看楚修明又看了看银票:"这是给我的吗?"

楚修明也没想到瑞王妃这样的大手笔，虽然看到信后有所猜测，可到底没有确认瑞王妃的态度，怕是如今瑞王府的银子都没这么多了。瑞王虽然有钱，可是很多东西都是不能动的，就像是御赐的庄子一类，瑞王只能每年收租，却没有贩卖的权利。而宫中的赏赐，也不会直接赏赐银子，楚修明甚至怀疑瑞王对这笔银子是毫不知情的。瑞王妃这样的女人，嫁给瑞王还真是可惜了。

沈锦摸了摸银票，重新装在木盒里面盖好，连着锁和钥匙都给了楚修明，说道："给吧，你收了我母妃的银子，可要对我好。"

楚修明也看出来这些银子是瑞王妃通过沈锦的手给自己的，眼睛眯了一下，倒是没说什么就收下了盒子。

不仅是瑞王妃，就连陈侧妃都给楚修明准备了东西，可陈侧妃完全是为了女儿，只想着楚修明能对女儿好一些就足够了。

天色已经有些晚了，很多东西都没有收拾出来，剩下的东西沈锦就来不及分发出去，等到第二天全部规整完了，她就开始分东西。

不仅楚修明和楚修远有，就连赵嬷嬷、安平和断了右臂的王总管都有，就见府中小厮抱着东西跑来跑去，不停地从沈锦院中抱了东西送到每个人手上。

沈锦虽说不上大手大脚，可也不是个小气的，就连王总管都得了一匹御赐的锦缎，更不用说安平和赵嬷嬷了，她还特意选了安平她们喜欢的颜色。

送完了东西，沈锦本想叫二管家问话，可是丫鬟去了才知道，二管家被楚修明叫去了。安平在一旁笑道："夫人想知道京中的事情，为什么不问奴婢？"

"你知道？"沈锦惊喜地看着安平。

安平笑道："这几日奴婢安排了小丫头和小厮去缠着那些京城中来的婆子小厮说话，倒是打听了不少消息呢。"

赵嬷嬷也是知道这件事的，其中也有她的授意，想来二管家不说并非因为不能说，而是不好在明面上说，所以府中的丫鬟小厮用几桌好酒好菜就把所有的消息打听清楚了。

安平应了一声就说了起来："奴婢倒是听说夫人的二姐嫁了郑家的大公子，郑家大公子书读得极好。"

沈锦也知道沈梓嫁进了郑家，听说最是清贵，而郑家大公子诗词歌赋无一不精，不少大家小姐都收藏着他的诗集。不过沈梓的学问……沈锦她们当初是一起学习的，因为两个人年岁相近,夫子教她们两个的内容是一样的,沈梓虽说不上才女,可也不是目不识丁,就算嫁到了别的人家,也算得上不错了,可是郑家……

沈锦有些难以想象沈梓每日和郑家大少爷吟诗作对的样子。

安平道:"听说郑家大少爷最喜红袖添香……夫人的二姐本就是以郡主之身下嫁,难免……听说她哭着到王府中找王爷为她做主。"

沈锦问道:"父王出面了?"

"那倒是没有。"安平开口道,"住了两三日,就被王爷派人送回郑家了。"

沈锦觉得按照瑞王的性格,许侧妃和沈梓一起哭诉起来,怕是会帮沈梓出头啊,难不成被瑞王妃给阻了? 这么一想就说得通了,她点了下头问道:"还有呢?"

"奴婢听说婆子在喝醉后痛骂了永乐侯世子。"安平知道沈锦更担心沈琦,所以专门打听了她的事,"说永乐侯世子看着是个好的,却最混账不过,就连永乐侯夫人也是内里藏奸的。"

沈锦皱眉说道:"不应该啊。"她记得出嫁前,大姐过得不错,而且和大姐夫关系也极好,永乐侯夫人和瑞王妃认识,两个人也是好友。

安平说道:"只是听说永乐侯世子在夫人出嫁不久,就纳了妾室,是他青梅竹马的表妹。"

沈锦皱起了眉头:"大姐过得不好是姐夫亏待了她吗?"

赵嬷嬷看着沈锦的样子,说道:"夫人想得太简单了,并非永乐侯世子不好,可能是太好了,所以夫人的大姐才过得不好。"

沈锦看向了赵嬷嬷,赵嬷嬷说道:"安平你打听出那表妹的身世了吗?"

"奴婢听说是永乐侯夫人庶妹的女儿,家里那边坏了事,也没了别的亲人,所以就投奔了永乐侯夫人。"安平补充道。

赵嬷嬷才说道:"想来世子对人温和,而这个温和并不是只对世子夫人的,而永乐侯夫人虽与王妃是好友,可是再亲也比不过亲戚的,所以难免偏心了些。不仅如此,在外人眼中,那个妾室孤苦无依,而世子夫人是瑞王嫡女,家世显贵又是郡主之身,两相对比起来,难免觉得妾室可怜了一些。"

沈锦紧抿着唇,许久才说道:"我知道了。"

赵嬷嬷虽然是楚修明派来伺候沈锦的,可是和沈锦相处久了,也多了几分真心,说道:"所以夫人,有些时候万不可心软,如果那个表妹刚求助到永乐侯府的时候,世子妃能狠下心,直接给了银子打发出去,就没有这么多事情了。"

沈锦问道:"那侯夫人和世子不会生气吗?"

赵嬷嬷反问道:"别人生气和让自己生气,哪个更好一些?"

沈锦眨了眨眼睛,看了赵嬷嬷几眼,点头说道:"我知道了。对了,夫君有表妹吗?"

赵嬷嬷难得有些欣慰地说道:"将军也有个远房表妹,举目无亲的时候来投靠将军,后来……"

沈锦问道:"走了吗?"

"是的。"赵嬷嬷说道。

沈锦点点头:"那就不用提她了,还有别的吗?"

安平问道:"夫人不担心吗? 那个表姑娘长得很美的。"

"因为你们都说了是当初。"沈锦觉得赵嬷嬷和安平有些奇怪,"如果当初真有什么,也轮不到我嫁过来。夫君那性子真想娶谁,还能等到指婚? 再说了,府中根本没有这个人,想来是发生了什么事情,而且第一次听人提起,恐怕不是什么好事,既然这样,就更不用担心了啊。"

沈锦看着被震住的赵嬷嬷和安平,有些小得意和小骄傲地说道:"我可是很聪明的。"

很聪明的将军夫人沈锦此时正对着眼前的嫁衣发呆,赵嬷嬷笑道:"夫人试试?"

"月华锦?"沈锦不是第一次看见月华锦,可是这么漂亮的月华锦却是第一次见到。月华锦极其珍贵,就算是瑞王府也仅仅是沈琦有一条月华锦做的裙子,那还是水红色并不是正红。

那条裙子沈锦见沈琦穿过,行走间裙子流光溢彩就像是月光织成的一般,而这一身正红的嫁衣只是挂在衣架上就让人移不开眼,更别提上面的刺绣了。

"是的。"赵嬷嬷也不惊奇沈锦能认出这种料子,笑着说道,"这是将军特意吩咐给夫人做的,夫人不如试试?"

沈锦嫁过来的时候穿的那两套嫁衣,是宫中绣娘做的,用的也是上好的绸缎,上面的刺绣也是用金线细细绣成的,可是和月华锦这一套相比起来,就像是御厨精心调制的美食和街头小贩做的主食,一个精致,一个实在。想到那两身嫁衣的重量,沈锦到现在都心有余悸,全套穿下来根本动不了。

"夫人不喜欢吗?"安平见沈锦并没有露出惊喜的神色。

沈锦有些茫然地看向安平说道:"喜欢。"女人根本拒绝不了月华锦的!就连瑞王妃得了月华锦也是仔细存着,等沈琦到了最好的年龄,才选了绣娘精打细算地给她做了裙子。

赵嬷嬷想了一下道:"夫人可是觉得将军这段时间没来陪夫人?"

提到这个沈锦也觉得委屈了,说道:"他拿了母亲亲手做的东西,也答应让厨房给我做红枣酪的,可是至今为止仅仅是把红枣茶换成了红枣姜汤。"

赵嬷嬷道:"那是因为夫人前几日吃了太多河鲜海鲜,那些都是凉性的,马上又该到夫人的小日子了,难不成夫人还想像上次那样疼?"

沈锦动了动唇,也有些心虚:"可是明明做了红枣酪啊。"

赵嬷嬷总不好说将军想给夫人一个教训,只得说道:"夫人难道就不好奇将军为什么这么久没来?"

沈锦嫌弃地看了一眼红枣姜汤,说道:"母亲说过成亲前,男女是不能见面的。"

赵嬷嬷闻言笑道:"夫人不怪将军就好。"

"我还以为夫君出去了呢。"沈锦真没把楚修明没来当一回事,毕竟楚修明神神秘秘地出门办事又不是一次两次了,可是今天看见嫁衣,心里又暖又觉得有些涩涩的,还有些委屈。

果然,人是不能宠的,明明刚嫁来那会儿身边没有一个贴心的不说,还被府中的人防备着,就连本该有的仪式都没有,可是那时候她也没觉得多委屈。

甚至在后来日子好过了些,她很想告诉沈梓,其实自己过得很好,比在京城还要自在,除了有些想念母亲外,没有任何不满足的地方。

后来见到楚修明,楚修明对她也很好,对沈锦来说,就像是惊喜,明明只买了一笼灌汤包,老板却又送了她一盘小菜,她不仅满足还很快乐。

可是今天在看见这套月华锦制成的嫁衣时,沈锦却觉得委屈了,低着头,眼睛都红了,不知为何她想起了当初母亲说的话。

那时候沈锦心中为母亲抱不平,也问过母亲:"父王这样对你,你觉得委屈吗?"

母亲只是笑笑,说道:"我只是为我儿委屈。"

其实沈锦那时候已经跟在瑞王妃的身边，日子过得好多了，起码不再有下人敢慢待她，又因为给瑞王做了不少东西，瑞王在送东西给许侧妃的三个女儿时，偶尔也会想起她。

沈锦接着问了："那母亲你自己呢？会委屈吗？"

"不委屈，每日锦衣玉食的，人要知足。"

当时沈锦偎进了陈侧妃的怀里，追问着："那母亲就从来没委屈过吗？"

母亲那时候的话沈锦至今记得，可是却不明白，而现在……她好像明白了母亲的意思。

"在你外祖父和外祖母还活着的时候，就连衣服样式稍稍不合心意，或者菜色不合口，我都是觉得委屈的，后来……你外祖父和外祖母没了，我进了王府就不再觉得委屈了。"

沈锦知道母亲的意思，并不是说王府就事事合她心意，而是没有了宠你在乎你的人，那么你就不会委屈了，因为知道就算委屈，也没有人会心疼你。

想到母亲，沈锦吸了吸鼻子，倒是没有哭。其实当初她没和楚修明说实话，她说只想让母亲有她一个女儿是假的，她想让母亲把庶子记在名下，等到以后世子继承瑞王的爵位后，可以给庶子分家，到时候庶出的弟弟能把母亲接出去，她不需要庶出的弟弟来养母亲，她可以把母亲接走。

如果母亲不愿意住在将军府，她可以给母亲置办一个院子，然后买了人伺候母亲，让母亲不用再看人脸色生活，可以自己当家做主。在边城没有人敢欺负母亲，虽然这里没有京城繁华，可是沈锦觉得母亲一定会喜欢的。

默默地把红枣姜汤给喝完，沈锦才说道："我很喜欢。"她就算是委屈也不会任性，"所以我决定亲手给夫君……将军炖汤。"

安平愣了一下问道："夫人怎么忽然称呼为'将军'了？"

这话猛一听有些奇怪，可是沈锦却说道："因为我还没有嫁给他呢。"伸手指了指嫁衣："我要试试。"

赵嬷嬷也明了过来，倒是没有纠正的意思，笑着说道："那老奴伺候夫人。"

沈锦点点头。这衣服是按照沈锦现在的尺寸做的，穿起来格外合身，等穿上了鞋子她才发现，鞋子最上面镶的竟然是东珠。莹白的东珠都像是被满身的红衣染上了一层红晕,走动的时候,带着一种温润的光泽。

而月华锦更是绚烂夺目,微微一动就变得流光溢彩,从静到动都是一种极致而又无法形容的美,却又不会让人觉得刺眼,像是真的把月光给剪了下来染成了这身嫁衣。

沈锦转了一圈,看向铜镜里的自己,如果母亲在就好了,看见这样的嫁衣,母亲一定会欣慰的。

"我晚上一定会用心给将军熬一锅补汤的。"

赵嬷嬷眼角抽了抽,难道她当初想错了?夫人熬滋补的汤确确实实是因为感动?

安平捧出来一个盒子,说道:"夫人,还有这些。"

盒子里面是一整套的首饰,和宫中的相比要小巧得多,可是却更加华贵。不知为何衣服上的绣花和首饰都避开了凤和鸟类的花纹,按照沈锦的品级,其实是可以簪七尾凤簪的,她嫁来的时候用的就是七尾凤簪。

沈锦拿起缀于额前的那个花胜,下面的流苏用的是红宝石,一颗颗大小色泽相同的红宝石,两边长些中间短,而插于髻上的那个和前面的是配套的,流苏用的同样是红宝石,光是这两个就比沈锦嫁来时候那满头的发饰珍贵了。

而楚修明准备的不仅仅是这两样,每一样都不比这对花胜差,而现在这些东西就放在沈锦面前,沈锦脑中只有四个字——价值连城。她觉得可以稍稍对楚修明好点,汤炖半锅就够了。

安平看着这些东西眼中也露出羡慕,毕竟没有哪个女人能拒绝这些东西,而且代表着心意和夫家的重视。

"夫人想什么呢?"安平见沈锦又开始发呆,就笑着问道。

"果然,人是被宠坏的。"沈锦的声音很小,就连站在她身边的安平都没听清楚。

安平一脸疑惑地看向沈锦,沈锦笑得眉眼弯弯,两个小酒窝露了出来。

"我很喜欢,就是觉得有点紧。"

赵嬷嬷也注意到了,是沈锦胸的位置,她之前还吩咐绣娘放松了一些尺寸,没想到现在穿着还是有些紧。不过这样更显得她腰细,配着脸上的笑容,有一种难以言喻的诱惑。

"是腰这个部位吗?老奴觉得恰到好处。"

"不是啊。"沈锦脸一红实在不好意思说是胸的位置,她也知道这尺寸是刚量不久的。

没等沈锦开口,赵嬷嬷就笑道:"老奴瞧着夫人像是长高了一些,让绣娘把裙子稍稍放下来一些,多亏了提前和绣娘打了招呼,多留了一些边出来。"

"不是那里。"沈锦鼓了鼓脸。

赵嬷嬷扭头不看沈锦,只是看着安平问道:"安平觉得夫人这身合适吗?"

"很好看。"安平还没经人事,根本不知道这些,只觉得沈锦穿着格外漂亮,"夫人真漂亮。"

"那就这样吧。"赵嬷嬷说道,"夫人先脱下来,我去让人放下裙边。"

沈锦看着她们两个,也觉得是不是自己的错觉,反正也不会很勒,就不再说什么,让安平和赵嬷嬷帮着把衣服脱了下来。

赵嬷嬷把衣服挂好,然后让丫鬟抬着架子送了出去修改。

"夫人,不是说要给将军炖汤吗?"赵嬷嬷为了不让沈锦继续去想衣服的事情开始转移话题。

沈锦点了点头,果然被引开了注意力,说道:"那现在就去。"

安平笑道:"那奴婢陪夫人去。"

楚修明把所有的事情都准备好了才让沈锦知道,黄道吉日也选了最近的日子,虽没有来时的公主仪仗,可他宴请了边城所有的百姓。

将军府从没有这么热闹过,外面摆着长长的流水席,边城所有酒店都停了业,厨房的人自发来将军府帮忙。

不管家中有钱还是没钱的,都准备了将军和将军夫人的新婚贺礼,并非什么值钱的东西,有的甚至是自己家里熬的麦芽糖。

将军府中所有的下人都穿上了新衣,发自内心的喜悦,就算忙得脚不沾地嗓子都干哑了,笑容却藏也藏不住。

沈锦是从将军府出嫁的,轿子会绕城一周。她已经换上了那身月华锦制成的嫁衣,绾起长发,华贵的头饰装点其间。

楚修远今天也是一身锦袍,站在门口叫道:"嫂子,好了吗?"

沈锦最后扭头看了一眼铜镜,只能模模糊糊看见一个人影,不过轻轻碰了一下脸,赵嬷嬷开脸比在瑞王府中弄得还要疼,想来一定红肿了。

安平手里的托盘放着红色的盖头,盖头上面绣着并蒂莲,盖头的四周缀着红色的宝石。

沈锦却看向了赵嬷嬷，看得赵嬷嬷一头雾水，沈锦说道："我母亲说，出嫁前要装点东西，在轿子里的时候饿了可以垫垫肚子的，否则会撑不住。"

赵嬷嬷觉得有些无言以对，沈锦有些怀疑地问道："嬷嬷你忘记准备了吗？"

其实赵嬷嬷是准备了，本想等着沈锦盖上盖头以后，再背着人偷偷塞给她的，没想到沈锦这么直接。她就把东西掏了出来，沈锦藏在了大袖子里，才笑道："我马上就回来了。"

这话说得没有错，可是怎么听都觉得别扭，不过赵嬷嬷也顾不上这些，免得耽误了良辰吉时，说道："老奴让厨房给夫人备着桂花银耳百合粥。"

沈锦这才矜持地点点头，示意可以了，赵嬷嬷双手拿过盖头给沈锦盖上以后，又整理了一番说道："少将军可以进来了。"

因为新娘子的脚是不能沾地的，所以沈锦换上新鞋后就一直坐在床上，其实不应该让楚修远背她出去的，应该是让沈锦的兄弟来背，就算没有兄弟也可以让婆子背着，不过是楚修远主动要求的，楚修明也没有拒绝。

在京城的时候，沈锦是被瑞王妃的嫡子，她的大哥沈轩背上花轿，后来也是由婆子从花轿上背到了马车上，而现在换成了楚修远。沈锦是不介意的，他们不合规矩的地方多了，也不差再多几样。

沈锦趴在楚修远的背上，楚修远年纪小，可是很有力气，背着沈锦走得也很稳，他道："嫂子，大哥一定会对你好的。"

"嗯。"沈锦应了一声，小声说道，"长嫂如母，我也会好好照顾你的。"

楚修远笑了起来，也不再说什么。楚修明已经带着人守在院子门口了，一身红色喜服的楚修明更显得清俊优雅，因为是大喜的日子，就连眉眼间的冷寂也消失了。楚修远和楚修明相视一笑，然后把沈锦放进了花轿里面。

喜娘在一旁喊着各种吉祥话，楚修明拍了拍楚修远的肩膀，就率先往外走去，花轿跟在他身后。

楚修明今天换了一匹白色的骏马，等花轿抬出来后，他就翻身上了马。

其实坐在花轿里面一点也不舒服，沈锦听着外面的奏乐，脸上的红晕根本没有消失，就连眼睛都是亮晶晶的，几分喜悦几分羞涩，还有几分说不出的少女情怀。一路上都有人撒着喜钱喜糖一类的，还有很多孩童的欢呼声。整个边城就像是过年一样，所有人自发地在家周围挂上了红色的彩带和灯笼。

边城的人是真心欢迎沈锦的，毕竟沈锦和他们一起同生共死过，在最后快要绝望的时候，更是把所有的生路留给了孩子们。

沈锦开始还很兴奋，可是坐了一会儿后，就有些无趣了，因为她只听得见声音，看不到外面。她从袖子里把赵嬷嬷准备的吃食拿了出来，拆开油纸包，就见里面是一块块只有指甲盖大小的点心。沈锦捏了一块放进嘴里，因为很小并不会弄花了妆，可是刚放到嘴里感觉就化掉了，尝不到味道。沈锦索性一块块往嘴里塞，连着塞几块以后再慢慢地吃起来，果然还是这样过瘾。渐渐地，胆子大了，往嘴里塞得也多了，她的脸颊鼓起来，一动一动的。

楚修明听着沿路的人不断呼喊着将军夫人，说着各种祝福的话，心中一动，忽然举起了手。

沈锦把嘴里的东西咽下去以后，又兴致勃勃地拆开了另一包糕点，先尝了一丁点，眼睛都眯了起来，刚才是绿豆薄荷的，这个是她喜欢的百果糕，酸酸甜甜的味道。沈锦觉得今天是她最幸福的日子了，贪心地塞了三块百果糕在嘴里，又拆开了另外一个小油纸包。咦，外面怎么忽然安静了？赵嬷嬷竟然还做了山药糕，沈锦捏了一块继续放在嘴里，也忘记了继续想外面的事情。

楚修明觉得今天是他和沈锦成亲的大喜日子，所有的荣耀都应该和沈锦一同分享，让她也感受一下边城所有人对她的欢迎和喜爱，所以翻身下马，在众人疑惑的眼神中一步步走向身后的花轿。

花轿内，沈锦正把百果糕和山药糕配在一起吃，两块百果糕两块山药糕，她刚刚试过了，四块一起吃完全没问题。

拉开最外层的轿门，掀起花轿帘子的楚修明看着那整齐摆放在沈锦腿上的糕点，又看了一眼正在忙碌的小手。因为蒙着盖头，沈锦根本没有注意到楚修明，当她决定再拆一包看看是什么口味的时候，忽然透过盖头边沿看见了一双鞋子和红色的下摆，那下摆的料子很眼熟，和她的嫁衣一模一样……

楚修明有些哭笑不得，而外面的人根本不知道里面的情况，只是看着楚修明打开了轿门，惊呼声传了出来，紧接着一阵阵叫好声和整齐的祝福声。楚修明轻笑出声。明明很吵闹的环境，可是楚修明的声音还是清楚地传进了沈锦的耳朵里，就像是一根羽毛在她耳后轻轻搔痒，心都是一揪一揪的，不是疼也不是难受，而是说不出来的感觉。

"小娘子太心急了。"楚修明笑着说道，弯腰进了轿子，一下子就把沈锦抱了起来。沈锦惊呼一声，腿上的糕点都落在了轿子里面，还有几块掉到了外面，她一手按住盖头，一手还抓了什么东西，因为太过紧张根本来不及分辨。

楚修明把沈锦打横抱了出来，红色绣鞋上的那颗东珠随着一颤一颤的，格外惹人怜爱。

边城本就民风彪悍，楚修明此举使得所有人欢呼雀跃："祝将军和将军夫人永结同心、早生贵子、白头到老、生死不离！"

也不知道是谁先喊出来的，等沈锦反应过来的时候，所有人都喊了起来，不仅中气十足而且整齐划一，就像是有人专门安排似的。

沈锦捏着手里的东西，努力想把嘴里的糕点给咽下去，可是发现越着急越咽不下去，而最让沈锦崩溃的一点是，楚修明趴在她耳边柔声说道："夫人，听见他们的声音了吗？"

"夫人，不管我们今后在哪里，边城都是我们的家。"楚修明把沈锦放在马背上，自己翻身坐在她后面搂住了她的腰，"在这里，你可以自由自在，不用受到任何的拘束。我们生死与共、荣辱共度，不管什么事情我都会挡在你前面，不管什么时候我们都共同面对，好不好？"

沈锦点头。如果你愿意等我嘴里的东西都吃完了再和我说这些，我一定会很浓情蜜意地靠在你怀里说一句："我亦然。"

"那我先把你的盖头掀开。"楚修明搂着沈锦腰的那只手握着了沈锦的手，另一只手抓住了盖头的边沿，"我们一起来看看边城的人们为我们所做的一切好吗？"

等等！一点也不好，放开我的盖头！等我咽下去你再掀开，我们还是能好好做夫妻的，我以后也不会再给你炖补汤喝了……

沈锦一手握着东西，她下意识地没有松开，另一手被楚修明握在手里根本动不了，嘴里塞着东西说不出来话，因为被楚修明抱着身子连动一动都做不到，只能瞪着眼睛看着盖头被楚修明掀去。她是侧身坐着的，满脸控诉的眼神看着楚修明，然后左脸鼓了鼓。楚修明刚才还专门多说了几句话，就是为了给沈锦留出时间来让她把嘴里的东西咽下去，可是就算楚修明再神机妙算，也算不到沈锦太过贪心一口吃了好几块，所以半天咽不下去这件事。

　　楚修明无奈地轻笑一声,低头吻上了沈锦的嘴,然后挑开了她的唇,用舌头把她嘴里还没吃完的糕点钩到了自己嘴里,然后才松开了她。沈锦此时眼睛水润得像是要滴出水一样,不仅满脸通红,整个人都埋进了楚修明的怀里。楚修明把东西咽了下去,下颌压在沈锦的头顶小声说道:"真甜。"

　　楚修明一路抱着沈锦骑马回了将军府,沈锦的盖头也交到了身后的喜娘手里。沈锦开始还躲在楚修明的怀里,可是没过多久就忍不住伸出头去看。

　　开始的时候她还有些害羞,看一眼就躲回楚修明的怀里,渐渐地从看一眼变成看两眼,两眼变成了三眼,最后靠在楚修明的怀里不再躲了,有时候还伸出白嫩的小手和下面认识的人打打招呼。

　　沈锦认识的人还真不少,被打招呼的人满是欣喜,所有人自发地跟在楚修明的马后面朝着将军府慢慢走去。

　　"咦,我发现夫人打招呼的好像都是卖吃的?"有个人不确定地说道。

　　身边的人开口道:"怎么可能?"

　　"你看刚才朝夫人挥手的那个是卖烧饼的老乔头,他家的烧饼味道真好;还有上一个是卖卤牛肉的,据说是家传老汤,那肉又嫩又香;再上一个是街口卖馄饨的……"

　　"夫人可是京城嫁过来的,什么好吃的没吃过,估计是凑巧。"另一个人说道,"夫人可是郡主,皇帝的侄女。"

　　"也对。"那个正在说吃的人被说服了,"这也太凑巧了。"

　　到了将军府,鞭炮声就响了起来,楚修明把沈锦抱下了马,马鞍、火盆这一类的都已经备好了,沈锦小心翼翼地跨了过去。本该楚修明牵着沈锦去拜堂的,谁知道楚修明直接把沈锦抱了起来,往里面走去。

　　跟过来的那些边城百姓自然有府中的下人接待。

　　沈锦的手搂着楚修明的脖子,看着楚修远、赵嬷嬷、安平、王总管……还有一些认识的不认识的人……这些人都是满脸笑意,她忽然说道:"我亦然。"

　　"嗯?"楚修明低头看向沈锦,聪明如他一时也没明白沈锦的意思。

　　沈锦把脸贴在楚修明的胸口,不再开口,楚修明也没有再问。

喜堂布置得很漂亮,两个人拜了天地。楚家已经没有长辈,在问过沈锦后知道她并不忌讳,所以出现在高堂上的是楚修明父母的灵位。

恐怕整个天启朝,沈锦是第一个没有盖盖头就拜天地的新娘,也是第一个在拜完天地后就被新郎带出去见人的新娘。

楚修明带着沈锦去见的不算是外人,都是沙场上经历过生死的兄弟,有些已经镇守别的地方,只是让人送来了贺礼。这些人见楚修明带着沈锦出来了,有的心思简单的只觉得楚修明格外重视他们,想得多点的也知道,将军很重视夫人,这是带着认人呢。

果然,楚修明带着沈锦一个一个介绍过来,开始还担心沈锦害怕那些人,就见站在他们面前显得格外娇小的沈锦拿着杯子挨个给他们敬酒,表现得落落大方,一点也没有害怕的意思,还劝他们多喝点多吃点,使得不少人都轻松了起来,说话的声音也恢复了正常。

沈锦脸上露出得意的表情,看了看楚修明。其实楚修明早就料到沈锦不会怕了,如果会怕的话,早在互市的时候就害怕了,那里可不仅仅有壮汉,还有眼睛和头发颜色异于常人的人。

楚修明发现自家的小娘子其实有些傻大胆,有时候听到一点动静偏偏吓得要命,还把头给缩了起来。

给沈锦喝的是最软绵的桂花酒,而且敬酒都是用精致的白玉杯,那杯子小巧好看,安平每次都只给她倒了半分满,就那么一点点,一圈喝下来,就见她脸颊绯红,眼睛又水又亮,还时不时地盯着楚修明发呆。

沈锦的皮肤是莹白的,没有一丝瑕疵,就像是最上好的美玉,稍微用些力气都能留下青紫。她在瑞王府中,虽没有沈琦那周身的气势,也没有沈梓那般美貌,可是就连瑞王妃都称赞过,沈锦的肌肤白皙,还专门交代了教养的嬷嬷,专门为她保养,每日喜欢喝牛奶、羊奶就是那时候养出来的习惯。

"夫君……"喝醉的沈锦格外喜欢撒娇,被楚修明搂在怀里,娇声叫道,"饿了啊。"

在边关待久了,见惯了那种飒爽火辣女人的武将们看到沈锦的样子,心中都不觉一动,眼神不自觉地往沈锦这边看的多了一些。楚修明自然注意到了,眼神扫了一下那些既是兄弟又是下属的人,然后让人倒了三碗酒,直接给喝完了,就抱着沈锦离开了。

"哈哈哈哈……看将军急的。"

楚修明面上很平静,眼底带着掩不去的喜色,就连步子都比平时快了不少。赵嬷嬷她们已经在喜房等着了,但是没想到楚修明回来得这么快,而且是直接把沈锦抱回来的,有些担忧地问道:"可是夫人不舒服?"

听见赵嬷嬷的声音,沈锦的头就挣扎着从楚修明的怀里出来了,撒娇道:"嬷嬷,要吃百合银耳莲子粥。"

沈锦的声音本就有些软软的,撒娇的时候更是多了一种糯糯的感觉,尾音微微拖长,格外可爱。见沈锦没事,赵嬷嬷松了一口气,说道:"夫人喝完交杯酒就可以吃了。"

"哦。"沈锦反应有些迟钝,想了一下才说道,"夫君喝交杯酒……然后吃。"

楚修明把沈锦放下了,声音有些沙哑说道:"好。"然后引着沈锦坐在喜床上。

这上面撒了红枣、花生、桂圆和莲子,恰巧沈锦坐的地方有颗桂圆。

"咦。"沈锦有些疑惑地摸了半天,把桂圆给摸了出来,就想去剥那颗桂圆来吃。

端着酒杯过来的赵嬷嬷赶紧把桂圆给拦了下来,说道:"夫人,等会儿有好吃的。"

沈锦有些委屈地应了一声,楚修明拿着酒杯放在了沈锦的手里,然后自己端起来一杯。沈锦眨了眨眼睛,眼神看向了楚修明的脸,然后甜甜一笑,说道:"夫君。"

楚修明应了一声看向赵嬷嬷说道:"带人出去。"

赵嬷嬷愣了一下,才说道:"是。"然后带着屋子里伺候的人都出去了。

等门关上,楚修明就说道:"乖,来喝酒。"

"哦。"沈锦想了想笑道,"我会,嬷嬷教过我。"然后很主动地和楚修明喝了交杯酒,满脸期待地看着楚修明。原来赵嬷嬷教完她东西,见她学得好就会去端各种糕点来。

楚修明不是赵嬷嬷,也不知道赵嬷嬷的习惯,只是看着沈锦满脸期待地看着自己,只觉得喉咙一干,拿过沈锦手里的杯子放到了一边,然后把门从里面关上,这才重新回来,见沈锦坐在床上有些不舒服地弄着衣服,问道:"怎么了?"

"衣服有些紧。"沈锦委屈地抱怨道,"嬷嬷还说不紧。"她喝多了酒,浑身都热乎乎的,本身就有些紧的胸口觉得更加不舒服了。

楚修明的眼神从鼓鼓的胸看向了下面紧紧勒着的腰,走过去双手握着她的手,声音温柔地问道:"哪里紧?"

喝醉的沈锦可不知道害羞了,说道:"胸口这里。"

"那我给你揉揉?"楚修明眼神落在沈锦说紧的地方,在月华锦的衬托下那两处格外地诱人。

沈锦想了一下，还没反应过来，楚修明已经抱着沈锦上了床，手在那处揉了起来，月华锦不仅色泽漂亮，还很柔软，可是更柔软的是下面覆盖的东西，沈锦小小地吸了一口气，扭动着身子说道："好奇怪啊，嗯，不要……"

"乖乖，我给你解开就不紧了。"

"疼……"沈锦扭动得更厉害了，也哭了起来，"好疼……"

楚修明还没动呢，却见沈锦哭了起来，哭着哭着从床上摸到了一颗枣。沈锦本想把弄疼自己的东西扔掉，却发现是吃的，吸了吸鼻子也不哭了，就把红枣给啃了，然后枣核扔到了地上，还想再去找的时候，就被忍无可忍的楚修明扛了起来，照着屁股的位置打了三下，可也把沈锦弄委屈了。

下了床以后，楚修明单手把床上的被子给掀了，里面零散的东西全部抖在了地上，这才重新把沈锦放在床上。沈锦刚吃完红枣，嘴里带着一股枣的甜味和酒的香味。

"啊……疼……呜呜……"

"乖乖，马上就不疼了。"

不知过了多久，床上又响起了沈锦求饶的声音，软软的没有丝毫威慑力："不行了，腰疼，呜呜，不来了……别咬我……呜呜，我饿了啊……"

"这就喂饱你。"

"呜呜呜呜……"

第十章
回京贺寿

第二天早上沈锦根本爬不起来,澡是楚修明抱着洗的,就连饭菜都被端来了床上吃,赵嬷嬷已经把床收拾好了。

"夫人真不用将军陪着?"赵嬷嬷给沈锦炖的是红枣小米粥。她没想到新婚的第一天早上,将军竟然被夫人撵出了房门,见将军那无奈的样子,赵嬷嬷心中也觉得好笑。

沈锦脸颊绯红,眼睛也水润含情,本就有些肉嘟嘟的红唇有些红肿,眼睛还有哭过的痕迹。赵嬷嬷一提起楚修明,她便想起了昨夜的事情,又臊又涩,楚修明趁着她喝醉酒骗她说了那么多羞人的话。

赵嬷嬷见沈锦的样子,笑了一下,说道:"将军特意吩咐厨房中午做了胭脂火腿,还有夫人喜欢的焦炸鹌鹑。"

沈锦眼睛亮了亮,不由自主地坐了起来,可是腰一酸马上又倒回了软垫上。

赵嬷嬷眼底全是笑意,心中盘算着什么时候自己才能抱上小少爷,最好等沈锦年纪稍微再大一些,到时候也稳妥一些。

楚修明进来的时候,就见笑个不停的沈锦。吃的东西已经撤下去了,身后的大软垫衬得她格外娇小。看见楚修明,沈锦脸和脖子都红了起来,看着可爱又可怜的。

赵嬷嬷笑了一下,就很有眼色地退了出去,楚修明坐在床边,握着沈锦的手说道:"怎么不看我?"

沈锦扭头看着床里面,这才注意到这架子床竟是用黄花梨制成的,做工格外精致。楚修明轻笑出声:"我的乖乖,人伦本就是夫妻之间的常情,无须害羞的。"

"不许说。"沈锦伸手去捂楚修明的嘴,她想到了出嫁前母亲给她看的小册子,那已经够羞人的了,可是……也没有那么多花样啊……

楚修明在沈锦的手心亲了一口："我给你揉揉。"

沈锦点了点头，这才趴在了床上。她身上穿的是一身红色绣着合欢花的寝衣，是陈侧妃专门给她做的，用来睡觉穿的。本身就做得有些宽大，刚嫁过来的时候出了那些事情，没有机会穿，前段时间被赵嬷嬷找了出来，还挺合适。

沈锦被楚修明按得很舒服，小声地"哼哼"了两下才抱怨起来："别以为我喝醉了就不记得了，你昨天打我了。"

"哦?"楚修明漂亮的手指在沈锦的腰上慢慢按着，"打你了?"

沈锦刚想继续说，就听见楚修明接着说道："那又怎么样? 不听话下回还打你。"

沈锦第一次被人说得无言以对，扭头满脸控诉地看着楚修明，觉得他像换了一个人似的，怎么可以这么无赖。

楚修明挑眉，面色一肃，问道："听见了吗?"

沈锦动了动唇，委屈地说道："还讲不讲理啊……"明明是控诉的话，却有些软绵绵的，反而像是在撒娇。

楚修明笑着摸了摸沈锦的头，因为没起床，她的发并没有绾起，只是松松地绑在后面，看见楚修明笑了，沈锦底气又来了："不能这个样子啊。"

"好了。"楚修明不逗她了，"好点了吗?"

沈锦小心翼翼地翻了个身，感觉舒服多了，就点头说道："我叫赵嬷嬷帮我梳洗。"

赵嬷嬷很快就进来了，带着安平，沈锦坐在梳妆台前才发现，屋中备的竟然是水银镜子，几乎等身高的水银镜子清晰地照出了她的样子。这样的镜子她只在沈琦的嫁妆里面见过，而且还没有这么大!

沈锦很稀罕地看着镜中的自己，楚修明就坐在一旁看着自家的小娘子梳妆打扮，沈锦的肌肤极好，根本不用上那些粉，脸颊带着红晕，唇不点而朱，大大的杏眼看起来既无辜又天真，可是因为刚刚识得情事自然流露出几分媚态，说不出的诱人。

赵嬷嬷和安平伺候沈锦许久，自然知道怎么样打扮她，简单别致的蝴蝶步摇插在发间，一颗圆润的粉色珍珠坠在眉心之间。

楚修明没有丝毫的不耐，眼中带着笑意。有时候他会觉得，如果父亲和兄长们还活着，他恐怕会选择另一种生活，而不是像现在这样活得一点也不像自己。

楚修明都快忘记原来的自己是什么样子了，他记得兄长曾说过，自家这个弟弟，就是个懒散又阴晴不定的人。

"好了。"沈锦自己选了镯子套在手上，就起身看向楚修明问道："你要带我去哪里？"

楚修明眼神闪了闪就恢复了正常，也站了起来牵着她的手说道："带你去看看家里的库房。"

"哦哦。"沈锦应了下来，偷偷看了楚修明几眼，刚才那一瞬间的低沉就像是看错了一样。既然楚修明不愿意说，她也只当没发现。

楚修明说道："楚家镇守边关数十年，所以很多东西都放在这里。"

沈锦点点头，额间的珍珠随着她的动作晃动了起来。

"那个水银镜子也是？"

"我母亲的嫁妆。"楚修明解释道。

沈锦刚想点头就愣住了，拉了拉楚修明的手说道："那还是放回去吧。"

楚修明见沈锦头发都缩起来了，有些可惜没有办法再揉她的头，温言道："母亲说要留给儿媳妇的。"

沈锦"哦"了一声，有些不知道说什么，眼神往周围看去，这一看才发现这个院子每一处都和她之前想要的一样，甚至比她想的还要好。

楚修明随着沈锦放慢了步子说道："喜欢吗？"

"喜欢。"沈锦已经高兴得不知道说什么好了，怪不得那些工匠只在这边忙来忙去呢，原来楚修明早就打算好了。

楚修明没再说什么，牵着沈锦往库房走去："记好位置，以后要什么就直接从这边拿，晚些时候我让赵嬷嬷把库房册子给你。"

"好。"沈锦应了下来。

打开库房的大门后，楚修明就把那一串钥匙放在了沈锦手上，然后大手握着沈锦的手，说道："都归你。"

沈锦动了动唇，心中暖暖的，酒窝出现在了脸颊上，问道："你藏私房钱呢？"

"呵。"楚修明被逗笑了，怕是沈锦都没注意到自己眼底带着的那丝不安，就像是一只正在试探的小猫崽，想要耀武扬威却又怕被拒绝欺负。

"回来就给你，府中的账你也看看。"

"不想管啊。"沈锦得到了满意的答案，整个人都明艳了起来。

"那就不管。"楚修明毫不在意地说道,"还是交给王总管他们就好。"

沈锦这才高兴起来,见赵嬷嬷她们都没有跟进来,就抽出了手。整个人挂在楚修明的后背上,被他拖着走。楚修明反手搂着她的腰,免得她太累,继续说道:"总归要知道的。"

"好。"沈锦乖乖地应了下来。

等走到里面的门前,沈锦才从楚修明的身上下来,楚修明教着沈锦认钥匙,把门打开以后就说道:"这里面是我曾祖母的嫁妆。"

沈锦看着里面的东西,都是大件的摆设,甚至有一对半人高的珐琅雕翠大花瓶。看了一圈后,楚修明就带着她去了另外的库房,最后看的是楚修明母亲的。

放下手中的镂空雕花香炉,沈锦发现这些库房剩下的东西都是一些大件或者有宫中印记的,就像是这个香炉一样。如果这些是楚家所有女眷的嫁妆,那么应该还有许多小件的东西和首饰。

楚修明道:"还有一些布料,趁着这次收拾就放在了府里的库房。"

"哦。"沈锦并不怀疑楚修明说的话,他既然说这是全部的嫁妆,那么就是全部的,应该说是剩下的全部的。可是那些去哪里了?

不知为何沈锦忽然想到了瑞王妃送的那五十万两银子,有一个很不可思议的猜测,莫非楚修明其实缺银子?那些东西都被换成了银子?这些剩下的只是不好出手或者不能出手的?可是楚修明要那么多银子干什么呢?

楚修明看着沈锦偷偷地看他一眼,满脸疑惑的样子,忽然想到了父亲曾说过的一句话:"永远不要小瞧任何女人,有时候她们愿意相信你的谎言,只不过是心甘情愿让你骗而已;当她们不愿意的时候,你就会知道她们到底有多聪明。"

"现在还不是告诉你的时候,不用试探了。"楚修明重新握着沈锦的手说道。

沈锦果然收起了脸上的疑惑,一脸无辜地和楚修明对视,楚修明轻轻捏了捏她的鼻子说道:"笨丫头。"

"我告诉你,我可聪明了。"沈锦皱了皱鼻子反驳道,"别再说我笨。"

楚修明牵着沈锦往外走去:"中午的五香酱鸡就算了。"

沈锦抿了抿唇,满脸控诉地看着楚修明,就见楚修明目不斜视地继续往前走。她深吸了几口气,小胸脯一鼓一鼓的,在快出库房时才委屈地说道:"和夫君比,我笨了一些。"

还特意加重了"一些"两个字。

楚修明再也忍不住放声大笑，气得沈锦直跺脚，又无可奈何。

武将送的礼都很实在，沈锦选了一些有意思的，剩下的都交给了楚修明处理。她在王府本来就什么也不缺，还让赵嬷嬷收拾了不少用不到的东西给楚修明送去，连压箱底的银子都没有留下。反正府中每个月都会发份例，那些足够沈锦花用的了。

此举弄得楚修明心中微暖又觉得哭笑不得，只是吩咐人收了起来，他觉得小娘子实在太小看他了。不过楚修明并没有解释什么，只是晚上的时候好好地把小娇娘疼爱了一番，直到把人弄哭才哄着睡着了。

和边城的浓情蜜意相比，京城中就没那么平静了，诚帝看着手中的密报，猛地摔在地上，连带桌子上的东西都砸了，说道："他们这是要干什么？要造反吗？眼中还有朕这个皇帝吗?!"

李公公就连呼吸都放缓了。

"不行。"诚帝起身在书房内走来走去，"不能再让楚家人掌管兵权了，那些浑蛋只认楚家人，根本没把朕放在眼里，必须想个办法，让永宁伯回京。"

回京了的永宁伯就像是拔了牙的老虎。可是就连李公公都知道，楚修明不会轻易涉足京城的，就像是上一回，好不容易找到楚修明无法拒绝的借口让他回来，谁知道在半路，楚修明就给了诚帝一个回击。蛮族进犯，就算诚帝坚持让楚修明回京，恐怕大臣也都要反对到底了。

"楚家不是一直忠君爱国吗？怎么轮到朕这里就变成这样！"诚帝咬牙怒道，"天生反骨，简直大逆不道……"

李公公低着头并没有说话。忽然，诚帝停下了脚步，脸色变了又变："李福，你说楚修明是不是还记得……"

李公公根本不敢接话，诚帝也没接着往下说，只不过脸色更难看。

"当初确保没有留下任何……"

"是。"李公公开口道，"总共七十三口人……"

诚帝闻言点了点头，只是说道："再查！那些下人的亲戚朋友全部给我再清洗一遍。"

李公公只得应了下来。自从诚帝登基后，已经清洗过数次了，别说亲戚朋友，就连邻居和同村的人都清洗干净了。不过李福心里明白,诚帝性子多疑且自负,自己是万不能说出任何反对的话来。

"必须让楚修明回来。"诚帝还不放心,咬牙说道,"必须回来!李福你想到什么主意了吗?"

李福低着头说道:"奴才愚钝。"

"不怪你。"诚帝叹了口气说道,"那楚修明太不识相了,宣陈丞相来。"

李福心里明白,如果现在帮着诚帝出了主意,固然能得到表扬,可是事后不管成不成都会在诚帝心中落个坏印象。成了就是心机阴沉,不成的话就是办事不力。能留在诚帝身边这么久,李福凭的可不仅仅是以往的情分,更多的是他知道什么时候能聪明,什么时候不能聪明,好让诚帝放心。

陈丞相是诚帝皇后的父亲,也是诚帝能登基的最大功臣,在宫中有几分体面。他很快就过来了。

诚帝等陈丞相行礼后,才叫了起身,直接问道:"丞相可有办法让楚修明不得不回京?"

陈丞相皱眉思索了一下说道:"微臣记得瑞王生辰就该到了。"他心里明白诚帝对楚家的忌讳,应该说是对楚家在军中威望的忌讳,自从登基后为了削弱楚家,打压了武官势力,朝堂上武官的地位越发不如文臣,两者之间的矛盾也不断加深。

"有用吗?"诚帝当初大寿,下旨让楚修明回来,楚修明都没有回来,而瑞王只不过是个没什么实权的王爷。

陈丞相道:"永宁伯夫人身为瑞王之女,父亲生辰总该回来拜寿才是。"

"朕要的是永宁伯回来。"诚帝可不认为楚修明会为了一个女人回京。

陈丞相微微垂眸,躬身说道:"陛下,永宁伯夫人可是替永宁伯死守过边城的,两个人的情分自然不一样。只是一试而已,若是不成也可以散播一下永宁伯不遵孝道,对岳父及正妻多有慢待。永宁伯夫人深明大义,陛下自该嘉奖其嫡母及生母才是。"

诚帝一下就明白了陈丞相的意思,眼睛一亮,笑道:"正该如此,下旨宣瑞王妃以及……"

李公公在一旁低声说道:"永宁伯夫人为瑞王侧妃陈氏所出。"

"宣瑞王妃及陈侧妃进宫,和朕的皇后说一声好好招待她们二人,就住在宫中,直至永宁伯夫人回京。"诚帝沉声说道。

陈丞相和李福都知道这于理不合,而皇后也是陈丞相的女儿,自然不愿意女儿为难,只是说道:"陛下,微臣倒是觉得让瑞王妃和陈侧妃在太后身边伺候才是。"

这两个人都是太后的儿媳,在太后身边才是名正言顺。

诚帝眼神闪了闪才笑道:"还是丞相考虑周全,就在太后处,让她们明日就进宫。李福你一会儿亲自去瑞王府颁旨。"

"是。"李福态度更加恭敬了。永宁伯若是真不让夫人回来,而瑞王妃和陈侧妃出了什么事,永宁伯夫人自然记恨永宁伯。而现在的永宁伯夫人,恐怕永宁伯也不敢随意让其暴毙了,因为边城守住之功,也要算在永宁伯夫人身上。

诚帝看向了陈丞相,笑道:"朕这个侄女,平日里倒是瞧不出什么,却也是个人物。"

陈丞相听出诚帝话中的意思,是让他暗中散布赞美沈锦的流言,但同时要把功劳归在诚帝自己身上。

"永宁伯夫人不愧是皇家血脉,陛下亲封的郡主。"

果然,诚帝满意地点了点头,直接让陈丞相执笔写了圣旨,又派人去找了太后,让太后下了懿旨,宣瑞王妃和陈侧妃宫中侍疾。

李福不敢有丝毫耽搁,马上拿了圣旨去瑞王府。听完圣旨的瑞王满心疑惑,却还是恭恭敬敬接了旨意。什么时候诚帝竟然会关心他的生辰?

紧接着就听了太后的懿旨,瑞王也不去想做寿的事情,追问道:"母后没事吧?"

"回王爷的话,太后并无大碍,只不过有些胸闷,所以特意下旨请两位夫人进宫。"李福满脸笑意地说道。

瑞王应了一声,偷偷塞了荷包给李公公。瑞王妃温婉,面上有些担忧地说道:"不若我们现在就收拾了东西进宫,母后……"

李福看着瑞王妃的态度,又捏了一下手中的荷包,才说道:"王妃不用着急,明日宫中会派车来接二位的。"

瑞王点头说道:"王妃你和陈氏赶紧回去收拾东西,明天一大早我也要进宫给母后请安。"

"是。"瑞王妃见瑞王开口了,倒也没再说什么。

许侧妃满心的不甘,凭什么太后专门点了瑞王妃和陈氏?陈氏算什么东西!手指使劲拧着帕子,咬了咬牙并没说什么。

等送走了李福,瑞王就跟着瑞王妃一起去了正院,许侧妃和陈侧妃自然跟着。陈侧妃心中惶惶不安,她每年过年给太后问安也没说过两句话,怎么这次专门点了她?

到了正院,许侧妃就忍不住问道:"王爷,不若让四丫头和五丫头一并跟着王妃去给太后侍疾。她们两个没别的本事,就是嘴甜,陈妹妹平日里又不爱说话,有四丫头和五丫头在,多少好一些。"

陈侧妃低着头没有吭声,瑞王妃似笑非笑地看了许侧妃一眼,心想真是个蠢货,还以为是好事硬着头要往上凑,陈氏说不定还不愿意去呢。

瑞王心中明白怕是有什么事情要发生,听了许侧妃的话,简直气不打一处来:"你给我回海棠院去!"

许侧妃愣了一下,也不敢再多说,赶紧低着头行礼离开了,只是一出正院就红了眼睛,心中又嫉又恨的。

瑞王看了看陈侧妃,又看了看瑞王妃说道:"你们……等过两天我想办法去接你们回来。我明日陪你们进宫,会与母后说说多照看一下你们的。也不会太辛苦,母后身边自有人伺候,而且她平日里多在小佛堂。"

瑞王妃柔声应了下来,瑞王又说了几句,就离开了。瑞王妃这才看向陈侧妃说道:"你也不用多想,回去收拾一些常用的东西,进宫跟在我身边就是了,衣服多选一些素净的。"

陈侧妃应了下来,见瑞王妃没有别的吩咐,这才离开。

瑞王妃微微垂眸,交代了翠喜收拾东西,这才斜靠在美人榻上,心中冷笑,还真是一些女人玩剩下的手段。

在圣旨到达边城后,沈锦心中又急又气,回到房中忍不住抱怨道:"这是怎么回事啊?怎么母亲被接到宫中了?那宫里的人万一欺负了母亲怎么办?"

楚修明倒是面色平静,道:"等你回京,你母妃和母亲自然就能回瑞王府了。"

沈锦瞪圆了眼睛,动了动嘴。楚修明倒是听得一清二楚,沈锦说的是,怎么和许侧妃玩剩下的那些手段一样啊。

楚修明听完就笑了起来,在沈锦心中怕是最无理取闹和手段差劲的人就是许侧妃了。

楚修明此时正和几个军师在书房，而楚修远就坐在一旁听着并没有吭声，直到听他说道："我会陪夫人回京。"

"哥，你知道诚帝的打算……"楚修远忍不住道。

楚修明看向楚修远说道："就是知道，所以我才要回京。"

王总管皱了皱眉说道："此举太过冒险了。"

楚修远使劲点头："哥，你和嫂子都别回去。"

楚修明先挥了挥手让屋里的人退下，就剩下兄弟两人，他也没有直接开口，而是走到窗户边把窗户推开说道："我必须回去，除了这个别无他法。"

"可是……"楚修远咬牙握紧拳头说道，"那也该是我回去。"

"你回去干什么？"楚修明挑眉笑道，"你只是我楚家的幼子，我楚修明的弟弟罢了。"

楚修远张了张嘴，可是对着楚修明的眼神却说不出话来。

"放心吧，"楚修明不再看楚修远，"最多三个月，就算我不提，诚帝也会让我离开京城的。"

楚修远满脸倔强地看着楚修明，想等楚修明一个解释，楚修明却没再多说："去把王总管他们叫进来。"

"哥，你一定会回来的，对吗？"楚修远握紧拳头问道。

楚修明眉眼带着笑意，是一种自信和傲然。什么话也没有说，楚修远的心已经安定了下来，然后乖乖地出门把人给叫了回来，还给王总管他们道了歉。看着两兄弟感情好，这些人自然不会介意，反而安慰了楚修远几句。

等人重新坐好后，楚修明就一一安排了起来。几个人听了心中大定。楚修远笑道："哥，你怎么就能从那几个商贩那得了这些个消息？"

"当时叫了你一并去听，仔细想想。"楚修明没有直接告诉楚修远，只是说道，"就当你今日的功课。"

楚修远眼角抽了抽，刚才的兴奋劲消失得没了影儿，应了一声开始仔细想了起来。

一人计短三人计长。楚修明提了一个大概，很快，一条条计谋被提了出来，不断把计划完善。等到晚上的时候，就有小厮送来了晚膳，这些人才稍作休息。

晚膳是沈锦交代厨房做了按时送来的,每个人都一样,有荤有素。几个人吃完以后继续秉烛夜谈,直到丑时才彻底商量妥当,剩下的事情就交给不同的人去办。

楚修远还以为逃过了一劫,却不想在分开之前楚修明道:"时辰不早了,回去就赶紧歇着,未时到书房来。"

"是。"楚修远心知楚修明都是为了他好,有气无力地应了下来。

楚修明不再搭理他,让小厮拎着灯笼在前面带路往正院走去。他回去的时候沈锦已经睡着了,脸格外粉嫩,他轻轻捏了一下沈锦的小鼻子,这才笑着去外间洗漱,也不用人伺候,自己脱衣上了床。

沈锦嚅动了一下唇,像是感觉到身边的人一样,很自然地放开了怀里的大软枕,然后滚进了他的怀里。楚修明搂着小娇妻,缓缓地吐出一口气,就算为了这个家,他也是要回来的。

而且回京是不得不回,他们也没有别的路可走,当初留下的人脉也要联系,还有多少可靠的也不知道,能剩下多少也不知道,最重要的还有……楚修明眼睛眯了一下,缓缓闭了起来,伸手捏了捏鼻梁,真是累啊。

不是没有别的路可以走,可是这天下百姓无罪,外又有强敌虎视眈眈。若是他们先乱了起来,受苦受难的还是无辜的百姓。楚家自天启建朝起就镇守边关,至今都不知道多少年了,楚家的祖坟中有多少是衣冠冢,就连楚修明都不清楚。

沈锦身上又软又热的,搂在怀里格外舒服,楚修明放缓了呼吸,还有这个娇气的媳妇,若没有他护着,到了京城被人欺负了怎么办? 这么一想,心中那种压抑渐渐消失了,又多了一些无奈的宠溺味道。

楚修明的作息很规律,就算睡得再晚,到时辰了就会起来去练武,而沈锦除非有人叫她,否则定会睡到饿了才起来。

赵嬷嬷已经伺候习惯了,早早地让人备了温水给沈锦。热乎乎的毛巾一点点擦着脸,沈锦舒服地哼了两声,等外面传来了小不点的叫声,这才迷迷糊糊地睁开眼睛。

沈锦捂着嘴打了个小小的哈欠,然后在枕头上蹭了蹭。自从成亲以后,楚修明屋里的东西被换掉了许多,原来的玉枕被换成了现在的软枕,蹭在脸上格外舒服。

赵嬷嬷和安平伺候着沈锦洗漱完了,就端了杏仁羊奶来,沈锦双手捧着碗一口口喝了起来,嘴上难免就沾了一圈奶渍。楚修明已经回来了,选了一身深色的锦袍换上,看着沈锦的样子笑道:"夫人真该去看看小不点喝奶时候的样子。"

沈锦还没有彻底清醒,有些迟疑地看着楚修明。赵嬷嬷已经拿了帕子在帮沈锦擦嘴,笑道:"夫人今日穿那身鹅黄的纱裙可好?"

"好。"沈锦没什么意见,其实除了吃的,别的地方沈锦很少挑剔。

楚修明已经换好了衣服,说道:"这几日收拾下东西,我陪你回京给岳父祝寿。"

"啊?"沈锦瞪圆了眼睛看向楚修明,"夫君,你……"

"傻了吗"三个字沈锦没有敢说出来,实在是害怕被楚修明记仇,晚上被使劲折腾。

楚修明没有过多解释,只是摸了摸沈锦的脸颊说道:"放心吧,最多半年,夫君带你去南边玩一圈再回来。"

沈锦还是满脸怀疑地看着楚修明,她也不傻,当初诚帝对待这边的态度她看得一清二楚。她差点以为就要死掉了!匕首都准备好了,还专门请教了刺哪里比较不疼,死得快一些。

边城多重要不要别人说,沈锦都知道。如果边城破了,京城也不安全了好不好?可是诚帝就是不救人,现在又把她母妃和母亲扣在了宫中,简直和小时候许侧妃想要欺负母亲,欺负不到,就把她弄到院子里,直到母亲来领人,然后炫耀羞辱母亲一顿再让她们离开一模一样!

楚修明也发现了沈锦又开始发呆,都不知道神游到哪里去了,无奈叹了口气,伸手弹了一下她的额头,说道:"去南边后,带你去吃新鲜的河鲜海鲜。"

沈锦眼珠子转了转:"夫君,我觉得我们在京城半年有点久,早点去南边,可以多待一段时间再回边城。"

楚修明笑着说道:"好。"

沈锦满足了,也不再去想,她觉得楚修明胸有成竹的样子,那就是没问题,她只要老老实实地听话就好。

"不过,万一下次他还把母妃和母亲押在宫中怎么办?"

"我会解决的。"楚修明道。

沈锦点头。果然不去烦恼了,换了衣服就开始吩咐赵嬷嬷收拾东西。

将军府新得了几个厨娘,沈锦最近就在折腾厨房,不过此时倒是没有直接去厨房,而是拉着楚修明问道:"夫君,那我的兔子和我的小不点怎么办?还有你说马上要生了的马崽呢?"

楚修明早就打算好了:"可以带着小不点。兔子和马崽就不行,有专人照看着。你想带着谁?"他把小不点驯养得差不多了,跟在沈锦身边也能护着点。

"安平和赵嬷嬷可以吗?"沈锦问道。

楚修明点头,倒是没有纠结:"二弟不去,到时候兔子交给他就好。"

沈锦应了下来:"他不会把我的兔子给吃了吧?"要知道楚修远最讨厌的就是这几只兔子了。

楚修明笑道:"他不敢。"

三个字一出,沈锦就放心了,去院子里和小不点玩了起来。

赵嬷嬷只觉得将军夫人真是心宽,除了告诉她瑞王妃喜欢素色,大姐喜欢红色,母亲喜欢带毛的外,就没再说别的有用的,多亏上次准备的时候她留意了一些。也不知是不是她的错觉,总觉得夫人自从嫁给将军后,越发地……不上心了。

安平刚才也在,只当没听见赵嬷嬷的话,问道:"嬷嬷,夫人的衣服都要带哪些?"

"也不用带太多衣服,把那月华锦、浮光锦、秋明绢……算了,我去收拾,有些料子一时半会儿在京城也不好买到,而且也不知现在那里兴什么样式的,多带些料子到京城,找了绣娘来做就是了。"

楚修明说了要回京,也不是说回去就能回去的,他这样的官职要回京必须请旨,这点倒是容易,诚帝巴不得他回来呢。然后为了让楚修明安心又让人送了不少粮草辎重,不过也顺带送来了几个文官,说好听的是留下来帮着处理杂事,免得楚修明离开使得边城没主事的人打乱,说白点就是来夺权的,而且深知楚家在武将心中的地位,甚至不敢派武将过来。

楚修明倒是规规矩矩地谢恩,也没像诚帝担心的那样让这几个文官暴毙,反而找了地方好好地把人养起来。还真是养起来,和养猪一样,每日衣食不缺的,每个月给朝廷的奏折,由几个壮汉盯着,好好写,写完了他们帮忙送到驿站。

而且还不用楚修明派人盯着,边城的百姓就盯着这些人。他们又不是傻子,在蛮族围城的时候,心中已经恨透了诚帝,真要说起来,在他们眼中,怕是楚修明真的振臂一呼揭竿而起,他们也都是支持的。

赵嬷嬷零零散散地收拾了十几车的东西,等陆陆续续上路的时候,沈锦惊呆了,就像是在刚接受了为了某些保命的事情而花尽家财夫君有些穷这件事后,现实忽然狠狠打了她一巴掌,她的夫君其实一点也不穷,反而……有些太富裕了。

到了晚上,沈锦窝在楚修明怀里,小心翼翼地告诉楚修明其实那些月华锦啊浮光锦……都是很值钱的这件事后,被楚修明狠狠修理了一顿,说道:"放心吧,就算再穷养只兔子的银子还是有的。"

这一下把沈锦吓醒了:"你要杀了我的兔子?"

"我为什么要杀你的兔子?"楚修明伸手又把沈锦搂回怀里。

"你不是说养一只兔子吗?"沈锦追问道,"可是我有一窝兔子,它们还会生很多小兔子。"

楚修明第一次被人说得有些哑口无言了。总不好说他说的兔子和沈锦口中的兔子不一样吧? 只是笑道:"如果我没银子,成亲那日能请得起流水席?"

沈锦眨了眨眼:"哦。"她给忘记了,想想那些首饰。沈锦换了个姿势在楚修明怀里待得更舒服些,然后闭眼睡觉了。

楚修明看着沈锦这样子,不知道该感叹太过心宽还是感叹迷糊得要命,光注意不该注意的地方了。

赵嬷嬷又给沈锦安排了一个丫鬟,看起来年纪不大,瘦瘦弱弱的样子,跟着安平的名字起了叫安宁,而且安平像是认识安宁,主动让出了沈锦身边的位置,反而注重打理沈锦的东西了,而沈锦出门都让安宁跟着。

开始的时候沈锦还不知道怎么回事,后来见安宁单手拎起了门口半个高的石狮子以后,她看着安宁的眼神就变了,然后晚上偷偷和楚修明说:"那么高那么大的石头啊,一下子就拎起来了。"

楚修明手摸着沈锦的后背。他最近忙得很,只有晚上的时候能陪着沈锦说话,而且他很喜欢听沈锦说这些,因为不用费神去想,还很好笑,整个人都会轻松不少。

"你说她能拎起人来吗?"

"粗通拳脚的成年男人四五个不是安宁的对手。"楚修明闭着眼睛说道。

沈锦眼睛亮了亮,然后自己笑了起来:"夫君你真好。"

"你与我做的扇套要做到什么时候?"楚修明没那么好哄,一句"真好"就满足了,他可是早前就听赵嬷嬷说了,沈锦选了料子和彩线准备绣东西送他。

沈锦都想不起来东西被扔到哪里了。

"困了,睡觉呢。"

"到京之前,我倒是希望能见到娘子做的东西。"楚修明也没再揪着不放,不过定了个期限。

等全部收拾好上路的时候,边城的事务就都交到了楚修远手中。楚修远几乎是这些守将看着长大的,再加上这个姓氏,守将自然愿意听他吩咐。有楚修远在边城,就算诚帝派再多的人来也没用,最多就是被圈起来养着的人更多一些罢了。

等真上路的时候,赵嬷嬷竟又收拾了一些东西出来,多亏了诚帝怕楚修明改变主意半路又跑了,专门派了侍卫来接。楚修明就直接让侍卫帮着运送东西,他轻轻松松带了二十多个下人就上路了。

能被诚帝派来的都是心腹,而且不少是朝中新贵的旁系子弟。可就算是旁系,他们也没有这么辛苦过,楚修明是把他们当成粗使的下人来用,还是不用给工钱自备干粮的那种。

和他们相比,楚修明带着的那二十多个人就舒服多了,要做的事情也不多,保护好将军和将军夫人,没事了打点野味来加餐就够了。

沈锦开始是坐马车的,后来都是被楚修明带着骑马。沈锦为了方便赶路,穿的都是骑马服。他们又不急着进京,每日只选了不热的时候赶路,也没受什么罪,还时常有野味吃,她竟然比边城的时候又长高了一些。

小不点也不是整日在车上,它自己跟着马跑,不知为何,那些马都有些怕它,它也像是成精了一样,专门去吓那些侍卫的马,若不是侍卫也有些本事,都差点被马颠了下来。

沈锦觉得有些不好意思,还专门让安平给那些人送了肉干一类的吃食,回来就狠狠教训了小不点:"不能闹,他们是护着我们家的东西的,万一惊了马,把人摔坏了怎么办?"

楚修明宠着沈锦,这一点在边城的人都知道。而走了这一路,那些侍卫也都知道了。每到一处繁华的地方,他们总是要歇上几日,楚修明会带着沈锦游玩一番,在外面打了野味,还专门收拾出来给沈锦吃。有次他们还看到沈锦吃不完的烤兔腿楚修明很自然地接了过去帮着吃掉了。

当时几个人都目瞪口呆了,就算再穷的人家,也都是男人先吃了剩下的才会给女人吃,哪里有做妻子的吃不下了让丈夫吃的? 特别是这个丈夫还是位高权重的。

　　而将军偏偏就做了，还那么自然，所有边城带来的人一副理所当然的样子。

　　楚修明一路上不管价钱只选了新鲜的来让沈锦吃。沈锦在发现他们家不差银子后，就放开了吃，有时候难免贪嘴，赵嬷嬷又不舍得看见她失望的样子。睁一只眼闭一只眼的结果是，有天她吃得上吐下泻，养了三天才缓过来。自那以后，赵嬷嬷就买了山楂，让大夫做了山楂丸子，只要沈锦吃得稍微多些，就盯着沈锦吃下去。

　　山楂丸子不是药，吃了也不伤身体，还对身体有好处，所以也没人觉得不好。可是就是苦了沈锦，她最不喜欢的就是酸东西，赵嬷嬷还偏偏不让大夫给里面放蜜糖。这个时候，楚修明可不会站在沈锦这边，他还会帮着赵嬷嬷盯着。

　　等到了京城的时候已经入秋了，沈锦是睡着进的城。因为是私事进京，诚帝也不想给楚修明做面子，没有人大张旗鼓地来接，倒是不少人因为楚修明出众的外貌愣了愣神，更不会往永宁伯身上去猜。直到马车直接驶进了永宁伯府，都没有人猜楚修明就是永宁伯，实在是流言太甚的缘故了。

　　楚家虽然常年镇守在边城，可是京中永宁伯府还是有人的，不管是谁的人，到底不敢慢待了楚修明他们，因为早就得到了消息，诚帝为了面子，还派人重新修缮了一番。而楚修明很不客气地把要求都给提了，竟比边城的将军府还要华丽富贵一些。

　　而且永宁伯府有不少下人，在正院伺候的丫鬟个个貌美，环肥燕瘦一个不缺，她们本也知道永宁伯的传闻，心中还是不甘不愿的，谁知道见了楚修明的真人，都不自觉红了脸，动作更加诱惑了几分。

　　马车直接停在了正院门口，楚修明看都没看这些人一眼，直接上车从里面抱出一个被大披风包裹住的人，那人还动了动，像是挣扎了一下，然后一只白嫩的手从披风下面伸了出来，照着楚修明的肩膀拍了几下，就见楚修明稍微调整了一下姿势，然后那只手又收了回去，披风下面的人动了动，露出一双嵌着玉片的精致绣鞋，一晃一晃地继续睡了。

第十一章
初露锋芒

随后从马车里面出来的赵嬷嬷一眼就看出这些人的打算，面色变都没变，如果楚修明是个好色的，怕是诚帝也不会这么忌讳他了。本身赵嬷嬷就瞧不上诚帝，这样一来心中更是觉得诚帝是一国之君，竟玩一些女人的手段，不仅小气而且下作。

到京城的时候已经傍晚了，楚修明索性没有让人叫醒沈锦，就连早上起来也没舍得让人把她叫醒，而是自己到旁边练武去了。

边城带来的人都知道楚修明的习惯，可是那些丫鬟不知道，一大早就打扮得花枝招展的，这个端水那个提壶的。安宁早就发现了，悄悄和赵嬷嬷说了，赵嬷嬷冷笑一声，只说道："不用管。"

沈锦早上是被刺耳的尖叫声惊醒的。

赵嬷嬷也没想到，她还没出手呢，就已经变成现在这样了，只是顾不得别的，赶紧进来看着沈锦，就怕把她给吓坏了。

"这是怎么了啊?"沈锦整个人都精神了，一点也不迷糊。

赵嬷嬷道："也是老奴的疏忽，小不点昨日直接被安排在外面，今天一大早就闻着味找了过来。"

沈锦听着外面还有不间断的叫声，皱了皱眉头。赵嬷嬷说道："安宁，你去看着点，可莫让人伤了。"

是人伤了狗还是狗伤了人，赵嬷嬷却没有说，安宁也没问。

楚修明就在隔壁院子里，也被惊动了，眼中闪过几许不悦，把兵器放好以后，就回去了。因为练武的缘故，他穿的是一身短打，更显得身材修长。

见了楚修明，那些惨叫的丫鬟有的用手捂着脸，有的用袖子半挡着，还有的眼泪汪汪地看向楚修明。

小不点蹲坐在地上,用后腿挠了挠耳朵,看见楚修明就摇了摇尾巴,"汪汪汪"叫了几声。

此时的小不点一点也不吓人,反而看起来有些可爱,除了个头大了一些,微微侧头吐舌头的时候更是无辜。

根本没有刚进来见到她们时那种龇毛龇牙的样子,这群丫鬟当时还真以为遇到了狼。

楚修明看都没看一眼,脚步停在了小不点身边,拍了拍头就带着它往里面走去,而安宁此时也出来了,等楚修明进去后,才看着院子里一群花容失色的人说道:"都带下去。"

不等安宁说第二句话,边城带来的那些婆子护卫已经上来有一个拎一个、一双抓一双地把她们扔了出去。

楚修明进来的时候,就见赵嬷嬷正伺候着沈锦梳洗,而沈锦正对着铜镜发呆,见到楚修明就问道:"可是扰了夫君?"

"跳梁小丑罢了。"楚修明让小厮打了水来冲洗。

赵嬷嬷温言道:"夫人心中可有成算?"

沈锦想了想点头说道:"厨房可收拾好了?"

赵嬷嬷眼角抽了抽,说道:"已经收拾好了,换上了带来的人,今日怕来不及了。夫人想用什么交代下去,中午的时候让人做来。"

"嬷嬷看着办吧。"沈锦问道:"夫君不用去宫中吗?"

楚修明不像是赵嬷嬷那般担心,闻言说道:"晚些时候再去,今日怕是瑞王妃她们就该回府了。"

沈锦心中算了一下说道:"那今日收拾下东西,送了拜帖去,明日就去探望吧。"她虽知道跟在瑞王妃身边,母亲定会安然无恙,可到底放心不下,还是自己去看了心中安生。

"夫君去吗?"

"自然是要去的。"楚修明笑道,"我还要看看娘子长大的地方呢。"

沈锦也笑了起来,开始拉着楚修明说起了瑞王府的事情,比如那个花园里面的池塘。等用饭的时候才停了下来,然后陪着楚修明换了朝服后,就伸了个懒腰说道:"赵嬷嬷,把府中的下人都集合到前厅吧。"

"是。"赵嬷嬷也不多问,既然将军的意思是把府中事情都交给夫人,她就在一旁辅佐就好,万不可指手画脚的。

安平和安宁更不知道沈锦有什么打算,就站在沈锦身边,觉得时间差不多了就往前厅走去。

到了前厅以后,就见到前面站着府中的几个管事,丫鬟小厮就连粗使的婆子一类的都被按照名册叫了过来。

众人一见沈锦,心中倒是一松,实在是沈锦面嫩,一双水润的杏眼,唇又自然上翘,看着就是一个脾气软的,换句话来说是个好欺骗的。

沈锦翻都没翻名册,只是道:"原将军府中的家生子也站出来。"

这还真没有,因为楚家的根都在边城,京城这个永宁伯府根本没安排什么人。沈锦一看觉得事情简单了不少,然后又把名册递给赵嬷嬷说道:"嬷嬷看看有没有熟悉的。"

赵嬷嬷闻言随意翻看了一下,就说道:"老奴离京已久,并无熟悉的。"

沈锦闻言点头说道:"那就好。行了,把账本拿出来吧。"

各个管事心里都明白这是必须走的过程。在知道永宁伯回京的消息后,所有账本都重新做了一遍,确保万无一失。其实永宁伯府的开销都是永宁伯的俸禄,不过诚帝直接让人把永宁伯的俸禄送到永宁伯府中。府里的人发现永宁伯在边关根本不管这些,胆子也养大了,根本不往边城送,还私下扣了不少诚帝赏赐的庄子田子的利息。

安平去把所有账本都收了起来,沈锦问道:"还有别的吗?"

大管家面上恭敬地说道:"并无,所有账本都在账房内,夫人可派人去清点,这是总账。"

沈锦点头直接说道:"来人把这几个管家送到……找个空点的院子送进去,好生招待着。赵管家你去查账,若是没有问题了,就把人送回家。"

有问题呢?将军府中的管事还没开口,就被边城来的侍卫给带了下去。

赵管家是楚修明专门带来的,沈锦早就知道楚修明是个小气记仇的,这些事他只是懒得去管,又不是自己人,既然想死就随着他们,到时候所有的账一起算就好了。

"是。"赵管家没有多问,身边的小徒弟接过总账和账房的钥匙就站在赵管家的身后。

沈锦说道:"若是忙不过来,就去瑞王府借几个人来,我会和母妃打好招呼的。"

"是。"赵管家还是不多言。

沈锦也不在意，说道："那你去吧，看看缺多少人和我说。"

赵管家行礼后就带着徒弟下去了。

"哪些是正院伺候的？"沈锦问道。

这话一出，丫鬟就低着头走出来了一些。

沈锦看着足足二十多个美貌的丫鬟，她们倒是没有像早晨那般花枝招展的，身上的衣服都朴素了许多。

"挺漂亮的。"这是实话实说："赵嬷嬷，把她们的卖身契拿来，每人再送五两银子，都送走吧。"

此话一出，这些丫鬟都跪下哭求了起来："夫人，奴婢一定会忠心伺候夫人和永宁伯的，绝不敢……"

"看，都喜极而泣了。"沈锦下了结论，"不用太感激我，这样每人再添一两银子，只当是送你们的嫁妆，这么漂亮不用愁嫁不出去的。"

还没等她们再闹，安宁已经过去，把两个想要抱着沈锦脚的丫鬟拎了起来扔到了外面。沈锦很惆怅地叹了口气，她觉得安宁这么厉害，以后要选个什么样的人才配得上啊，真是愁死了。

赵嬷嬷冷声说道："难道都聋了？听不见夫人的命令？"这话是对着那些粗使婆子说的，"府中从不收留无用之人。"

倒是有个手上戴着金镯子的婆子说道："夫人这样恐怕不好，有些是陛下赐下来的，等永宁伯回来处理了比较好。"

沈锦闻言看了过去，说道："要是别人送的还不好这般处理呢。放心吧，皇伯父那里自然有我去说。"

这婆子眼睛瞪大了，这才想到永宁伯的夫人可是郡主，用圣上和永宁伯来压她，根本不行。

再也没有人敢多嘴了，两个粗使婆子架着一个漂亮丫鬟给送了出去。

沈锦又看向那些长相平凡一些的，说道："你们没她那么漂亮，算了，赵嬷嬷给她们每个人七两银子，连着卖身契一并送了吧，你们多点银子置办嫁妆也好选人家。"

"我等愿意伺候夫人。"她们这些也聪明了一些，以为沈锦是防着有人勾引楚修明，所以才会如此。这次只提沈锦不提楚修明，再说她们长相都平凡，应该碍不着眼。

沈锦说道:"不用,我身边有人伺候。"

说完就挥了挥手。粗使婆子心中惶惶不安,此时不敢耽误,赶紧态度强硬地把人都送了出去。

此时剩下的就是一些年纪略小的小丫鬟了,沈锦倒是没说让她们嫁人的事情,只是说道:"你们登记一下谁还记得家在哪里,也不用你们赎身的银子,每个人送八两银子,都回家吧。"

"奴婢没有家了。"年纪不过六七岁的小丫鬟跪在地上哭着说道,"求夫人怜悯,奴婢娘早死,奴婢爹又娶了……"身世极其可怜,简直让闻者伤心听者流泪。

"可怜见的。"沈锦感叹道。众人以为沈锦会把人留下的时候,就听见她说道:"既然如此,就送去学个手艺吧,家里靠不住就要靠自己。"沈锦很真诚地说道:"还有谁要学手艺的?没人了?那就出去拿了卖身契和银子走吧。"

沈锦只花了不到一个时辰的时间就把将军府中所有的人都打发了。这件事在楚修明不知道的时候,已经传到了诚帝的耳朵里面,他整个脸色变了又变。

也因为这件事,诚帝本想见过楚修明后,就先把瑞王妃和陈侧妃放回家,可是现在他决定再等等。

真要算起来,楚修明这还是第一次在众人面前露面,此时御书房众人心中都暗骂,这叫面容狰狞?让他们这些人的老脸往哪里放?

诚帝见几位老臣面色缓和了许多,心中恨意更浓,面上偏偏带着笑说道:"永宁伯镇守边城许久,也是辛苦了,正好趁着瑞王生辰,在京城多待段时间,松快一下也好。"

"是。"楚修明面色严肃不苟言笑,一身官服更衬得玉树临风。

就算是诚帝的正经岳父陈丞相心中也是暗叹。这下见了楚修明,还不知道多少大臣心中懊恼呢。一想到那些传言是自己在诚帝的示意下散播的,陈丞相也不禁有些心虚了。

诚帝恨不得马上弄死楚修明,可是心中又害怕楚修明死了,边关不稳,还要做出一副善待功臣的样子。所以京中的永宁伯府面积还挺大,沈锦把人赶走后,府中人手就有些不够用了。

"只留正院和一个客院,剩下的全部锁了。"

赵嬷嬷眼睛一亮,明白了沈锦的意思,说道:"老奴这就去办。"

沈锦点了点头，说道："麻烦嬷嬷了，让人辛苦点，早点把那些人都打发出去。"

"是。"赵嬷嬷躬身应了下来。

安平去帮赵嬷嬷的忙，安宁留下来陪着沈锦，小不点蹲坐在沈锦的脚边，舒服地摇着尾巴。而沈锦拿着特制的刷子给它刷毛，就算偶尔用不准力道弄疼了它也不挣扎，后背刷好了就躺在地上刷刷侧面，格外享受。

"夫人，你怎么会想到直接把人赶走呢?"安宁在一旁问道。

沈锦直接说道："因为我不知道谁可以相信啊，索性就都赶走。"

诚帝留了楚修明用午饭，等楚修明回来的时候，沈锦已经在睡午觉了。楚修明一进永宁伯府就感觉到了不对。他去面圣的时候就带了一个小厮，从边城带来的人都留给了沈锦。

见了楚修明，赵嬷嬷就把事情说了一遍，楚修明开口道："也好，就按照夫人说的办，这几日把府里搜查几遍。"

"是。"赵嬷嬷笑着说道，"没想到夫人考虑这么周全，到今日才发作。昨日那些人为求表现，把行李物品连夜收拾好了。"

楚修明脚步顿了顿，看向赵嬷嬷。

"老奴就没想到这么简单的方法。"赵嬷嬷叹了口气，"一路上还算计着怎么才能查出奸细，然后不着痕迹地把他们给打发了。"

楚修明换了常服，笑了笑才问道："夫人中午用了什么?"

"因为早上乱哄哄的，夫人吩咐人去酒楼买了现成的饭菜回来。"赵嬷嬷道，"夫人倒是多用了那道糖醋鱼几口。"

楚修明点点头，没再说什么，赵嬷嬷也不再开口了，他先看了看睡得正香的沈锦后，就到旁边的书房了，顺便把赵管家叫了过来，问道："怎么样?"

赵管家本身就是楚修明的军师，闻言问道："将军问的是哪一方面?"

"夫人。"楚修明笑看着赵管家。

赵管家想了一下才说道："出人意料。"

楚修明点了点头，没再说这件事而是把宫中的事情说了一遍，赵管家皱了皱眉头说道："恐怕明日诚帝会让皇后召夫人进宫。"

"嗯。"楚修明在知道沈锦做的事情后，也想到了这点，眯了眯眼睛说道，"无碍。"

赵管家也不再提,只是说道:"将军还是私下见一见瑞王妃比较好。"

楚修明缓缓吐出一口气:"过段时间再与京中的那些人联系。"

赵管家也明白,先不说那些人还剩下多少,其中有没有背叛的,他们刚到京城必然会引人注意,有些事情就不太好办了。

"若是夫人可信,那件事还是交托给夫人比较好。"

楚修明眯了一下眼睛,缓缓摇了摇头,说道:"太危险了,再等等。"

"是。"赵管家应了下来。

楚修明看向赵管家说道:"你先把府中账本给顺清楚,放心吧,我有分寸。"

"进宫?"沈锦一脸诧异地看向楚修明,"不是明日去探望母妃她们吗?"

"瑞王妃她们还在宫中。"楚修明道。

沈锦满脸疑惑地看着楚修明,楚修明解释道:"怕是诚帝会让皇后问你一下今日的事情,然后才会让瑞王妃她们和你一并出宫。"

"真麻烦啊。"沈锦有些气闷地说道,"怎么……还要管后宅的事情呢?"

楚修明摸了摸沈锦的脸才说道:"在宫中也不用害怕,我会去接你的。"

"嗯。"沈锦应了下来,"没事的,母妃在。"

楚修明忽然问道:"管家的事情都是瑞王妃教你的吗?"

"嗯。"沈锦道,"大姐出嫁后,母妃就把我带在身边。"

"那今日这样的情况呢?"楚修明需要知道瑞王妃到底是什么样的人,虽然他可以直接问沈锦,可是有些事情他需要自己做出判断。

沈锦点头:"母妃说过,如果我无法猜出的事情就不要去猜去判断,直截了当地去解决就好,也不要在不相干的事情上花费太多的心神。"

"是发生了什么事情吗?"楚修明问道。

沈锦惊讶地看着楚修明,一脸你怎么会知道的样子。

楚修明伸手捏了捏她的耳朵,沈锦犹豫了一下才说道:"那时候父王和家中一个下人的媳妇……然后就提拔了那个人当管事,那个管事就有些张狂了,手伸得很长,惹了母妃,母妃就直接叫人把他们一家都给绑了,灌了热油送到了官府,只说他们偷窃了府中的物件。

　　"因为大姐已经出嫁了,处理这事情的时候母妃就带着二姐、我,还有两个妹妹。"沈锦犹豫并不是不想告诉楚修明,而是这事情真的不太好说。"母妃也说过,身为当家主母,若是连正院的事情都管不了,那就索性什么也不要管。你都这么久没回来了,怕是这些下人也都有了自己的心思,索性都赶走好了。"沈锦很理直气壮地说道,"我分不清楚谁可用谁不可用的,就都不用,反正就我们两人,边城带来的人也就够用了。"

　　楚修明觉得瑞王妃看得很明白,处理得也干净利索,她不是不计较,只是没有触及底线的时候,就不搭理你,可是一旦你过界了……

　　"做噩梦了吗?"楚修明问道。

　　沈锦摇了摇头:"母妃没让看的,不过还是让丫鬟给弄了安神汤。"

　　楚修明点头,沈锦笑道:"母妃当初专门告诉过我,若是玩心眼的话,怕是我根本玩不过别人。所以,遇到身份比我低的,直接无视就好;身份比我高的,不知道怎么办的时候,笑就可以了。"说着还露出一个笑容,眼睛微微弯起,嘴角上扬,两个酒窝格外可爱。这样的笑容就算是想要为难的人,怕也会心软。

　　"明日进宫也如此就好。"楚修明彻底放下了心,有瑞王妃在,终究不会让沈锦吃亏的。

　　沈锦乖乖应了下来,还没等两个人再说一会儿话,宫中就有人传话,说明日皇后召见沈锦,还请了瑞王妃和陈侧妃一起去话家常。

　　听完以后沈锦倒是松了口气,虽然还需要盛装打扮,却也不用穿那套伯夫人的正装了,不过话家常这句话就有些微妙了。沈锦看了看楚修明,微微垂眸,不至于吧? 诚帝是在离间他们夫妻的感情? 这也太下作了吧?

　　不过楚修明和诚帝之间不融洽,诚帝和皇后应该心知肚明才是,可是偏偏"话家常"三个字点出了沈锦的身份,抠了抠手指,沈锦觉得有些说不出的感觉。

　　赵嬷嬷比沈锦还快一步反应过来,心中冷笑,面上却不露,只是说道:"夫人明日进宫要穿什么呢?"

　　沈锦扭头看向赵嬷嬷,说道:"嬷嬷看着办吧。"

　　"是。"赵嬷嬷躬身退下。

　　楚修明拍了拍沈锦的手说道:"无须多想。"

　　沈锦应了一声,说道:"我有点想母妃和母亲了呢。"

楚修明牵着沈锦的手，往回走去："明日就见到了，若是喜欢，到时候我们在瑞王府住上几日也好。"

沈锦点了点头。

其实进皇宫，沈锦一点也不紧张，毕竟她逢年过节都要去一次的，只不过这次的感觉有些不一样，是楚修明亲自把沈锦送到宫门口的。进宫的时候她身边就带了安宁一个丫鬟，赵嬷嬷并没有跟来。沈锦也没有多问，扭头看了一眼还站在外面的楚修明，她的脸上重新露出了笑容。

沈锦到皇后宫中的时候，瑞王妃和陈侧妃已经在里面了，沈锦给众人行礼后就被皇后赐了座，皇后笑道："瞧这小模样，比过年那会儿还要水嫩了不少。"

这时候根本没有陈侧妃说话的份，能被赐座都是看在沈锦这个永宁伯夫人的面子上，瑞王妃闻言一笑说道："倒是高了一些。"

皇后看向沈锦问道："在边城的日子怎么样？"

沈锦起身说道："回皇后的话……"

"傻孩子，都说了话家常。"皇后柔声说道，"不用起来回话的，而且怎么这么见外，叫一声'皇伯母'就是了。"

沈锦一笑眼睛弯弯的，皇后见了心中更软了几分，说道："我宫中的金丝卷味道还不错，玉竹端给锦丫头尝尝。"

"谢皇伯母。"沈锦笑盈盈地说道。等宫女把东西端来，她才坐回了位，当即拿了一块吃了起来。

陈侧妃虽然心中想念女儿，可是此时也不敢多说一句，倒是沈锦进来的时候，她看了几眼。

瑞王妃看向皇后说道："皇嫂，这丫头最会顺杆子爬了。"

"我瞧着就喜欢。"皇后笑着说道："边城那边怎么样？"

沈锦吃完金丝卷，就端着茶水稍稍喝了一口，才说道："我平日里都在院中不常出去的。"

皇后想了一下问道："那你在府中吃得怎么样？都玩些什么？"

沈锦微微垂眸，说道："都是一些肉食，还吃了一段时间的马肉，平日里就是绣绣东西看看书罢了，也没别的玩的。"

瑞王妃红了眼睛，用帕子擦了擦眼角说道："回来了就好，怪不得我瞧着都瘦了。皇嫂你可能不知，锦丫头在家的时候，每日最喜的就是清淡的，这次写信回来专门要了许多吃食，都是家中吃惯的，可是在边城那样的地方……"

陈侧妃低着头，默不作声地擦着泪。

沈锦反而笑道："母妃，我并没受什么委屈，边城的吃食虽然味重一些，却也不难吃。"

明明是实话，可是听在众人耳中却觉得心酸。皇后也是女人，心中对沈锦更是疼惜，问道："永宁伯把你身边伺候的都赶回来了，在边城有几个人伺候？可还贴心？"

"本来有两个丫鬟的，蛮族围城的时候，有个丫鬟……后来夫君回来，又安排了个嬷嬷。"沈锦的声音软软糯糯的，"这次进京，就又安排了一个丫鬟。"

别说瑞王妃和陈侧妃，就是皇后眼睛都红了红，虽不知道其中有多少做戏的成分，却也满是心疼地说道："苦了你了。"

沈锦柔声安慰道："皇伯母，我不觉得苦的。"

皇后擦了擦眼角，缓缓叹了口气说道："好孩子，皇伯母知道你懂事，皇家欠你良多。"

沈锦总觉得皇后想得太多了。

又关心了沈锦一番，皇后才问道："我怎么听人说，你昨日把府中伺候的人都赶了出去？可是有什么不妥？"

"没啊。"沈锦一脸疑惑地看向皇后。

皇后端着茶水喝了一口，放下茶杯温言道："那把人都赶走了，伺候的人可还够？"

"够的。"沈锦笑着说道。

皇后缓缓叹了口气担忧地说道："你可知这样对你名声有碍？"

沈锦满眼迷茫："为什么？"

"一回来就赶了那么多人走，还不知外面人会怎么说呢。"皇后道，"好名声对女人格外重要。"

沈锦闻言反而安慰道："没事的，反正我不太爱出门也听不到的。"

皇后眼角抽了一下，看向了瑞王妃，就见瑞王妃正端着茶水并没注意到她的眼神，微微抿了下唇又问道："那为什么把人赶走呢？"

沈锦看着皇后，说道："因为我不喜欢他们。"

皇后看着沈锦小鹿一样的眼神，心中思量着说道："那也不能都赶走啊。"

"为什么不能呢?"沈锦反问道。

皇后一时也不知道怎么回答,总不能说那里面有诚帝安排的人,所以怎么能全部赶走吧? 沈锦鼓了鼓脸颊,理所当然地说道:"这是京城啊,我是伯夫人,有皇伯父和父王给我撑腰,所以我觉得不喜欢他们就让他们走了。我有把卖身契给他们,又给了他们银子呢。"

"傻孩子。"瑞王妃开口道,"你皇伯母是担心你,一下子赶走这么多人,难免会有人说闲话的。"

沈锦笑得又甜又漂亮,说道:"谢谢皇伯母。不过没关系的,有皇伯母和母妃在,他们最多偷偷说几句,又不敢当着我面说,我不在意的。"

皇后很久没有尝过这种被噎得说不出话的感觉了,而且最让她无语的是,她能看出沈锦是认真的。她端着茶喝了一口平复了一下,继续说道:"那你喜欢什么样的?"

"不知道啊。"沈锦想了一下说道,"要合眼缘的吧。"

"合眼缘"这三个字说得和没说根本没有区别,漂亮的赶走,看着忠厚普通的赶走,年纪小身世可怜的赶走,年纪大看着稳重的赶走。皇后勉强笑笑说道:"永宁伯没怪你吧?"

"没有。"沈锦微微侧脸,笑得脸上酒窝都出来了,"夫君脾气很好的。"

杀人不眨眼,提名字能止孩童夜啼的,不留俘虏的永宁伯脾气很好? 皇后仔细看了看沈锦的神色,却发现沈锦是很认真地觉得永宁伯脾气很好,她不由自主地看向了瑞王妃。

想想瑞王府的情况,有些怀疑沈锦在瑞王府过得有多苦,所以才对现在的日子这么满足,不是听说被瑞王妃带在身边了吗? 皇后想了想,觉得自己好像知道了什么。

皇后满是疼惜,柔声说道:"那日边城被蛮族围困,陛下担忧得整日睡不着,甚至还病了一场,并非你皇伯父不愿意派兵相救,实在是南边也不太平。"

"哦。"沈锦不知道怎么回答好,说不怨恨,那是不可能的。不过就算皇后再温和这话也是不能说的,所以她应了一下又对皇后露出甜甜的笑容:"没事的,不过马肉难吃了一些,那时候皇伯父派了使者,就连夫君和我吃的都是马肉,所以也给他们吃了马肉,只是他们有些浪费,这点很不好。皇伯母,我觉得你可以和皇伯父说说,铺张浪费对官员来说是大忌,要不得的。"

皇后想到那日皇上来了以后说的话,眼角抽了抽。瑞王妃闻言说道:"不许乱说,莫让你皇伯母为难了,不过就算他们不愿意吃,你也不能逼着他们吃,怎么这般不懂事。"

沈锦乖乖应了下来,讨饶道:"下回不敢啦。"说完以后,就鼓着腮帮子告状:"我就是想着,他们是代表皇伯父来的,是皇伯父心里念着我们,所以就弄了府中最好的吃食给他们。而且皇伯父也说因为闹了灾,朝廷也穷,就连皇伯父和皇伯母在宫中都要削减用度,他们怎么可以浪费啊?"

皇后竟然觉得无言以对,难道说只是不想送粮草辎重的借口,其实朝廷一点也不穷吗?

沈锦还没有满足,接着说道:"我与夫君只用一菜一汤呢,给他们备了四菜一汤。"

皇后看着沈锦的眼神,许久才说道:"是他们太不懂事了,锦丫头做得对。"

沈锦笑得眼睛弯弯的,格外可爱。"皇伯母太过夸奖我了,我就是做了应该做的。"

瑞王妃笑得格外淡定,陈侧妃低着头时不时用帕子揉了揉眼角。皇后刚想说什么,就听见宫人通传,昭阳公主和晨阳公主来了。皇后笑着说道:"快带那两个孩子进来,也和锦丫头亲热亲热。"

沈锦微微垂眸,昭阳公主是皇后所出,年纪比沈锦略小一些,而晨阳公主出生的时候母亲就没了,一直养在皇后的身边,听说格外得宠,比沈锦要大一些。

真要说起来,这两个公主年纪都很适合嫁给楚修明,不过是诚帝不愿意自己的女儿受苦罢了,又想拉拢楚修明嫁个宗室,这才选了瑞王的女儿。

两个公主进来的时候,不仅是沈锦,就是瑞王妃和陈侧妃都站了起来。昭阳公主脸上带着浅浅的笑容,说道:"姊姊快请坐。"

晨阳公主扫了沈锦一眼已经坐在了皇后身边,几个人重新坐下,皇后笑着让人给两个女儿上了新的果点,然后对着她们说道:"这位就是你们皇叔家的。"

"哦?"晨阳公主挑眉看向沈锦,"就是嫁给永宁伯的那个?按照年月应该算是我堂妹了。"

沈锦起身行礼道:"堂姐。"

晨阳公主"嗯"了一声,昭阳公主倒是笑道:"锦堂姐。"

"堂妹。"沈锦回了一个笑容说道。

昭阳公主年纪不大,可是笑起来很有几分端庄的味道。

"堂姐快请坐,都是自家人,无须太过客套的。"

沈锦这才坐下，应道："是。"

晨阳公主忽然问道："之前我听着外面的传闻，说永宁伯面容狰狞，脾气暴虐，可是昨日永宁伯进宫了，倒是有传言说永宁伯面如冠玉，到底哪个是真的？若是永宁伯真长得如此好，那些异族会怕他吗？不是说战功赫赫吗？"

沈锦小嘴微张，眼睛也因为惊讶瞪圆了，像是看见什么无法理解不敢相信的事情一样，接着看了看说话的晨阳公主，又看了看皇后和昭阳公主，最后目光落在晨阳公主身上，然后低下了头："哦。"

这是什么回答？不仅晨阳公主，就连昭阳公主都微微皱了眉头看向了沈锦，若是真的不想回答，就随意说一下也好，只"哦"了一下实在太敷衍了。

瑞王妃心中倒是一笑，皇后脸色也不好看，一时也没反应过来沈锦的意思。

晨阳公主在宫中嚣张惯了，直接问道："你这是什么回答？我不是问你话了吗？"

沈锦脸上有些为难，抿了抿唇，眼中带着为难和无措，惶惶不安的样子格外惹人怜惜，就像是被人欺负了的小动物，张了张嘴最后还是说道："哦。"

晨阳公主气得差点把手中的茶杯砸过去，不过还记得沈锦的身份，若是换成她宫中的人，怕是早就命人拖下去掌嘴了。

"你听不懂我说的话吗？"晨阳公主咬牙问道，"需要我再重复一遍吗？"

因为觉得被敷衍慢待，晨阳公主脸色很难看，说话的语气也有些咄咄逼人了，而沈锦眼睛都红了，泪珠在眼睛里转啊转就是不落下来，看起来楚楚可怜。

昭阳公主虽知道这事情不能全怪晨阳，可是到底心软了软，说道："堂姐不如说说路上的风光？"

"就你好心。"晨阳公主冷笑一声。她最厌恶沈锦这样的人了，就会装无辜。

"永宁伯长什么样子，永宁伯夫人都不知道吗？"话里是满满的嘲讽。

皇后皱了皱眉头，虽然觉得沈锦刚才失礼，可是晨阳的表现她也不满意，所以放下茶杯刚想开口，就听见沈锦的话，她的声音里面带着哭腔还有点抖，一点气势也没有。可是这话一出皇后身子一震，而晨阳公主脸色更是大变，苍白到毫无血色，就连昭阳公主脸色也格外难看。

沈锦咬了咬下唇，微微抬头看向晨阳公主："夫君的军功是皇伯父定下来的，公主这是在质疑……"动了动唇接着说道，"后宫不干政。"眼神看向了皇后，刚才被晨阳公主逼问的时候,她一句话也不说,现在把人说得脸色变白了。沈锦偏偏像是打开了话匣子:"夫君他们是用命来保卫国土的,公主这话寒了多少人的心,若是让士兵知道了……公主可是皇室中人,言行举止都代表了皇室,万一被误会了……"

有些地方沈锦并没有说清楚,反而更加让人浮想联翩。

晨阳张了张嘴想要说什么,却又不知道怎么反驳好,可是还没等她想好,沈锦就接着说道:"而且夫君虽然也算是公主的堂妹夫,可到底是外男,公主这样打听一个外男有些不好,以貌取人也不好。"她的语气很真诚,其中还带着担忧,"不过皇伯母一定会帮你和皇伯父解释的,你也是皇伯父的女儿,想来皇伯父会理解的,可是万万不能让外人知道。"

说完了沈锦就看向皇后,接着开口道:"是不是,皇伯母?"

皇后看着沈锦的脸,心中却是暗恨,她竟然也看走了眼,把一只狡猾的豺狼看成了无辜的兔子,面上却是说道:"锦丫头说得是,晨阳一向心直口快我也没注意,此次……还不给你堂妹赔不是?"

沈锦的身份太过敏感,虽然也是皇室中人,可是如今却是楚家永宁伯的妻子。楚家在武将心中的地位很高,若是流传出去一言半语……皇后心中一颤,难不成这是沈锦专门设的圈套?拿捏着这样一个把柄,还有那句"后宫不干政"……心中又暗恨晨阳成事不足败事有余。

昭阳公主心中也着急。沈锦口口声声说的是公主,却没有点出是哪位公主,如今宫中够年龄的就她们二人,万一坏了自己名声可如何是好。

"堂姐,姐姐并没有那些意思的。"

晨阳公主瞪着沈锦,恨不得去狠狠扇上几巴掌,不过还是起身对着沈锦福了福身,说道:"堂妹,刚才我是有口无心。"

沈锦说道:"没事的,公主以后还是多多注意才好。"

瑞王妃此时才开口道:"此事以后休得再提。"

"是。"沈锦乖乖应了下来,然后叮嘱道:"公主以后也莫要和人提起,对你名声不好。"

晨阳公主心中格外憋屈,一口气差点没上来。明明是沈锦把自己的话给曲解了,故意设套让自己进,可是偏偏还装得一脸无辜,简直不能再可恶了。

皇后微微垂眸说道:"你们不计较,我却不能当作不知道。晨阳你抄经一百册,以祭那些保家卫国而亡的将领和士兵,不抄完就不要出来。"

昭阳公主也说道："我与姐姐一并抄经。"

皇后说完就看向沈锦，眼神中带着询问。

沈锦一脸迷茫和皇后对视，然后灵光一闪像是看懂了皇后的意思，说道："皇伯母放心，到时候让公主把抄好的经书给我，我叫人送去边城，在众将士坟前点燃祭奠。"

若不是修身养性了这么多年，皇后差点翻脸，怎么遇到了这般不依不饶的人。而昭阳公主心中暗恨，刚才若是不提就好，本想落个好名声，说是到时候祭奠她自己写上一两份，剩下的交给宫中的宫女太监就好，可是现在……不仅全部要自己抄写，字迹什么还都不能差了，特别是运到边城去，那还怎么博得好名声？简直是吃力不讨好。

晨阳公主倒是没想那么多，只以为沈锦是不信任她才会如此，不过现在落了下风也不好说什么。

皇后也没心情和沈锦说话了，又聊了几句就端茶送客了。谁知道沈锦偏偏不识相，直接问道："皇伯母，我是来接母妃和母亲的。母妃，你们东西收拾好了吗？"

"并没。"瑞王妃很平静地说道。

皇后根本没准备今天就放人走，此时就笑道："既然如此，改日吧。"

"没事的。"沈锦毫不在意地说道，"母妃和母亲快去收拾，我与皇伯母再说几句。以往没怎么和皇伯母说过话，还一心中担忧呢，谁承想皇伯母竟然这般亲切，堂姐和堂妹又都是好性子，我都舍不得了呢。"

皇后已经很久没有尝过这样憋屈的滋味了。

"我本想多留弟妹几日，也没通知了王府，怕是没车吧。"

"夫君来接我们的。"沈锦一派天真，"不怕的，本来今日夫君与我想去王府拜见父王和母妃的，可是母妃和母亲都在宫中，皇伯母又派人来唤，我就先进来了，想着顺便接了母妃和母亲，让夫君拜见一下，到王府以后再拜见一下父王。不是说父王很想念我们吗？再过段时日就该父王生辰了……对了，母妃，可请了望江楼的大厨？我记得父王很喜欢那里面的菜品……"

皇后气度还在那，听着沈锦东拉西扯话家常，从菜色说到布置，从布置又说到以往在京中的生活，就算恨不得让人堵了沈锦的嘴，脸上的笑容还是不变。

倒是沈锦说了一段时间，端着茶喝了一口，然后一脸疑惑看向了瑞王妃，像是在问母妃怎么还不去收拾呢？

瑞王妃看向了皇后，皇后张了张嘴刚想说话，就听见沈锦接着说道："母妃不用怕车不够坐，有夫君在呢，他一定会考虑周全的。"

皇后看着沈锦的样子，只得说道："弟妹快快去收拾吧，再与母后道个别。"

"是。"瑞王妃这才起身，说道："锦丫头，你在此陪着皇后说话，可不许淘气。"

沈锦站起身，乖巧地说道："是。"

瑞王妃这才带着陈侧妃离开。

昭阳公主总算找到机会说道："堂姐，不如我陪你到外面的御花园走走？"

晨阳公主就坐在一旁，根本不说话。皇后倒是松了一口气，等沈锦离开，她就可以赶紧让人去找陛下，看看下面要怎么办才好。

"不要了，夫君让我进宫以后不要随意走动，免得给皇伯母惹麻烦。"沈锦格外懂事，"而且夫君说，皇伯母一定也想和我多说说话，让我好好陪着皇伯母聊天。"

谁想和你说话！哪个又想和你聊天了？明明说着噎死人不偿命的话，却偏偏摆出一副乖巧懂事小白兔一样无辜的表情。

等送走了沈锦，也顾不得两个公主还在，皇后就赶紧让人给她抚背了，明明气得要命，还偏偏要赏赐了一堆东西给她，打发走了两个公主，皇后才问道："玉竹，你觉得那沈锦是故意的呢，还是……"

玉竹眼角抽了抽说道："奴婢也说不准，倒是觉得这永宁伯夫人不简单。"

"是我一时不察看走了眼。"皇后冷声说道，"如果简单的话，也活不到现在。"

带着母妃和母亲出宫的沈锦心情格外好，陈侧妃倒是有些担忧地说道："你怎么能这般对皇后说话呢？"

"是皇后让我叫皇伯母说话家常的。"沈锦很无辜地看着陈侧妃，"皇伯母是好人啊，又亲切又和善，若不是夫君在外等着，我还想和皇伯母多聊会儿呢。"

瑞王妃笑得端庄有礼地说道："锦丫头没做错什么，你皇伯母最喜欢与人聊天了，若是有机会，你多陪着说说话，她定会高兴的。"

陈侧妃眼角抽了抽，很想问一问王妃，这般真的好吗？

沈锦并没有骗人，楚修明确实已经带人在宫门口等着了，准备了不止一辆马车，最前面停放的是让瑞王妃她们三人乘坐的，后面是丫鬟婆子坐的，不仅放得下瑞王妃她们的行李，就是宫中的赏赐也可以直接带走。

楚修明策马走在马车的旁边,沈锦一打开车窗就能看见他,送上一个甜甜的笑容后,沈锦才关了车窗陪着瑞王妃她们说话。

瑞王妃并没有问沈锦在边城的日子好不好,瞧着楚修明的样子就知道她过得不错,而且小脸红润,眉眼中都带着掩不去的情义。

而楚修明虽然没说什么话,可是瑞王妃注意到了,她们一出来,楚修明的眼神先放在了沈锦身上,确定沈锦没有事后,才看向了她们。而且能以永宁伯之尊在宫门口等了这么久,还安排得事事妥当,若是心中真没有沈锦,根本不可能。

"母妃,你们在宫中这么久,可还好吗?"沈锦有些担忧地问道。

瑞王妃抿唇一笑:"平日里我与你母亲都在太后宫中,太后长年吃斋念佛,并不太出来,除了不能随意走动,其他倒是没什么。"

沈锦觉得皇太后挺不会享受的,明明是太后却每日吃斋念佛的。

"那母妃和母亲呢?"

"自然是要陪着太后。"瑞王妃倒是没把这些当一回事,"而且王爷也会时常进宫照应一下。"

"哦。"沈锦应了下来。

瑞王妃看向了陈侧妃说道:"好不容易见到了锦丫头,怎么反而不说话了呢?"

沈锦也问道:"母亲,你为什么不和我说话呢?"

陈侧妃握着沈锦的手笑道:"瞧着高了不少。"

沈锦笑着蹭进陈侧妃的怀里,娇声说道:"是呢。"

陈侧妃就沈锦这么一个女儿,此时搂着女儿,简直心都快化了。沈锦闹了一下也就不闹了,陈侧妃也顾不得瑞王妃还在,问起了沈锦的衣食住行。

瑞王妃在一旁听着,并没多说什么,只是脸上一直带着笑。一上车沈锦就倒了三杯茶,边和陈侧妃说话,边摸了摸茶杯,然后端给了瑞王妃一杯,又给了陈侧妃一杯,自己才端着最后一杯慢慢喝了起来。

陈侧妃正觉得口渴,喝了大半杯这才放下,也发现自己刚才的失态。瑞王妃倒是不在意这些,只是笑道:"今日怕是来不及了,不如明日再和永宁伯一并来府中,到时也请你两位姐姐和姐夫过府,一家人聚聚。"

"好。"沈锦笑着应了下来。

　　不知不觉就到了瑞王府,楚修明已经提前派了人来通知,沈轩和沈熙在门口等着,道了谢以后就把瑞王妃和陈侧妃接了进去,楚修明和沈锦并没有进去,而是直接回了永宁伯府。

　　楚修明和沈锦回府的时候,府中已经备好了热水,安平伺候着沈锦梳洗了一番换上常服出来的时候,安宁已经把宫中大致的事情说了一遍,其实她知道得也不多,因为皇后和沈锦她们说话的时候,安宁是没办法跟进去的。

　　不过安宁倒是留意了两位公主到的时辰和瑞王妃她们离开的时辰。

　　赵嬷嬷闻言说道:"当初得了消息陛下有意给将军指婚,老奴倒是大胆往这两位公主身上猜过,陛下的女儿中就她们两位适龄。昭阳公主是皇后所出,年纪又比晨阳公主略小,老奴倒是以为会是晨阳公主,没承想最后是指了瑞王的女儿。"

　　其实不仅是赵嬷嬷,就是将军府的军师们也都猜测过,诚帝指婚为的不过是施恩于楚家,加强楚家和皇室的联系,所以择公主下嫁是最好的选择。

　　倒不是楚修明自视甚高,而是永宁伯夫人这个位置确确实实值这样的价钱,凭着楚家的军功和在军中的地位,就是皇后嫡女下嫁都是使得的。

　　只要是正常人怕是都会知道怎样的取舍,可是谁承想他们偏偏遇到了一个大事糊涂小事精明计较的诚帝,不仅舍不得皇后所出的嫡女,就是嫔妃所出的女儿也不愿意给,反而令瑞王的庶女下嫁。诚帝若是真的心疼女儿做下这般糊涂的事情,也算是真性情,可从他后面的所作所为就知并非如此。

　　瑞王妃为何会送银子给楚修明?有些事情她早在几十年前就知道了,一直没有动作,而是直到边城解围以后。说到底不过是对诚帝失望了。你若真的防备楚家,那么就别用楚家,偏偏他还离不开楚家,如此好好拉拢施恩就是了,等到楚家真的犯事了,天下大义也站在诚帝这边。可是诚帝呢?想要拉拢楚家,又咽不下那口气,还防备楚家,防备得如此明显,大事上拿捏不住,就在小事上恶心楚家。

　　给楚修明指婚这样的事情,瑞王妃当初也猜测过,本以为就是昭阳公主和晨阳公主之间了,可谁承想竟然落在了瑞王府。得知这个消息的时候,就算是瑞王不提,瑞王妃也是不会让沈梓嫁过去的,那不是结亲而是结仇了。

　　等知道边城被围而诚帝竟然不派兵救援,甚至在最后解围后,粮草辎重上也要卡上一卡的时候,瑞王妃是真真切切地失望了。

多亏诚帝出了昏招,还给瑞王府留了另一条路。想到出嫁前父亲说的话,那时候有些事情已经初见端倪了,父亲选了瑞王,不过就是嫁了瑞王的身份和他的糊涂罢了。

其实诚帝这次让楚修明上京,如果真的破釜沉舟直接让人杀了楚修明,瑞王妃还高看他一些,如今……瑞王妃看向两个儿子,温言道:"轩儿,你三妹夫难得上京,你多与他亲近一些,带着他到处走走才是。"

在王府中,沈轩最信服的就是瑞王妃这个母亲了,闻言说道:"儿子知道。"

瑞王妃满意地点了点头:"熙儿,你年纪也不小了,多向你三姐夫请教,知道吗?"

沈熙年纪略小,笑道:"儿子知道。"

等沈熙离开,屋中就剩下了瑞王妃和沈轩母子二人,翠喜也带着丫鬟都下去了,还亲自守了门。

沈轩见母亲有话要说,就推开了窗户,又给她倒了温热的红枣茶。瑞王妃缓缓吐出了一口气:"轩儿,等永宁伯这次离开,我准备让熙儿跟着他走。"

"边城穷山恶水,外还有蛮族虎视眈眈,太危险了吧?"沈轩和沈熙关系很好,闻言就说道,"二弟怕是受不住。"

"锦丫头一个姑娘家都受得住,他有何受不住的?"瑞王妃沉声说道,"你可知我为何一直不让你上朝做官?"

沈轩从小被瑞王妃带在身边,和瑞王的糊涂不同,他更像瑞王妃一些,特别是遭了那次生死劫后,为人更是沉稳,说道:"儿子明白。"

瑞王妃点头说道:"从你皇伯父给府中指婚那日起,瑞王府地位就很尴尬。"

沈轩脸上带着怒色,他想到这次母亲被接到宫中,说是太后思念侍疾,可是真正是怎样的,他心知肚明。而瑞王这个父亲,他也是指望不上的,便说道:"儿子明白。既然如此,不如就请三妹夫给二弟安排个职位,就算当个马前卒也好。"

"还不到这个地步。"瑞王妃缓和了脸色说道,"而且锦丫头也是个好孩子,她不会不明白的。"沈锦是个明白人,明白人不会做糊涂事,若是这次嫁过去的是沈梓,瑞王妃就不会做这样的安排。

永宁伯府中,沈锦慢慢吃着红枣酪,说着宫中的事情:"皇后很和善。"

赵嬷嬷心中倒是有些同情皇后了,怕是今日就要被沈锦噎得吃不下去饭了。

楚修明点头说道:"和善就好。"和善就等于要做表面功夫,这样的话不仅不敢为难沈锦,怕是还要帮沈锦收拾烂摊子。

"晨阳公主很天真。"就是有些傻,怕是被皇后给养废了。

"我觉得母妃人真的不错。"瑞王妃身为嫡母,对沈锦虽然不像对沈琦那般好,可也该教的教了,对几个庶出的也没下过黑手,最多是不管而已。

楚修明笑道:"因为瑞王妃是个明白人。"

沈锦点点头,接着说道:"昭阳公主不愧是皇后所出。"和皇后真的很像啊。

楚修明没再说什么,不过沈锦压低声音说道:"母妃说皇太后一直吃斋念佛,还真是……"有福不会享。

"哼。"赵嬷嬷冷哼一声,"亏心事做多了,可不得每日都吃斋念佛。"

沈锦一脸迷茫地看向赵嬷嬷。赵嬷嬷心中一软,说道:"夫人在宫中怕是吃不到什么热乎的东西,老奴一会儿就让厨房做蜜汁乳鸽。"

"在皇后那里吃了金丝卷,味道很好啊。"沈锦赶紧说道,"真的很好。"

赵嬷嬷眼神暗了一下,才笑道:"那东西老奴也会做,就是费事了点,夫人若是想吃,老奴这就去做来。"

"好。"沈锦伸手拉着赵嬷嬷的手,"我可想你了,在宫中虽然东西多,可感觉不够新鲜啊,所以我就用了一个。"

赵嬷嬷更加心疼了,说道:"夫人先用着,老奴这就去。"

第十二章
王府闹剧

第二日一大早，也不用赵嬷嬷催促，沈锦就起来了，给瑞王妃的礼都是提前备好的，用了早饭，沈锦就带着安平、安宁两个丫鬟和楚修明去瑞王府了。

楚修明今日倒是没再骑马，而是陪着沈锦坐在马车里，见沈锦对外面的吆喝声有兴趣，就道："过几日，我们一并在京城中走走。"

"可以吗？"沈锦满脸期待地看着楚修明。京城中女子不管是出嫁前还是出嫁后，都很少到街上走动。

楚修明勾唇一笑："这有何难？"

沈锦满足地玩着楚修明的手指："说得也是呢，反正到时候我们就去边城了。"

楚修明没再说什么，当初蛮族围城的时候，沈锦跟着城中百姓一起劳作，弄得手指都裂了口子变得粗糙，后来经过赵嬷嬷的照顾，已经好了许多，不过到底不如在京城那般了。

沈锦忽然想起来自己好像没有和楚修明说过两个姐夫的事情，赶紧道："我大姐嫁的是永乐侯世子，我二姐嫁的是郑家大公子。"

楚修明看了沈锦一眼，若是真等着她，怕是他就两眼一抹黑了。看着楚修明的眼神，沈锦难得有些愧疚，底气不足地说道："我忘记了啊！"

"倒是记得他们府中的火腿腊肉口感绝佳了，还要了不少。"楚修明淡淡地说道。

沈锦脸一红，从袖里掏出一个小小的油纸包，打开以后就见里面是指甲大小的糕点，拿了一块塞到了楚修明的口中："赵嬷嬷专门给我做的呢，我吃着比宫中的还香一些。"

楚修明伸手捏了捏沈锦的耳垂，也不再提刚才的事情，只是说道："那是自然。"

沈锦觉得楚修明的口气太过理所当然了，动了动嘴把口中的金丝卷咽下，又拿了一块吃了起来,好像他一点也不惊讶赵嬷嬷会做宫中的御点,甚至很肯定赵嬷嬷做的会更好似的,莫非……

想了一会儿,她觉得也想不明白,索性就不再想了,再去摸点心的时候,却发现摸了个空,低头去看竟空了,满脸诧异地看了看楚修明看了看油纸,难不成是她刚才不知不觉把糕点给吃完了?

楚修明端着茶水喝了一口,把嘴中那股甜香压了下去,问道:"夫人可有为难之事?"

沈锦怀疑地看了一眼楚修明,又低头看了看油纸,这才把油纸团了团放到一边说道:"没有,夫君你说赵嬷嬷还会愿意做这个糕点吗?"

"那夫人去问嬷嬷才知道。"楚修明笑得温文尔雅。

沈锦又想吃,可又知道这糕点做得格外辛苦,需要拉丝然后卷起来,口感才好,说道:"还是等等吧。"到底舍不得让赵嬷嬷辛苦,为了一个金丝卷累着了她可不好,毕竟碧玉糕、蝴蝶酥这类的也不错。

马车后面带着不少礼物,路上走得有些慢,等到了瑞王府,永乐侯世子和世子夫人已经到了,沈锦面上一喜,就和楚修明一起往里走去。

瑞王和瑞王妃本留着女儿女婿说话,听了传话,就笑道:"真是说谁谁就到。"

沈琦今天一身水红色的纱裙,直接站了起来说道:"我去迎迎锦丫头,这么久没见也不知道是胖了还是瘦了。"

永乐侯世子也不算糊涂,笑着说道:"我与夫人一起去。"

"都坐下吧。"瑞王妃道,"让轩儿和熙儿去就够了。"

沈轩和沈熙闻言站了起来说道:"是啊,母亲也许久未见大姐和大姐夫了,你们多陪着母亲说会儿话才是。"

沈琦眼神闪了闪也没再说什么:"快去吧。"

沈轩和沈熙这才和瑞王行礼后,出门去接永宁伯夫妇了。

瑞王妃看向永乐侯世子忽然说道:"我听琦儿说,世子的一个妾室有孕了? 琦儿也是个不懂事的,这可是世子的第一个孩子,生母怎能还是个妾室?"

永乐侯世子心中一紧,这话猛一听倒是没什么,可是"妾室"、"第一个孩子"这样的话出来,就知道这是瑞王妃心中不满了,若不是当日……沈琦生下的才该是永乐侯世子的长子。

"我正想与世子妃商量，等孩子生下来，不管是男是女，都抱到世子妃身边。"永乐侯世子温言道，"世子妃贤良，养出来的孩子自然是最好的。"

沈琦的手一僵，看向了母亲，若是她已经生下了长子，自然不介意再养个庶出的孩子在身边，不管是男是女都无所谓。男孩就让两兄弟好好培养感情，以后给自己的儿子当个帮手，女儿不过是一副嫁妆的事情，姻亲上的关系也是大有用处的，可问题是她现在没有孩子在身边。

瑞王妃眼睛眯了一下看向了永乐侯世子，还没说话，就听见外面的说笑声，沈轩、沈熙已经接了楚修明和沈锦进来了。

楚修明和沈锦先给瑞王、瑞王妃行礼，沈琦拉了沈锦一并坐在瑞王妃身边，楚修明坐在了瑞王下手、永乐侯世子上面的位置。

"大姐，我可想你了呢。"沈锦小声说道。

沈琦看着妹妹的样子，心中也安慰了不少，虽然得了信知道她平安，可到底没见到人。沈琦闻言便道："那明日来我家中，我那新得了几条鲜鱼，专门圈了池子养着呢。"

"好。"沈锦本就打算去沈琦那边走一趟，闻言笑道，"还是大姐姐疼我。"

瑞王妃见她们两姐妹说话，也不再提什么了，只是看了沈轩一眼，沈轩忽然问道："刚才母亲在和大姐、大姐夫说什么呢？我们可是打扰了？"

瑞王见楚修明长得一表人才又战功赫赫，对他也是恭敬有加，刚与楚修明说了话，听了儿子的问话，毫不在意地说道："你大姐夫的妾室有孕，想把孩子记在你大姐名下。"

这话一出，就连年纪最小的沈熙都觉不妥，一时间都看向了瑞王妃。瑞王妃倒是没有说话，而沈锦有些犹豫地开了口："孩子的生母身子不妥吗？"

永乐侯世子脸色一变，怀孕的妾室正是永乐侯世子的表妹，他心尖上的人，沉声问道："三妹妹何出此言？"

沈熙，也是看向了永乐侯世子，问道："莫非姐夫你准备去母留子？"

沈锦被吓住了，一脸惊恐地看向了永乐侯世子："生孩子可是喜事，这……不太好吧？"

沈熙只觉得满心痛快："我觉得三姐所言极是，就算那妾室不得大姐夫喜欢，到底为你生儿育女……"

永乐侯世子惊呆了，他哪里不喜欢那个妾室了，若是不喜欢怎么会如此为她谋划？

养在正室身边的孩子,到时候说亲都能提上一提。

瑞王也皱着眉头说道:"三丫头莫要胡言乱语。"挤对永乐侯世子的是沈锦和沈熙,瑞王不舍得说儿子,就点了女儿的名字。

楚修明闻言看向了瑞王,他的眼神平静,不知为何却让瑞王心中一寒。瑞王妃终于开口道:"王爷此言差矣。锦丫头一心为王府为永乐侯府着想,怎成胡言乱语了?"

瑞王有些尴尬,他一时还没弄明白,倒是瑞王妃又看向了永乐侯世子,说道:"今日之事怕是世子还没问过永乐侯夫人,不若回府后问问,若是永乐侯夫人也是这般意思,那为了府中子嗣,我女儿担个恶名我也认下了。"

沈琦在沈锦刚刚开口就已明白了过来,在正室无子的时候,把庶出的子女养在身边,也就那两三种情形,无非是正室不能生,或是庶出子女刚出生生母就没了,最后一种是丈夫出了意外。

而沈琦的情况和这三种都不一样,不过是永乐侯世子心疼妾室,妾室居心不良图谋不轨罢了。若是生了女儿还好些,可是男孩呢?居长又养在正室身边,等永乐侯世子承爵了,世子之位是给谁?沈琦没有儿子还好说点,有儿子的话,按照永乐侯世子这般偏心,怕是又有波折了。

永乐侯世子能坐上这个位置,其中瑞王府出了大力气,上次沈琦落胎,就有些不清不楚的。瑞王妃不过没追究罢了,毕竟孩子已经没了,再伤了情分得不偿失,不过永乐侯府却是欠着瑞王府了。果不其然,永乐侯夫人在沈琦养好身子后,就把管家的事情交给了她。

沈锦那句话正好说在点子上,为什么在正室无子的时候就把孩子记在正室名下?问题不是出在沈琦身上,也不可能出在世子身上,那自然是孩子生母身体不好。

一直没说话的楚修明忽然道:"君子自当修身养性,家宅宁方可万事兴。世子既已娶妻,后宅之事还是交与妻子之手才是。"言下之意,你堂堂世子竟然管起了后宅之事。

"岳父莫要气恼,想来世子是一时糊涂,夫人与大姐关系亲近,难免多说了几句,回家后我再与她细说。"

楚修明说得文雅,像是责备沈锦,可是话里的意思却简单明了。

瑞王妃眼中闪过几许笑意:"行了,我带着两个丫头到后面说些私房话,你们几个男人好好聊聊吧。"

正巧今天天气不错，瑞王妃就带着沈琦和沈锦去了正院的小花园，这小院子是瑞王妃亲眼看着收拾的，清雅巧致。

丫鬟提前把凉亭收拾了，瑞王妃坐下后，沈琦和沈锦就坐在她身边，丫鬟婆子端了茶点水果上来，就站在了外面，不会耽误伺候也不会打扰了她们的谈话。

瑞王妃这才问道："琦儿，你可知你错在哪里？"

沈琦愣了一下说道："母亲？"

瑞王妃看向沈琦，许久才叹了口气说道："难不成你还没意识到？"

沈锦见瑞王妃在教大姐，也就乖乖缩在一旁不吭声，双手捧着玫瑰清露喝着，一年多没有见，这院子里有些地方倒是变了样。

沈琦看向瑞王妃，抿了抿唇说道："母亲，你就告诉我吧。"

瑞王妃看了眼女儿："你与锦丫头说说。"

沈琦愣了一下，沈锦也听到了自己的名字看过去，一脸疑惑。瑞王妃靠在木栏上，没再说什么。沈琦对瑞王妃格外信服，就把事情大致说了一遍，有些地方却没有仔细说。

说完以后，瑞王妃看向沈锦问道："换了你，你会怎么做？"

沈锦眨了眨眼睛，纤长的睫毛一颤一颤的，说道："不让她进门就好啊。"

沈琦整个人都愣住了，瑞王妃倒是轻笑了一下说道："好好与你大姐姐说说，你大姐姐就是个糊涂的。"

沈锦说道："母妃，大姐姐已经做得很好了。"

沈琦倒是问道："妹妹，你仔细和我说说，若是换成了你，你会怎么处理？"

沈锦听后想了一下说道："既然是亲戚，总不能不管，给点银子打发出去。若是永乐侯夫人不乐意，大不了再出点银子给那表妹一家租个房子买几个下人伺候着。"

沈琦也明白为何母亲会这般失望了，她从一开始就错了，为了贤明和讨好婆婆就同意了表妹一家进府，才给了她勾引夫君的机会。

"大姐，那个表妹虽然看着柔弱，可是能一路平安找来京城，肯定厉害。"沈锦一脸感叹地说道，"我是夫君带着回来的，路上都遇到了很多事情。"

"是啊。"沈琦感叹道，"我只想着她身世可怜，却忘记了她能找来，就是个有主意的。"她竟然也被表妹那楚楚可怜的样子欺骗了。

沈锦点点头，一脸赞同地看着沈琦，沈琦没忍住轻轻捏了捏沈锦的脸颊说道："我怎瞧着你胖了呢?"

"才没有。"沈锦瞪圆了眼睛看着沈琦,说道,"大姐姐,我是长高了!"

"哈哈,好吧。"沈琦被逗笑了,沉闷的心情也消散了一些,说道,"然后呢?"

"啊?"沈锦有些迷茫地看了看沈琦,"哦,对了,然后住进来后,既然她愿意当妾就让她当妾,为什么当着妾还要享受着亲戚的待遇?"

沈琦被问愣住了,扭头看向瑞王妃,就见瑞王妃虽然没有说可是脸上的神色是赞同的。

"不该这样的。"沈锦一本正经地说道,"礼法不合的。"

沈琦一直觉得沈锦性格很软,没什么脾气,就算受了欺负也只是坐在一旁,喜欢吃,看起来又无辜又可爱,可是第一次发现在有些事情上,这个妹妹反而看得比她还明白。

可能正是因为沈锦在府中的地位尴尬,才会养成这样的性子。而她呢? 就有些争强好胜了,事事都想要拔尖,可是哪有这样万全的好事。

永乐侯府现在是沈琦当家做主,又不想让人说亏待了亲戚,对那个表妹也多有纵容,最多是眼不见心不烦,可是这样反而养大了她的心。

瑞王妃道:"你大姐姐当初就吃了一碗你大姐夫端来的东西,孩子就没了。"

"啊?"沈锦没忍住惊呼了一声,然后双手捂着嘴看向了沈琦。

沈琦想到了那个孩子,红了眼睛微微扭头没有说什么。

沈锦伸手握着沈琦的手,安慰道:"大姐,肯定不是姐夫。"

"我也知道,你姐夫虽然有些……但那到底是他的嫡长子。"男人对第一个孩子的感情是不一样的,想到丈夫那时候的表情,沈琦抿了抿唇,说道:"是谁我心里也有数。"再怎么也逃不过那些人。

"那大姐姐怎么不处置了呢?"沈锦反问道。

沈琦不知道说什么好,婆婆护着丈夫护着她又能怎么办? 摇了摇头没再说什么。

沈锦看向瑞王妃。瑞王妃道:"人活一世,若是太注重名声了,自己难免就活得不痛快。"

"母亲,"沈琦用帕子捂着脸,低声哭了起来,"我恨不得打死那个小贱人啊,可是我没证据啊。"

看着沈琦的样子,沈锦也不知道怎么安慰的好。瑞王妃恨铁不成钢地看着女儿:"那怎么不趁机逼着他们让那些妾室都签了卖身契?"

沈琦一直摇头,哭得说不出话来。

沈锦想了想,用帕子包着拿了一块沈琦出嫁前最爱吃的芙蓉糕,说道:"给大姐姐,别哭了。"

沈琦闻言看向了沈锦,就见她手上托着的那块糕点,沈锦说道:"可好吃了,我刚才尝了呢。"

再难过此时也哭不出来了,沈琦接过芙蓉糕慢慢吃了起来,沈锦温言道:"大姐姐不要哭了,也不要再难过了,已经这样了,你再难受也没用啊。"

沈琦一口糕点在嘴里咽下去不是不咽下去也不是,看向沈锦,就见沈锦一脸真诚地在劝她。瑞王妃轻笑出声:"确实如此。事已至此,难过后悔有什么用处? 人要向前看。"

沈锦赞同地点头。沈琦把东西吃完,说道:"我知道了。"

瑞王妃叫了翠喜来,带着沈琦下去净脸,然后看向了沈锦,问道:"永宁伯也有这么个表妹?"

和沈琦不同,瑞王妃注意到了沈锦怕是在这个问题上想了许久,心中才有这样的成算。沈锦惊讶地看向瑞王妃,满脸写着"母妃你怎么会知道"。

瑞王妃抿唇一笑,轻轻浅浅的样子,感叹道:"真是个有福气的孩子。"

永乐侯世子也是瑞王妃千挑万选出来配女儿的,各方面都极好。性子上有些软弱,这点瑞王妃也是知道的,不过自家女儿有些争强好胜,这般也恰恰好,谁承想竟是现在这样。

而沈锦呢? 从永宁伯的言行举止可以看出,是真把人放在心尖尖上的,但想到边城的情况……不过也是因为这孩子的性子好,看得透却从不计较,有自己的成算和底线在,小事上有些糊涂,大事上却明白得很。

瑞王妃说道:"明日你大姐邀你去府中做客,怕是那个妾室会主动跳出来。"

若不是说话的是瑞王妃,沈锦又要说"不能吧"这三个字了,她们姐妹说话,那人蹦出来是个什么意思? 没看今日就连陈侧妃和许侧妃都没有出来吗?

瑞王妃提了一句就不再说了,正好丫鬟来禀,说是沈梓携了夫君来了。沈梓的夫君是郑家的大公子郑嘉瞿,虽然没有考功名,可是文采是公认的,而且长得文质彬彬的。

沈梓到的时候就见瑞王妃正和沈锦喝茶聊天。等沈梓给瑞王妃请安后,沈锦就笑道:"二姐姐。"

"三妹妹成了伯夫人就是不一样。"沈梓坐在沈锦对面的位置,以往在府中见到她来,沈锦都会站起来,可是今天倒是坐得稳,"瞧着边城的水土还真是养人,三妹妹好像胖了一些,也更加稳重了。"

沈琦说沈锦有些胖,那是因为捏了脸以后感觉到的,而沈梓明显是在讽刺人,谁不知边城穷山恶水还有蛮族虎视眈眈。

"嗯。"沈锦点头说道,"二姐姐若是喜欢了,就和姐夫过来,我请你们吃烤全羊。"

沈梓脸色一变:"谁会喜欢!"那样的地方一般都是被流放才会去的,她就觉得沈锦在讽刺她。

沈琦已经重新梳妆完了过来,瑞王妃看了一眼笑道:"行了,你们姐妹们说话吧,我叫人把四丫头和五丫头也叫来,我就不在这边碍事了。"

沈琦笑着送了瑞王妃出去,丝毫看不出刚刚哭过一场的样子。

等瑞王妃走了,沈锦等沈琦回来就一并坐下了,沈梓直接冷笑道:"三妹妹去边城一圈后,倒是把平日在京城学的规矩都给忘了。"

"嗯?"沈锦看向沈梓,微微歪头。

"父王和母妃一直教导长幼有序,我这个当姐姐的还没坐下,三妹妹可就坐下了。"

"可是我是伯夫人啊。"沈锦有些茫然又有些理所当然地说道,"二姐夫……身上并没有官职爵位吧?"

"三妹妹好记性。毕竟是在家中,若是在外面二妹妹可是要向三妹妹行礼的。"

沈锦双手捧着玫瑰花露接着喝,声音娇软地说道:"都是自家人,二姐不用在意的,赶紧坐下吧。"

沈梓脸色变了变,坐也不是站也不是。沈锦这么一说就像是她因为身份低,所以才一直不坐下似的。

"咦? 二姐姐?"见沈梓半天没有坐下,沈锦喝完了杯中的清露就看了过去,像是理解了沈梓一般,便笑道,"真的不用如此客套的,虽然二姐姐最重视规矩,可是都是自家人,到了外面再这般就好。"

沈梓看着沈锦那张笑脸,心中又是憋屈又是烦躁,像是想到什么才有些扭曲地笑了一下,坐了下来:"还没问过三妹妹成亲之后过得如何? 听闻永宁伯嗜杀,三妹妹没事吧?

不过三妹妹也是可怜,瞧着都消瘦了不少,见了永宁伯可是害怕？也不知道睁开眼见到那样狰狞的面容……三妹妹真是可怜啊。"

"二姐姐刚才还说我胖了呢。"

沈梓嘴角抽了抽。

沈琦有些同情地看了一眼扬扬得意的沈梓说道:"你刚才是直接来了后院吗?"若是见了永宁伯,怎么还可能说出这样的话?

沈梓端着玫瑰清露喝了一口,用帕子擦了擦嘴角,这才说道:"是啊,虽说都是亲戚,可到底要避嫌的。郑家书香门第,最是清贵不过,在规矩上也格外讲究。"

沈琦笑了一笑却没再说什么,倒是沈梓看向了沈锦说道:"三妹妹,你先与姐姐们说说,永宁伯是不是格外吓人?毕竟是亲戚,万一一会儿见面失了态总是不好,我倒是没什么,可是听闻永宁伯脾气暴躁……"沈梓忽然一脸惊恐地看着沈锦,"三妹妹,他会不会动手打你啊?"

沈锦看着沈梓,想了想才劝道:"二姐姐还是少听些传闻吧。"

沈梓只以为戳到了沈锦的痛处,笑得更加灿烂,她本就是几个姐妹中长得最好的一个,这一笑还真有几分艳若骄阳的感觉。

"三妹妹,反正现在也回了京城,自然有父王给你做主……不过既然已经嫁过去了,也别觉得委屈了,好好过日子才是真的。"

沈锦说道:"嗯,我会好好过日子的,其实夫君人真的很好。"

沈梓嗤笑了一声。

沈琦也说道:"若是没有二妹妹的谦让,三妹妹也得不来这样的好姻缘,如此说来三妹妹还要谢谢二妹妹呢。"

"哦。"沈锦看了看沈琦,她以往最听大姐的话,所以还真的起来行礼道,"谢谢二姐。"

沈梓眼中有些怀疑,看向了沈琦,沈琦拉着沈锦的手让她坐回身边,只是看了沈梓一眼笑道:"只希望二妹妹以后不要后悔就是了。"

沈锦看看沈梓又看了看沈琦,果断靠在了沈琦的身边,小声说道:"二姐姐为什么会后悔?"

"也不用以后。"沈琦握着沈锦的手,微微一皱眉,虽然觉得沈锦的手没有当初在京城时候那样细腻,却没有说出来,只是笑道,"妹妹一会儿就知道了。"

　　沈锦应了一声，果然没有再问了。沈梓看着她们两个的样子，眼睛眯了一下有些烦躁地换了个姿势，莫非她们知道郑家的事情？

　　"大姐姐，我那刚得了些上好的燕窝，最是滋补不过了，我明日给你送些过去。"说着眼神往沈琦肚子上看去，"其实大姐还年轻，也无须那么着急就是了。"

　　沈琦脸色变都没变，只是笑道："燕窝就算了，府中多的是，我也不喜吃那些玩意。不过二妹妹真有心的话，不如送几本二妹夫的诗集，我听闻太子都专门让人买来。"

　　"什么诗集？"沈锦是真的不知道，听了难免有些好奇，"而且太子让人买了诗集，为什么大家会知道呢？"

　　沈琦轻笑一声，看了脸色难看的沈梓一眼说道："那诗集叫什么《咏花曲》，分了见花、赏花、惜花、怜花、恋花、惋花、叹花几部分，据说辞藻华美，广为传唱。"

　　"我怎么没听过？"沈锦有些疑惑地说了一句，"不过我刚回京，怕是不知道，那二姐也送我一本吧？"

　　若不是还有理智在，沈梓差点把桌子上的东西都掀了。沈静和沈蓉过来的时候，对视了一眼，行礼后才坐在了沈梓的身边。

　　沈梓见到两个妹妹，深吸了一口气吐出来，才算平静下来，眼神一转问道："你们见过了三位姐夫吗？"

　　"没有。"回答的是沈蓉，她小声说道，"母妃派人把我和四姐姐叫来这边，陪三位姐姐说话呢。"

　　沈梓咽不下这口气，可是她知道郑家在权势上是比不过永乐侯府和永宁伯府的，能用来安慰自己的不过是永宁伯那些传闻罢了，所以故意说道："等一会儿见了你三位姐夫，可莫要大惊小怪才是，丢了王府的脸面。"

　　沈锦正小声和沈琦说着边城乔老头家的烧饼，气得沈琦一直在教训她："我都给你说了多少次了，不要吃外面的东西，万一不干净呢？真想吃的话，就让府中下人去学了来，或者把人请到府里来做，你竟然还让人在饼里刷甜辣酱？"

　　刚才沈琦问她在边城用得怎么样，沈锦一时说漏了嘴，此时快被沈琦训哭了，"姐姐，我不敢了，我都没多吃……"

　　沈静忽然说道："三姐姐，近日又多了不少三姐夫的传言，到底哪些是真哪些是假？若有什么为难事就与姐妹们说说，再怎么说我们都是一家人，这里也总归是三姐姐的娘家。"

沈琦闻言倒是暂时不训沈锦了,看向了沈静,沈锦也看了过去,然后扭头看向了沈琦问道:"大姐姐,母妃当初请的那几个教养嬷嬷还在吗?"

"当初母亲请了就说要给几个嬷嬷养老的,所以都在府中。"沈琦笑看着沈锦。

沈锦点了点头,就像是随意一问,然后就不再说什么了,继续和沈琦说道:"除了乔老头家的烧饼,其实赵嬷嬷做的糕点味道也很好。"

"那改日我去永宁伯府,到时候一定要尝尝。"沈琦再也没看她们一眼,继续拉着沈锦说道,"你府上人还够用吗? 我认识几个牙行倒是不错。"

"够用的。"沈锦刚才那句就像是随意一问,继续和沈琦亲亲热热地聊天。

沈琦也告诉了沈锦不少京城里的事情。

沈梓、沈静和沈蓉觉得明明是她们三个人比较多,却在这两个人面前显得格外没底气,甚至有些多余的感觉。

翠喜过来的时候,就见沈锦还像是没出嫁前那样和沈琦靠在一起,眼中闪过一丝笑意,然后躬身说道:"几位姑娘,王妃请你们过去。"

"好。"沈琦笑道,"走吧。"说完就起身看向了沈锦,等沈锦也站起来,两人才一并往外走去。

几个人到的时候,就看见瑞王妃正端坐着,行礼后瑞王妃就笑道:"都坐下吧。"

"是。"沈琦拉着沈锦坐在了瑞王妃的身边,剩下三人就依次坐在下面。

瑞王妃看了一眼倒是没说什么,只是笑道:"王爷带着两个儿子和三个女婿下场比试呢,叫你们来就是问问要不要去看个热闹?"

沈梓脸色一白,说道:"这怎么是好,夫君最不擅武艺,三妹夫……万一真动起手来失了分寸可怎么是好?"

"不会的。"沈锦安慰道,"二姐姐放心吧,夫君是最有分寸的,再说除非旗鼓相当,否则夫君不会尽全力的。"

这真的是安慰吗? 沈琦倒是没觉得什么,就算永乐侯世子被教训了一顿也是好的,只是问道:"父王怎么会想下场比试呢? 谁提议的?"

瑞王妃笑着看了翠喜一眼,翠喜说道:"奴婢听传话的人说,是二姑爷提议的,什么君子六艺自当样样精通。"

沈梓眼角抽了抽。沈静说道:"二姐夫也真是的,既然知道三姐夫常年镇守边关,怎么提起君子六艺了?"

沈锦很赞同地点头说道:"是啊,二姐夫真是……"说着还摇了摇头,"夫君练的是杀人的武艺。"然后看向脸色惨白的沈梓,对着沈琦保证:"放心吧,夫君有分寸的。"沈锦虽然不能说了解楚修明,却知道楚修明做事不会留下把柄。第一次来瑞王府,就把瑞王和两个姐夫打伤了?这不是楚修明的风格。

沈琦笑道:"我自然放心。"

沈锦见了就笑道:"嗯,夫君不会用全力,所以能收放自如。"然后看向瑞王妃:"母妃,我已出嫁本不该多问府中的事情,只不过……四妹妹和五妹妹身边还有嬷嬷教导吗?"

瑞王妃挑眉看向沈锦,又扫了沈静和沈蓉一眼才说道:"你出嫁没多久,许侧妃就求了王爷,几位教养嬷嬷虽然留在府中,倒是不曾再教导四丫头和五丫头了。"

沈锦有些为难地动了动嘴,到底没说什么,而沈琦却没那么多顾忌地说道:"母妃,还是让嬷嬷再教教两位妹妹吧,而且两位妹妹身边的人也要好好收拾一下,怎么竟说些外面乱七八糟的传言给她们听?两位妹妹年纪也不小了。"

瑞王妃没再多问,只是点了点头说道:"行了,都是自家人,一会儿就一并用饭。"

"是。"几个人都应了下来。

虽说是下场比试,可是就像是沈锦说的,楚修明还是留了一手的,起码这些人身上都没有外伤,除了衣服上狼狈了一些。

等酒席置办好了,瑞王妃就带着五个女儿往饭厅走去,沈梓看着走在瑞王妃身边的沈锦,心中冷笑,已有了成算,定要让那永宁伯失了面子。

沈梓看了两个妹妹一眼,沈静微微垂眸,沈蓉咬了咬唇轻轻点头。

饭厅中瑞王正满脸喜色拉着楚修明说话,沈熙更是满脸崇拜,沈轩站在一旁招待着永乐侯世子和郑家大公子。

等听到丫鬟传话,瑞王就笑道:"修明是第一次来,一会定要多喝几杯才是。"

"岳父说得是。早就听夫人说,府中姐妹感情极好,岳父和岳母又悉心教导,是难得……"楚修明文质彬彬,眉目如画,带着几分清冷贵气。

"啊……鬼啊……"

楚修明的话还没说完,门口就传来女子的尖叫,还有娇声的哭泣:"好吓人……"

走在前面的瑞王妃都被吓了一跳，更别提沈锦和沈琦了。两个人都是愣了一下，才扭头看过去，就见沈蓉正躲在沈静的怀里，沈梓单手捂着唇满脸惊恐，像是看到了什么吓人的事情，还把两个妹妹搂在怀里，低头再也不敢往厅里看上一眼。沈静瞪大了眼睛看着厅里的人，脸上毫无血色。

沈锦满脸迷茫，看了看厅内众人又看了看沈梓姐妹三人，又看了看天上的太阳，杏眼中满是不解，就算有鬼也不可能青天白日出来啊？

瑞王妃明白过来，眼中闪过一丝嘲讽，沈琦冷笑了下，倒是没说什么话。

这场闹剧是被瑞王砸成粉碎的茶杯阻止的。瑞王看着三个女儿的样子，也不知是气得还是羞得老脸通红，刚才楚修明才夸奖府中的教养，可是现在……

瑞王怒道："成何体统，你们……"已经气得说不出话来了。

瑞王妃面色不变，只是转过身看向了沈梓三姐妹，说道："来人，送三位姑娘回去醒醒酒。"

沈梓不敢置信地看向了瑞王，可是眼神落在了站在瑞王身边的男人身上再也移不开。这是谁？怎么有个外人在此？莫非是宫中的哪位皇子？脸上一红，掏出帕子捂着脸，刚才在外人面前如此，可是丢尽了人。

沈蓉也不敢叫了，看着沈梓的样子，也好奇地看向了屋里，那个锦衣男子，因为两个姐姐的目光都集中在那儿。

沈静更是红了脸，有些后悔和沈梓、沈蓉站在了一起，也不知道刚才她们丢脸的样子有没有影响到自己，微微低头又偷偷扫了几眼，心中又羞又愧，红了眼睛。

瑞王妃话音刚落，就见翠喜带了几个丫鬟请了沈梓她们三人下去。

瑞王妃带着沈琦和沈锦进屋里，就有些抱歉地解释道："我许久未见锦丫头，一时欣喜叫丫鬟上了一壶桃花酿，二丫头、四丫头和五丫头多用了几杯，刚才倒是惹了笑话，都是我考虑不周。"

永乐侯世子笑着说道："岳母见外了，都是自家人。"

楚修明也笑道："无碍的。"

沈梓的夫君郑嘉瞿脸色变了又变，到底没说什么。

沈轩和沈熙虽然和许侧妃的子女并不亲近，可到底也是瑞王府的人。沈梓三人丢尽了脸，沈熙更是连脖子都红了，小心翼翼看了看面色平静的楚修明。

瑞王妃倒是像什么也没发生过一样地说道："都坐下吧,让丫鬟上菜,今日我特意让厨房备了你们爱吃的,就是不知永宁伯喜欢用什么,下次让厨房备了来。"

楚修明笑得温雅,说道："我并不挑剔,岳母唤我'修明'即可。"

少了三个人,丫鬟就撤去了碗碟一类的东西,等众人坐下后,酒菜就被一一端了上来,极其丰盛。就像是瑞王妃说的,所有人爱吃的都有准备。

海棠院里,许侧妃看着失魂落魄的三个女儿,先送走了翠喜才问道："这是怎么了?不是说和王妃一并用饭的吗?怎么先回来了?"

沈蓉年纪最小,倒是先恢复了过来,只是看着许侧妃问道："母亲,你不是说永宁伯丑陋不堪吗?"

许侧妃见沈梓和沈静还是魂不守舍的样子,不悦地拍了拍她们,说道："难不成我还说错了?杀人如麻,丑陋不堪……"

沈梓并不是真的没有知觉,她只是因为太过震惊和悲愤,此时哭闹了起来："母亲,你骗我!"

"哎哟,这是怎么了?"许侧妃一头雾水,说道,"别哭了,是不是被谁欺负了?"

沈梓看着母亲的样子,哭得更加伤心了。本来是她嫁给永宁伯的,伯夫人的位置该是自己的,在外面不断被人赞美的也该是自己,那个夫君应该是自己的啊。

沈静也哭个不停,但和沈梓哭的样子不同,她是默默地流泪。想到永宁伯的样子,她只觉得心中小鹿乱跳,可是想到他已经娶了三姐姐就悲伤欲绝。

沈蓉虽然没哭,可是也觉得难堪,明明母亲和两个姐姐都告诉她,沈锦嫁的夫君又丑陋又暴虐,边城又是穷山恶水,可是……她的眼神微微闪了闪。

等许侧妃好不容易弄明白了事情的真相,只觉得被哭得头疼,说道："先别闹了,怕是你们父王……算了,静丫头和蓉丫头,等你们父王来了,记得哭得难过一些,也不用改口,只说看见永宁伯就觉得害怕,知道吗?"

"知道了。"沈蓉乖乖应了下来。

沈静低着头,心中格外不甘。

沈梓哭过以后,咬牙说道："就算长得好又如何,定是个金玉其外的,他可是杀人无数。"也不知道是说服自己还是说服别人,"而且现在的样子就是装出来的,边城那样的地方能养出什么样子的人,根本连夫子都请不到,说不定大字都不识一个。"

除了儿子外,许侧妃最喜欢这个长得像自己的女儿,闻言说道:"是啊,前段时间蛮族攻城,沈锦都要和一堆平民处在一起,简直丢尽了王府郡主的脸面,想想写回来的信,尽要吃的。"

沈梓"哼"了一声,去一旁净脸:"谁知道那些人干净不干净,和一群边城的蛮子在一起,一点规矩都没有,就这还有脸在京城走动?"

被说没脸在京城走动的沈锦此时正在喝沈琦亲手给她盛的鸽子汤。郑嘉瞿因为妻子丢人,至今都没有缓过来,闷头喝酒也不再说话。而永乐侯世子倒是问了楚修明不少边城的事情,喝了几杯酒以后感叹道:"恨不能手刃那些蛮族。"

楚修明笑了一下并没有回答,瑞王也感叹道:"真是太危险了。"

沈熙崇拜地看着楚修明问道:"三姐夫,我也要和你一起去打那些蛮族。"

瑞王吓得手抖了一下,杯中的酒差点洒出去,看向了沈熙。沈轩像是没看见瑞王的失态,只是笑道:"有妹夫的存在,我们才能在京城尽享安宁。"

楚修明摇了下头,没有说什么,只是眼神扫向了沈锦想要偷偷倒酒的手。沈锦感觉到了危险,强自镇定地缩了缩手,才拿着酒壶给瑞王妃还有沈琦的酒杯满上,然后酒壶重新放到了一边。

见到沈锦的样子,楚修明这才移开了视线,回答了瑞王的问题。

沈锦偷偷看了一眼,只觉得楚修明太过凶残,明明倒酒之前她还看见他没注意到这边的。瑞王妃自然看到了这一切,微微垂眸又看了一眼沈琦,心中叹息还真是个人有个人的缘法。

用完了饭,沈琦就坐在一旁和沈锦说悄悄话:"你说沈梓回去会不会后悔得抓心挠肺?"

"为什么?"沈锦一脸疑惑,然后看了一眼明显喝得有些多、正端着醒酒汤喝的郑嘉瞿,了然地点点头说道,"恐怕会。也不知道二姐夫回去会不会怪罪二姐。"

"谁和你说这个了。"沈琦嗤笑了一声说道,"沈梓那脾气可不是会吃亏的,真要闹起来,怕是郑家大公子也不是沈梓的对手。"

"啊?"沈锦扭头看向沈琦。

沈琦本想说的是当初沈梓哭着闹着不愿意嫁给永宁伯,最终许侧妃还把沈锦推了出去,今日她们见了永宁伯的样子,怕是真的会后悔。可是看着沈锦的样子,也不想再提这件事了，就说道："没什么。"

沈锦点点头，微微垂眸，笑得一脸天真，然后看向了郑嘉瞿，说道："二姐夫，我听二姐说你文采极好，特别是写了一本什么《咏花曲》，太子还专门让人买回去收藏呢。"

这话一出，不仅沈琦，就是永乐侯世子和沈家两个嫡子脸色也有些奇怪，看了看沈锦后，眼神都落在了郑嘉瞿的身上。郑嘉瞿握着杯子的手都快要暴出青筋了，可是见沈锦的神色无辜又单纯，一口气全部落在了沈梓身上，无知妇人，竟然还拿这样的事情出来炫耀，可不嫌丢人。

沈锦假装没有感觉到屋中怪异的气氛，只是笑道："不知道二姐夫能送几本与我吗？"

瑞王妃的胳膊轻轻碰了瑞王一下，瑞王虚虚咳嗽了一声，见沈锦看了过来，才对着沈锦解释道："以后莫要提《咏花曲》了，宫中下令训斥了你二姐夫一番。"

"啊？"沈锦一脸迷茫，"为什么？不是说广为传唱吗？"

"不是什么好地方，当然没人会去管。"瑞王不经意地说道。

沈锦更不明白了，看了看瑞王又看了看郑嘉瞿，许久才应了一声："哦……"

郑嘉瞿强忍心中的憋屈刚要起身告辞，就见沈锦又开口道："二姐夫，真的太可惜了，我听说辞藻极其华美……"她并没有说是听谁说的，可是连着前面的话，很容易让人往沈梓身上联想，说完还叹了口气："可是为什么会被训斥呢？"

楚修明也看向了瑞王，倒是永乐侯世子压低声音说道："三妹妹还是不要多问的好，二妹夫咏花咏的可不是真花，传唱的地方自然也正经不到哪里去了。"

沈琦也说道："三妹妹刚刚回京，自然不知道这些，二妹夫莫要见怪才是。"

郑嘉瞿看着沈锦的样子，觉得还真怪不得她，只得咬牙点头。

沈锦这次觉得不对了，脸色白了白，有些惶恐地看了看瑞王，又看了看楚修明，最终看向了郑嘉瞿，起身行礼，杏眼中带着歉意说道："二姐夫，我是真的不知，若有得罪请莫见怪。"

"与你无关。"郑嘉瞿看着沈锦像是惊慌小鹿一样的神色，心中一软，就连眼神都柔和了许多，"想来只是三妹妹喜欢诗词，我那还收藏了许多不错的，到时候送与三妹妹鉴赏。"

楚修明眼睛眯了一下，笑道："那就麻烦二姐夫了。"

沈锦不再说话，乖乖地缩在了沈琦的身边，就像是一只刚出壳的小鹌鹑。

因为沈梓办了蠢事,虽然被瑞王妃找借口圆了回来,众人心中到底都知道是怎么回事,所以并没有在瑞王府用晚饭,只是陪着瑞王说了一会儿话就各自回家了。而沈梓也被瑞王妃派人叫了回来。她已经重新梳妆打扮了一番,艳红色的纱裙上面绣着大朵的牡丹,更衬得她容貌出色,也不知是真担心沈梓这个姐姐还是有着别的心思,沈静和沈蓉也出来相送。

沈梓心知自己今日的行为让郑嘉瞿丢了面子,此时格外小心体贴,倒让郑嘉瞿心中怒意稍微消减了一些,脸色也没那么难看了。

瑞王看见这三个女儿,心中还有怒气,神色中就带出了一些,瑞王妃还是一如既往地和善温柔,只是叮嘱了几句后,又让人把备好的东西分送给三个女儿女婿,说道:"今日是锦丫头出嫁后第一次归家,我就偏心给多了一些,你们可不许眼气。"

沈梓还在讨好郑嘉瞿,心中虽然不满却不敢说什么,倒是沈琦笑道:"母亲哪里的话,再多与三妹妹些也是应当的。"

沈锦却站在楚修明身边一笑说道:"大姐姐可不要嫉妒才好。"

"坏丫头!"沈琦笑得爽朗,眼底再没有来时那些清愁。沈锦比自己艰难得多却过得如此好,她这个当姐姐的总不能比不过妹妹,便笑道:"明日记得带着妹夫来我府上。"

永乐侯世子在大事上倒不糊涂,闻言说道:"我在家中备了好酒,等着妹夫来一醉方休。"

楚修明唇角微勾,淡去了一些眉眼间的清冷,更显得君子如玉,端方独立。

"好。"他的声音更是好听,微微低沉,带着一种勾人的感觉,沈梓只觉得有把小钩子把她的心都提了起来,不禁偷偷看去,咬了咬唇,心中有着说不出的失落。

沈静更是顾不得羞涩,手指搅动着绣帕,眼神闪了闪。

沈熙也说道:"大姐夫,我也去。"

"好。"永乐侯世子当即应允,然后看向了沈轩问道:"世子也一并前去可好?"

沈轩也应了下来。永乐侯世子虽然有些看不上沈梓,倒是知道郑家在清流中的地位,便看向了郑嘉瞿问道:"二妹夫呢?"

郑嘉瞿此时脸色也好了许多:"姐夫相邀,怎敢拒绝?"

几个人都笑了起来,瑞王见此心中才舒服一些,虽然今日三个女儿办了错事,到底没影响什么,笑道:"你们几个小的自当多亲近亲近,王妃把我那坛杏花酒拿来,送与玉鸿,让他们明日饮用。"

"父王真大方，那女儿的呢？"沈琦看向瑞王，撒娇道，"不能光给三个女婿。"

"自然也有，把那蜜酒给琦儿带去。"

"谢谢父王。"沈琦笑着说道。

瑞王妃笑着让人去把瑞王说的那两坛酒拿来给了沈琦："行了，让孩子们走吧，等下天色晚了也不方便。"

"王妃说得是。"瑞王笑道。

沈静柔声说道："父王、母妃，女儿去送几位姐姐、姐夫。"

瑞王见沈静如此，以为她心中悔恨中午的失礼，如今来弥补，就点了下头："去吧。"

瑞王妃眼神闪了闪，笑得更加温和了。

几个人给瑞王和瑞王妃行礼后就结伴往马车那里走去，沈静和沈蓉走在众人身后。沈锦正在和沈琦说话，毫不客气地说着明日要吃的菜色。沈琦一一应了下来，楚修明不着痕迹地摸了下沈锦的手，停了下脚步看向安宁，说道："披风。"

"是。"一直在后面伺候的安宁赶紧拿了披风双手捧着递给了楚修明，楚修明接过亲手给沈锦披上，眉眼间满是温柔和宠溺。

沈锦呵呵一笑，杏眼弯弯，脸上的小酒窝也露了出来："我不觉得冷。"

楚修明却没有说什么，白皙修长的手指灵巧地把披风系上，这才看向了也停下来等他们的人，像是什么也没发生过一样，说道："我那还有边城带来的烈酒，明日带去让大姐夫和二姐夫也尝尝。"

"自然好。"永乐侯世子没想到楚修明会这么疼妻子。

郑嘉瞿倒是感叹道："三妹夫和三妹妹真是夫妻情深。"不过那般纯洁可爱的女子也是值得被人捧在手心上的。

沈梓的手紧紧捏着帕子，眼中闪过一丝嫉恨。楚修明越是优秀越是对沈锦好，沈梓就越是心有不甘。这些明明该是她的，都是沈锦用计抢了去，还有瑞王妃……她微微抬眸看了楚修明一眼，那般荒谬的流言……

沈静倒是眼睛一亮，握着沈蓉的手不禁用力，使得沈蓉轻呼一声，满脸诧异地看过去，就见沈静正偷偷盯着楚修明的背影，心中念头一闪而过，可是又觉得荒唐，可是……她有些无措地看向了沈静，轻声唤道："四姐姐？"

这一声倒是把沈静给唤醒了，只见她脸颊绯红，眼睛水润，多了几分小女儿的羞涩，说道："大姐姐，不知明日我与五妹妹能不能去你府中打扰一下？"

沈琦看向沈静："自然可以。"

沈轩眼睛眨了一下才说道："那明日就一并前去。"

"谢谢大姐姐。"沈静声音娇柔地说道。

沈琦不再看沈静和沈蓉，只是看向了沈锦，才对着楚修明说道："三妹夫，以后莫让妹妹再用外面的吃食。"

沈锦不敢置信地看向了沈琦，没想到大姐姐会这般直接与楚修明说。其实沈琦也是刚才看见楚修明给沈锦穿披风才下的主意，她自然发现了楚修明对沈锦的在乎，想到母亲说的要与永宁伯交好，就另辟蹊径地从沈锦身上入手。沈锦急得脸颊红扑扑的，跺了跺脚说道："大姐姐，不许说了。"

明显是想做出愤怒的表情，却只让人觉得和娇嗔一样，一点威胁都没有。沈琦伸出手指轻点了一下她的额头，却也没再说什么，有时候适可而止就好，有些话等回去了，楚修明自然会去问沈锦。沈琦不觉得沈锦能斗得过楚修明。

"好。"楚修明看了沈锦一眼，笑着应了下来。

沈琦笑了一下也没再说什么，几个人再次话别以后，就各自上了马车，倒是沈静拉着沈蓉的手看向了楚修明，有些羞涩又有些紧张地说道："三姐夫，不知道妹妹有没有荣幸去永宁伯府做客？"

沈轩眉头一皱看向了沈静，沈蓉已经羞得快要抬不起头了。楚修明正扶着沈锦上马车，闻言说道："家中的事情都是夫人做主。"

沈琦也听见了沈静的话，嘴角露出一丝冷笑。沈静低着头，露出一截光洁的脖颈，那脖颈上都染上了几许羞红，小声说道："三姐姐，我还没去过永宁伯府，改日能去做客吗？"

"不太方便啊。"沈锦有些为难，诚实地说道，"府中的下人都被我赶走了，很多院子都封了，你们去了也没地方玩耍。"

沈静脸色一变，再抬头的时候已经泫然欲滴："我知道三姐姐出嫁前，与我母亲有些不和，我只是想与三姐姐亲近一下，三姐姐……说到底，我们都是父王的女儿，父王也想见我们相亲相爱啊。"

沈锦一脸迷茫，只觉得满头雾水，动了动唇，也觉得满心委屈地说道："我与许侧妃不熟啊,哪里有什么不和?"

楚修明轻轻牵着沈锦的手,扶着她下来,免得一会不注意踩了空:"好好说,无须着急的。"

"嗯。"沈锦见楚修明在,自觉有了靠山,看着沈静鼓了鼓腮帮子说道:"我小时养在母亲身边,大些时候养在母妃身边,许侧妃体弱又不来母妃院中,我都没怎么见过她啊,四妹妹你是不是误会了什么?"

郑嘉瞿闻言看着沈锦的样子,又低头看了一眼沈梓,最后目光落在沈静身上,只觉得沈静说话过于轻狂。本就听说许侧妃仗着瑞王的宠爱嚣张跋扈,看来并非空穴来风了。

沈琦也推开车窗说道:"四妹妹,你三姐姐可说了什么重话,使得你这般难过?"

众人一听,也确实如此。永宁伯府那一处他们都是知道的,虽然那时候觉得沈锦做得太过,性子估计骄纵任性了一些,可是如今见到却觉得其中定有什么误会。

沈锦抿了抿粉嫩的唇,像是有些难过地说道:"我刚回京,府中还没有收拾,等收拾好了再请姐妹们过府一叙吧。"说着就低头站在楚修明的身边。

郑嘉瞿本就是最怜惜弱小之人,此时说道:"四妹妹何至于如此咄咄逼人?"

永乐侯世子并没有说话,而是看向了沈琦,沈琦微微垂眸道:"怕是四妹妹还没酒醒。"

沈梓脸色一变,这话若是传出去了对沈静可不是什么好名声,只是说道:"四妹妹年纪小,只是许久未见三妹妹,想与她多亲近亲近。三妹妹你说呢?"

这难题交给了沈锦,若是沈锦还要坚持,就难免显得与妹妹计较,性子小气还记仇;若是说不计较,又得罪了刚才帮着说话的人。没等沈锦开口,楚修明就说道:"今日四妹能说出这样的话,想来是与夫人多有嫌隙,夫人身为人姐,自当让着妹妹才是。"

这话一出,沈静心中一喜,看向楚修明的眼神多了几分说不清道不明的情谊。她与沈锦虽都是瑞王的女儿,可是在瑞王面前自幼得宠。

沈琦眼神一闪看向了楚修明,楚修明面色不变,沈锦倒是很信任夫君地说道:"好的。"一点勉强都没有。

"谢谢姐夫。"沈静娇滴滴地说道。

楚修明接着说道:"以后在外,有四妹在的地方,请恕我与夫人不会涉足,就是在岳父府中……"说着就看向了沈轩,带着几分歉意,"也请四妹回避,或者我与夫人回避,绝不同处一室。"

这话一出,沈静脸色煞白,就连沈琦都诧异地看向了楚修明。这简直是在打沈静的脸,明明白白地告诉所有人,这是厌恶了府中的沈静。一边是掌握兵权的永宁伯夫妇,一边是没有出阁又是侧妃所生的姑娘,撑死了不过是个郡主,孰轻孰重众人皆知,如此一来怕是没有人家再敢邀请沈静上门了。不仅如此,就算是那些不看重楚修明的人,也绝不会再请沈静,因为沈锦名声太好……

沈锦一无所觉,只是继续点头说道:"我知道了,我听夫君的,四妹妹以后去哪家了,还请大哥和二弟送个消息与我。"然后看向沈静,叹了口气,一脸惋惜:"我们本是姐妹,我也想不到你厌我至此。我是姐姐,总是要让着你的。"说完有些失落又有些难过:"夫君,我们回家吧。"

"嗯。"楚修明扶着沈锦的手让她上了车,再也没看沈静她们一眼。安宁和安平面上没什么表情,只是眼底也多了几分不善,只觉得沈静格外讨厌,还有那个未曾谋面的许侧妃,想到原来夫人在府中竟然过着这样的日子,又格外心疼。

郑嘉瞿摇了摇头,看了沈静一眼,只觉得她太过霸道,虽然不同母,可到底也是其姐,只因一点点小事就当着众人面给其难堪,私下还不知道怎么对待。再也不顾忌沈梓,他开口劝道:"四妹妹,姑娘家还是贞静贤惠些好,莫要注重口舌之快。"若不是看在沈静与沈梓一母所出,就连这话都不会与她说,自觉尽到了姐夫的职责,就不再多说,率先上了马车。

沈梓只觉得头昏脑涨,眼前夫君催促只得先行离开,倒是沈琦说道:"既然如此,明日我府上就不欢迎四妹妹了,还要劳烦两位弟弟与父王母亲解释一番。"

"姐姐放心。"沈轩和沈熙应道,看也没看几乎晕倒了的沈静。

永乐侯世子到底用了酒也不曾骑马,打了招呼后就上了马车,叹息道:"没承想许侧妃母女竟然如此嚣张。"

沈琦见永乐侯世子也没看出此次有苦说不出的是许氏母女,心中倒是有些明悟,闻言叹了口气:"她们一贯如此,就是我母亲也……"说着摇了摇头。

永乐侯世子眼睛眯了一下问道:"我怎么瞧着二妹对三妹妹也多有记恨呢?"他可是注意到了沈梓的眼神。

沈琦闻言愣了一下,故作不解地说道:"不该啊,府中不管什么她都是要压三妹妹一头的，就是四妹妹和五妹妹也……夫君怎么会如此觉得？"

永乐侯世子皱了皱眉，像是思索了一下才说道："也可能是……可是不对，明明是二妹妹不愿意。"

"嗯？"永乐侯世子看向妻子。

沈琦犹豫了一下说道："当初皇伯父想要给永宁伯指婚，让父王择一女下嫁，其实按照年岁倒是该二妹妹的，只不过二妹妹因为……多有不愿，最后二妹妹订了郑家，三妹妹嫁去了边城，所以我才觉得夫君说得奇怪，真要论起来该是三妹妹心中有怨才是。"

永乐侯世子冷笑一声，心中已经明白，当初永宁伯的名声太差，想来是沈梓不愿意嫁去，而许侧妃又在瑞王身边得宠，所以就留在了京城嫁给了郑家大公子，而沈锦就嫁了过去。谁承想今日见了才知不是这么回事，沈梓心中难免后悔又有些不快。

"还真是……"想到那到底是沈琦的妹妹，就没说什么，又想到沈锦小小年纪那般艰难，不由得心生怜惜，说道，"三妹妹也是可怜。"

"我与三妹妹自幼交好。"沈琦柔声说道，"她也算是阴错阳差吧，此次得了好夫君算是苦尽甘来了。"

永乐侯世子点点头，倒是忘记了那时候沈锦挤对表妹的事情，开口道："夫人，表妹身世可怜，你最是怜惜幼小，就多照顾照顾吧。"

沈琦心中恨意难消，脸上却带着几分委屈地说道："夫君哪里的话，府中什么好东西不都紧着表妹？就是我母亲送的那些养生的东西，我大半都分与了表妹。"说着就微微垂眸，眼中含泪，"算了，夫君愿意怎么想就怎么想。"说着就背过身子不再看，只不过那肩膀微微颤抖着，显得极其可怜。

永乐侯世子从没见过自家夫人这个样子，心中一软想到他们莫名失去的孩子，伸手揽着沈琦的肩膀说道："是我的不是。"

"夫君对表妹好，我自是会吃醋，可是哪里真的怠慢了她？"沈琦美眸带泪，多了几分娇嗔，"我与夫君那孩子……我现在闭眼仿佛就能看见那小小的身子却冰冷着，可是夫君还天天在我面前提表妹肚中的……我就算再难过伤心，可有为难表妹一分一毫？"

"是我的错。"永乐侯世子心中一疼，搂紧怀中面色苍白的妻子，说道，"是我以往忽略了。"

沈琦眼中露出几许讽刺，人却更加柔软地靠在永乐侯世子的怀中。当初她一片真心却得不到丝毫的怜惜，如今只是装模作样一番却有了这般结果。沈琦微微垂眸，心中已经明了自己以后该如何去做，手不禁覆在小腹上，她定要让那些人为她的孩子血债血偿。可惜她当时醒得太晚，什么线索都没有了。

郑家的马车里，郑嘉瞿看着沈梓沉声说道："以后少与你母亲和两个妹妹交往。"

"你什么意思？"沈梓想到永宁伯对沈锦的百般维护，此时听了郑嘉瞿的话便觉得格外刺耳，"而且你刚才为何那般说我妹妹？"

"三妹妹就不是你妹妹吗？"郑嘉瞿也气得够呛，又想到诗集的事情，只觉得难堪，"我说错什么了？"

"我母亲可是你岳母，我妹妹也是你妹妹，你却维护别人？"沈梓咬牙怒道，"郑嘉瞿你糊涂了?!"

"我岳母只有一个，就是瑞王妃!"郑嘉瞿冷声说道。

"好啊，如今你倒是嫌弃我是侧妃所出了？"沈梓指着郑嘉瞿，她染了凤仙花的手指格外娇嫩。

郑嘉瞿脸色青紫地说道："你的规矩呢？"

沈梓冷笑道："看看人家夫君，再看看你，你还和我谈规矩？我以郡主之身嫁到郑家，你竟然还这般对我？"

"没人逼着你嫁!"郑嘉瞿也是一脸怒色，"当初你为何急匆匆嫁过来，自己心里明白。娶妻娶贤，若是早知你这般，我宁愿终身不娶!"

沈梓心中又急又气又羞，她自小到大从没有比沈锦差过，此时怒急攻心，伸手就去打郑嘉瞿。郑嘉瞿也没想到沈梓会动手，一时没有躲开，脸上就火辣辣地疼，伸手一摸竟然被沈梓抓出血来。他握紧拳头咬牙看着沈梓，沈梓倒是不依不饶继续扑过来抓打。郑嘉瞿硬生生地把她按住："你既然看不起郑家，那就和离，我郑家要不起你这样狠辣的人!"

第十三章
仗义出头

而沈锦此时正坐在马车里面,和楚修明争论关于外面吃食的问题,而在瑞王府的问题沈锦觉得已经解决了,所以就不需要再去多想了。

"那次真的是因为我回来后用了一碗冰才会闹肚子的。"

楚修明挑眉看着沈锦,沈锦有些气弱地哼唧了两声说道:"不是外面的吃食不干净。"

"嗯。"楚修明倒了杯茶问道,"口渴不?"

"渴了。"沈锦撒娇道。

楚修明没有把茶杯递过去,而是端着喂了她一些,等沈锦不喝了,自己才把剩下的给喝完。沈锦抓着楚修明的手有些失落地说道:"今日都没见到母亲。"

"无碍的。"楚修明道,"如今离得近了,随时都可以去。"

沈锦点点头,心中想着今日沈梓、沈静和沈蓉三人,沈蓉倒是没什么,可是沈梓和沈静有些和往常不一样,特别是沈静。沈锦对沈梓没有丝毫的内疚,她在边城吃苦受难、九死一生才得了今日的幸福,和她毫无关系。沈锦觉得日子都是自己过的,换成沈梓,怕是刚到边城就要闹着回京或者直接"病逝"了吧。

可是这都和沈静没有关系。在男人心思方面,瑞王妃看得透但是不屑去做。许侧妃则抓得很准,否则光凭着外貌也没办法在瑞王府立足。当然了,其中也有瑞王妃纵容的原因。

许侧妃的三个女儿,沈梓样貌最拔尖,就是在整个京城都是排得上名的,所以脾气骄纵一些倒也无妨。而沈静和沈蓉却要差一些,所以许侧妃让沈静往清高出尘、才情四溢的方向培养,而沈蓉是娇憨天真,带着一种乖巧。当初若不是许侧妃做得太过,想要把沈琦压下去,惹怒了瑞王妃,否则怕是还真让许侧妃成功了。

沈静才情是有,不过也有些自视甚高,她以往是看不上沈锦看不上陈侧妃的,除了有时候帮着沈梓挤对一下沈锦,倒是不屑为难她。谁知道今日却一改以往的性格。沈锦往楚修明的脸上瞟了瞟。

楚修明自然注意到了妻子的视线,眼中带着询问。沈锦抓着他的手指轻轻咬了几口说道:"我觉得过日子的话,人太多了也不好。"

"嗯?"

沈锦钻到了楚修明的怀里,小声说道:"你看,我父王后院里那么多女人,可是真心对他好的有几个?"瑞王妃把自己放在王妃的位置上,而不是瑞王的妻子。沈锦不知道瑞王妃刚嫁给瑞王的时候期待着过怎么样的日子,应该不会像现在这样。

"我觉得母妃过得很累。"

楚修明索性把沈锦抱在怀里,让她坐在自己的腿上。

"嗯。"

"我母亲……我觉得她不喜欢父王的。"沈锦小声说道,"我母亲可漂亮了。"

"嗯。"楚修明其实明白沈锦的意思,更知道沈锦想要说什么,不过有些话他就是想听沈锦自己说出来。楚修明觉得看不透沈锦,好像不管什么样的日子她都能过得开开心心的。如果沈锦没有嫁给他会怎么样?嫁给一个比较简单的人,会不会更快乐一点?

沈锦以为楚修明不信,就把自己的脸凑过去:"我长得可像母亲了。"

楚修明轻笑出声:"你这不是在说自己漂亮吗?"

沈锦笑弯了眼睛,道:"嗯。"

楚修明眼神闪了闪。就算嫁给简单的人,沈锦会更快乐又怎么样?她是他的妻子,也只能是他的妻子。

"是啊,我也觉得我家娘子美貌出众,谁也比不上。"

沈锦毫不羞涩地点点头,忽然想到自己要说的,抓着楚修明的手又咬了一口:"都怪你,我差点忘记自己想说什么了。"

"你说,我听着。"楚修明也不生气,反握着她的手。

"许侧妃的话,我就不知道了,不过她也有自己的心思。"沈锦道,"毕竟她有儿有女的。"

"嗯。"

沈锦又说道："母亲其实并不喜欢王府的生活,母亲……不愿意给父王生孩子。"这事陈侧妃亲口说的。当初沈锦羡慕沈梓有妹妹,她们姐妹每日都在一起,就去问了母亲,母亲并没有隐瞒,只说这辈子有她这一个孩子就足够了。

"母亲说,给所爱的人生孩子是一种幸福,给丈夫生孩子是责任,而她一个妾室有一个孩子就是福气了。"

楚修明应了一声,他觉得岳母是个通透的人,也正是这样的人才能养出沈锦这样知足常乐的性格吧。

沈锦倒是不难过,语气也很平静,靠在楚修明的怀里,晃动着小脚,鞋子上绣的那对彩蝶像是要飞起来一样。

"而剩下连名分都没有的,对父王又能有多少真心呢?"

这话像是在问楚修明,更像是在问她自己。

楚修明觉得沈锦的手有些凉,不禁握得稍微紧了一些。

沈锦低头看着两个人的手,说道："所以并不是人多了感情就多了,反而人越多感情越薄。所以夫君,家里就我们好不好?"

说到最后,像是难为情又像是有些不确定,声音带着小小的颤抖,明明是害怕的,却强撑着不愿意放弃认输。

"好。"楚修明心中一软,再也不愿意逗她,"就我们,绝不会再有别人。"

沈锦一时竟然没有反应过来,她没想到楚修明会这般轻易地答应她。她从楚修明的怀里起来,然后面对面坐在他的腿上,双手搂着他的脖子,额头贴着额头："嗯,我想给夫君生孩子。"

"嗯。"楚修明眼底满是笑意,他家害羞的小娘子,就连表白都是这般含蓄。

想到沈琦原来对她的好,她微微垂眸小声说道："我讨厌大姐夫。"

"嗯?"楚修明轻轻拍着沈锦的后背说道,"知道了。"

沈锦觉得告完了状,到时候楚修明自然会帮着她出气。

等到了永宁伯府,沈锦才从楚修明的身上下来。楚修明先下了马车,也不用马镫就直接伸手把沈锦抱了下来,牵着她的手往里面走去。沈锦心愿得到了满足,楚修明又答应帮大姐出气,此时就格外欢快,说道："对了,父王怎么会叫你们去下场比试呢?"

"呵。"楚修明轻笑出声,里面带着几许嘲讽的味道。

"我觉得二姐夫不该那么傻,是不是你做了手脚?"沈锦听出了楚修明笑声里面的含意便追问着。

楚修明没有承认也没有否认,若不是为了给自己娘子出口气,他也懒得费这些工夫,就算自家娘子笨了点,也容不得别人指手画脚的。瑞王是父亲又怎么样?照样不行!

沈锦没得到回答也不在意:"他们怎么没受伤?"

楚修明停下脚步看向了沈锦,说道:"那是你父亲和姐夫,自然不能受伤。"

沈锦眨了眨眼睛,满脸疑惑的样子。楚修明嘴角微微上扬,说道:"不许再问了。"

"我总觉得,你欺负了他们,他们说不定还要记着你的好。"

楚修明倒是听见了,果然还是自家娘子聪明一些。

赵嬷嬷已经在府中等着了,还给楚修明熬了醒酒汤,安平去收拾今日瑞王妃送的那些东西,该登记入库的登记入库,赵嬷嬷和安宁伺候着沈锦换了常服。

"夫人在王府玩得可还开心?"

"嗯。"沈锦心情很好地坐在梳妆台前,让赵嬷嬷把她的头饰都给去了,将头发松松绾起,仅用简单的绸带绑好,又自己褪下腕上的镯子,说道:"母妃专门让厨房准备了我喜欢的菜色,大姐姐又与我说了许多贴心话。"她扭头对着赵嬷嬷笑了起来,"很开心。可惜没见到母亲,不过夫君说以后离得近了,随时都可以去的。"

赵嬷嬷觉得在沈锦口中谁都是好人,就算自己受了欺负也感觉不到,所以她看了安宁一眼。虽然她相信将军会护着夫人,可是有些地方将军是不在的,若不是因为不方便,她定是要跟着去的,免得夫人在将军和她都看不到的地方受了委屈。

沈锦却忽然沉下了脸色说道:"可是四妹妹很讨厌。"她从来没有争过抢过什么,在王府中就算是她的东西,沈梓她们要了,她也会让出来,可是夫君不行。夫君都已经答应过这辈子只要她一个了,那么她也绝对不会把夫君让出去,那个人就算是她妹妹也不可以。

赵嬷嬷脸色都变了,眼神锐利地瞪了安宁一眼,说道:"可是她欺辱了夫人?"

"不过没关系了。"沈锦很快就恢复了笑容,鞋子也换了下来,站起来觉得轻快了不少,"夫君说以后都不用见了。对了,嬷嬷,明日夫君和我要去大姐姐那儿,帮我给永乐侯世子和他夫人备一份礼。"

"是。"赵嬷嬷敛去眼中的神色,躬身说道。

沈锦笑着往外走去:"嬷嬷给我备了点心吗?我觉得王府做的糕点不合胃口呢。"

赵嬷嬷跟在沈锦身后,安宁把沈锦穿过的衣服收拾完交给了身边的小丫鬟,又把那些首饰收拾好,这才出了屋。

"老奴算着时辰,想着将军与夫人也快回来了。"赵嬷嬷笑着说道,"此时正巧出锅。"

沈锦点了点头,步子不由自主地快了一些,等到了厅里的时候,就见楚修明已经沐浴过换好了衣服,正在和府中的侍卫说话。他见沈锦过来,就对着侍卫点了点头,又吩咐了几句,让人下去了。

"安宁,你和安平都去休息吧,也站了一天了。"

安宁笑道:"夫人,无碍的。"

"那你和赵嬷嬷都坐下吧。"沈锦想了一下说道。

安宁见将军没有开口,就福了福身帮着赵嬷嬷一起把果点茶水摆好后,才去搬了小圆墩,等赵嬷嬷坐下后,自己才坐下。

赵嬷嬷吩咐厨房做的糕点都是按照沈锦的口味,里面只放了少许糖,多用蜜来调味,有些糕点里面还加了牛乳和薄荷,格外爽口。

楚修明给沈锦倒了杯花茶,这才问道:"在王府没吃好?"

"只是觉得家里的味道更好一些。"沈锦笑着说道。

楚修明点点头,直接问道:"在后院的时候,可被为难了?"

沈锦摇摇头,捧着花茶小口小口喝了起来:"你与赵嬷嬷就是喜欢操心,我才不会被欺负呢,再说瑞王府也是我娘家,又不是什么龙潭虎穴。"

楚修明眼睛眯了一下,说道:"傻丫头,就怕你被欺负了也不知道。"

"才不会。"沈锦反驳道,"有大姐姐护着我呢。"

楚修明眼神一闪,怕还是被欺负了,要不哪里来护着一说?不过见沈锦不想说,他也就不再多问,见她用了几块糕点后,就把盘子挪到了一旁说道:"去和小不点玩吧。"

"好。"沈锦笑着起身说道,"我也想它了呢。"

谁知道她还没出门,就见赵管家带着他的徒弟过来了。沈锦笑道:"赵管家,你找将军?"

"不,在下是来找夫人的。"赵管家一脸严肃地说道。

沈锦满脸疑惑地看了看楚修明又看了看赵管家,重新坐回了位子上。

赵管家从徒弟那边拿了账本来:"莫非夫人忘记了府中还管着几个管事?"

还真是忘记了,沈锦把事情处理完就抛至脑后了。

赵管家也没想过为难沈锦,就双手奉上了账本说道:"在下已经把所有账本重新验算了一遍,其中不符之处……"

沈锦一边听着一边翻看赵管家整理出来的账本,还分心看了看楚修明,等赵管家停下来的时候就说道:"夫君,你先去忙吧,我这边估计还要弄上一会儿。"

楚修明点头,说道:"我去书房。"

沈锦应了下来,又继续根据赵管家说的对账。赵嬷嬷在一旁听着眉头紧紧皱了起来,安宁也不敢再坐,站了沈锦的身后。安平已经把东西都登记好,此时过来见到这样的情况,也默不作声地站在了一旁。

赵嬷嬷虽知京城永宁伯府的人贪墨了不少银子,却没想到竟这么多,胆子也太大了一点。

沈锦时不时地点头。等赵管家说完,赵嬷嬷就问道:"夫人有何打算?"

"嬷嬷觉得呢?"沈锦问道。

赵嬷嬷沉声说道:"让他们把银子和东西还回来,东西若是还不回来的话,就折现好了。"她心知这些管事里面定有探子细作,又道,"再派请几位管事的子女到府中做客,通知家人,三日之内若是东西还上了即可领人回家。"

"那没还上的呢?"沈锦问道。

赵嬷嬷开口道:"抄家。"

沈锦想了一下说道:"有点麻烦。府中就这么多人,人手也不够,直接把人和证据都送到官府。"

赵嬷嬷愣了一下看向沈锦,沈锦倒是觉得自己的主意不错。

"每个管事贪墨了多少东西也告诉官府,让他们帮着追缴回来就好。"想到瑞王妃说的,想要人干活必须给人好处,"追回来多少,我取十分之一送与他们,当作辛苦费。"

赵管家眼睛倒是亮了一下,看了沈锦一眼。沈锦的办法简单直接。赵嬷嬷的办法虽然也妥帖,可是难免会让不知情的人觉得府中太过。而沈锦把事情都交了出去,证据确凿,不用费丝毫力气就让官府的人帮着收拾了那些人。

这些管事拿了钱和东西,还不知道花了多少用了多少又剩下多少,若真的不留情面想要让他们还上,怕是少不了变卖家产。这事情永宁伯府自然能做,可是外面的人又会怎么看？他们可不会觉得这些人贪墨了永宁伯府的东西，让他们交出来是理所应当的，只会觉得永宁伯府仗势欺人。

而沈锦把事情交给了官府，怎么追缴就是官府的事情，也不用怕官府不出力。钱财使人心动，这话可是摆在明处，就算是当官的不心动，那些小吏士兵能不心动吗？自然会卖力地帮着收缴。

"夫人好手段。"赵管家真心地赞叹道。

沈锦有些疑惑地看了赵管家一眼，毫不客气地收下了赞美，点头说道："看来赵管家也是认同的，那就这样办吧。"

"是。"赵管家说道。

赵管家问道："夫人能否告知在下，为何会想到送官府？"

沈锦莫名其妙地看着赵管家说道："首先，府中人手不够，按照赵嬷嬷的方法，最少还要分出去七八个人，若是再少了这么多人伺候，会影响府中的正常生活的；其次，母妃说过，不好办的事情自当交给官府去做，我身为郡主，官府也当照顾的。"

赵管家仔细看了半天，竟发现沈锦是认真的！赵管家只觉得难以接受，他想了这么多的理由，只要沈锦能说出任何一条，他也觉得可以接受。

花费了半个时辰来听赵管家的话，用了不到一盏茶的工夫处理好。处理完事情，沈锦就去找小不点。也不知是因为天气的原因，还是小伙伴雪兔们没被带来，小不点没有在边城时候那么活泼了，不过说起来京城的永宁伯府还真没有边城的将军府舒服。

沈锦坐在小凳子上，拿着刷子给小不点刷毛，它还时不时地翻个身，好让全身都被她照顾到。沈锦摸着小不点的毛感叹道："你也想家了吧？"

小不点用头蹭了蹭沈锦的腿，吐着舌头呼哧呼哧的。沈锦捏了捏它的耳朵："再过段时间我们就回去啦，改日我带你去见见我母亲，我母亲会做大绣球，可漂亮了，到时候给你做一个。"

赵嬷嬷坐在一旁，听着沈锦和小不点说话，眼中带着笑意。

"我可不喜欢我四妹妹了。"沈锦一边给小不点梳毛一边说道，"她特别喜欢和我抢东西，每次都是当着父王的面。父王就说我是姐姐要让着妹妹，不过母妃总是在后来给我更好的，我都不让她看见。"

小不点舔了舔沈锦的手指，翻身把肚皮露出来，沈锦在它肚子上揉了几下："不过这次我不会让给她的,下次我带你去王府,要是见到四妹妹,你可要好好吓吓她。"

赵嬷嬷眼睛眯了一下,笑着说道:"夫人,老奴平日都不出门,你与我说说王府的趣事吧。"

沈锦看向赵嬷嬷,笑道:"好啊。"

"夫人和大郡主关系很好?"赵嬷嬷并没有马上问关于许侧妃那几个女儿的事情,而是先从沈锦最亲近的人说起。

沈锦点头,继续给小不点梳毛,然后把小不点掉的毛团了起来。安宁就坐在一旁把那些毛团收集起来,沈锦上次说想要用小不点的毛做个小褥子。

安平也坐在旁边,在给沈锦绣香囊,沈锦新做的那套淡紫色的月华锦衣裙还没合适的配饰。

"嗯,大姐姐人很好。"沈锦笑着拣了出嫁前的趣事说了几样,赵嬷嬷心中对沈琦的性子倒是有了了解。

"不过……大姐夫对大姐不好。"

赵嬷嬷也想起来了,皱眉说道:"老奴还记得,大郡主落了胎。"

沈锦咬了咬唇,心里也有些难受,那是她的小侄子。她把今天的事情大致说了一遍:"表哥、表妹的真讨厌。"

"其实大姐姐很厉害。"沈锦给小不点尾巴梳了梳,然后拍拍大狗头,小不点就站起来甩了甩毛,看起来更加蓬松了。

赵嬷嬷也想到沈锦说的那几件事,按理说,大郡主手段和想法都不差,可没想到会阴沟里翻船,竟然在永乐侯府被算计了。其实说到底不过是在意而已,因为在意丈夫,所以才处处忍让;因为喜欢丈夫,才会去讨公婆欢心。

沈锦抱着小不点蹭了蹭,说道:"不过没关系了,大姐姐只不过昏了头,现在已经被母妃给敲醒了,只是可惜了小侄子……"

"我听说二郡主嫁了郑家大公子,郑家大公子文采飞扬,引得不少姑娘春心萌动。"

沈锦也有兴趣聊一聊这些事情,先看了看四周,见没有外人,就脱了鞋袜露出白嫩嫩的小脚丫踩在了小不点身上。小不点也不恼,换了个姿势趴在她脚下。赵嬷嬷看了一眼,本想说什么,可是看着沈锦一脸舒服又期待的样子,到底没开口,而是让安宁她们也坐过来,把沈锦给挡着,就算有下人进来也足够她呵斥了。

"嬷嬷最好了。"沈锦小小地吐了下舌头,撒娇道。

赵嬷嬷叹了口气说道:"夫人若是喜欢,等天冷了给屋子里铺上一层皮毛就是了。"

沈锦笑得眼睛都眯了起来,有些小炫耀又有些小羞涩地说道:"夫君也说过。"

安平把王府大致的事情说了一遍,从二郡主还没进门就开始带着两个妹妹尖叫,被瑞王砸了杯子,到面红耳赤满脸羞愧,也说了关于《咏花曲》和离开的时候沈静的做派……赵嬷嬷面无表情地听完,点了下头说道:"还真是……"

沈锦也点头:"四妹妹很讨厌吧?"

赵嬷嬷冷笑道:"夫人今日做得极好。"

沈锦也觉得不错,和大姐姐联络了感情,帮着大姐姐说话,讨好了瑞王妃,夸奖了二姐夫,以后二姐夫那些清流人士就不好意思说自家夫君是莽夫了吧?

"没想到夫人竟然还发现了四姑娘的妄想。"赵嬷嬷笑着夸赞道,心中倒是放心了不少。

沈锦皱着小鼻子:"很讨厌!"再一次强调了自己的感觉,"我当然能发现,我可聪明了。"

也不知是有意还是无意,沈锦并没有说楚修明对瑞王他们下黑手的事情,只说道:"夫君说以后不用见四妹妹了,嬷嬷你说我还能带着小不点去吓她吗?"

"夫人何须如此?"赵嬷嬷笑得和善,这种事情果然应该她上,"交给老奴,老奴帮着夫人出这口气就好。"

沈锦挠了挠脸,拉着赵嬷嬷的手撒娇道:"嬷嬷最好了。"

赵嬷嬷拍了拍沈锦的手,看向沈锦的眼神越发地温和,说道:"夫人开开心心的就好。"

沈锦点点头,觉得事情又交出去了,就踩了踩小不点,说道:"好了,你现在没用了,嬷嬷会帮我出气。"

小不点抬头,用黑润润的眼睛看向沈锦,伸出舌头舔了舔她的手指。

晚上的时候,沈锦趴在楚修明怀里,眼睛红红的,一看就是刚刚哭过,浑身都没有力气。因为楚修明的保证,她如今倒是有胆子朝着楚修明的脸上咬几口。

"疼……"声音有点哑哑的,格外娇气。

楚修明也知道刚才过分了一些,不过谁让今日的沈锦这般热情,他自制力一向极好,可是面对自家小娘子，便是溃不成军。他伸手在她腰上轻轻按着说道："明日怕是见不到你二姐那一家了。"

"嗯?"沈锦有些迷迷糊糊的，被按得舒服了闭着眼睛哼唧了起来。

楚修明的声音里面带着笑意，还有一种满足后的慵懒，格外抓人："他们两个在回去的路上就打了起来。"

"啊?"沈锦提起了点精神，"他们不是坐车吗?"

"是啊。你二姐夫满脸是血地从车上滚了下来，多亏马车的速度不快，倒是没伤到。"

滚了下来……滚了下来……

"二姐真厉害啊。"沈锦感叹道。

"然后你二姐也追了出来。"楚修明继续说道，"脸上倒是没什么伤，不过也很狼狈就是了，抢了车夫的鞭子就要跳车去抽你二姐夫。"

"在车子里打架不太好，怕是许侧妃又要哭了。"

楚修明眼中带着笑意，他听出沈锦的意思，夫妻之间在外面打架不好，回家后关着门打比较好一点。许侧妃当然会哭，她又没有别的本事，不哭着去找瑞王，还能怎么办?

"母妃会生气的。父王会倒霉的。"沈锦一想到瑞王妃生气，身子抖了抖，多亏她已经嫁出来了。

瑞王妃生起气来不仅会收拾许侧妃，还会收拾瑞王，因为她觉得瑞王就是祸根子，可惜瑞王一直没有发现。

楚修明应了一声，伸手在沈锦光滑柔腻的后背轻抚着："睡觉吧。"

"嗯。"沈锦小小地打了个哈欠，这都是别人家的事情听听就过去了，为此耽误自己睡觉就不划算了。沈锦翻身从楚修明身上下来，然后滚进他怀里，搂着他的腰闭上了眼睛。

只是计划赶不上变化，没承想第二天一大早楚修明就被宫中的人叫走了，沈锦只能一个人去永乐侯府，不过赵嬷嬷跟着一并去了。

沈锦到的时候是沈琦亲自出来接的，沈琦见楚修明没有来还问了一句，知道是诚帝召他进宫了就没再问什么，笑挽着沈锦的胳膊往正院走去。总归是要给永乐侯夫人请个安的，而永乐侯已经上朝了，并不在府中。

永乐侯夫人和瑞王妃一般年纪，瞧着却比瑞王妃稍显大一些，她并没有嫡女，也没让府中庶女出来。

"夫人。"沈锦给永乐侯夫人行礼道。

楚修明的爵位比永乐侯低,而且永乐侯夫人也算是长辈,倒是受得起沈锦的礼。

永乐侯夫人起身亲手扶了沈锦起来,然后握着她的手上下打量一番,扭头对着沈琦笑道:"一看就是好孩子,可人疼的。"

沈琦也笑着说道:"婆婆见了妹妹就不喜欢我了。"

"哈哈。"永乐侯夫人笑着松了沈锦的手,"可不是,我都恨不得把锦丫头抢到府中给我做女儿呢。"

沈锦脸一红,有些羞涩地低下了头。

永乐侯夫人笑道:"坐下吧,快让厨房端了糕点来,给你们甜甜嘴。"

沈琦牵着沈锦坐在身边,说道:"婆婆这边小厨房的点心味道极好,你一会儿可要多吃些。"

"好。"沈锦眼睛亮亮地笑着说道:"谢谢夫人。"

"叫什么夫人,叫伯母就是了。"永乐侯夫人笑道。

刚才永乐侯夫人是让身边的丫鬟去厨房端的点心,谁知道此时进来的却是一个样貌柔美的女子。她穿着一条粉色的纱裙,头上仅簪着一支鸟雀的步摇,发间点缀着一颗粉色的珍珠,走动间轻轻摇摆,给人一种弱不禁风的味道,而且她的腹部带着一个圆润的弧度,一看就知有孕,脸色也有些苍白,更是惹人怜爱。

沈锦眼神从她的头发移到肚子又看向了永乐侯夫人,永乐侯夫人脸上有些尴尬的神色,说道:"芸娘,你怎么出来了?"

站在沈锦身后的赵嬷嬷已经对女子的身份了然,更知这女子今日来不过是炫耀自己得宠,在沈琦的家人面前狠狠落沈琦的面子。若是换成瑞王妃这般的人物来,她就不敢如此了,而沈锦不过是沈琦的庶妹,在她看来和沈琦也亲近不到哪里去,说不定见到这样的情况心中还会高兴,绝不会给沈琦出头。

赵嬷嬷看了沈琦一眼,就见沈琦脸色变都没变,端着茶水喝了一口。赵嬷嬷心中也不知为她惋惜好还是高兴好,怕是沈琦已经看透了,也就是夫人所说的,沈琦已经清醒了,就是代价有些大了。

芸娘的声音带着一种江南的绵软,双手捧着糕点微微一笑,说道:"姨母,我想着姐姐家的亲戚来了,所以亲手做了糕点来。"然后看向了沈锦:"这位就是永宁伯夫人吧? 我也没什么拿得出手的,所以只能做了南方那边的糕点,也不知合不合你胃口。"

"那你为什么端上来?"沈锦有些疑惑地看着女子问道。

芸娘愣了一下。沈琦嘴角微微上扬。

芸娘咬了咬唇,眼睛都红了,像是强忍着伤心一样说道:"是芸娘失礼了。"

永乐侯夫人心中叹息,看了沈琦一眼,见沈琦没有说话的意思,便道:"芸娘这孩子……把糕点端到我这来吧。"

芸娘应了一声,把点心端到了永乐侯夫人的手边。丫鬟也端了点心上来,低头摆在沈琦和沈锦那儿。沈锦一看就笑道:"谢谢伯母,定是姐姐告诉伯母了,我就喜欢这几样。"

沈琦道:"快尝尝吧。"

沈锦笑着应了下来,拿了一块用帕子遮着嘴就吃了起来,味道正是她出嫁前喜欢的,不过后来赵嬷嬷把她养得娇气了。

芸娘伸手摸了摸肚子,微微垂眸说道:"永宁伯夫人和姐姐真是姐妹情深啊。"

沈锦正好咽下最后一口,端着茶抿了抿,这才把茶盏放在一旁:"我们是姐妹,自然姐妹情深,你又是谁? 怎么一口一个'姐姐'的? 我可不记得姐姐还有别的妹妹呢。"

还没等芸娘说话,沈锦接着说道:"你夫婿呢? 怎么你大着肚子还做这样丫鬟的活计? 伯母,她不是叫你姨母吗?"虽然没有明说,可是沈锦的脸上都写着,既然是亲戚为什么好好的表小姐被你当丫鬟还怀着孕呢。

永乐侯夫人脸色一变,她可不想担着虐待侄女这样的名声。刚想解释,就看见芸娘一脸着急,泪眼朦胧地说道:"夫人误会了,不是姨母让我做的,姨母对我可好了……我……"到底没说出她肚子里的孩子是永乐侯世子的这件事。

沈锦扭头看了赵嬷嬷一眼,然后又看向芸娘,忽然说道:"哦,我理解了。"

沈琦眼神闪了闪,笑着问道:"妹妹别说话说半截,姐姐还没理解呢。"

沈锦低头看向盘子,又选了一个做成梅花样子的糕点,问道:"这是梅子的吗?"

"是啊。"沈琦忍下催促说道,"还有梅花,不过是晒干的梅花了。"

沈锦点点头,开始吃了起来。赵嬷嬷已经习惯了,所以倒没有多着急,永乐侯夫人见的世面多了,也忍得住,芸娘差点去抓着沈锦使劲摇。

等沈锦吃完了,又喝了口茶水才说道:"咦……"看着众人都盯着她,沈锦眨了眨眼扭头看向了赵嬷嬷。

赵嬷嬷强忍笑意说道:"夫人,她们等着夫人解释为什么说理解这位表姑娘抢了丫鬟的活计这件事。"

"哦哦。"沈锦点头说道,"很简单啊,有人喜欢诗词歌赋,有人喜欢琴棋书画,有人喜欢舞剑弄茶,有人喜欢……想不出来了,个人喜好啊。永乐侯夫人只是表姨,又不是生母,怎么能干涉呢?虽然表姑娘这个喜好有些……嗯,在自家也无碍的。"最后一句她是对着芸娘说的,带着几分安慰的意思,毕竟是大姐姐婆婆家的亲戚,万一生气了可就不好。

芸娘脸色都变了,永乐侯夫人也是满脸的尴尬和难堪。虽然沈锦没明说,可是意思很明白,芸娘就是喜欢做丫鬟的活计,天生伺候人的命。

沈锦根本不知道她们的想法,就算知道也不在意,又不是她婆婆家。沈锦本想再拿一块点心尝尝,可是忽然想到瑞王妃让她过来的意思,眼神在糕点上看了一圈,然后落在了芸娘的肚子上。

"你夫婿是谁?怎么有孕了还让你出来?"沈锦虽然想好了要为难一下芸娘,可是还真没什么经验。

沈琦用帕子擦了擦嘴角,才笑道:"这位是夫君的表妹,也是夫君的妾室。"

沈锦看了芸娘几眼:"哦。"

芸娘脸一红像是无限娇羞,给沈锦福了福说道:"妹妹,你唤我芸娘就好。"

赵嬷嬷脸色一变,怒斥道:"大胆!"果然,她跟来才是对的,"永乐侯夫人,你这是在侮辱我们永宁伯府吗?"

沈琦脸色也很难看,眼睛看向了永乐侯夫人:"婆婆,我看表妹病糊涂了,还是送下去休息吧。"

"世子夫人虽是我们夫人的姐姐,"赵嬷嬷眼神锐利看向了沈琦,"如今这涉及了永宁伯府,决不能这样算了。"

沈琦果然不再说话了,有些抱歉地看了看永乐侯夫人,心中满意得不得了,早就被这贱人叫"姐姐"叫得心烦了。

沈锦有些担心沈琦生气,伸手去摸了摸沈琦的手,沈琦轻轻捏了她手指一下。这是她们出嫁前定下的一些小暗示,果然,沈锦放下了心。

"嬷嬷,到底是大姐姐的夫家,算了,我回去会和夫君说的。"

永乐侯夫人脸色都白了,她现在恨不得回到刚才……不对,是回到昨日知道沈锦要来的时候,一定好好让人把芸娘关在院子里不放出来。可是这世间最没有的就是早知道了。

还没等永乐侯夫人想出怎么回话,就听见有丫鬟通传,永乐侯世子过来了。他一进来就见母亲满脸难色,站在母亲身边的芸娘眼中含泪委屈的样子,而妻子沈琦一脸无奈,而妻妹正准备拿盘中的糕点品尝。

"这是怎么了?"永乐侯世子看了一圈,笑着问道。

"表哥。"芸娘再也忍不住落泪叫道,声音里满是委屈。

这声音让永乐侯世子心中一软,说道:"表妹这是怎么了?可是出了什么事情了?"说着就忍不住走了过去。

沈锦也觉得很疑惑,所以问道:"是啊,你为什么哭?"

这话一出,永乐侯世子看向了坐在一旁的妻子,脚步顿了顿到底没有去安慰芸娘。

"明明是你自己说错了话。"沈锦皱着眉,说道,"你有错不认错,却这般作态……"

赵嬷嬷道:"夫人,我们还是回去吧,怕是永乐侯府并不欢迎您。"

沈锦一向听赵嬷嬷的话,闻言点头说道:"夫人、大姐夫、大姐,我先告辞了。"说着就起身要离开。

永乐侯夫人看出来了,沈锦不是做个姿态,她是真的准备一走了之。这要是传出去了,永乐侯府为了一个世子的小妾,赶走了永宁伯夫人,简直变成了京城的笑话。

"伯夫人……"永乐侯夫人也不倚老卖老了,赶紧起身叫道:"琦儿,快去拦着你妹妹。"

沈琦果然起身,却不是去拦着沈锦的,而是哭道:"妹妹带着姐姐一起走吧,姐姐请了妹妹来,却让妹妹受辱……"说着就要和沈锦一起离开。

沈锦哪里见过沈琦这般模样,赶紧拉着沈琦的手说道:"姐姐莫要这样说,你对妹妹的好,妹妹都记得呢。"

"这到底是怎么回事啊?"永乐侯世子满头雾水,看向了母亲和妻子,虽然芸娘也在落泪还哭得极其漂亮,可是永乐侯世子的注意力都被沈琦吸引了去。

永乐侯夫人也上前拉着沈琦的胳膊。毕竟沈琦是她儿媳妇,而沈锦可是永宁伯夫人，永宁伯又是个杀星。

"我一定会给永宁伯夫人一个交代的。"

这种情况沈锦也不好再走，沈琦也说道："好妹妹，就当给姐姐几分薄面，再留一留，若是……姐姐决不再劝。"

沈锦看向了赵嬷嬷，赵嬷嬷微微点头，沈锦这才说道："好的。"

永乐侯夫人赶紧让丫鬟端了水，看了永乐侯世子一眼。永乐侯世子亲手弄了帕子给沈琦净脸，然后说道："有什么委屈，夫人尽管和我说。"

芸娘已经哭得脸色惨白，可是并不会让人觉得狼狈，反而带着一种楚楚可怜的味道，若不是丫鬟扶着，像是都要软倒在地了。她走到沈锦的面前，这才松开了丫鬟的手，一手抚着肚子一手抚着腰，格外柔弱地跪了下来，说道："伯夫人，都是小女不自量力，得罪了伯夫人。若是伯夫人要怪罪，就怪罪小女一人吧，和永乐侯府没有任何关系。"然后看向了沈琦："夫人，都是我的错，我身份卑微……"

"怎么不叫姐姐了？"芸娘说的时候沈锦正在喝茶，等放下了茶杯就问道。

芸娘差点一口气没上来，心口闷得慌，她看向沈锦，并没有她以为的得意或者别的神色，很理所当然的样子。

永乐侯世子本心疼芸娘，谁知道就被沈锦的一句话给打断了，就好像酝酿出的感情一下子消散了。

沈锦皱眉看着芸娘的肚子说道："你怎么就这么不爱惜肚子里的孩子呢？"像是责备又像是关心一样。

永乐侯世子脸色缓和了一些，起码沈锦对他的孩子还是很温和的，和妻子的态度是相似的，所以说道："是啊，芸娘，赶紧站起来，别伤了孩子。"说着就把芸娘给扶了起来。

沈锦听见永乐侯世子说话，想起了她最开始的问题，指责道："姐夫，她既然是你表妹，都有孕在身了，为什么丈夫不陪在身边？"

永乐侯世子一脸诧异地看着义正词严的沈锦。

赵嬷嬷低声在沈锦耳边说了一句话，沈锦才恍然大悟的样子说："原来这就是你的小妾啊。"

永乐侯夫人有些尴尬地说道："伯夫人，芸娘正是我儿的妾室。"

"那为什么她还管你叫姨母？"沈锦看向永乐侯夫人，又看向永乐侯世子，"管姐夫叫表哥?"最后目光落在了沈琦身上,"管我家大姐姐叫姐姐? 然后管我叫妹妹?"说到最后一句,沈锦又想起来刚才赵嬷嬷生气要带她走的事情,问道:"我永宁伯府,何时多了这么一个姐姐?"

永乐侯世子脸色大变,看向了芸娘,又看向了母亲,就见母亲微微点头,他才相信是真的。平时他没觉得芸娘这般叫法有什么不对,可是她竟然管永宁伯夫人叫妹妹? 真论起来,永宁伯的地位可比他这个世子高,而且永宁伯手握兵权,就是永乐侯见了都要退让几分。若不是永宁伯夫人性子好,又有沈琦的面子,怕是这事情就不会像现在这样了。

永乐侯夫人厉声斥责道:"芸娘,以后莫要乱叫! 你既然当了妾室,就尽一个妾室的本分!"

"伯母也别生气了。"沈锦反而柔声劝道,"想来是规矩不好。当初我们出嫁前,母妃专门请了宫中嬷嬷来教导规矩的。"说着就看向了沈琦。

沈琦眼睛还有些微红,闻言叹了口气:"这样吧,我明日就回府,请两个宫中的嬷嬷来好好教教芸娘。"还没等永乐侯夫人拒绝,接着说道:"今日多亏来的是我妹妹,若是换了个人呢?"

这话一出,永乐侯夫人不说话了,永乐侯世子倒是觉得妻子思量得不错,然后看向了沈锦说道:"三妹妹,这次是姐夫这边不好,改日专门设宴请三妹夫和你来吃酒赔罪。"

"算了。"沈锦见沈琦有了解决的办法,又见赵嬷嬷没有动静就说道:"只是姐夫,既然是你的妾室,以后就不要让她做丫鬟的活计了,就算是她的喜好,等生了孩子以后再做也好。"

永乐侯世子满头雾水,沈锦也没有兴趣再多说什么。芸娘心里明白,若是真让沈琦请了什么宫中的嬷嬷来,怕是她就危险了,所以微微仰头看着沈琦恳求道:"夫人,奴……奴婢再也不敢了。"说到"奴婢"的时候像是强忍着屈辱和痛苦,微微垂眸摸着已经显怀的肚子,"奴婢月份已经大了,等孩子生下来后奴婢一定跟着嬷嬷学规矩。"

沈琦像是忽然想到了什么,抿了抿唇,有些为难地看向了永乐侯夫人。

沈锦问道:"你生了孩子就学规矩,那孩子怎么办? 谁照顾?"

永乐侯世子看向了沈琦,沈琦只当没看见他的眼神。沈锦想到昨日永乐侯世子说的话,问道:"你莫非打着让我姐姐给你养孩子的主意?"

"这是世子的第一个孩子,自然要养在夫人身边。"芸娘还有点智商,并没说什么长子,可是话里的意思却很明白。

沈锦皱眉，看向了永乐侯夫人，说道："伯母应该不会赞同吧？"

沈琦用帕子擦了擦眼角，遮去了脸上的冷笑，开口道："婆婆又不是那种不知礼数的人，自然不会同意，怕是夫君也是一时糊涂，才会在我母亲面前说了那样的话，不过昨日回来夫君还没来得及与芸娘说就是了。"

永乐侯夫人看了儿子一眼，又看向满眼乞求的芸娘，心中思量了一番，还是觉得儿媳的身份太高，应该想办法压上一压，否则以后这永乐侯府中怕是没她说话的位置了，便道："琦儿最是孝顺，我想着她当初一时没注意落了胎，难免会觉得空虚又思念孩子，才想着等芸娘的孩子生下来抱到琦儿身边去养。"

没注意？沈琦心中暗恨，为了肚中的孩子，她每日再注意不过了，很多以往爱吃的都不再吃，只用一些对孩子好的。

"有姐夫陪着姐姐呢。"沈锦道，"若是姐姐真的觉得寂寞，我那儿还养了一窝雪兔，写信让人送来几只，特别可爱。"

"芸娘也是良妾，和一般妾室不同。"

"不都是妾吗？"沈锦反问道，"我记得只有公以上的爵位身边才能立侧室。"说完也有些不确定地看向了赵嬷嬷："嬷嬷我说得对吗，还是京城里面改了规矩我不知道？"

赵嬷嬷沉声说道："夫人所言没错。"

沈锦看向了永乐侯夫人，像是在问：都是妾啊，怎么在你口中就不一样了呢？

芸娘微微垂眸，轻轻按了丫鬟的手一下，丫鬟眼珠子转转，开口说道："我家姑娘可是贵妾，自然和一般妾室不同。"

沈锦愣住了，诧异地看向了芸娘身边的丫鬟。沈琦怒斥道："说什么胡话！"

"夫人莫要生气，这可是世子爷亲口说的。"丫鬟丝毫不怕沈琦，反驳道。

"掌嘴！"沈琦厉声说道。

在所有人没反应过来前，沈琦身后的丫鬟就过去一把把那丫鬟拽了过来，然后另一个丫鬟狠狠扇打了起来。芸娘惊呼一声。永乐侯世子本还在想他什么时候说过，见到这样的情形，赶紧说道："夫人，母亲面前这样……"

永乐侯夫人也明白过来了，打断了儿子的话，指着那丫鬟说道："给我狠狠地打！不，给我拖出去打死。"

"母亲……"永乐侯世子叫道。

芸娘已经软倒在永乐侯世子身上:"姨母,那是从小跟在我身边……我母亲亲自给我选的丫鬟啊……求求姨母饶了她这一命。"然后又对着沈琦跪下哀求:"都是这丫鬟胡言乱语惹怒了夫人,什么贵妾……我这样的卑微的身份,哪里担当得起,我只要能留在表哥身边就好,就是当个丫鬟都行,求夫人了……"

"夫人。"永乐侯世子也叫道。

沈锦满脸惊恐,伸手去拉沈琦说道:"姐姐,这……你还是与我快快回父王那里吧。"

永乐侯世子怒瞪着沈锦,沈锦可丝毫不怕他,不客气地说道:"世子,你这个妾室莫非是前朝余孽?"

"前朝余孽"四个字也把永乐侯世子给吓醒了,又看向了永乐侯夫人。这才明白为什么她竟然要把说话的丫鬟给打死了。天启朝可没有什么"贵妾"之说,而良妾倒是有,指的是那些没有卖身契的妾室,正正经经抬进来的,而不是丫鬟升上来的。

前朝是有"贵妾"的说法的,只比正室地位低一些,甚至可以在正室死后升为继室,贵妾所出的子嗣在正室没有嫡子的情况下,是可以继承家产的。而其他的妾室却一辈子只能是妾室,根本不可能当继室。

当初天启朝开国皇帝的生母就是被他父亲纳的贵妾弄死的,甚至连皇帝也差点被害死,最终皇帝为了躲避残害入伍当了兵。那时候的兵士地位极低,后来前朝大乱,皇帝揭竿而起,带着一帮人成功造反了。

在天启朝开国后,皇帝就下令废除了"贵妾"这一条例,所有妾室都不能扶正,妾室所出之子不可承爵,除非有正室和正室父亲的同意书。

"什么前朝余孽!"芸娘可知道这罪名的严重,再也顾不得什么,直言说道:"永宁伯夫人,你上下嘴皮子动动就要冤枉我吗?我知道你是为了给夫人出气,你们是姐妹,可也……"

"闭嘴!"永乐侯世子一巴掌扇了过去,骂道,"蠢货!"

永乐侯夫人整个身子都软了,被身后的丫鬟扶着:"我这是造的什么孽啊,什么贵妾,你这个丫鬟竟造谣,拖出去打死!"

沈琦也是满脸惶恐,拉着沈锦的手恳求道:"妹妹,也不知这个小丫鬟从哪里听来的,我们府里绝对没有什么贵妾……你相信姐姐,你姐夫也不是这样糊涂的人,就当姐姐求你了好不好?"

沈锦第一次见沈琦这样，说道："姐姐，我不说了，我只当没听见，你别……什么求不求的，你别这样啊。"

沈琦有些虚弱地靠在沈锦身上，说道："这件事当姐姐谢谢你了。"

永乐侯夫人沉声说道："永宁伯夫人仁义，我却不能当作理所当然。"

这话说得大气凛然，可是在当初就能把沈琦的退让当成理所当然呢？

"来人，送薛氏去庄子里待产！"永乐侯夫人开口道。

此时永乐侯夫人连"芸娘"都不叫了，直接称呼其为"薛氏"。

沈琦微微眯眼，柔声劝道："婆婆，到底是您的亲戚，那孩子又是夫君的骨肉，不如等薛氏生产以后就把孩子抱回来，放在您身边抚养，再给薛氏一笔钱让她回家乡嫁人算了。"

永乐侯夫人看向了沈琦，她听出了沈琦的意思，这并不是商量，瑞王府的郡主在出嫁后第一次亮出了爪子。

"我知道婆婆为难，这事就交给瑞王府的人去办好了。"

赵嬷嬷抬眸看了沈琦一眼，想来大郡主可不像是在夫人面前说的那么无能为力，有些事情早就安排了，此时不过是借了夫人这把刀罢了。

"姐姐多给点嫁妆吧。"沈锦感叹道，"到底……"后面的话没有说出口。

永乐侯世子此时脑中一片空白，虽然有些不舍，看着芸娘的样子，更是犹豫，唇动了动想要开口，沈琦又说道："夫君身边也不好没了人伺候。"

沈琦说话间，已经有丫鬟去捂住了芸娘的嘴，然后态度恭敬、手段强硬地请她往庄子上去了。

"我托了父王手下的人，去江南那边采买了几个女子，最是柔美不过。"沈琦端庄贤惠地说道，"等教教规矩，就让人送来。"这是昨日沈琦偷偷和瑞王妃商量的。人是早就买好的，瑞王妃专门给瑞王准备的，不过还没送到瑞王面前，倒是可以挪出来几个给沈琦用。

沈锦觉得大姐姐真的很累，还不如出嫁前自在，看着众人你来我往，又觉得没趣了，坐在椅子上拿着糕点吃了起来。

沈梓来的时候，屋中的气氛又变得和乐融融了，芸娘就像是没有出现过一样，而永乐侯世子也离开了。

沈琦和沈锦都没想到沈梓会出来，就连赵嬷嬷都觉得奇怪。沈梓今天穿着一条嫣红洒金的丝绸长裙,外面是纱质长衫,腰间是金丝绣纹的腰带,走路的时候头上的步摇熠熠生辉,一进来就娇声说道:"给侯夫人问安了。"

永乐侯夫人也听说了沈梓的事情,可没想到沈梓会过来,一时间都不知道该和她说什么好。再加上外甥女的事情,只是笑着点了下头,然后道:"你们姐妹们说说私房话,我就不参与了。"

言下之意就是让沈琦带着她两个妹妹赶紧走,一个总是满脸无辜说着噎死人的话,一个出了那样丢人的事情还出来……

沈琦从善如流,笑着说了几句话就带着沈梓和沈锦离开了。沈梓手腕上戴着红玉镯,捏着帕子笑道:"我家夫君今日有事不能来,让我替他给大姐夫和三妹夫道个歉。"

沈琦笑道:"不用了,三妹夫也没来,夫君那里我会让丫鬟去说的。"

沈梓眼神落在沈锦身上,想到昨日的事情,心中暗恨着说道:"三妹妹怎么没带着妹夫来?"

"夫君被陛下叫去了。"沈锦道,"对了,二姐夫伤得怎么样?夫君那有不少好的伤药,脸上的伤留了疤可不好。"

赵嬷嬷眼中露出几许笑意,她知道自家夫人是真心建议的,不过这话听在别人耳中……

"是啊,"沈琦心情也极好,笑道,"二妹妹莫要客气才是,听说你给二妹夫挠得满脸是血。这样吧,我拿了府中的牌子去宫中请个太医给二妹夫瞧瞧,留疤了就太可惜了。"

沈梓哼笑了一声说道:"大姐姐不用担心,夫君只是不小心从车上摔了下来,都是以讹传讹罢了,我婆婆请过大夫了。"

看着沈梓扬扬得意的样子,沈琦眼神闪了闪说道:"莫不是二妹妹遇到什么好事了?怎么满脸喜气?"

沈梓只是一笑倒是没说什么,沈琦也不再问了,到了她住的院里后,就拉着沈锦说起了话来,倒是沈梓忍不住问道:"三妹妹,三妹夫平日在边城最喜什么?"

最喜什么?是关于吃的穿的还是玩的?沈锦微微垂眸,她几乎不在外人面前谈论楚修明的事情。

"不知道啊。"

"你怎么会不知道?"沈梓觉得沈锦不想告诉她,眼神一沉问道,"怕是不想说吧?"

"嗯。"沈锦没有否认,"不想说。"

沈梓冷笑道:"没想到三妹妹去边城一趟回来,胆子倒是变大了。"

"因为我是伯夫人了啊。"沈锦很理所当然地说道,"二姐姐,因为我有夫君啊。"

此时的沈锦就像是一只耀武扬威的兔子,一改往日受气包的形象。人家是狐假虎威狗仗人势,而沈锦是靠着豹子然后伸出兔爪子挠人!

第十四章
咎由自取

沈梓看着理所当然的沈锦，竟然不知道如何反驳好。沈琦也是一笑，不过心中倒是也有些嫉妒，沈锦能理直气壮地说出这般话，自然是因为丈夫有担当，而对她也是极好的，可是自己呢？

"你不知道羞耻。"沈梓咬牙骂道，"永宁伯镇守边疆已经够累的，你却不能做他的贤内助，还要事事依赖，不觉得丢人吗？"

"哦。"沈锦看着沈梓，她都不知道二姐姐还有这样义正词严、打抱不平的时候。

沈梓差点一口气没上来，她怎么也料不到沈锦竟然这样平静。她那样的指责若是换成了别人，怕是早就觉得委屈或者愤怒了。

"你就'哦'一声？"

"二姐姐，你真奇怪。"沈锦皱了皱眉头，"你还想我说什么？"

沈梓一时被问住了，她还想沈锦说什么？她自己也不知道，若不是当初她被贱人蒙蔽，现在这般幸福的人应该是她。

"三妹妹莫不是攀了高枝，就瞧不上我们这些姐妹了？"

"二妹妹，"沈琦沉声说道，"你知道自己在说什么吗？三妹妹以郡主之身下嫁，真要论起来攀高枝的也不是三妹妹。"

沈梓冷笑一声："三妹妹知道我说的什么，本以为陈侧妃和三妹妹是老实的，却不想原来是个藏奸的，端着一张无辜的脸竟做那些下三烂的事情。"

沈琦直接站了起来，一巴掌扇在了沈梓的脸上："再让我听见你胡言乱语，小心我告诉母亲！"

沈梓整个人都跳了起来，一手捂着脸一手指着沈琦说道："大姐姐，你竟然打我，我有说错什么吗？若不是三妹妹抢了我的亲事……"

"闭嘴！"沈琦面色一沉说道，"二妹妹，有些玩笑是不能开的。"

沈梓满眼仇恨地看着沈锦。

沈锦脸上虽没有了笑容，可是神色却很平静，有时候无视比敌对还让一个人憋屈。

"二姐姐若是有什么问题，不如回府去问父王。"沈锦看着气急败坏的沈梓，说道，"父母之命，媒妁之言。嫁给谁并不是我能决定的，我连自己的亲事都做不了主，更不可能替二姐姐做主，二姐姐若觉得嫁到郑家委屈了，就回去与父王说好了。"

沈梓面色一白。

沈锦接着说道："而且二姐姐关心我府上的事情，不如多关心关心二姐夫的伤势。"

这话是回应沈梓最开始的话，比直接说沈梓多管闲事还要让人难堪。

沈梓的指甲狠狠按进了手心，修得漂亮的指甲生生地被折断，疼痛让她保持了冷静。想到昨日瑞王府上四妹妹的下场，勉强一笑说道："三妹妹莫要生气，姐姐只是一时担心你才会如此的，毕竟你自己在边城，那边又没有家里的人，若是出了事情，也没个可以撑腰的。"

"哦？"沈琦冷笑道，"莫非二妹妹是找了父王撑腰，今日才出了门？"

"瞧姐姐说的。"沈梓想到昨日回府后婆婆的话，又觉得嫁到郑家没什么不好，起码整个郑家都要捧着她，就算她打了郑嘉瞿，也没人责怪她，甚至婆婆还把郑嘉瞿赶到了佛堂，三天只能吃一些粗茶淡饭当作赔罪。

"我婆婆心善。"说着，眼神扫了扫沈琦的肚子，她还不知道永乐侯世子的那个小妾被赶走的事情，用帕子擦了擦嘴角，带着几许炫耀说道，"她把管家的事情交给我了，我都说不想管家了，可是婆婆说郑家毕竟是我们夫妻两个的，交到我手上只是早晚的事情。"

沈琦眼神闪了闪，沈锦也满是诧异，她虽不知道郑老夫人为何如此，可是哪里有母亲不疼自家儿子，而偏心儿媳妇的？怎么看都是不合理的，莫非问题出在管家这件事上？可是郑家也算是世家，能有什么事情呢？

"听说郑府的三姑娘已经定亲了？"沈琦也满心奇怪地问道。

郑家三姑娘正是郑嘉瞿同胞的妹妹，定的是个读书人，同样是书香门第出身，不过并不是京城人士，只等殿试过后，郑家三姑娘就要嫁过去了。

沈梓闻言说道："是啊，那人过段时间就要上京了，暂住郑家，好准备殿试。"

"那嫁妆准备得如何？"沈琦问道。

沈梓道："婆婆准备的,我不好过问。"

沈琦点了下头没再说什么,沈锦觉得事情蹊跷,可是她性子虽然好也做不到刚被欺负了就去提醒沈梓这种事情,想了一下倒是什么也没说。

沈蓉是被府中的丫鬟领过来的,她的脸色有些憔悴,看见沈锦的时候神色也有些怯怯的,给沈琦她们行礼后,才坐在了沈梓的下方位置,低着头不说话。

沈梓皱了下眉头问道:"四妹妹呢?"

沈蓉看了沈锦一眼,并没有说话。昨日沈锦他们离开后,沈轩就脸色难看地让婆子直接把她们送到了正院。等沈轩和沈熙把事情说了一遍以后,就见瑞王脸涨红了,然后瑞王妃脸色也沉了下来。这是瑞王妃第一次变了脸色,直接叫人把沈静单独关到了一个院子里,除了几个嬷嬷以外,谁都不能探望,只说沈静什么时候想明白了什么时候懂事了才能放出来。

就是在以前许侧妃刚进府没多久,当着瑞王妃的面炫耀瑞王的宠爱,瑞王妃也只是笑笑就过去了。沈蓉当时差点吓破了胆,平日对她们多有偏爱的瑞王一句话也没说,甚至在后来瑞王妃直接让人把她和弟弟挪出海棠院,叫嬷嬷用戒尺打了许侧妃二十下手心闭门思过的时候,也没拦上一拦。那时候沈蓉就发现,其实以往只是瑞王妃不愿意搭理他们,若是真的计较起来,就算是瑞王,都是拦不住的。

沈梓也看到了沈蓉的眼神,心中暗恨,然后看向了沈锦说道:"三妹妹,都是自家……"

"叫我永宁伯夫人。"沈锦面无表情地说道。

沈梓眼角抽了抽,强忍着抓花沈锦的冲动接着说道:"都是自家姐妹,昨日四妹妹也没别的意思,怕是三妹妹……"

"叫我永宁伯夫人。"沈锦再一次打断了沈梓的话。

沈梓咬牙,手中的帕子都快撕扯烂了。沈琦看了一眼只觉得好笑,更是直接让丫鬟拿了新帕子给沈梓说道:"二妹妹,还是换个帕子吧。"说着就用手帕捂着嘴笑了起来。

"不用。"沈梓生硬地拒绝道,然后直接把手帕扔到身后的丫鬟脸上,骂道:"是不是没长眼,不想伺候给我滚。"

沈梓把心中的憋屈发泄了出来,此时接着说道:"怕是三妹妹……"

"永宁伯夫人。"沈锦再一次说道。

沈梓咬牙,只觉得心中烧着一团火,当初若是嫁给永宁伯的人是她……不对,当初本就该她嫁给永宁伯。

"永宁伯夫人……"这五个字带着浓浓的恨意和屈辱。

"嗯,以后记住了。"沈锦也不想这么不顾姐妹情面的,不过别人没有把她当姐妹。

沈梓微微垂眸说道:"怕是你误会了,四妹妹只不过是一时好奇又关心你罢了。"

赵嬷嬷眼中露出几分冷意,看了眼安平。安平忽然说道:"夫人,少爷吩咐了不让您多用点心了。"

"啊?"沈锦收回了伸向糕点的手,看向安平说道:"夫君明明说我可以吃一些的。"

"您已经吃了一些了。"赵嬷嬷道,"若用得多了,您中午又该没胃口了,少爷会担心的。"

"哦。"沈锦虽然喜欢吃,可也是最懂事,知道是为自己好就不再动了。

沈琦在一旁笑道:"妹夫真是关心妹妹。"

沈锦对着沈琦一笑,她的眉眼弯弯的,带着几许幸福的感觉,并没有否认。

沈蓉见沈梓脸色难看,吓得咬了咬唇,小心翼翼地碰了碰沈梓的胳膊,小声说道:"姐姐,喝点茶吧。"

"喝喝喝,喝什么喝,难不成家里没有茶给你喝吗?"沈梓怒斥道。

沈蓉吓得一哆嗦,也怒道:"不喝就不喝,你骂我做什么,再眼气也不是你的,干什么都拿我出气?"

沈梓脸色更加难看,恼羞成怒,直接一巴掌扇在了沈蓉脸上。沈琦当初扇沈梓是有分寸的,并没有留下任何痕迹,而沈梓这一下,因为她刚才指甲折断了,又没有个轻重,指甲狠狠地划在了沈蓉脸上,沈蓉痛呼一声。

沈琦和沈锦看过去的时候,就见一道红痕出现在沈蓉细嫩的脸颊上,渗出血来,别说沈蓉就是沈琦脸色都变了。

"快去拿牌子请了太医来,再来个人去请钱大夫。"

女子的脸和手格外地重要,特别是没出嫁的女子,若是留了疤怕是在说亲上都有问题。

沈锦也是说道:"安宁,快去府中将那盒御赐的雪莲膏拿来。"

沈梓已经吓坏了,她的指甲上还沾着血挂着一些皮肉,后退了几步尖叫道:"我不是故意的……"

沈蓉眼睛红了，看着沈梓满眼地不敢相信，那是她的亲姐姐啊。沈锦已经过来了，赶紧说道："不许哭，眼泪落上了说不定就要留疤了。"

"三姐姐……"沈蓉的声音里面带着哭腔。

沈琦一把拽开沈梓，然后仔细打量着沈蓉脸上不断流血的伤口，现在看着格外吓人，又见沈蓉唇惨白的样子安慰道："不怕，只是浅浅一道，我已经让人去请太医了。"

赵嬷嬷看了一眼，又扫了一下沈梓的手，她的指甲是用凤仙花染的色，而且沈梓那一下一点力气都没有留，想要不留疤，怕是难了，只希望不要太深才好。

其实赵嬷嬷知道这时候该怎么处理，可是在明知会留疤的时候，倒是没有上前说什么，还给安平使了个眼色。安平不着痕迹地碰了沈锦一下，没让沈锦靠得太近，而沈琦也是同样的顾虑，碰也没有碰沈蓉一下，免得到时候许侧妃把所有的脏水都泼到她的身上。在永乐侯府受伤这点，沈琦都怕到时候许侧妃咬着她不放，眼神一闪，直接看向沈梓厉声说道："五妹妹可是你嫡亲的妹妹，你竟然能下得了如此狠手！"

沈琦说着就一把抓着沈梓的手，谁知道这一看就看见了沈梓的指甲，这次可真是惊住了，任谁看见了那样的指甲都会觉得沈梓是故意的。

"你……"

沈蓉也看见了，腿一软尖叫道："姐姐，你竟然……我什么时候得罪了你？"

"不是，不是……"沈梓使劲摇头想要把手给抽出来，人也快哭了，"我不是故意的。"

"你指甲专门弄成这般还说不是故意的？"沈琦也觉得沈梓怕不是真的想要去抓花沈蓉的脸，可是此时只能一口咬定，"五妹妹年纪小，就算平日说话不注意惹了你生气，你也不能如此狠心，五妹妹可还没定亲啊。"

府中请了大夫叫了太医这样的事情是瞒不住的，永乐侯世子得到消息也是吓了一跳，赶紧带着两个妻弟过来了。因为他们离得比大夫还近一些，倒是先过来了，谁知道还没进门就听见一个尖锐的女声大喊道："我就算要抓也是抓花沈锦那贱人的脸，我怎么会去抓我亲妹妹！"

刚喊出来，沈梓就知道坏了，她满脸惊恐，直接软倒在椅子上，满脸苍白，摇头说道："我胡说的，不是真的……"

沈锦也惊呼一声，往后退了几步，安平直接挡在了沈锦和沈梓中间。赵嬷嬷更是直接把沈锦按在怀里，厉声说道："郑家少夫人！你这话我一定会如实告诉永宁伯的。"

"沈梓，你好大的胆子！"沈琦听沈梓这么一喊也觉得理所当然了，怕是沈梓对沈锦怀恨在心，本想趁机抓花沈锦的脸。谁知道沈蓉的话惹怒了她，忘记了指甲的事情一巴掌上去了，沈琦都不知道该说沈蓉倒霉还是沈梓心狠手辣。

"不是的……"沈梓伸手捂着耳朵尖叫道，"不是啊啊啊，我没有……"

沈蓉目光呆滞，她紧紧抓着丫鬟的手，一直问道："我不会留疤对吗？太医怎么还不来……我的脸……"

丫鬟不断安慰，可是根本不敢碰沈蓉的脸，还抓着她的手。

沈轩大步走了进来，伸手抓住沈梓的手然后一耳光扇了过去，男人的力量比女人大多了，这一扇不仅让沈梓噤了声，嘴角都流了血。沈梓看见沈轩像是看见了救星，抓着沈轩的手，甚至感觉不到脸上的疼痛："大哥，我没有，真的不是我，都是沈锦……对，都是她的阴谋……"

又一巴掌扇了过去，沈轩冷声说道："你最好闭嘴。"

"大哥……大哥，我的脸……"沈蓉听见了沈轩的声音，抬头看了过去叫道。

沈熙也进来了，他虽然和沈蓉关系不好，可是此时也是心疼的，到底是自家的亲人，说道："五妹妹，没事的。"

永乐侯世子犹豫了一下才走了进来说道："让人把门窗关好，五妹妹先进内室，别见了风。"

"对。"沈琦也反应过来，说道："赶紧扶着五妹妹进去。"然后看向了沈梓。

沈轩面色黑沉，说道："我会看着她，派人请母亲过府。"

沈琦点点头，没再说什么。

丫鬟扶着沈蓉往内室走去，沈熙和沈琦都跟了过去，沈锦靠在赵嬷嬷的怀里低声说道："嬷嬷，我没事的，大哥在了。"

沈轩也说道："放心，我会给三妹妹一个交代的。"

钱大夫此时也过来了，他虽然是永乐侯府的大夫，毕竟是个外男，住的地方稍微远一些。永乐侯世子见了赶紧说道："你快进去给人瞧瞧，算了，我带你进去。"

说着，永乐侯世子就拽着他的胳膊往里面走去，背着沈轩低声说道："若是会留疤，你就不要沾手，知道吗？"

"是。"钱大夫也不是傻子,闻言说道。

沈锦犹豫了一下,从赵嬷嬷怀里出来说道:"我们也去看看?"

赵嬷嬷说道:"也好。"

安宁戒备地看着沈梓,沈梓双颊红肿,嘴角还有血,格外狼狈,她满目仇恨地看着沈锦,含混不清地说道:"都是你,你个害人精……"

沈轩眉头一皱,说道:"别逼我把你嘴堵上。"毕竟沈梓已经嫁出去了,若还是瑞王府的姑娘,怕是沈轩早就让人把她给压了下去。

沈锦咬了咬唇,被赵嬷嬷护着往里面走去。赵嬷嬷眼睛眯了一下,安平走在沈锦的后面。其实赵嬷嬷猜到,怕是沈梓真的不是故意的,指甲折断这点应该也是意外。倒不是她多信任沈梓,而是沈梓没那么大胆子,就像是咬人的狗不叫,而沈梓这种就是叫得欢而已。

不过猜到了又如何?事实就是沈梓抓破了沈蓉的脸,还喊出"要抓就是抓沈锦"的这句话,不落井下石已经是不错了。

沈锦进去的时候,正巧听见钱大夫说道:"在下医术浅薄,还是等太医来了再说吧。"

沈蓉身子晃了晃,问道:"是不是我的脸会留疤?"

"在下实在是看不出来。"钱大夫说完就低头退到了一边。

沈琦挡住了沈蓉的视线说道:"还是等太医来吧。"

沈蓉有气无力地靠在丫鬟身上,竟然有些绝望的意思。

沈锦并没有凑过去,而是站在角落里面,安平倒是没有跟进来,不过赵嬷嬷还是站在沈锦的身边。

瑞王妃倒是比太医先到,是永乐侯夫人亲自去迎的,见到行色匆匆的瑞王妃,她也不知道说什么好。

"我刚去瞧过了,怕是要留疤了。"

"给府上添麻烦了。"瑞王妃温言道。

永乐侯夫人叹了口气:"哪里的话,只要你不怪罪我没照看好几个小的就是了,都是亲姐妹,何至于此。"

瑞王妃没有回答,永乐侯夫人也意识到自己说得太过,闭嘴不再说话了。沈梓还坐在厅里被沈轩派了两个婆子看着,见到瑞王妃的时候,沈梓整个人都颤抖了起来:"母妃……母妃救救我……我不是故意的。"

"轩儿，"瑞王妃看都没看沈梓一眼，只是说道，"让婆子把人给送回郑家。"

"不！"沈梓忽然脸色一白捂着肚子，"好疼……"婆子一个没看见她竟然摔在了地上，蜷缩着惨叫，"我肚子好疼……"

瑞王妃看见沈梓的裙子下面竟然渗出血来，面色一变，沉声说道："有大夫吗？"

"有。"永乐侯夫人也发现了，心中只觉不好，赶紧说道，"快去把大夫叫来。"

钱大夫就在这院中，他本身也不敢去看瑞王府五姑娘的伤，听到丫鬟叫他，就跑了过来，说道："快把她抬到屋中。"

瑞王妃看向了永乐侯夫人，永乐侯夫人说道："这边来。"

几个壮实的婆子就抬着沈梓赶紧跟着永乐侯夫人走了。瑞王妃看见沈梓脸上的手印，眼神闪了闪看向了沈轩。沈轩也是一脸懊悔，他并不知道沈梓有孕的事情。沈梓现在的情况和沈轩真没多大的关系，可是万一沈梓咬定是沈轩把她打流产的就完了。

瑞王妃低声问道："当时都有谁？"

沈轩把看见他动手的人说了一遍，瑞王妃点了点头，想着怎么善后。此时安宁已经拿了药膏赶了回来，见到瑞王妃和沈轩就行礼。

瑞王妃温言道："这是干什么，急急忙忙的？"

"府中有一盒御赐的雪莲膏，夫人刚才见到五姑娘受伤，就让奴婢赶紧拿了来。"安宁躬身说道。

瑞王妃眼神一闪，说道："这还真是……我瞧瞧。"

安宁双手奉上，瑞王妃打开盖子，轻轻抠了一块闻了闻，然后把盒子盖上交给了安宁说道："快快送去，和你家夫人说，一切等太医来了再说。"

"是。"安宁听了瑞王妃的话，心中倒是明白，这番话确确实实对沈锦好，药是好药，可是架不住别人泼脏水。

等安宁离开了，翠喜就说道："王妃去瞧瞧五姑娘，奴婢去探望一下二姑娘。"

瑞王妃拍了拍翠喜的手说道："去吧。"

翠喜不着痕迹地微微握着手，然后朝着沈梓那边走去，因为是在别人府上，瑞王妃也不好多说什么，不过看着儿子的神色道："无碍的，你带人去接郑家老夫人他们过来，把事情大致说一遍。"

沈轩听见母亲这般说,也放下心来,说道:"是。"

瑞王妃沉声说道:"在瑞王府中,沈梓恭顺良德,怎么才嫁到他们郑家这么短时间就变成这般满心嫉妒的狠辣心肠? 不过到底已经嫁到郑家了,瑞王府就不会再插手了。"

"知道了。"沈轩道。

瑞王妃挥了挥手,这才进了里面探望沈蓉,沈蓉见了瑞王妃就喊道:"母妃。"

"可怜的。"瑞王妃快步走过去,仔细看了看沈蓉的脸,脸上的血已经干了一些,伤口还微微往外渗着血,倒是不多了,离伤口远些的地方已经擦干净了。

安宁已经把药膏给了赵嬷嬷,该什么时候拿出来自然由赵嬷嬷决定。

很快,沈梓那边就传了消息来,丫鬟也是急匆匆地过来说道,沈梓肚中的孩子怕是保不住了,若是能做了决定,钱大夫就要去开药了,好让那些东西流干净。

众人看向了瑞王妃。瑞王妃只是说道:"二丫头虽是我瑞王府的郡主,可到底已经嫁到了郑家,让钱大夫尽量保胎,剩下的等郑家的人来了再决定。"

赵嬷嬷闻言看向了瑞王妃,瑞王妃是真的厌恶了沈梓,若是此时真为沈梓考虑,就该让大夫早早地把沈梓肚里的污血一类排出来,小产虽然会伤身,可养上一段时间就没什么大碍了,可是如今瑞王妃偏偏让大夫想办法保住等郑家的人来,这一耽误……对沈梓身子的伤害可就大了。

不过瑞王妃这样的做法有错吗? 也没有,毕竟沈梓已经嫁到了郑家,肚中是郑家的子嗣,她不插手任何人都说不出一个错字,若是真插手了,最后说不定还要落了埋怨呢。

沈锦虽然嫁人了,可是这样的事情并不清楚,只是抿了抿唇低声说道:"二姐姐怎么都不知道自己有孕?"

赵嬷嬷同样小声说道:"她的心思都放在别的事情上了。"

沈锦"哦"了一声:"可惜了。"虽然她不喜欢沈梓,可是那个孩子却是没有任何过错的,伸手摸了摸自己的小腹,她什么时候才能有夫君的孩子呢?

赵嬷嬷自然注意到了,只是安慰道:"等夫人再大一些更稳妥。"

"嗯。"沈锦不再说话。

瑞王妃叹了口气说道:"我去二丫头那边看看。"

沈琦道:"母亲,我陪你去?"

"不用了。"瑞王妃道,"你们在这里陪着五丫头。"说完就带着丫鬟去了沈梓那边。

沈梓躺在床上,钱大夫正在给她施针,脸色格外严肃,额间还有汗水,她脸上的巴掌印已经消失了。翠喜就站在一旁,对着瑞王妃微微点头。

太医是被永乐侯和永宁伯一起带回来的,就连瑞王都跟了来。他们三个本在宫中御书房,因为永乐侯府拿了牌子找太医,所以直接被禀报到了皇后那里。皇后派了太医后,就让小太监给诚帝传话。

永乐侯满脸诧异地看向了诚帝,诚帝说道:"我记得皇弟的大女儿嫁给了永乐侯世子,二女儿嫁到了郑家,三女儿嫁给了永宁伯。"

此时正在御书房,除了他们几个外,还有不少朝中大臣,众人正在商议沿海那边海寇的事情,此时见诚帝忽然说起了家常,心中都有些猜测。

瑞王站了出来躬身说道:"是。"

诚帝说道:"既然如此,你们就与太医一并回去吧,说是有女眷受了伤。"

瑞王和永乐侯脸色都是一变,楚修明也站了起来直接谢了恩,然后转身先出去了,瑞王和永乐侯也赶紧谢恩跟着他一并离开。

就算楚修明没有听见诚帝后来说的话,在诚帝当着众人面提起这些事情的时候,他就已经猜到了诚帝的意思,不过并不在意就是了。虽然知道有赵嬷嬷、安平和安宁在,自家娘子受伤的可能性很低,可到底没有亲眼看见也放不下心来。

他们在宫门口就遇到了瑞王府和永乐侯府派来的人,把事情大致说了一下,三人心中都有数,带着太医一起往永乐侯府赶去。

瑞王简直要气炸了,沈梓竟然抓伤了沈蓉的脸,那可是她的亲妹妹。这时候的瑞王还不知道沈梓小产的事情。

永乐侯世子亲自出来接的,见了两个太医松了口气说道:"正巧,谁比较擅长治外伤?"

"这是怎么了?"永乐侯问道,"莫非还有人受伤?"

永乐侯世子有些尴尬地点点头说道:"二妹妹……"

"那个孽障怎么了?"瑞王沉声问道。

倒是永乐侯夫人赶了过来说道:"边走边说,郑少夫人实在糊涂,月份尚浅竟然……此时怕是保不住了。"

瑞王咬牙,表情格外狰狞:"让她去死!"

"王爷。"瑞王妃也出来了,正巧听见这一句,沉声说道,"二丫头虽是你的女儿,可如今已经嫁进了郑家,是郑家的人。"这是要撇清关系。

楚修明脚步都没停,问道:"我夫人可有受伤?"

"锦丫头倒是无碍的。"瑞王妃说了一句后,又看向太医:"还要麻烦两位太医。"

两名太医点了点头,分别跟着丫鬟走了,瑞王妃说道:"王爷你们先在外面等下。"

"好。"瑞王和永乐侯也知道他们现在过去不方便,并没再说什么。

楚修明看向了瑞王妃,瑞王妃说道:"修明,你也在外面等着,我进去叫锦丫头出来。"

"谢谢岳母。"楚修明说道。

瑞王妃点了点头,转身往里面走去,永乐侯夫人吩咐儿子陪着瑞王他们后,也进去了。

没多久沈熙就出来了,先请了安才说道:"三姐夫,三姐说她等下就出来。"

楚修明点点头,瑞王倒是问道:"到底是怎么回事?好好地来做客怎么就伤了?"

沈熙有些尴尬,不知道怎么说好,瑞王沉声说道:"照实说。"

"其实儿子也不知道。"沈熙道,"兄长、我和五妹妹到了以后就分开了,五妹妹去找大姐姐她们说话,我与兄长和大姐夫在书房。"

永乐侯世子说道:"是的,小婿前几日得了一幅真迹,就请了两位妻弟到书房鉴赏。"

永乐侯闻言说道:"我也知这件事,马上就到了王爷的生辰,玉鸿这段时间一直在给王爷准备贺礼,那幅真迹就是。"

沈熙点头:"大姐夫还问我与兄长,父王会不会喜欢呢。"

瑞王面色缓了缓,说道:"可莫要这般了,只要你与琦儿过得美满就足够了。"

永乐侯世子没有再提这件事,只是说道:"我们三人正在说笑,忽然就听下人来禀,说是夫人叫了府中的大夫,还让人去唤了太医,所以我们三人就急匆匆地过来,谁知道还没进门,就听见……"这话永乐侯世子倒是不好说。

沈熙却没有那么多顾忌,再说沈梓喊的时候很多人都听见,瞒不住的。

"二姐姐正在喊,说若是真的要抓花,也是要抓花三姐姐的脸,怎么会去抓自己亲妹妹的。"

瑞王脸色格外难看,还有些尴尬地看了永宁伯一眼。楚修明面色却丝毫没变,只是眼睛眯了一下说道:"是吗?"

"是这个意思。"永乐侯世子咳嗽了一声说道。

沈熙脸色也不好看:"我们这才知道,二姐姐竟然故意把指甲弄得尖锐,不知为何扇了五妹妹,还挠破了她的脸。"

永宁伯微微垂眸,其实沈梓应庆幸伤的不是沈锦,否则……

瑞王气得已经说不出话来,郑家的人来的时候,他都没有给一个好脸色,见到郑夫人直接质问道:"郑嘉瞿呢? 他妻子出事,他都不露面吗?"

郑夫人也是急急忙忙赶来,闻言倒是没有恼怒,反而给众人问安,然后说道:"嘉瞿身子不适,出不得门,改日好了定让他与王爷赔罪。"

太医仔细检查了一下沈蓉的伤口,皱了皱眉头说道:"怕是……不太好。"

沈琦追问道:"太医,可会留疤?"

太医不再说话,态度已经表明了一切。赵嬷嬷把药膏塞到了沈锦手里,轻轻推了推她,沈锦这才从角落走了出来:"太医,若是用了雪莲膏会不会好些?"

"若是有雪莲膏的话,倒是会清浅一些。"太医躬身说道,言下之意还是会留疤。

沈蓉再也忍不住哭了起来:"我不活了……"

沈琦说道:"太医您尽力而为吧。"

太医点了点头,沈锦把雪莲膏也给了太医,沈琦吩咐了丫鬟仔细照看,然后拉着沈锦出了屋子,就见瑞王几个人正坐在厅中,气氛格外尴尬。沈锦见到楚修明,眼睛亮了亮。楚修明亲眼见到沈锦没有任何不当,才微微点头,心中怒气却丝毫不减。

瑞王问道:"你妹妹脸上的伤口怎么样了?"

"太医说怕是不好。"沈琦把太医的话说了一遍,"多亏了三妹妹让人特意赶回府中拿了御赐的雪莲膏,否则……不过就算如此,也只是稍微浅一些,到底会落了疤。"

瑞王又气又恨,更多的是觉得丢人。沈琦给丈夫使了个眼色,永乐侯世子说道:"岳父,小婿想到还有些事情请教父亲。"

"赶紧去吧。"瑞王现在也不想看见永乐侯。

永乐侯父子就离开了大厅,沈琦直接把屋里伺候的都打发下去,一时间就剩下了瑞王、沈轩、沈熙和永宁伯夫妻,沈琦这次说话可不再客气,直接说道:"父王,今天这事,绝不能善了。"

瑞王看向女儿,他虽更看重儿子,可是沈琦是他第一个孩子,在他心中的地位自然不一样,说道:"琦儿怎么了?"

沈琦眼睛一红,强忍着泪水说道:"父王,我这次请几个妹妹、妹夫来做客,本是想让大家多聚聚,感情更好一些,可是现在这样的情况……我简直没脸见人了。"

瑞王赶紧说道:"这和你又有什么关系?明明是她们不好。"

"可是这是我婆家啊。"沈琦看着瑞王哭诉道。

瑞王妃一脸忧愁地过来,虽然沈琦吩咐不让人靠近,可瑞王妃并不是别人。瑞王妃看了沈琦一眼直接说道:"琦儿放心,一会儿就让你父王与永乐侯和侯夫人赔礼,等我回去就让人备了礼送来。"

瑞王心中憋屈,倒不是怪罪沈琦,而是一腔怒火都发在了沈梓身上,厉声问道:"到底是怎么回事?丫鬟说得不明不白的。"

一直没有开口的楚修明这才说道:"其实我也想知道,明明是我家夫人的姐姐,却想抓花我家夫人的脸,到底是怎么回事?"

瑞王此时更加尴尬了,沈琦觉得太难以启齿,瑞王妃倒是说道:"事情已经如此了,再丢人也就这般了。"然后看向沈锦:"锦丫头今日受了委屈,我与你父王都记下了,一定会给你个交代的。"

沈锦看了看瑞王,又看了看瑞王妃,说道:"其实我没伤到。"

瑞王妃感叹道:"真是个实诚的丫头,都是我的女儿,我总不能让你吃亏。王爷,一会儿让太医亲自与你回禀,五丫头的脸若是没有锦丫头拿的雪莲膏,怕是毁得更厉害,到时候莫让人冤枉了锦丫头才好。"

"怎么会?"瑞王道:"锦丫头,父王知道你今日的委屈和所作所为,放心吧。"

"没事的。"沈锦乖巧地说道,"父王、母妃和大姐姐都对我极好的。"

楚修明叹了口气,说道:"在边城的时候,夫人也一直说。"

厅里的气氛终于缓和了一些,几个人都坐了下来,沈锦道:"夫君,你去与大姐夫说话吧。"言下之意就是让楚修明也离开。

楚修明看了沈锦一眼,说道:"好。"倒是没有去与永乐侯世子说话,而是去寻了守在外面的赵嬷嬷她们。

沈轩道:"我与弟弟……"

"留下。"瑞王妃说道,"那些都是你的姐妹,有些事情你心里有数的好。"

　　等厅里再无外人了，沈琦就把事情原原本本地说了一遍。瑞王越听越气，当初是许侧妃和沈梓哭着闹着不愿意嫁给永宁伯的，此时怨恨了起来。瑞王妃也气得脸色变了，扶着头说道："原来二丫头一直都是怨恨我。"说着就落了泪，"若说府中真有不公，对锦丫头才是真真的不平，如今……二丫头竟然抱了这样的心思，若是让人知道了，府上的脸面还要不要了。"

　　沈锦说道："母妃别哭，怕是二姐姐误会了。"

　　"什么误会！"沈琦冷声说道，"不过是看三妹妹你心善好欺罢了，想想昨日她竟然与二妹夫在路上厮打，本身就丢尽了脸面，今日若不是有别的心思，怎么会出门？"

　　沈锦低着头没有说话，沈琦冷声说道："还有昨日四妹妹，父王今日是三妹妹不计较，甚至帮着遮掩，若是永宁伯知道了二妹妹这样的言论会怎么想我们瑞王府，想三妹妹？"

　　瑞王妃已经擦了泪说道："这简直是结仇，边城那般的情况，锦丫头好不容易挺了过来，如今才过了几天好日子。在府中，我虽然把锦丫头养在身边，可真说起来偏爱，二丫头她们哪样不是事事压了锦丫头？就是锦丫头的亲事，到底是如何，王爷也是心知肚明的，郑家更是许侧妃和二丫头自己选的，怎么到了如今竟然是我们要害她们？"

　　"父王，本身姐妹们的事情我是不愿意插嘴的，毕竟她们迟早要出嫁，在家中过得自在些也是应该的。"沈轩此时才开口道，"不过……就是我也撞见过几次，母亲送与三妹妹的东西最终出现在二妹妹和四妹妹她们那儿。"

　　沈熙也说道："我见过一次，四妹妹说很喜欢三姐姐的点翠簪子，可是三姐姐也很喜欢，说是陈侧妃嫁妆里面的，还被四妹妹讽刺了呢。"

　　瑞王皱眉说道："你们怎么不与我说？"

　　"是我不让说的。"瑞王妃道，"她们姐妹的事情，你参与了能怎么样？还不是让锦丫头把东西让给四丫头？"

　　瑞王被说得一愣，竟然不知怎么反驳。

　　沈锦道："父王，那个点翠簪子因为是母亲最喜欢的，所以我才不好给四妹妹呢，剩下的都无所谓了。再说母妃和大姐姐会偷偷给我呢，就连哥哥和弟弟也有给我带东西。"

　　沈轩没有否认，只是说道："平日里收了三妹妹不少香囊、扇子袋。"

　　沈熙也笑道："不过每次带出去都要被同窗笑话，上面绣的东西都太圆了。"

　　瑞王也想到了沈锦给自己做的东西，眼神温和了不少，说道："委屈你了，我竟没有注意到。"

"父王是做大事的人。"沈锦笑着说道,"我有母妃照顾呢。"

瑞王看向瑞王妃说道:"当初是我的错。"

瑞王妃只是叹气道:"现在说这些干什么?等回了府再说吧。"然后看向了沈琦:"你去给五丫头收拾一下,王爷去给永乐侯和永乐侯夫人赔礼,我们回府吧。"

沈琦说道:"过几日我去妹妹府上做客。"

"好。"沈锦一口应了下来,见瑞王妃没有别的事情就先告辞了。

出了门就见到一身伯爵服的楚修明站在院中,赵嬷嬷她们都在楚修明的身边。楚修明看见沈锦,就伸出右手,手心朝上,沈锦露出一个笑容走了过去,把手放在了楚修明的手里说道:"我们回去吧。"

"嗯。"楚修明帮着沈锦整理了一下头发。

赵嬷嬷刚已经把所有的事情都与楚修明说了,沈锦拉着楚修明的手小小地摇晃了一下,撒娇道:"不要生气。"

虽然楚修明面色平静,可是沈锦感觉到了他的心情很不好。楚修明微微垂眸看着自己的小娘子,说道:"万一受伤的是你呢?"

沈锦只觉得心里甜甜的,比赵嬷嬷做的龙须酥还要甜,招了招手等楚修明弯腰才踮着脚尖趴在他耳朵上小声说道:"其实我觉得,二姐姐可能真的不是故意的。"

"嗯?"两个人离得很近,楚修明甚至能闻到沈锦身上的香味,伸手搂着沈锦的腰,让沈锦不用那么辛苦。

沈锦道:"真的,我觉得二姐姐没有那么大的胆子,她可能有伤我的心思,却绝对不敢动手的,五妹妹这次……怕真是误伤了,不过我没有说出来。"说到最后带着一点小小的娇气,"我不喜欢二姐姐,所以不想帮她说话。"

楚修明应了一声,等沈锦说完离开了也没有松开手,把她软乎乎的身子抱在怀里,然后慢慢地往外走去,并没有说话。

沈锦撒娇道:"不要气了。"

楚修明停下脚步,一把把沈锦给举了起来,让她坐在自己的胳膊上。沈锦晃动着脚,裙摆摇动,翠色的绣鞋若隐若现的。永乐侯府的下人简直都被吓得愣住了,甚至有个端着盆的丫鬟直接把盆摔在了地上。

沈锦觉得自己脸皮变厚了不少,此时不仅不觉得不好意思,还觉得格外安全和欢喜。

楚修明见沈锦喜欢,还故意上下抛动,让沈锦更加开心一些。今日的事情虽然沈锦没表现出来,可是楚修明觉得沈锦心中多少有些不好受,毕竟那些都是她的亲人,所以此时哄着她,只希望自家的小娘子每日都是笑呵呵的。

沈锦丝毫不觉得害怕,腕上的玉镯相互碰撞,发出清脆的声音。

赵嬷嬷的眼神终于柔和了一些,安平和安宁也带着笑意看着将军和夫人。

"不知羞耻!"

身后忽然传来一个严厉的女声,破坏了几个人之间的气氛,楚修明停了下来转过身看去。沈锦就看见面色惨白的沈梓裹在披风中,被两个粗使婆子架着,她身前站了一个面色严肃的中年女人,说话的正是她。

"我认识你们吗?"沈锦微微打量了她一下问道。

中年女人并不觉得自己有错:"大庭广众之下,你们这般嬉闹可知'廉耻'两个字怎么写的?"

"你准备教教我们?"楚修明的眼神很冷,带着几许嘲讽,从沈梓身上一扫而过,就见沈梓身子晃了晃。

又一个中年美妇走了出来,见众人挡在门口就问道:"这是怎么了?"说话的正是郑嘉瞿的母亲——沈梓的婆婆,和那个神色严肃的妇人比,看起来倒是温和了不少。

沈锦见沈梓的样子,说道:"你们还是快快送二姐姐回去吧。"

郑夫人从丫鬟的口中知道了事情的经过,吸了一口冷气,看了一眼自家的小姑子,只觉得头疼得很,赶紧说道:"刚刚只是误会。"

"郑夫人吗?"楚修明眼神落在后出来的妇人身上,道,"我今日的话你最好记在心里。若是以后你们郑家任何人伤我妻分毫,我就断你儿子一肢,你可以回去数数你共有几个儿子,有几次机会。"

郑家小姑已经知道眼前的人是谁,但听见楚修明这般张狂的话,面上一怒:"这是天子脚下,不是你能放肆的地方。"

"呵。"楚修明的眼神在郑家人身上扫了一圈,没再说什么。

郑夫人赶紧说道:"永宁伯,大家都是姻亲……伯夫人,我知今日的事情让你……"

"郑夫人你别着急。"沈锦的声音轻轻柔柔的,带着一种软糯,"夫君有分寸的。"

有分寸就是断她儿子的手脚,那没分寸呢?郑夫人简直要晕过去了。

沈梓满眼仇恨地看着沈锦,脸都要扭曲了:"沈锦你别得意……"

"如果我听见你们郑家人说我夫人一句不好听的,或者惹了我夫人生气,"楚修明再一次开口,他的面色很平静,但是声音带着一种寒意,甚至让人感觉到了一种杀意,"照样如此!"

还没等沈梓再开口,郑夫人已经再也保持不住形象,厉声叫道:"给我捂住她的嘴!"

沈锦还坐在楚修明的怀里,说道:"夫君,我饿了,想回去了。"

"嗯。"楚修明应了一声,刚才那身的寒意和杀意一下子就全部消失了。

沈锦扭头看了沈梓一眼,叹了口气晃动着脚,时不时地踢到楚修明的身上,说道:"夫君,我想吃你弄的烤肉。"

"好。"楚修明一口应了下来。

赵嬷嬷看着郑家的人冷笑了一下,说道:"你们最好记着我家少爷的话,除了对夫人外,他都是说一不二的。"说完,这才一并离开。

瑞王妃也出来了,她身后丫鬟婆子围着一个戴着帷帽的女子,她们刚也听见了楚修明的话,沈琦更是毫不留情地说道:"有些人也太自以为是了,别人家的事情总想要插手管上一管,如今爪子伸得太长被人剁了吧。"

此时郑家夫人根本顾不上沈梓的身子,只是说道:"亲家,怕是永宁伯对我们多有误会,还请……"

"郑家的事情以后与瑞王府没有任何关系。"瑞王妃平静地说道,"沈梓的事情我也不会再管,若是你们真有所求,就去求沈梓的生母。"说完,就带着人离开了。

第十五章
风波不断

从永乐侯府回来后，沈锦整个人精神都不太好，就连楚修明亲手给她做的烤肉也没吃进去多少。开始的时候不管是楚修明还是赵嬷嬷都以为沈锦是因为心里不舒服，可是过了两天沈锦还是这样，赵嬷嬷心中隐隐有了猜测，也偷偷与楚修明说了，楚修明当即就让人请了大夫过府。

"其实，我只是水土不服吧。"沈锦看着楚修明，小声说道，"我觉得京城的羊肉都不如边城那边的好吃，不够鲜还有点膻。"

楚修明伸手握着沈锦的手："叫大夫看看，我也安心。"

沈锦还是有些不情愿，她怕死喝那些药了。赵嬷嬷端了一碗红枣酪给沈锦，说道："夫人，若是老奴没记错，您可是在京城生活了十几年，边城才生活了一年多些。"

"可是我有一年多没回来了，所以水土不服了。"沈锦理直气壮地说道。

楚修明静静地看着沈锦，沈锦红润的唇动了动，终于沮丧地说道："我知道了，等大夫来了，我就让大夫看。"然后把手抽了回来低头吃起了红枣酪。

赵嬷嬷看着楚修明，心中得意，看来夫人更喜欢她的手艺，而不是将军的美色。这么一想又觉得夫人格外贴心，柔声说道："夫人还想用些什么，和老奴说，老奴这就去做来。"

沈锦眼睛一亮，含着勺子看向了赵嬷嬷，赶紧把嘴里的吃下去说道："不如做个酒糟肉丸?"见赵嬷嬷脸上的不赞同，有些气弱地辩解，"是大姐姐喜欢吃的，她一会儿就要来了呢。"

赵嬷嬷叹了口气说道："等问过了大夫，若是夫人身体无碍了，老奴就给夫人做个虾丸鸡皮汤好不好?"

"好。"沈锦一口应了下来，对着赵嬷嬷露出笑容，然后继续满足地吃起了红枣酪。

大夫和沈琦是前后脚来的,安宁和安平去迎的沈琦夫妇,安平躬身解释道:"我家夫人自前几日起身子就有些不适,今日早饭都没用进去多少,少爷命人去请了大夫,此时正在里面给夫人把脉,所以夫人才没能亲自来迎世子夫人。"

沈琦根本不会在意这些,此时听了解释更是说道:"你家夫人怎么回事?莫不是前几日被惊了神?"

"奴婢不知。"安平面上露出几许担忧地说道。

沈琦点点头说道:"我知道了,快带我去瞧瞧。"

永乐侯世子也说道:"都是自家人,哪里需要那么客套。"

等沈琦夫妇过去的时候,那老大夫已经把完了脉,正问道:"夫人这几日可用了什么东西?"

赵嬷嬷把这几日沈锦吃的都说了一遍,然后说道:"这几日夫人的胃口一直不好,今日早上才进了一碗米粥和两个素馅包子。"

一碗米粥和两个包子还不多吗?沈琦的脚步都顿了一下,若不是满屋子伺候的人都是一脸认真,永宁伯眼中也有些担忧,沈琦差点以为沈锦在开玩笑。就连永乐侯世子脸上都露出了诧异,下意识地看了一眼沈琦。沈琦和沈锦可是姐妹,关系瞧着还不错,可是沈琦每日早上最多用大半碗粥和几块点心,而沈锦胃口不好还吃了一碗粥和两个包子,那胃口好的时候要多少?

楚修明站了起来,点了下头算是打过招呼,然后看向大夫,等着大夫说话。

老大夫倒是没有沈琦他们那般惊奇,毕竟胃口大的妇人也不是没见过。

"那以往每日早上用多少?"

赵嬷嬷道:"平日里夫人都要用一碗粥、三四个包子、几块点心……"

怎么会这么多?若不是赵嬷嬷说出来,沈锦从来没有意识到这点。

沈锦一脸震惊地看着赵嬷嬷,又看向了沈琦,见沈琦的表情,她难得有些羞涩地红了脸,赶紧说道:"那些包子、花卷、牛奶馒头都是很小的。"

赵嬷嬷点头说道:"是的,老奴会看着不让夫人用太多,免得压了食,用完早饭过一两个时辰,夫人还会再用一盘点心和几块蜜饯干果一类的,可是现在……"

沈琦已经恢复平静走了过来坐在沈锦的身边,沈锦弱弱地解释道:"我平日动得多,才会吃得多了一些。"

楚修明伸手摸了摸小娘子的后颈说道:"不多。"

沈锦闻言脸上就露出了笑容,也说道:"嗯!"反正吃得再多,夫君也养得起!

赵嬷嬷已经和老大夫交流完了,老大夫沉思了一下说道:"没什么大碍,倒是不用用药,而且夫人身子骨很康健。既然夫人想休息,就让她休息,想吃什么就让她吃什么,吃多少都让她自己决定,倒是不用劝着她,可以多用一些水果,过段时间就好了。"

"好的,谢谢大夫。"赵嬷嬷心中有些失望,说道:"我送大夫。"

老大夫点点头就告辞了,赵嬷嬷不仅备了诊金,还送了红封:"以后府上若有事,到时候还要麻烦大夫。"

"应该的。"老大夫让药童把东西收下说道,"有些事情急不得,贵府夫人底子好,这是迟早的事情。"

"大夫说得是。"赵嬷嬷笑着说道,"不过是夫人这几日容易疲倦,我们这些人心中担忧。"

"其实……"老大夫见永宁伯府人态度极好,犹豫了一下说道,"也可能是如今时日尚浅,所以脉上没有征兆。"

赵嬷嬷也想到了这点,问道:"那大夫觉得什么时候再来把脉合适?"

"十五日后。"大夫思索了一下说道。

赵嬷嬷笑着应了下来,亲自把人送到了门口。

和赵嬷嬷的失望相比,楚修明倒是松了一口气。沈锦年纪尚小,孩子的事情他是不急,更何况现在的情况也不适合要孩子;不过若真是有了,他自然是高兴的,还会全力护着沈锦母子安全。

沈锦听了大夫的话,倒是有些得意了,等赵嬷嬷送了人回来,就笑看着赵嬷嬷:"嬷嬷,那中午还吃酒糟肉丸,还要虾丸鸡皮汤。"没等赵嬷嬷说话,就接着说道:"大夫说了,我想吃什么就吃什么的。"

虽然是这么说,可是这样当成理由真的好吗?赵嬷嬷看向了楚修明,楚修明却点了下头,自己娘子开心就好。

"是。"赵嬷嬷应了下来,就下去准备了。

沈琦见此,就笑道:"嫁人以后怎么越发淘气了?"

沈锦心情很好,她决定以后身体不适就找这个老大夫,不会像别的大夫那样老让她喝药,便说道:"嬷嬷的手艺极好,可是轻易不下厨的,今日因为姐姐来,嬷嬷才答应亲自动手的。"

沈琦闻言只觉得心中暖暖的,笑道:"你不是说养了一只狗吗? 我们一起去瞧瞧?"

永乐侯世子也是个喜欢狗的,还有专门的院子养猎犬,闻言说道:"前几日夫人与我说了,我心中也好奇得很,三妹夫带我一并去看看吧。"

楚修明点头说道:"我让人把狗放出来,我们到外面的院子里等着就好。"

沈锦已经和沈琦挽着手往外走去了:"小不点可乖了,跑起的时候就像是个毛团。"

沈琦问道:"是什么颜色的?"

"白色的,毛又多又软。"沈锦带着几分炫耀地说道。

沈琦点了下头,心中倒是有些期待了,小不点……那一定是小小的一团,浑身毛茸茸的,想到抱在怀里的感觉,也笑了起来:"那一会儿让我抱抱。"

"好啊。"沈锦一口答应下来,"抱着特别舒服。"

永乐侯世子心中倒是有些失望,他是喜欢大狗的,而不是那种小狗。

安平跟在沈锦身后,心中倒是期待着众人见到小不点以后的样子。

楚修明如何看不出永乐侯世子的情绪,只是说道:"只希望大姐夫可别见猎心喜才是。"

"不会的。"永乐侯世子发现楚修明对自家的狗很有信心的样子,笑道,"三妹妹喜欢狗的话,我那有人刚送了一窝小狮子犬,本想着驯好给夫人玩的,到时候也送来几只给三妹妹。"

楚修明闻言并没有回答,只是说道:"来了。"

"什么来了?"永乐侯世子愣了一下,明显没有反应过来,他的话音刚落就看见一只白色的毛茸茸的雪狼朝着这边奔跑。

沈琦也看见了,脸色一变差点惊呼出声,却听见沈锦欢快的声音:"小不点!"

小不点?! 沈琦和永乐侯世子对视了一眼,眼中都闪过难以置信的表情。

沈锦已经跑了几步蹲下来伸开双臂,小不点在离沈锦还有一丈远的时候就不再奔跑,可是因为太大太重并没有一下子就停下来,还往前滑了一段,最后正好停在了沈锦的身前,然后站了起来,两只大爪子搭在沈锦的肩膀上,大脑袋在沈锦脸上蹭了蹭,因为被楚修明教训过,这次倒是没有敢舔沈锦一脸口水。

小不点还没长大,它现在的耳朵一只耷拉着一只竖起来。

沈锦放了小不点,然后站起来拍了拍大狗头说道:"这是我姐姐和姐夫。"

小不点蹲坐在地上,黑溜溜的眼睛看了看两个陌生人,就不再搭理而是看向了楚修明,发出"嗷呜"一声。

沈锦看向了沈琦,满脸喜悦地说道:"姐姐,你看小不点。"

"小不点……"沈琦对这个名字不知道说什么好了,说好的能抱在怀里像是小毛团一样可爱的小狗呢?

沈锦笑道:"姐姐,你不是要抱它?它可乖了,不会咬人的。"

小不点张着嘴吐着舌头呼哧呼哧的。

沈琦也不是个胆子小的,再说有沈锦在旁边,也不用怕狗会伤人,就走了过来,说道:"我能摸摸吗?"

"可以。"沈锦去拉着沈琦的手,然后放在大狗头上,小不点还在沈琦的手上蹭了蹭。

沈琦眼中露出惊喜,刚还有些担心,如今全然消失了。

"真乖啊。"

"嗯。"沈锦小声说道,"小不点可老实了,一会儿我把它带回房间,我们两个光脚踩在它身上,特别特别舒服。"

"可以吗?"沈琦看向沈锦。

沈锦使劲点头,有些得意地说道:"我就知道姐姐会喜欢,小不点还会给爪子。"说着就对着小不点伸手:"握爪。"

小不点很干脆地抬起了大狗爪按在了沈锦的手上,沈锦握着上下摇动了一下才松开。

"我也来!"沈琦也伸出了手说道:"握爪。"

小不点歪着大脑袋看了看她却没有动,沈锦拍了拍大狗头:"和姐姐握爪。"

"嗷呜。"小不点叫了一声,才伸出爪子拍在了沈琦的手上,沈琦也握着摇动了一下。

沈琦也是喜欢动物的,不过当初在瑞王府瑞王妃根本不让她们养,怕这些动物不知道分寸抓伤了她们,而永乐侯世子养的都是猎犬,一只只凶悍得很,他还格外宝贝,沈琦也不愿意去碰,今天好不容易遇到了。

和沈琦不一样,永乐侯世子可看出了这个小不点训练得极好,就像是刚才如果不是沈锦的命令,它根本不会听沈琦的话,此时说道:"三妹夫,这只狗真是俊!"

楚修明道:"这狗有狼的血统,是在互市上买的。"

"我听说那边的狗和狼都很凶悍。"永乐侯世子盯着小不点,恨不得上去直接把狗给抱走。怪不得刚才他说要送小狮子犬,楚修明没有说话,有这样的狗谁还看得上小狮子犬!

楚修明应了一声:"大姐夫若是喜欢,等互市再开了,我让人去找找,遇到好的话就买条送……"

"太好了。"楚修明话还没说完,永乐侯世子就激动地说道,"你家小不点要是生崽了的话,送我一只更好!"

"小不点还小。"楚修明被打断了话也没生气,只是说道,"不过不一定能找到,我在边城这么久,也就小不点适合家养一些,那边的犬都凶狠爱斗,而且……小不点这个样子的,也不一定能找到。"

"我明白!"永乐侯世子是真的喜欢狗,特别是这种大狗,"妹夫帮忙找就好,这也是要靠着缘分的。"

永乐侯世子觉得楚修明简直是他的知音,看着被沈琦和沈锦使劲蹂躏都不动的小不点,永乐侯世子也想上去好好摸摸。

"妹夫,这只狗是谁驯的?而且还没长成吧?"

"嗯。"楚修明并不准备告诉永乐侯世子,小不点是他亲手驯出来给自家娘子的。给自家娘子驯狗是享受,他可不想帮着永乐侯世子驯狗。

永乐侯世子说道:"妹夫,让我好好看看小不点吧。"

楚修明知道永乐侯世子说的好好看看是什么意思,说道:"好。"

小不点已经躺在地上肚皮朝上,让沈锦和沈琦摸着它热乎乎的肚子了,见到楚修明和永乐侯世子过来,它动都没动,永乐侯世子说道:"好夫人、妹妹,让我也看看小不点吧。"

沈琦知道永乐侯世子的喜好,闻言挑眉看了过去,永乐侯世子说道:"就当为夫求求夫人了。"

"哈哈哈,姐夫你……"沈锦笑了起来。

沈琦也被逗笑了,说道:"德行。"虽这么说,还是和沈锦一并站起来让开了。

在她们离开后，小不点就翻身站了起来，摇了摇身子，黑漆漆的眼睛盯着永乐侯世子。

"好狗。"永乐侯世子忍不住赞叹道。

楚修明说道："坐下。"

小不点就重新蹲坐在了地上，永乐侯世子并没有直接上去摸狗，楚修明先走了过去摸了摸小不点的头，永乐侯世子这才蹲在小不点身边，根本不顾自己一身锦袍。

"可以了吗?"

"嗯。"楚修明的手没有离开小不点的头。

永乐侯世子这才伸手看向小不点，楚修明轻轻拍了下小不点，小不点伸出爪子放在永乐侯世子的手上。和沈琦不同，永乐侯世子并不是和小不点握爪，而是仔细摸了一下小不点爪子和腿的粗度，惊叹道："这狗长成了，站起来能顶人高!"

"嗯。"楚修明发现永乐侯世子是真的挺懂狗的，在小不点郁闷的眼神中，永乐侯世子把小不点全身摸了一遍，甚至连尾巴都没放过，如果不是有楚修明看着，小不点早就要咬人了。

"真棒啊……"永乐侯世子依依不舍地松开小不点，说道，"妹夫，这么好的狗怎么就叫了那样的名字?"

"姐夫，我起的。"沈锦开始和沈琦在一起说话，沈琦问她小不点的来历，然后就说起了互市的情况，正巧听见永乐侯世子的话，就回应道。

"怎么起了这样的名字啊?"永乐侯世子惋惜地说道，"应该起个威武的名字。"

沈锦笑道："夫君也觉得名字很好呢。"

永乐侯世子看向了楚修明，楚修明很淡然地点头，在永乐侯世子快要崩溃的神色中，说道："夫人起的名字很好。"

沈琦一下子就笑了起来："妹妹养的，妹妹觉得好就是了，又不是夫君你养的狗。再说了，你养的那几只猎犬名字也好不到哪里啊。"

"叫什么?"沈锦好奇地问道。

沈琦笑道："一只叫威猛大将军，一只叫神勇大将军，一只叫狂傲大将军……"

"哈哈哈，好俗啊。"沈锦毫不客气地笑道。

永乐侯世子一脸郁闷地说道："哪里好笑了，一听就是威风凛凛的。"本想找小不点说说，谁知道就看见楚修明的手一离开，小不点就跑回了沈锦的脚边继续蹲坐着，伸着舌头呼哧呼哧的，尾巴还左右摇摆，和刚在他这边截然不同的样子，这下子永乐侯世子更加惆怅了。

沈琦见到丈夫的样子，心中格外舒爽，想到前段时间因为那个表妹受的委屈，眼睛眯了一下，说道："妹妹，让他们两个男人去说话，我们也去说悄悄话吧，我还想试试让小不点暖脚的感觉呢。"

永乐侯世子说道："其实我觉得，我们可以多留一会儿，和小不点相处相处。"

屋里，沈琦和沈锦已经都重新梳洗换了一身衣服，两个人坐在软椅上脱了袜子轻轻踩在小不点的身上，小不点正抱着一根骨头啃得高兴，尾巴摇摆个不停。

沈琦感叹道："没想到夫君还有这样的一面。"

"姐夫很喜欢狗啊。"沈锦也感叹道。

沈琦微微垂眸看着小不点，只觉得心中有些讽刺，还真是人不如狗，真不知道该说永乐侯世子薄情好还是重情好。

"他每隔段时间就要去庄子上住几日的，那庄子平日里也不许别人去，都是他的心腹在打理，倒是带我去过一趟，我本以为那里养着……谁知道只是养了一些狗。"

"小不点很可爱。"沈锦看了沈琦一眼说道。

小不点听见自己的名字，就叼着骨头扭头看向了沈锦"嗷呜"一声。谁知道一叫，骨头就掉了下来，它赶紧低头去叼了起来，这才又看向了沈锦。

沈锦说道："吃吧。"

小不点又趴了回去，两个爪子按着大腿骨继续啃了起来。

沈琦点点头，说道："是啊，喜欢狗总比喜欢别的好。"

沈锦一脸迷茫地看着沈琦，沈琦倒是笑了，说道："果然是傻人有傻福。"

"我可聪明了！"这句话沈锦听懂了，反驳道，"真的。"

沈琦都不知道该怎么说沈锦好了，也就不再讨论这件事。

"五妹妹的脸怕是真的不好了，回府以后就把自己关在屋里，沈静不知从哪里知道了一些似是而非的消息，告诉了许侧妃，她倒是哭闹着要出来，最终还是瑞王妃心善放了她出来，让她去见了沈蓉。看见沈蓉的脸，许侧妃哭了起来，口口声声要王爷给女儿做主，又得知了沈梓小产的消息，整个人都崩溃了，抢了剪刀对着脖子，要死要活的。"

"可是五妹妹不是二姐姐弄伤的吗?"沈锦皱了皱鼻子,白嫩的脚丫在小不点身上动了动,说道,"这要父王怎么做主?"

沈琦冷笑了一下说道:"让霜巧说给你听。"

霜巧是沈琦的贴身丫鬟,从小跟在沈琦的身边,此时听了沈琦的话,才福了福身说道:"那日正巧夫人让奴婢给王妃送些东西,所以才得知了这些事情。"

沈锦是认识霜巧的,笑道:"霜巧,原来你送我的那串珠络,我不小心弄坏了,安平她们怎么也修不好了。"

"夫人若是喜欢,奴婢再给夫人做就是。"霜巧长得很漂亮,又跟着沈琦一并识字学画,比一般的小户人家姑娘还要出彩。

沈琦也笑道:"我当多大的事呢。霜巧,既然妹妹一直记着,你这段时间先停了手上的活计,多给妹妹打一些络子。"

"是。"霜巧笑着应了下来。

沈锦也毫不客气地说道:"太好了。"

沈琦其实很喜欢和沈锦在一块儿的感觉,好像什么事情在沈锦眼中都算不得大事。

霜巧见没别的吩咐了,这才学了起来,她记性很好,许侧妃的话竟然背得一字不差,不过语气很平静,显得有些怪异。

"王爷,大郡主是您的女儿,难道我的梓儿和蓉儿不是吗?

"世子爷好大的威风,如今王爷还在,世子爷就几巴掌生生地把梓儿肚中的孩子打落,莫不是因为大郡主生不出,就不允许别人生了?

"蓉儿只是说了几句,就被大郡主派人打花了脸,若是王爷真的厌倦了我们母子几人,说了就是,我带着几个孩子直接吊死在屋里,也不会碍了人眼。

"永宁伯权势盖天,三郡主如今当了永宁伯夫人,可不是不把我们放在眼里,就连世子和大郡主都要巴结着,不就是说了几句吗?难不成姐妹之间还不能生个口角?好狠毒的心,我知三郡主一向恨我,我是个卑贱之人,可我的孩子不是,他们也是王爷的子嗣,是三郡主的亲人啊……陈侧妃,就当我求你了,是我以往得罪了你,让你女儿有什么怨有什么仇都对着我来!"

沈锦听得目瞪口呆:"她们出事又和我有什么关系啊?我母亲没事吧?"

霜巧道:"夫人无须担心,陈侧妃丝毫无碍。"

沈锦巴巴地看着霜巧,霜巧看着沈锦的样子,只觉得心中一软,和大郡主沈琦比起来,沈锦看起来又乖巧又可爱。

陈侧妃面色大变,直接怒道:"许姐姐,你莫不是得了失心疯,胡言乱语起来!"

为母则强。平日里一向沉默寡言,就算是被欺负了克扣了也从不说什么,在众人眼中软弱可欺的女人第一次立了起来。

"锦儿若不是王爷的女儿,怎么可能嫁给永宁伯?当初这门亲事是怎么落在锦儿身上的,大家都心知肚明。锦儿在边城是个什么处境,难不成你不知道?不,你知道,只不过现在锦儿过上了好日子,所以你们眼红,处处想给锦儿难堪,这些好日子是我女儿用命换来的!

"在王府中,锦儿处处让着二丫头这个姐姐,又要让着四丫头、五丫头这两个妹妹,就算如今嫁人成了永宁伯夫人,可有对府中的人丝毫不敬?边城苦寒,锦儿好不容易得了一点皮子,还要送回来分与几个姐妹,你们难道没有拿到?拿块肉喂狗,狗都知道摇摇尾巴,那么多东西给你们,却落不到丝毫好话!"陈侧妃强忍着泪水怒斥道。

然后看向了一脸震惊的瑞王,直接跪在地上,伸出右手两指对着天说道:"王爷,我敢在此发誓,若是锦丫头心中对王爷有丝毫不敬,就让我天打雷劈不得好死。"

"妹妹,你这是说的什么话。"瑞王妃厉声说道,赶紧过去去拽陈侧妃。

陈侧妃直接哭倒在瑞王妃身上:"王妃,你一向对我们母女两个多有照顾,若是没有王妃,怕是我与锦儿母女两人早被人欺负死了。锦儿就算嫁到边城,心心念念的都是瑞王府,都是她的父王和母妃,若是没有王府,没有王爷这个父亲的支持和王妃的照顾,锦儿可如何在边城立足?如何在永宁伯府立足?如今许侧妃这般说锦儿,这是想在王爷心中下根刺啊,若是锦儿真与她父王起了间隙,那她要怎么办啊……世子是锦儿的哥哥,大郡主是锦儿的姐姐,锦儿只有敬着爱着亲着,如何会……"

剩下的话像是再也说不出来,她并不像许侧妃那样大声哭泣,而是满眼的绝望。

瑞王妃也红着眼睛,索性坐在地上抱着浑身发抖的陈侧妃,扭头看向瑞王:"王爷,我嫁与王爷二十多年,自问没有亏待过府中任何一人,因为许侧妃给王爷生了三女一子,更是宽待。几个子女我虽不能说是一视同仁,可是只要琦儿、轩儿有的,别的孩子一样都有,他们是同一个老师教出来的,教规矩的嬷嬷也同样是从宫中请来,可是如今……沈梓抓花了沈蓉的脸,又把自己弄得小产,怎么到了许侧妃口中,就是因为惹了锦丫头,然后被琦儿派人打花了脸，被轩儿打了流产！王爷，若是许侧妃的话被传了出去，让琦儿、轩儿、熙儿和锦丫头还如何做人！"瑞王妃厉声质问道。

沈锦眼睛发红，低着头，肉乎乎的脚指头动了动，想到母亲的样子，她就格外心疼。

沈琦握着沈锦的手说道："接着听下去。"

"嗯。"沈锦有些怅然。

霜巧接着说道。

瑞王也意识到了这件事的严重性，脸色一变，直接指着许侧妃骂道："你个贱妇！来人，把她给我拖出去打死。"

"王爷……"许侧妃不敢相信地看着瑞王。

此时许侧妃所出的儿子沈皓从外面哭着跑了进来："父王，母亲……"

许侧妃一把扔掉了剪刀，抱着沈皓大哭："皓儿，王府没了我们娘俩的活路，这是要逼死我们啊……"

沈皓正是天真可爱的年龄，平日里瑞王也很喜欢，见到沈皓面色虽然还很难看，但是也没再说什么"打死许侧妃"之类的话，只是质问道："谁把三少爷放了出来！"

陈侧妃咬了下牙，知道这次已经和许侧妃撕破脸皮，轻轻按了一下瑞王妃的手，就从瑞王妃怀里出来："许侧妃，你好狠的算计！王爷，若是大少爷和二少爷被流言毁了，那王爷可不就剩下三少爷了！"

瑞王听了心中一震，看向了和许侧妃母子情深的沈皓，脚步微微后退，怒吼道："把皓儿给我带回去！再让他跑出来，我就打断你们的腿。"

沈皓身边伺候的人脸色惨白，赶紧上前，根本顾不得许侧妃，硬生生地把沈皓从许侧妃怀里夺了出来，甚至忘记给瑞王行礼，抱着沈皓就往外跑去。许侧妃惨叫着要扑过去，谁知道被瑞王一脚踹在心口："毒妇，原来你竟然抱着这般心思！"

瑞王妃也是满脸震惊，整个人却冷静了下来，拉着陈侧妃站了起来："许氏，我以往对你多有容忍，就算你不敬我这个王妃，看在你伺候王爷能让王爷开心的分儿上，我也没为难过你，可是你……王爷，我就轩儿和熙儿两个儿子，我绝不能让人害了他们！"

"王妃，轩儿他们也是我的儿子。"瑞王心中对瑞王妃更加愧疚，说道，"这次绝不能再留着这个毒妇。"

躲在一旁的沈静几乎被吓破了胆，她没想到会闹成现在这样。她只是恨透了沈锦，正巧听见了沈蓉的丫鬟和另外一个婆子说话，这才买通了看守许侧妃的婆子，把偷听的事情告诉了她。明明是沈锦害得二姐姐小产，害得五妹妹毁容，可是现在怎么成了这样？

刚才也是沈静让丫鬟去带了弟弟来，此时咬了咬牙，直接转身朝着内室跑去，沈蓉就在里面，竟然到现在还不出面，父王一定是被蒙蔽了，只要沈蓉说出真相，那么母亲就不会有事了，有事的该是沈锦那个贱人。

沈蓉见到闯进来的沈静，她下意识地捂着脸上的伤，她至今不出面固然有丫鬟拦着的原因，更因为她的脸，她丝毫不愿意见人："出去，出去！"

沈蓉抓着东西就朝着沈静砸去："出去。"

沈静尖叫着躲开，心虚、害怕还有恐惧，许许多多的情绪忽然爆发出来，怒道："沈蓉你个白眼狼，母亲都是为了你，你是要害死我们吗……"

"我不出去！"沈蓉躲在丫鬟的身后，叫道，"我不出去！"

沈静指着沈蓉说道："那是我们的母亲，若是母亲没了，我们能落得什么好？"

沈蓉紧抿着唇没有说话，心中有些无措，忍不住看向了身边的丫鬟，那丫鬟温言道："姑娘，四姑娘说得没错，不管如何许侧妃都是您的母亲，再说了现在府中并没有外人。"

沈静也知道此时不好把沈蓉逼急了，就说道："妹妹，母亲一向疼你。"

沈蓉点了点头，起身说道："好。"却还是拿帕子捂着脸，"我跟你去一趟。"

沈静松了一口气，带着沈蓉往外走去说道："你脸上的伤是……"

"是二姐姐。"沈蓉低着头说道。刚才母亲来这边探望她，她心中还是有些喜悦的，谁知道没说两句母亲就知道了二姐姐小产的消息，直接冲出去闹了起来，她躲在屋里不敢出去也不愿出去。

沈静满脸震惊，只觉得心中一慌，满心的茫然："不，不是大姐姐让人打的吗？"

"不是。"沈蓉断断续续听见了一些外面的吵闹，却听不太清楚，可是她心里明白，母亲会如此更多的是因为二姐姐。

"不，是大姐姐。"沈静停下来盯着沈蓉，眼神竟有些疯魔的感觉，"记得一会儿要告诉父王，是你与母亲说，是大姐姐让人打花了你的脸。"

沈蓉被沈静的神色吓住了，听见她的话更是不敢相信地看着她："是二姐。"

"你若不这样，母亲就完了。"沈静紧紧抓着沈蓉的手，那力道把沈蓉都给弄疼了，"知道吗，你若不这样说就是你害死了母亲。"

"四姑娘。"沈蓉的丫鬟赶紧上前分开沈静的手,说道,"你怎么可以教姑娘说谎,那么多人看见的事情,你……你这样是要把责任都推到我们姑娘身上。"

"母亲生了你,你难道不该报恩吗?"沈静心中又急又慌,厉声问道。

丫鬟咬了下牙,狠狠掐了一下沈静,沈静疼得一松手,丫鬟就赶紧把沈蓉挡在身后,然后反驳道:"四姑娘,那是谁告诉许侧妃这些的,可不是我们姑娘说的,你把所有责任都推到我们姑娘身上是什么意思,明明是你……"

"不是我。"沈静脸色一白,情不自禁后退了几步,"不是我,明明是你的丫鬟说的,你的丫鬟和一个婆子说,是因为你说话得罪了沈锦,然后被沈琦打了耳光,打花了脸,沈轩又把……"

"所以四姐姐你犯了错,要害死母亲,现在让我去顶罪?"沈蓉也不是傻子,已经明白了,说道,"不可能。"

"你是父王的女儿,父王不会重罚你的。"沈静只想把责任推出去,努力说服沈蓉说道。

沈蓉怒道:"你也是父王的女儿。"

"可是我比你大啊,我要说亲了。"沈静终于忍不住哭了起来,"反正你脸毁了,嫁不出去了。"

沈蓉脸色惨白,不敢相信地看着沈静,那是她姐姐,一母同胞的亲姐姐。

沈静满眼乞求地看着沈蓉说道:"就当姐姐求你好不好?姐姐以后一定会补偿你的。"

"可是我要怎么办?"沈蓉呆滞地看着沈静,这个一向清高的姐姐这般低声下气求着她,为的又是他们的母亲。

丫鬟见沈蓉的语气已经有些软了,开口道:"就算姑娘不出嫁也要一辈子在王府生活,得罪了王爷、王妃和陈侧妃,又能有什么好日子过?四姑娘你太过自私,你嫁出去了自然会没事,可是我们姑娘呢?"

沈静道:"我发誓,只要我嫁出去,我一定想办法把妹妹接出去好不好?"

沈蓉没有回答,只是说道:"我们先去看一下母亲……"

"好妹妹,我就知道你这般仗义。"

沈蓉低着头,根本没有说话,甚至连用帕子遮盖伤口都忘记了,好像只是一夜,所有人都变了,就连亲人都变得让她陌生了起来。

沈蓉忽然问道:"四姐,那样的话你为何会相信,又为何会急匆匆甚至不与我说一下就去告诉母亲,让事情闹成现在这样?"

沈静心中一慌,强自镇定说道:"因为我愤怒,二姐姐与你受伤。"

沈蓉抬眸看了沈静一眼,这话沈静自己都没有底气,可是她没有说什么,只是在到了大厅的时候忽然说道:"因为你嫉妒,你本以为三姐姐嫁给永宁伯是受苦受罪,却不想三姐姐如今过得幸福。"说完根本不再看沈静一眼,就进了厅里。

大厅内,许侧妃被两个粗使婆子押着,瑞王、瑞王妃和陈侧妃坐在椅子上,见到沈静和沈蓉,瑞王妃眉头皱了皱,带着几分担忧说道:"五丫头,太医说过不让你的脸招风,怎么出来了?"

沈静已经快步跑过去推打着那两个粗使婆子:"放开我母亲。"

瑞王沉声说道:"沈静,你的教养呢?"

"父王。"沈静有些惧怕地看着瑞王。

瑞王妃倒是说道:"王爷,别吓到了孩子,先把许侧妃放开。"

两个粗使婆子这才松了手,站在一旁不动了,沈静抱着许侧妃说道:"父王,母亲只是一时误会了才会如此,是五妹妹说错了。"

瑞王妃眼神一闪,看向了面无表情的沈蓉,微微垂眸问道:"什么说错了?"

沈静偷偷掐了一下也愣住的许侧妃说道:"是五妹妹一时想不开,告诉了母亲那些事情,母亲才这般激动的。"

从开始的心虚到现在,沈静越说竟然越有底气:"是五妹妹让丫鬟买通了看守母亲的人,估计让丫鬟婆子说了是因为她说话得罪了三姐姐,所以大姐姐让人打花了她的脸,二姐姐阻止又被大哥哥打得小产了。"

"四丫头,许侧妃也是五丫头的生母,她这样做图的又是什么?"瑞王妃看着沈静的眼神格外冷。

沈静觉得现在自己格外冷静,她道:"因为五妹妹想借机嫁给永宁伯,只要众人都相信是三姐姐害她毁容嫁不出去,她就可以趁机嫁进永宁伯府,毕竟她毁容后,也不会有好人家愿意娶她。"

沈蓉本以为自己有了准备,能承受得住,可是听到沈静的话,身子不由自主晃了晃,被身后的丫鬟扶着了。

瑞王脸上神色平静,一时竟然看不出什么情绪来:"是吗?"

"就是这样。"沈静狠狠抓着许侧妃的手:"母亲,是不是?"

许侧妃此时也明白过来,看了看沈静又看了看站在一旁不说话的沈蓉,心头闪过许多的念头,有沈蓉脸上的伤口,又有沈静……还有刚才那种绝望和惶恐,她不能被关到庄子里,她还有皓儿,她的儿子还没有长大。

"是,是蓉儿告诉我的,我这才闹着出来见到蓉儿,又亲口问了她,她才说了梓儿被世子打得小产的事情。"

"侧妃娘娘,姑娘也是您的女儿啊。"丫鬟忍不住哭道:"求王妃做主,根本不是这个样子的……"

沈静声音尖锐,怒骂道:"贱婢,这里没有你说话的地方。"说着还撸起袖子:"父王,就是这个贱婢刚才弄伤了我,把她打死。"

沈蓉不禁紧紧抓着丫鬟的手,那丫鬟抽回了手跪了下来,使劲磕头,说道:"王爷,真的不是这样的,是四姑娘刚才去找我们姑娘……"

话还没说完,沈静就疯了一样扑过去,抓着那丫鬟的头发狠狠扇打着她的脸:"闭嘴。"

"放手啊。"沈蓉也过去阻止。

"成何体统!"瑞王怒骂道。

瑞王妃也觉得头疼,说道:"快快阻止,别伤了姑娘们。"

剩下的丫鬟赶紧过去把人分开,就见沈蓉的那个丫鬟已经满脸是伤,还流了血,沈静打她,她根本不敢阻挡,后来还要护着沈蓉,所以伤得格外严重。

"这……快去叫大夫。"瑞王妃揉了揉额头说道。

沈静盯着沈蓉说道:"妹妹,你去与父王说,我刚才说的都是真的,快去与父王说。"

许侧妃整个人都愣住了,她看着二女儿,又看向三女儿,无论如何必须要保住自己。蓉丫头是王爷的亲生女儿,不会出事的,更何况蓉丫头的脸也说不到好人家,没办法帮衬皓哥。

"蓉儿,就当母亲求你,你就说实话吧,你是王爷的女儿,王爷不会怪罪你的。"

沈蓉想到以往母亲对自己的好,虽然和两个姐姐与弟弟相比,她是经常被忽视的那个,可到底没有被亏待过,缓缓跪在地上,磕头说道:"都是女儿的错。"再多的话却也说不出来了。

沈静听见沈蓉说的话,只觉得浑身力气都消失了,说道:"父王,五妹妹只是年幼无知……"

"闭嘴!"瑞王的神色更加难看,"你们把本王当成傻子吗?"

瑞王站了起来,走到许侧妃的面前,一脚把她踹倒,然后看向沈静和沈蓉:"真是本王的好女儿,本王第一次知道你们竟然有如此心机,竟然利用本王的爱女之心来算计,真是……好,好得很。"

"王爷,"瑞王妃打断了瑞王的话,"要我说,五丫头并没有错。"

瑞王妃缓缓走了过来,弯腰把满脸是泪、神色茫然而绝望的沈蓉扶了起来,抱在怀里轻轻拍着她的后背:"一个是她母亲一个是她姐姐,你要她如何?"

瑞王最恨人愚弄,此时看着沈蓉并没有说话,却也没有反驳瑞王妃,瑞王妃缓缓叹了口气说道:"陈妹妹,你先带着五丫头下去。"

陈侧妃闻言起身,福了福说道:"是。"她相信瑞王妃不会再让许侧妃有翻身的可能,上前把沈蓉搂着,用帕子擦了擦她脸上的伤:"与我下去,我重新给你上药。"然后看向依旧跪在地上的那个丫鬟。

瑞王妃也注意到了点点头,陈侧妃才说道:"你一心为你家姑娘着想,跟着我去内室,好好的脸……"

丫鬟给陈侧妃磕了头,这才去一并扶着沈蓉往内室走去,沈静看着这一切,喊道:"父王……"

许侧妃看着瑞王的神色,知道一切再无转圜的余地,满脸的绝望和不甘:"为什么……不该这样……"

瑞王妃看着许侧妃的眼神很冷,只是说道:"翠喜,把所有的事情与许侧妃说一遍,再让李婆子来说说,四丫头都做了一些什么。"

沈静进去找沈蓉的时候,瑞王妃已经吩咐人把所有事情调查清楚了,就连沈静和沈蓉说的那些话都被瑞王妃派去找沈静的人听得一清二楚。沈静心情慌乱,根本没有注意到旁人的存在。

瑞王府中本就有大夫,已经让人去传了,丫鬟端了水重新给沈蓉净脸,沈蓉呆呆地坐在椅子上,双眼无神。陈侧妃看了一眼倒是没劝什么,而是看向了那个满脸是伤的丫鬟,柔声说道:"你叫秀珠对吗?"

秀珠脸上很多地方都肿了起来,闻言福身说道:"是。"

大夫告辞后,陈侧妃就说道:"秀珠你先下去歇歇吧,这段时间好好养伤,不用干活了,我会让人和厨房说一声,你的饭菜单独做。"

"奴婢谢陈侧妃。"秀珠躬身说道。

沈蓉忽然说道:"我要秀珠,不要让她走。"

陈侧妃微微垂眸说道:"五姑娘,秀珠受伤了,暂时不能伺候你了。"

"不行。"沈蓉推开正在给她上药的丫鬟,就去抓着秀珠说道:"我要秀珠。"

陈侧妃有些为难地说道:"那让秀珠上了药再回来可好?"

"不。"沈蓉拒绝道。

秀珠躬身说道:"那奴婢伺候姑娘。"

陈侧妃也不再说话,只是微微叹了口气。沈蓉又恢复了死气沉沉的样子,紧紧拽着秀珠的手,坐回椅子上。秀珠只得弯着腰站在一旁,陈侧妃让人给秀珠搬了个圆墩,秀珠道了谢后才敢半坐下。

"陈侧妃,我母亲会怎么样?"沈蓉忽然问道。

陈侧妃微微垂眸:"我不知道。"

怎么样?怕是会送到庄子上,过段时间就病逝了吧。恐怕许氏根本没想过会有这么一天,想到当初许氏对锦丫头做的事情,陈侧妃缓缓吐出一口气,怕是许氏早就忘记了她当初为什么会投到瑞王妃那边,她忍了这么多年,终于报了这个仇。那时候锦丫头还不记事,她也不愿意把这种腌臜的事情告诉女儿,只想女儿一辈子开开心心就好。

"那我四姐姐呢?"沈蓉犹豫了许久问道。

陈侧妃不会把大人的事情牵扯到孩子身上,却也没有心善到把仇人的女儿当成自己的女儿一般疼爱安慰,只是说道:"不知道。"

沈蓉咬了下唇,说道:"陈侧妃,你去求求三姐姐好不好,让她帮我母亲……"秀珠赶紧拉了拉沈蓉的手。

陈侧妃终于抬头看向沈蓉,问道:"凭什么?"

见沈蓉说不出话来,陈侧妃说道:"五姑娘好好休息吧。"

"那最后呢?"沈锦觉得霜巧怕是和很多人打听过了,要不怎么知道得如此清楚。

沈琦道:"许侧妃被送到庄子上养病,四妹妹忧心许侧妃的病情,决定去庙里给生母祈福。"

"多亏大姐姐和哥哥没事。"沈锦道,"二姐姐在郑家怕是不好过了。"

沈琦冷笑道:"我专门让人去打听了郑家的事情,怪不得那日二妹妹抓花了郑家大公子的脸,那郑夫人也没有处罚她。"

"嗯?"沈锦看向沈琦。

沈琦说道:"郑家是书香门第,清贵世家,不过也太过清贵了一些,古董字画、好的笔墨纸砚,哪个不要钱?早就入不敷出了,让沈梓管家还不是打着她嫁妆的主意,过段时间她小姑出嫁,那嫁妆至今都没置办起来呢。"

沈锦点点头,倒是没有太过惊讶的表情,沈琦问道:"你早知道了?"

"不是。"沈锦说道,"那日二姐姐说起我就觉得奇怪了,如今听了姐姐的话,也就明白了。"

"奇怪?"沈琦问道。

沈锦点头:"哪个母亲不疼自己的孩子?"

这个道理简单明白,沈琦看着沈锦,心中不禁叹息。是啊,哪个母亲不疼孩子?沈梓看着精明却偏偏是个糊涂人,如今许侧妃没了,她又被父王厌弃,能依靠的不过是郡主的身份了,怕是在郑家以后的日子……

沈琦夫妇在这边用了午饭,下午就离开了。

楚修明看着有些昏昏欲睡的沈锦,直接把她抱了起来送回屋里,说道:"困了就多睡一会儿。"

"我还想与你说话呢。"沈锦眼神有些迷茫,小小地打了个哈欠,在楚修明的怀里蹭了一下,伸出小手在他的胸膛上挠了挠。

"我陪你睡。"楚修明说道。

沈锦这才点头,等楚修明把她放下,就换了一身睡袍,又打了个哈欠爬到了床上,眼巴巴看着楚修明。楚修明也换了睡袍,这才上了床,沈锦熟练地滚进他的怀里,赵嬷嬷把床幔拉好,就离开了。

楚修明轻轻抚着沈锦的后背,沈锦舒服地趴在他的身上,脸在他胸口处蹭了蹭,小声把府中的事情说了一遍。

"呵。"楚修明伸手捏了一下她柔软的小脖子说道,"你五妹妹是个聪明人。"

沈锦应了一声,肉乎乎的脚在他腿上蹬了蹬。其实她也想到了,许侧妃是沈蓉的母亲,沈梓和沈静是她的姐姐,若是想要把她从中择出来,必须用一些手段。

沈蓉难道一点都不知道外面的事情?不可能的。毕竟是在她的院中,她不过是不好出面也不能出面罢了,直到沈静来找她……那时候认下对沈蓉来说是有利的,不仅保住了自己,怕是还得了瑞王的怜惜,觉得她是个纯孝之人,就算脸上留了疤又如何?只要她是瑞王的女儿,就不用愁嫁不出去的。

这件事就算说出去,也不会有人觉得沈蓉不对。表现得太过了,瑞王妃怕是早已看了出来,不过是将计就计。

沈锦又蹬了楚修明几下,闭着眼睛说道:"再过几日就到父王生辰了,我们什么时候去南边?"

楚修明心中算了一下,并没有回答,只是说道:"不喜欢京城?"

"嗯。"若不是见过了外面的风景,恐怕沈锦一辈子都沉浸在京城的繁华之中,可是如今,沈锦却觉得京城……并不是一个能让人舒心居住的地方。

"你说南边是什么样子?"

没等楚修明回答,她就笑了起来:"不管了,总觉得会比京城舒心就是了。"

"你会喜欢的。"楚修明的声音有些低沉,"那边有很多河鲜,到时候我带你去福州,有海鲜……还有你喜欢吃的各种水果。"

沈锦闭着眼睛听着楚修明的声音,觉得又安心又舒服,喃喃道:"就算没有这些,我也愿意跟你去的,大家都在一起就好了。"她的声音格外地软糯,还有些模糊,可是楚修明却听得一清二楚,心中一暖。他家的小娘子,有时候很通透有时候却又笨得可爱,可是偏偏说的话戳着他的心窝子,让他又怜又爱。

"反正有赵嬷嬷在呢。"沈锦眼睛都没睁开,睡得蒙蒙眬眬地从楚修明的身上翻了下来,然后滚进他怀里,还寻了一个舒服的位置,"赵嬷嬷什么都会做。"

楚修明忽然觉得去南方的路途遥远,赵嬷嬷年纪也不小了,不好来回奔波,要不要派人把她送回边城去。低头一看,那个没良心的东西已经睡得香甜了,真是让人又爱又恨,伸手捏了一下沈锦的小鼻子,就见她动都不动,只是微微张开了嘴开始呼吸,还不满地哼唧了两声，却懒得伸手动一动。

楚修明缓缓叹了一口气，调整了一下自己的位置，让沈锦可以睡得更加舒服，这才把她整个人圈在怀里，闭目养神了。

他倒是没有睡，不过在想着京城的情况，还有上次没有谈完的正事。海寇是绝不能姑息的，否则受苦的都是沿岸的百姓。不过诚帝的意思是不想让他去，怕是不想让他再增加威望和兵权，可是诚帝重文轻武，对武将多有防备和打压，就连平寇之事……

瑞王和诚帝一母同胞，做事还没有诚帝清明，所以很多人就算知道诚帝不是明君，也只能捏着鼻子认了。而且有一样最重要的东西，诚帝至今都没有找到。

等沈锦醒来的时候，床上就剩下她一个人了，听见动静赵嬷嬷就掀开了床幔，笑道："夫人醒了，可是饿了？"

"嗯。"沈锦坐在床上，还有些迷糊，揉了揉眼睛才说道，"夫君呢？"

"将军出去办事了。"赵嬷嬷拿了衣服给沈锦披在身上说道，"夫人要起来吗？"

"要。"沈锦看见蜡烛已经点上了，就下床自己穿上了鞋子走到窗户边，推开一看见外面天色已经暗了，问道，"嬷嬷怎么没叫醒我？"

"将军特意吩咐不要打扰夫人。"安平和安宁端了水进来伺候沈锦梳洗，赵嬷嬷笑道："夫人可有什么想用的？"

"还有什么？"沈锦也不再问"天黑了楚修明为什么不在"这样的问题。

赵嬷嬷道："东西都备着呢，夫人想要什么，老奴就去做。"

沈锦想了想，说道："不用麻烦了，下碗面好了，要放一些辣椒。"

"好。"赵嬷嬷应了下来，就去厨房准备了。

因为是晚上，沈锦只换了常服，头发松松绾着，由于刚睡醒，所以还是觉得身上懒洋洋的不想动弹。赵嬷嬷很快就端了面条过来，还有腌好的咸鸭蛋和一碟酸辣萝卜条。

"糊涂面条。"沈锦看见了心中一喜说道，"嬷嬷你什么时候做的？"在边城的时候她倒是时常吃，等离开了边城一路上京都没再吃过了。

赵嬷嬷把东西给端了上来，等安平和安宁摆上桌，这才笑着说道："下午没事的时候正巧见到厨房擀了面条，本想着煮好放着等明日再热热给夫人用的。"

糊涂面条是越热越好吃，最好热过三次以后，又香又好吃，赵嬷嬷本是准备煮好以后放到明早煮一次，中午吃之前煮一次就正好，谁知道今晚沈锦想要吃面，所以提前煮了。

赵嬷嬷把咸鸭蛋剥开放到了沈锦的碗中,沈锦低头吃了起来,就着酸辣的萝卜条竟用了两碗,最后还是赵嬷嬷劝了沈锦不能再用了。

"安宁陪着夫人到院子里走走。"

"是。"安宁去拿了灯笼,赵嬷嬷又给沈锦加了一件衣服,两人刚准备出去,就见房门从外面推开了,楚修明穿着一身褐色的短打走了进来。

沈锦愣了一下,笑道:"我都没见过夫君这般打扮呢。"

楚修明看了一眼说道:"我换了衣服陪你。"

"好。"沈锦笑着说道,"夫君快点。"

楚修明没再说什么,直接进内室换了一身衣服就出来了,沈锦站在门口,提着灯笼笑道:"夫君。"

沈锦穿着浅色八成新的衣裙,身上甚至没有一件首饰,就这般拿着灯笼俏生生地站在门口,竟使得楚修明满身的戾气消失得无影无踪。他缓步走了过来,伸手接过那盏灯笼,另一手牵着沈锦的手,往外走去。

"夫君,嬷嬷今日做了……"沈锦的声音娇娇糯糯的,把手从楚修明的手里抽了出来,然后双手抱着他的胳膊,被楚修明半拖着走。

赵嬷嬷松了一口气,也没等安平和安宁动手,亲手捡了被楚修明扔在地上的衣服,衣服上虽然没有血迹,可是有一股掩不住的血腥味。赵嬷嬷觉得夫人怕是也闻到了,却不说而已。

赵嬷嬷是知道今晚楚修明出去是做什么的,可是看来……赵嬷嬷把衣服都给收拾起来,又拿了剪子就进了厨房,安平和安宁看见了却一句话也没有问,只是低头收拾着东西。

到了厨房,赵嬷嬷把衣服剪碎全部扔进了还没熄火的灶台里面,盯着全部被烧成了灰烬,这才去净了手。远远地看着那一盏灯笼随着两个人的走动而摇晃,就见将军不知道低头和夫人说了什么,隐隐约约传来了夫人的笑声,然后夫人就松开了将军的胳膊。将军背对着夫人蹲下,夫人趴在了将军背上。将军把手中的灯笼递给了夫人,这才站起来背着……等等……背着!

赵嬷嬷再顾不得别的,甚至顾不上主仆有别,喊道:"不许背着走。"边喊边往沈锦他们那边跑去,虽然大夫说现在还把不出来,万一是时日尚浅怎么办。

楚修明明显是听见赵嬷嬷的声音了,却在沈锦的惊呼中快步朝着远处跑去。

"哈哈哈。"沈锦双手抱着楚修明的脖子,趴在楚修明的背上,"夫君,再快点!"

楚修明眼中也带着笑意,说道:"不怕赵嬷嬷了?"

"是夫君背着我的。"沈锦明显耍赖道,"嬷嬷要说也是说夫君。"

楚修明轻笑出声,停下脚步说道:"那算了。"

"不要。"沈锦撒娇道,"还要玩。"扭头看了看赵嬷嬷,手指抠了抠楚修明的脖子:"和嬷嬷打个招呼,我们再玩吧。"

楚修明应了一声,背着沈锦转身朝着赵嬷嬷那边走去,赵嬷嬷瞪着他们两个人。沈锦从楚修明的背上下来,把灯笼塞给楚修明,双手抱拳放在胸前喊道:"嬷嬷。"

赵嬷嬷看着楚修明那种纯然快乐的神色,又看了看沈锦一脸的期盼,终于心软地说道:"不要跑那么快,让将军背着夫人慢慢走。"

"好。"沈锦笑了出来,在赵嬷嬷惊慌的眼神中一下子跳上了楚修明的后背。

楚修明单手扶着,然后把灯笼让沈锦拿着,这才双手托着沈锦,忽然道:"赵嬷嬷心软了许多。"

"将军也胡闹了许多。"赵嬷嬷毫不客气地说道。

楚修明没有否认,沈锦挥了挥手,说道:"嬷嬷,晚一点我和夫君就回去了。"

"要小心身体。"赵嬷嬷忍不住叮嘱道。

"好的,有夫君呢。"沈锦并没放在心上,笑呵呵地说道,"走了。"

楚修明背着沈锦围着院子转,沈锦趴在楚修明的耳朵边嘀嘀咕咕说个不停。楚修明只是笑笑,偶尔接上一两句,沈锦说得就更欢乐了。

永宁伯府中守夜的侍卫只觉得自己眼角抽搐个不停,虽然都知道将军宠夫人,可是……

第十六章
生辰地动

　　诚帝利用瑞王生辰之事叫了楚修明回来,所以在瑞王生辰前一日赏赐了不少东西到瑞王府。瑞王因为许侧妃和三个女儿的事情心情一直不好,接到赏赐也没有太多的喜色,而瑞王妃已经让府中人忙碌了起来。

　　就连沈琦也回来帮忙,帖子都已经送出,位置什么的也安排好了,还专门请了戏班来。沈皓一直闹着要母亲,所以就被瑞王妃交给了沈蓉,不知道沈蓉怎么和沈皓说的,把他给哄好了。

　　接了赏赐后,瑞王妃安排人把东西登记上,又撤换掉了一些府中的东西,换成了御赐的,等都忙完了就带着陈侧妃做最后的检查。瑞王就坐在一旁忽然说道:"我记得锦丫头喜欢吃糖蒸酥酪。"

　　"若不是王爷提醒,我差点忙忘了。"瑞王妃闻言笑道:"陈妹妹也不提醒一句。"

　　陈侧妃也笑道:"王爷生辰,她们小辈的,就算只吃一碗清汤面也是满足的,多备点王爷喜欢的才是。"

　　瑞王闻言多了些精神,也走了过来坐在瑞王妃的身边,陈侧妃刚要起身就听瑞王说道:"坐下,不用这么拘谨。"

　　陈侧妃看了瑞王妃一眼,瑞王妃轻轻点头,陈侧妃就没再动。其实糖蒸酥酪这些瑞王妃早就让人备着了,不过是哄着瑞王罢了,瑞王妃说道:"还是王爷心疼孩子。"

　　瑞王有些得意地笑道:"我还记得琦儿喜欢荷叶莲子鸡。"

　　瑞王妃笑着拿了一张纸把瑞王说的都给记下来,几个人讨论了起来。等瑞王说到冰糖肘子的时候,瑞王妃瞋了他一眼,说道:"这不是王爷喜欢的吗?怎么成了熙儿喜欢的?太医说了不让王爷多用。"

"偶尔用一次也无碍的。"瑞王笑着说道。

瑞王妃这才写了下来,说道:"这些等晚上自家人在一起时再用,要是孩子们知道是王爷亲自拟的菜色,定会大吃一惊的。"

"对了,本王生辰,王妃和侧妃可有准备礼物?"瑞王靠在软垫上笑着问道。

瑞王妃说道:"哪有王爷这般的,明日才给,还有惊喜呢。"

瑞王说道:"那好吧。"

陈侧妃静静地坐在一旁并不插嘴,问到了才说一两句。瑞王也习惯了陈侧妃的性子,以往他喜欢许侧妃那般的,如今觉得像是王妃和陈侧妃这般的倒是更加让人舒心。

屋里伺候的人都默不作声,免得扰了主人家的兴致。三个人正在商量着汤品,就见翠喜进来,沈蓉带着沈皓来给瑞王他们问安了。

瑞王妃闻言笑道:"快带他们姐弟两个进来,翠喜到厨房瞧瞧有没有新做的糕点端来一些,还有陛下刚才赏的果子也拿来。"

"是。"翠喜躬身应下后就下去准备了。

沈蓉脸上的伤还没好,但没再遮盖着,瞧着有些憔悴,人也瘦了不少,进来就带着沈皓行礼了。沈皓乖乖地跟在沈蓉的身边,低着头没有说话。

瑞王妃让沈蓉他们坐下后才说道:"你们父王正与我商量明日的菜色呢,你们有什么想吃的吗?"

"都喜欢。"沈蓉格外懂事地说道。

到底是自己的孩子,瑞王看着他们的样子,眼神柔和了许多,说道:"雪莲膏可还有?"

"还有呢。"沈蓉看着瑞王说道。

瑞王点点头,翠喜已经把东西端了上来,沈蓉道谢后,先给沈皓拿了果子然后自己才慢慢吃了起来。

因为有孩子在,瑞王倒是没有像刚才那样开玩笑,很快就把菜色给定了下来。瑞王说道:"五丫头,过段时间我就请求陛下先把你郡主的封号定下来。"这是瑞王妃提醒他的,本来王府中的姑娘一般都是在出嫁前才定下来,不过她的情况有些特别,所以想着先定下来。

"谢谢父王。"沈蓉满眼惊喜地说道。

瑞王说道:"是你母妃提醒我的。"

"谢谢母妃。"沈蓉感动地看着瑞王妃说道。

瑞王妃笑着说道:"都是我的孩子,哪里用得了一个'谢'字。"

沈蓉忽然拉着沈皓跪在了瑞王和瑞王妃面前,瑞王妃眼神一闪,陈侧妃默默地站到了一旁,低头不语。瑞王皱眉说道:"这是干什么?"

"父王、母妃,"沈蓉磕头说道,"女儿知道母亲做了错事,也与弟弟说明白了,只是弟弟年纪还小,身边没个人照顾也不好,女儿想请陈侧妃代为照顾弟弟。"

陈侧妃面色变都没变,瑞王妃让丫鬟去扶沈蓉和沈皓,可是他们就是不起来,丫鬟也不敢用力。沈蓉见瑞王没有说话,拉着沈皓给陈侧妃磕头说道:"陈侧妃,弟弟也是父王的儿子,等弟弟大了……"

"使不得。"陈侧妃避开了两个人行礼。

沈蓉咬了咬牙,满眼是泪地看着瑞王说道:"父王,弟弟年幼,身边不能没有母亲的照顾。母妃平日要操劳王府的事情,还要照顾二哥哥,女儿这才想着让陈侧妃照顾弟弟。三姐姐出嫁后,陈侧妃身边也没了孩子,怕也会觉得寂寞。"

沈皓道:"陈侧妃,我一定不给你添乱。"

瑞王听了心中微动,倒不是为了别的,想着陈侧妃把三女儿教养得极好,又懂事又孝顺,若是把蓉丫头和皓儿也交给陈侧妃也不是不可,有个男孩养在名下,府中的人也不敢再怠慢了。

陈侧妃满心不愿,沈皓都已经八岁了,早已记事,这样的孩子根本养不熟。更何况若是她没有一个永宁伯夫人的女儿,沈蓉怎么可能如此提议?而且一口一个"弟弟",更多的却是为自己打算。若是真被她说动了,怕是王爷直接让这两个孩子都记在她名下,小小年纪已经算计至此,以后怕是会给锦丫头添更多麻烦。陈侧妃虽然知道,沈蓉如此也是不得已,而且为了给自己和沈皓的以后打算。可人都是有私心的,为了别人的孩子给自己的孩子惹麻烦?陈侧妃做不出这样的事情。

陈侧妃打定主意,就算是得罪顶撞了瑞王,也绝对不养这两个孩子,所以此时只是低着头不说话。

瑞王妃眼神闪了闪,心中另有打算,说道:"快快起来,你们如此让陈侧妃怎么办?就算她同意了,这事情也不是她能决定的。"

瑞王本因为陈侧妃不开口心中微微不满,听了瑞王妃的话也明白了,府中做主的根本不是陈侧妃。他和王妃还在，一个侧妃怎么敢讨论子嗣归属的事情？便说道："起来。"

沈蓉咬了下牙，拉着沈皓站了起来，带着颤音解释道："父王，都是我……昨日我去探望弟弟，就见弟弟桌子上的茶水都已经凉了……"她并没有直接说沈皓被人怠慢，可是意思很明白。

瑞王妃面色一沉，说道："把伺候三少爷的人都给我关起来，明日是王爷生辰，倒是不好见血，等王爷生辰过了，每个人打二十大板。"

瑞王点头说道："王妃处置得妥当。"不过还是看向了陈侧妃："只是没个母亲照顾着实在不行……"

"也是我没和王爷说。"瑞王妃说道，"本想着明日再告诉王爷，好让王爷高兴高兴呢。不过如今倒是也顾不得了。前几日李氏发现有孕了，我也让大夫瞧了，差不多三个月了呢，大夫说看着像是个男胎。"

"真的？"瑞王惊喜道，倒不是他多喜欢李氏，而是他这个年纪，还能让妾室怀孕，有一种异样的满足和喜悦。

瑞王妃瞋了瑞王一眼："我哪里会拿这样的事情说笑，那日我就是和陈妹妹去探望李氏的，我想着到时候不管最后是男孩还是女孩，都是大喜事。不过李氏的出身太低，就想着记在陈侧妃的名下，让陈侧妃抚养呢。"说着趴在瑞王的耳边悄声说道："到时候永宁伯不得格外照顾？"

瑞王心中一动也明白了，这是王妃在为自己的孩子谋前程呢，只觉得满心感叹，果然只有王妃全心全意为自己考虑。

见瑞王明白，瑞王妃才坐直了身子说道："陈妹妹也很高兴，还专门送了许多锦丫头带回来的药材补品给李氏呢。"

"太好了。"瑞王笑道。

瑞王妃用眼神扫了沈蓉一眼，接着说道："是我与陈妹妹商量着都先不告诉王爷，明日再说也让王爷惊喜一下，谁承想陈妹妹真是个实诚的，到现在也没说出这件事。小孩子刚出生最是柔弱，怕是陈妹妹也没精力去做别的事情了呢。"

瑞王说道："应当的。"

说话间就听丫鬟来禀，说是永宁伯和永宁伯夫人也来了，陈侧妃眼中露出喜悦。而沈蓉握紧了拳头，瑞王妃看了她一眼，使她不敢再说话，好像是自己所有的心思都被她看得明明白白了。

瑞王笑道："他们今日怎么过来了？"

"孩子过来你还嫌？"瑞王妃笑看着瑞王说道，"再说，孩子说不定是来看我与陈妹妹的。"

瑞王说道："是本王说错话了。"

瑞王妃不搭理瑞王，看向了陈侧妃，说道："陈妹妹还没见过永宁伯这个女婿吧？今日就好好见见也好放心，从别人那听来的总归不如自己见的。"

陈侧妃抿唇一笑，说道："王爷和王妃都说好，我哪里有不放心的。"

楚修明和沈锦进来的时候正巧听见这一句，两个人给瑞王和瑞王妃见了礼。沈蓉又带着沈皓给楚修明夫妇见礼，这才都坐下。沈锦一脸疑惑地看着问道："什么放心不放心的？"

陈侧妃刚也瞧了楚修明和沈锦，见女儿脸色红润，进门的时候楚修明还放慢了步子看了女儿一眼，心中大安，觉得女儿女婿站在一起真是一对璧人。

瑞王妃笑道："正说你母亲呢。"

沈锦看了看瑞王妃又看了看陈侧妃："哦。"

瑞王妃没忍住笑出声说道："你明白了？"

"不太明白啊。"沈锦很诚实地说道。

就连瑞王都被逗笑了。沈锦微微皱着眉看向了楚修明，楚修明伸手拍了下她的手，等众人笑够了，才说道："明日是岳父的生辰，我与夫人备了一些礼，有些倒是不适合当众拿出来。"

"哦？"瑞王看向了楚修明。

安平把手中捧着的盒子交给了沈锦，沈锦双手接过，起身走到瑞王身边说道："父王，我给你做了一件外衣。"

瑞王满脸喜悦，接了过来打开，说道："没想到锦丫头嫁人后连衣服都会做了。"

瑞王妃说道："快拿出来瞧瞧，不如明天王爷就穿这件好了。"

瑞王哈哈一笑，把盒子放在一旁，亲手把衣服给拿了出来，竟是用月华锦做的，玄青色，绣着祥云的图案。陈侧妃一眼就看出这件还真不是自己女儿做的，虽然为了仿造沈锦的手艺，那些祥云故意绣得圆润了一些。

瑞王妃怕是也看出来了，却只是赞叹道："锦丫头，你太过偏心了，我与你母亲可还没有呢。"

沈锦脸上一红，这是赵嬷嬷让人赶制的，根本不是她做的，答应给夫君做的香囊扇套，她至今都没做好呢。

"可不许说我的乖女儿。"瑞王格外满意，把衣服让丫鬟细细收好说道。

楚修明这才拿过安宁手里捧着的锦盒，双手给了瑞王，说道："这是小婿送与岳父的，谢谢岳父养了夫人这般的好女儿。"

瑞王闻言心中感叹，接了过来当即打开，就见里面竟然装着一对杯子，那杯子看着极其普通，可是见楚修明这样郑重，瑞王眯了下眼睛。

楚修明也没过多解释，只是笑道："岳父倒点茶水试试。"

瑞王眼中一喜，猛然有了一个猜测，说道："这可是……快去拿了清酒、烈酒、清水、茶水来。"

瑞王妃也是见过世面的，看见这对杯子，只是感叹道："你们有心了。"这般珍贵的东西，也怪不得他们没有放在礼单里面送来。

沈锦笑嘻嘻地说道："是夫君抢来的，我见了就特意留了下来。"

丫鬟很快把东西拿了过来，瑞王就把人都给打发了出去，然后关了门窗，也不用别人动手，自己小心翼翼地拿了杯子出来。先倒了烈酒进去，就见刚还显得普通的杯子渐渐地变红，而酒面上竟然渐渐出现了霞，不过一个是朝霞一个是晚霞。

"好！"瑞王没忍住说道。

沈蓉和沈皓也看见了，沈皓说道："父王，我也要看。"

"过来。"瑞王招手让沈皓过来，"小心点。"

"知道了。"沈皓一脸惊奇地看着杯子。

瑞王欣赏了一会儿，就把酒给倒了，用清水涮了涮，杯子上的色彩都消失了，又恢复了普通的样子。瑞王倒了清酒进去，就见酒面上竟出现了彩蝶翩舞的样子，杯中的蝴蝶颜色不一，随着酒晃动，那蝴蝶扇动着翅膀，就像是要飞出去一般。

"好漂亮。"沈皓满脸喜欢，"父王送给我吧。"

"不行。"瑞王毫不犹豫地拒绝道。他又用茶水、清水和温水都试了一遍，才小心翼翼地用帕子擦了擦，放进了盒子里。沈皓伸手就要去拿，瑞王赶紧把锦盒盖上说道："告诉你了，不许动。"

"王爷。"瑞王妃有些不赞同地喊了一下，瑞王这才不再说话，而是把盒子收了看向了楚修明，说道："女婿，这礼送得好。"

"岳父喜欢就好。"楚修明并不注重身外物，闻言只是笑道。

瑞王点头："可比皇兄珍藏的那个还好。"

瑞王妃说道："王爷自己在家中欣赏就好，可不许拿出去，免得给女婿添麻烦。"

"放心，我知道的。"瑞王保证道，"你们也不许说出去。"万一被诚帝知道了，这可是要献上去的。

楚修明和沈锦重新坐了回去，瑞王看向沈蓉说道："你带着皓儿回去吧。"

沈蓉低着头，眼神闪了闪，说道："是。"

沈皓虽然还想看那杯子，可是到底听沈蓉的话，行礼后就告辞了。

瑞王妃把孩子的事情说了一遍，只见沈锦满脸欣喜地说道："恭喜父王了。"

瑞王哈哈一笑，格外得意地点点头："到时候养在你母亲身边，也和你母亲做个伴。"

瑞王说道："晚上修明陪我喝两杯，好好庆祝一下。"

"改日吧。"楚修明笑道，"今日岳父还是早早休息的好，明日岳父就是不想喝也是不行的。"

瑞王这才反应过来，也知道楚修明是担心他的身体，笑着点点头说道："还是你考虑得周到。"

"王爷，你前几日不是刚得了一套前朝的玩意，不如带女婿去瞧瞧？"瑞王妃柔声说道。

瑞王点头说道："对。"瑞王亲手拿着锦盒："修明与我去书房瞧瞧。"

楚修明笑着应了下来，跟着瑞王离开了，瑞王妃这才看向陈侧妃和沈锦说道："我还要去看一下明日的器皿，你们母女两个随意吧。"

陈侧妃这才道："谢王妃。"

沈锦笑道："母妃，那我回去瞧瞧我的房间，还不知道母亲有没有做了别的用呢。"

瑞王妃笑道："就会贫嘴。"陈侧妃和沈锦一并送了瑞王妃出去，沈锦这才挽着陈侧妃的手往墨韵院走去。

陈侧妃摸了下女儿的手，忽然说道："你的手怎么了？"

沈锦伸出手，看起来还是白嫩漂亮，可是陈侧妃细细摸了一遍，就发现不如在京城时细腻了。

"当初蛮族围城，我既是永宁伯夫人，总不好什么都不做吧。"沈锦根本没当一回事，继续挽着陈侧妃的手，边走边说道，"我就在后方帮着洗了洗东西。"

陈侧妃听着就觉得心疼，那可是冬日，边城更是寒冷，虽这么想，嘴上却说道："你做得对。"

"我也觉得呢。"沈锦笑着说道，"母亲放心吧。"

安平和安宁知道沈锦有话对陈侧妃说，所以和陈侧妃的丫鬟都离得较远，既不会打扰她们说话，遇事了也不会来不及过去。

陈侧妃道："我也不知那边城是个什么情况，只是……人啊都是以心换心的，你若是对他人不真心，他人又怎么能对你真心呢？"

"我知道的。"沈锦撒娇道。

陈侧妃点点头："你自己在外面，无须顾忌这么多，更无须顾忌我。"

"母亲。"沈锦脸色变了变，停下脚步看向了陈侧妃。

陈侧妃笑了笑，像是小时候一样摸了摸沈锦的脸，发现沈锦的脸更加软绵细腻，这才放了心，说道："这次，你不该和女婿回来的。"

"是夫君要回来的。"沈锦小声说道，"不是我说的。"

陈侧妃这才松了口气，带着沈锦继续往院子走，说道："遇事不要毛躁，多听听身边人的话，也要多听你夫君的话，知道吗？"

"知道了。"沈锦心中酸涩，眼睛一红，陈侧妃这些话每一句都是为她考虑，可是提都没提自己。

陈侧妃见女儿过得好，心中就满足了："你今日来得突然，等明日我去做些你爱吃的点心。"

"好。"沈锦笑着应了下来，眼泪却落了下来。她不是不爱哭，只是一直不哭而已，如今回到了母亲身边再也忍不住了，刚去边城的惶恐不安，蛮族围城时候的绝望痛苦，还有后来的幸福，她知道不管是楚修明还是赵嬷嬷这些人，都觉得开始亏待了她，所以现在才更加疼她宠她。她从来不与人说自己的委屈，也不说以前过的那些不好，可是在母亲身边，她再也不用隐藏这些。

陈侧妃知道女儿哭了，却只当不知道，带着她进了屋。丫鬟都没有跟进来，还贴心地关了门。陈侧妃这才拿了帕子细细地给女儿擦脸，说道："多大的人了，还掉金豆豆。"

"母亲，"沈锦扑进陈侧妃的怀里，"夫君对我很好，真的。"

沈锦不知道该说什么让陈侧妃放心，却知道母亲的心愿不过是她幸福而已。

"再等等，我接你走，我们去边城一起生活。"

"傻孩子啊。"陈侧妃深吸一口气，再缓缓地吐出来，脸上带着笑却落了泪，"我既然来了王府，就没打算过再出去。"

她虽被封为侧妃，可是说到底就是一个妾而已，一辈子都低人一等，干什么还要去给女儿添乱，时时提醒着别人，永宁伯夫人是个妾生女？

"我现在过得极好。"陈侧妃不会把这些心思告诉沈锦，只是笑着说道，"王妃对我照顾有加，府中下人因为女婿身份，也殷勤得很。再说了，李氏有孕了，等孩子生下来就抱到我身边，所以不用担心我的。"

沈锦咬了咬唇没再说什么，却已经打定了主意，有机会定是要接了母亲走的。王府的日子哪里有母亲说的这般自在，王妃还能出门应酬一下，可是陈侧妃根本出不了院子的门，甚至不能进前院，后院的风景再好，看了十几年也已经腻了。

陈侧妃不再说自己的事情，搂着沈锦坐在软榻上，问起了边城的事情。沈锦一一回答了，与敷衍沈梓那些人不同，她说了边城的风景说了互市的热闹还有许许多多，想要把那些风景都描述给母亲听。

"我还养了一只狗，叫小不点，夫君说等长大了，站起来比我都高呢。"

"就会淘气。你以后不用给我送那么多皮毛，我的份例够用的。"

"边城可多了。"沈锦有些得意地说道，"夫君说等天气冷了给我屋里都铺上皮子，又舒服又暖和。"

没有任何事情比女婿肯宠着疼着女儿更让陈侧妃开心的了。

"怪不得我觉得你嫁人以后越发傻气了。"

"我可聪明了！"就算是母亲也不能这么说，沈锦下意识地反驳道，"真的。"

陈侧妃没有说话，只觉得这样就好，有人宠着疼着，才会被养得傻气，过得快乐才会越发天真。女儿过去十几年在王府过得太苦了，如今才是好的。

沈锦看了陈侧妃一眼，说道："真的啊。"

"嗯,真的。"陈侧妃摸了摸女儿的脸,仔细看了一下女儿的装扮,并不是当初瑞王府陪嫁过去的那些,瞧着不显眼却样样精细。

沈锦笑着说道:"夫君给母亲备了两匹月华锦,一匹雅白的,一匹绛紫色的。"

"我哪里用得上,给王妃一匹,剩下你留着就好。"陈侧妃说道。

沈锦趴在陈侧妃的耳边小声说道:"月华锦做小衣,可舒服了,母亲穿在里面就好,我给母妃也备了呢。"

"绛紫色的那匹给我就够了。"陈侧妃说道,"用不到这么多的。"

沈锦抿了抿唇,这才应了下来:"那好吧。"

陈侧妃牵着沈锦的手进了内室,打开首饰盒,从最下面拿出了一块玉佩。她伸手仔细摸了摸这才亲手挂在了沈锦的脖颈上,说道:"这是当初你外祖父病逝前偷偷给我的,说我出嫁了可以当我的嫁妆,让我送给以后的孩子也好送给夫君也好。我被抬进瑞王府的时候,把它偷偷拿了出来,今日就交给你了,你的嫁妆都是王府准备的,就算是我给你的也都是府中的东西,只有这块玉佩。"

沈锦低头看着那块玉佩,只是简单的平安扣,因为经常被人把玩,油润漂亮,说道:"我会戴着的。"说着就塞进了衣服里面,却发现丝毫不凉,反而带着丝丝暖意,"这……"

"嗯,是暖玉。"陈侧妃没有说就是为了等着沈锦发现,"你外祖父知道若是雕得太过精细,容易被人发现,这才弄成这般简单粗糙的样子,就算被人看见了,不仔细把玩也是认不出来的。"

沈锦道:"外祖父还真是老谋深算啊。"

陈侧妃缓缓吐出一口气,说道:"嗯,要不怎么攒下了那些家业,不过……算了,不说这些事情了。这玉佩你想留着或者送给女婿都是可以的。"剩下的话却没有再说,反而说起了别的事情。

母女两个笑着说了一会儿,就听见门口有敲门声,陈侧妃说道:"怕是女婿来接你了。"

沈锦满心的不舍,陈侧妃牵着女儿的手往外走去,走到院里就看见楚修明正站在那里,陈侧妃如何舍得女儿,却知道女儿在楚修明身边才更加快活。

两人走到了楚修明的身边,楚修明喊道:"岳母。"

听见这两个字陈侧妃眼睛一红,应了一声:"以后可莫要如此叫了。"

　　楚修明的岳母是瑞王妃，也只能是瑞王妃。一句话，楚修明就能感觉到陈侧妃对沈锦满满的情意，恭恭敬敬地给陈侧妃行了一个晚辈礼，虽没有说话可是意思很明白。沈锦眼泪汪汪的，吸了吸鼻子，只觉得今日哭的怕是比以往一年都要多。

　　陈侧妃彻底放下了心，看向楚修明说道："你们两个以后好好过日子。"说着把沈锦的手放到了楚修明的手里。

　　楚修明面色沉稳地道："我会对她好的，一辈子。"这是对一个爱女儿的母亲的承诺。

　　陈侧妃笑着应了下来，亲自送两个人出了院门，沈锦时不时扭头看着陈侧妃，直到上了马车坐在了楚修明的怀里，才带着哭腔小声说道："我还没给父王母妃请辞呢。"

　　"王妃说我们直接走就好。"楚修明轻轻按着自家小娘子的头，让她靠在怀里说道，"明日早点来就是了。"

　　"嗯。"沈锦开口道。

　　楚修明温言道："到时候陪你在王府中住上几日，想来王爷和王妃不会介意的。"

　　"你刚还一口一个'岳父'呢。"沈锦笑逐颜开，有这么一个愿意哄着的夫君，她怎么能愁眉苦脸给他看？怪不得楚修明这么大方送了瑞王一直求而不得的东西，说到底还是为了自己。

　　楚修明看着沈锦，果然，自家娘子还是笑盈盈的好。

　　"到了王府再叫。"

　　沈锦笑着抓住楚修明的手指轻咬了一口，撒娇道："母亲今天竟然说我笨，还说要我听你的……"

　　楚修明听着沈锦说话，都是一些无关紧要的，有时候说着说着还跳到了另一件事情上，不仅如此还对陈侧妃做的点心评价了一番。家长里短的事情，他竟然也不觉得厌烦，反而觉得温馨。

　　只不过世事难料，就算是楚修明也不可能算无遗漏。晚上沈锦正睡得香，忽然被一阵狗叫声给吵醒了，楚修明已经坐起了身，然后说道："我去看看。"

　　沈锦的脸红扑扑的，点点头说道："小不点是不是饿了？"

　　楚修明摇了摇头，没说什么，只是披上外衣就出去了。赵嬷嬷她们也被惊醒了，赶紧过来伺候着沈锦穿衣服，沈锦也担心小不点，说道："这是怎么回事？"

　　一向懂事的小不点不知何时已经跑到了他们的屋门口，大声叫着，而且身子躬着，身上的毛都要竖了起来,看起来格外紧张和凶狠。看见了楚修明,它只是朝着西边继续叫唤,不像是平时撒娇那种嗷呜嗷呜的叫,而是汪汪汪叫个不停。

楚修明看向西边皱眉思索了一下,猛地脸色一变,然后快步朝着屋内走去,对着守卫大声说道:"把所有人都给我叫出来。"

沈锦已经穿好了衣服,楚修明进来抓过披风就拉着沈锦出去:"都出来。"

赵嬷嬷见到楚修明的样子,心中一惊,赶紧跟了出去,本身永宁伯府就没多少人,很快就都出来了,站在正院的院子里,小不点见到沈锦就围着她团团转,感觉很不安似的。

"这是怎么了?"沈锦一脸迷茫地看着楚修明。

楚修明把披风给沈锦系上,然后把人搂在怀里说道:"我不知道。"虽然这么说却是满身戒备着。就连侍卫也是如此,手按在腰间的刀上,把楚修明和沈锦围在中间。

时间一点点地过去,天色蒙蒙亮了,可是丝毫动静都没有,就算如此也没有人放松戒备,反而越发警惕。

沈锦站在楚修明的身边,腿脚都有些酸了,小幅度地活动了一下。安宁护在沈锦的另一侧,赵嬷嬷脸上也露出几许疲惫,楚修明安慰地握了一下沈锦的手。

小不点也安静了下来,蹲坐在沈锦的身边,猛地站了起来竖起了毛,却没有再叫。众人忽然感觉到一阵剧烈的摇晃,楚修明一把将沈锦抱住,把她的头按在怀里,细细地护着。

沈锦的脸都白了,咬着唇一声不吭,只觉得站都站不稳,双手紧紧抱着楚修明的腰。多亏他们本就在院子里面,很快就停了下来,沈锦却觉得脚下发虚,心口像是被什么压着一样,格外难受。

震动只不过是一瞬间的事情,给众人的感觉却像是过了许久,等地动停止了,赵嬷嬷和安平就坐在了地上,说道:"地动……"

楚修明眼神暗了暗,地动并不是在京城,却也有如此强烈的感觉,西边……缓缓吐了一口气,说道:"先别回屋,就地休息。"

"是。"

沈锦把自己的手放进楚修明的手心里,让楚修明握上才说道:"是哪里?"

"不清楚。"楚修明低声说道,"别担心。"

"嗯。"沈锦抿了抿唇,"边城会有事吗?"

"不会，"楚修明很肯定地说道，"不会牵扯到那边。"

沈锦很担心陈侧妃，可是不知道还会不会接着地动，实在说不出让楚修明派人去瑞王府看看的话来，倒是楚修明忽然说道："安宁，你和岳文去一趟瑞王府。"

"夫君……"沈锦抬头看向楚修明。

楚修明摸了摸她的头，岳文正是他们带来的侍卫中的一个，最是灵活，而安宁会功夫又是丫鬟，可以进后院亲眼看一下陈侧妃，楚修明的考虑不可谓不周全。

岳文和安宁应了一声，安宁安慰道："夫人放心吧。"

沈锦咬唇说道："不用了，现在正乱着，等晚点……"

话还没说完，就被楚修明阻止了，楚修明看向岳文和安宁说道："往路中间走，回来把沿路的情况与说我一下，不要走屋檐下面。"

"夫君！"沈锦看向楚修明说道。

楚修明道："京城只是被波及了，就算还有余动，也不碍事的，放心吧。"

岳文也说道："夫人放心，我们去去就回。"

沈锦听了楚修明的解释，这才点头说道："不用太急，安全为上。"

"夫人，放心吧。"安宁笑了一下，就和岳文往外走去。

楚修明道："怕是一会儿陛下就要派人召我进宫。"

沈锦看着楚修明："小心！"

赵嬷嬷说道："那将军需要换衣服吗？"

楚修明点了下头："再等等。"

果然如楚修明所言，接下来又感觉了几次地动，不过没有第一次那般明显了。宫中派了人来宣楚修明进宫，楚修明接旨以后就要进去换衣服，却没让沈锦他们一并进去，只是说道："再过两个时辰，确定没事了再进去。"

沈锦主动握着楚修明的手，说道："夫君，我伺候你更衣。"还主动拉着他往屋里走去。

赵嬷嬷也说道："老奴帮夫人搭把手。"

"我自己就行。"沈锦摇头拒绝了赵嬷嬷。她心里明白楚修明不让他们回屋是怕万一再有地动出现危险，就算地动的发生地不是京城，可是谁也不能保证没有一个万一。

楚修明看了沈锦一眼，最后说道："嬷嬷你留下来吧。"然后顺着沈锦的力道往屋里走，自家娘子这般傻气，离了他可怎么办。

"怕吗?"楚修明问道。

"不怕的。"沈锦道,"夫君不是说没事吗?"

楚修明看着沈锦,弯腰亲吻了一下她的眉心:"嗯。"换了内衣后,楚修明就单手拿着衣服,另一手牵着沈锦出去了。

到了外面就看见赵嬷嬷和安平他们都守在不远处,见楚修明和沈锦出来这才松了一口气。安平上前接过楚修明手里的衣服,几个人回到空旷的地方,伺候着楚修明换上官服。楚修明弯腰在沈锦的耳边说了几句话,这才跟着宫中的来人离开。

赵嬷嬷说道:"夫人坐下休息会儿吧。"

沈锦说道:"大家都休息一会儿。"

众人等沈锦坐在石椅上后,这才分散在她四周坐下,小不点悠闲地趴在沈锦的脚边,沈锦开口道:"晚点给小不点煮几根肉多的骨头。"

"是。"赵嬷嬷道,"夫人不用太过担心。"

沈锦应了一声,看着小不点的样子说道:"怕是真的没事了,小不点都不闹了呢。"

赵嬷嬷说道:"小不点真是好狗。"

岳文和安宁还没回来,楚修明又离开了,沈锦心里有些沉甸甸的,有些急躁又有些说不出的气闷,深吸了一口气,再缓缓地吐出来,反复几次后才觉得好点。

赵嬷嬷格外担忧,微微垂眸说道:"夫人,老奴去别的院里看看。"

"别去。"沈锦抓着赵嬷嬷的手说道,"人都在这里,别的地方都是一些死物,无碍的。"

有个侍卫说道:"夫人,我去厨房拿点吃食出来吧。"

沈锦闻言倒是笑了,问道:"饿了吗?"

侍卫心知如果说是给夫人拿的,怕是夫人定不让他们去冒险,所以说道:"是的。"

其他的人也说道:"是啊,夫人这么久都没再动过了,我们去拿点东西出来。"

沈锦笑了一下说道:"饿着吧。"

侍卫目瞪口呆地看着沈锦,怎么和他们想的不一样?

赵嬷嬷反而笑了,被这么一闹,气氛倒是缓和了许多,没了刚才那种压抑和紧张。沈锦掏了一个荷包出来,递给了那个说拿吃的侍卫说道:"吃吧。"

那侍卫脸一红说道:"夫人……我不饿啊……"

"啊,你们分着吃了吧。"沈锦是陪楚修明换衣服的时候从桌子上顺手拿的,里面装着一些糖和肉干,并不多,是赵嬷嬷准备的,为的是今日去瑞王府怕沈锦无趣,给沈锦吃着玩的。

岳文和安宁赶回来的时候,沈锦他们正准备回屋,见到两个人除了身上有些尘土倒是没有别的事情,沈锦这才松了一口气,说道:"正巧一起进屋吧。"

屋里很多东西都东倒西歪的,众人先把倒地的都给收拾了起来,大致规整了一下,沈锦就让他们回去收拾自己的东西了,剩下细致的安宁和安平就可以慢慢收拾,安宁开口道:"夫人,瑞王府一切安好,就是有个小厮慌乱中不小心弄断了腿,已经让大夫给接好了。陈侧妃和瑞王妃在一起,瑞王已经进宫了,奴婢瞧着陈侧妃面色倒是不错。她们都在院里歇着,奴婢回来的时候,她们还没回屋呢。王妃吩咐奴婢给夫人带个话,说您刚回京中不久,怕是诸多不便,若是府中有所短缺就给瑞王府送个话。"

"那就好。"沈锦松了口气说道,"那京中的百姓呢?"

安宁把大致的情况说了一遍:"倒是没乱起来,官府已经派人出去维持秩序了,我沿路瞧着有些人受了伤,并不算重。"

地动的时候天色已经微亮了,有不少百姓都起来了,这算是不幸中的万幸。

沈锦点点头。赵嬷嬷倒了水给沈锦,说道:"夫人慢点用,水有些凉了。"

"知道的。"沈锦捧着杯子小口小口喝水,"你们也都坐下休息吧,先不要忙了,等休息好了再弄。"

"是。"

沈锦道:"自己倒水喝。"

安平说道:"奴婢去厨房瞧瞧。"

"和厨房说不用单独给我做饭了,直接做个大锅饭,大家一并用吧。"沈锦吩咐道。

赵嬷嬷看着沈锦的脸色有些苍白,问道:"夫人可是身子不适?"

沈锦动了动唇说道:"有些噎得慌。"

赵嬷嬷说道:"屋中还备有蜜饯,老奴给夫人拿来。"

沈锦点了下头,靠在软垫上,赵嬷嬷很快把东西找了出来,沈锦选了颗糖渍青梅放在嘴里含着:"你们也吃。"

赵嬷嬷有些担心地看着沈锦说道:"夫人放宽心,定会没事的。"

沈锦应了一声,安宁拿了小被盖在沈锦的腿上,说道:"夫人可要睡一会儿?"

"不了。"沈锦微微垂眸,"用完了饭再说。"

"是。"

御书房中,诚帝狠狠地把杯子砸到了地上:"除了吵,你们还能做什么啊?!继续吵啊!"

所有人都跪了下来,躬身说道:"陛下息怒。"

"朕也想息怒,钦天监是怎么弄……"诚帝咬牙怒道。

陈丞相说道:"陛下,现在最重要的是赶紧派人去处理善后事宜。"

诚帝沉声说道:"朕叫你们来就是处理事情的,你们干什么了?"

有个御史开口道:"除了赈灾事宜,陛下早日颁下罪己诏才是。"

诚帝面色一变,坐在龙椅上没有说话,许久才问道:"朕有何罪? 此乃天灾!"

"这是上天的示警。"有一个老臣开口道。

陈丞相眼珠子转了一下,眼神往瑞王身上瞟了一下,心中已有了思量。

"起来吧。"诚帝端着太监新送来的茶喝了一口。

众人这才起身重新到了一旁,这一下把跪着没起身的陈丞相给凸显了出来,诚帝看见陈丞相问道:"爱卿可有话要说?"

"陛下,臣要参瑞王奢侈无度……此次地动定是上天对瑞王的警告,否则为何选在瑞王生辰这日。"陈丞相细数了瑞王无数罪状,最终又把地动之错推到了瑞王身上。

瑞王脸上毫无血色,马上出来跪在地上:"陛下,臣弟绝……"

"对……"瑞王话还没有说完,就见诚帝猛然说道,"陈丞相所言甚是,朕也有错。瑞王与朕同胞所出,却不想瑞王不知皇恩,如今上天才下此惩罚,瑞王你可知罪?"

地动是怎么回事,其实在场的臣子都明白,不过是天灾而已。皇帝罪己诏更是一种对百姓的安抚和交代,凝聚民心的作用,可是架不住诚帝心中有鬼,竟把所有责任都推到了瑞王身上。

瑞王虽然糊涂了一些,可还真没犯过什么大错,而在陈丞相口中简直罪无可赦了。

明白了诚帝的意思,又有几个臣子出来,都是参瑞王的,剩下的人对视了一眼,心中叹息却没有人说什么。

"臣参瑞王为一己之私,竟然弃边疆安危于不顾,执意召永宁伯回京。若是此时蛮夷入侵,那边疆百姓又该如何? 此乃大恶。"

"臣参瑞王幸喜美女,所谓上行下效……"

"臣参瑞王在府中大兴土木,搜刮黎民……"

"臣参瑞王……"

这还真是墙倒众人推,一条条的罪责被安在了瑞王的头上,就连他迟到早退也成了不顾黎民生死这般大逆不道的事情,丝毫没有提瑞王手上根本没有实权,就算他不去也没有丝毫影响。

诚帝渐渐安了心,跪在地上的瑞王衣服已经被冷汗浸透,面无血色……

"好口才。"楚修明忽然冷声道,"各位还真是有能把死人说活的本事。"

"永宁伯你什么意思?"一个年纪较轻的官员直接跳出来指着楚修明说道,"莫非永宁伯要公私不分,瑞王这般罪大恶极……"

"哦? 瑞王罪该如何?"楚修明反问道。

"定要严惩,才对得起天下的黎民百姓。"那人一脸傲色说道,"永宁伯莫不是要包庇瑞王?"

楚修明很平静地说道:"既然这般罪无可赦,那就诛九族吧? 不解气的话要不夷十族?"

那人刚想说什么,忽然想到了瑞王的身份,看了一眼诚帝,就见诚帝满脸不悦。楚修明的态度很平淡,就像是在说一件无关紧要的事情:"陛下觉得如何?"

"永宁伯好大的胆!"陈丞相怒斥道,"陛下面前尔敢胡言乱语,眼中可还有陛下?!"

永宁伯理都没理陈丞相,直言道:"如今蜀中百姓正在受难,还不知灾情如何。后续的救援安排呢? 赈灾所需的粮草呢? 你们拿着朝廷的俸禄,却不知为陛下分忧,反而立志于推卸责任,可笑!"

兵部尚书站了出来说道:"臣觉得永宁伯所言甚是。"

工部尚书也站出来:"臣附议。"

瑞王只觉得满心感动。永乐侯也在场,时常与他吃酒玩闹,如今却一句话都不敢说,而楚修明却直接站了出来。

诚帝心中满是怒火,只觉得楚修明生来就是与他作对的,厉声说道:"楚修明,你当朕不敢杀你?"

瑞王一听，心中大惊说道："陛下！"

诚帝这话一出，别说瑞王就是别的臣子也不准备再袖手旁观了，被楚修明质问的那个年轻官员倒是心中大喜，跪地说道："陛下，请治永宁伯的罪，他……"

"闭嘴！"礼部尚书直接一脚踹在那个人的后背，把他踹趴下了，然后跪下说道："陛下莫听信小人胡言，永宁伯只是心忧蜀中百姓。"

礼部尚书是两朝老臣，已经告老几次，诚帝都没允许，不过是留着他表示自己尊重先帝，做个摆设而已。而他也心知肚明，很少开口，谁承想老当益壮腿脚麻利，这一脚力道可不轻。

另外一个老臣也质问道："楚家与国同长，历代驻守边疆，楚家儿郎少有善终者，多少尸骨都遗落沙场无法寻回，那一座座衣冠冢……陛下你这话是要寒了天下人的心吗？"

瑞王虽然是诚帝的亲弟弟，可是并没什么作为，所以被责难了，少有人出来为其说理，更何况他们都知道诚帝不会要了瑞王的命。等楚修明站出来，他们才想起来，楚修明是瑞王的女婿，若是不站出来的话，怕是会被很多人所不齿。

楚修明跪了下来，说道："臣不敢！"

瑞王抬头看着诚帝，没能力没本事，是他活下来的理由，如今又成了他获罪的理由。瑞王心里明白，诚帝不愿意下罪己诏，那么就要找个人出来顶，正巧是他生辰地动，就算他不认下来，怕是以后……不能牵扯到瑞王府，更不能连累楚修明。只要楚修明还是瑞王府的女婿，别人都不敢怠慢了府中的家眷，再说诚帝总归不会要了他这个弟弟的命，还要留着他显示仁慈呢。瑞王咬牙低头说道："陛下，臣有罪。"

此时认罪，算是给诚帝一个台阶。诚帝心中一松，却对楚修明更加戒备，他从没想过竟然有这么多人会出来帮楚修明说话，甚者就连他提拔上来的臣子也不全听他的。

"刚才朕心焦受苦的百姓，说话重了一些，永宁伯莫要见怪。"诚帝满心的恨意和屈辱，神色都有些扭曲地说道。

诚帝本以为这话说出能让臣子们觉得他大度，却不知这些人心中都有一杆秤。若是诚帝真的不顾众人阻拦，把楚修明拿下杀了，他们可能还会高看诚帝一眼，谁都知道诚帝忌讳楚修明，能借机杀人到时候再把脏水泼到楚修明身上，也算得上果断狠绝，可是……

"臣不敢。"楚修明并没有不依不饶。

诚帝这才"嗯"了一声："都起来吧，既然瑞王已经认罪，拖到宫门口重打三十大板，关入宗人府,所有罪状昭告天下。"

瑞王低头说道:"臣遵旨。"

宫中侍卫很快就进来了,瑞王没有用人去拉,主动站了起来,看了楚修明一眼微微摇头,示意他不要再说话才离开。

诚帝这才接着说道:"择⋯⋯"一个个官职被念了出来,都是刚才站出来指责瑞王的,甚至不用猜测就知都是诚帝的亲信。

"陈丞相总领赈灾事宜。"

"臣遵旨。"所有人跪地领旨。

瑞王被打又被关起来的事情很快就在宫中传遍了,甚至在诚帝的示意下,京中都开始流传出各种消息,地动的罪责都因瑞王而起,瑞王府的名声一时间低落谷底,甚至有家人在瑞王府当值的,都被很多激愤的百姓暴打。

宫中佛堂,皇太后听完宫女的话,说道:"出去吧。"她的面色平静,并没有再多说什么。

宫女退了下去,一直陪着皇太后的嬷嬷说道:"太后⋯⋯"

皇太后手中的佛珠被扯断了:"都是我的罪啊⋯⋯这是报应!报应啊!"

嬷嬷赶紧说道:"太后,瑞王是陛下的亲弟弟,不会有事的。"

皇太后却不再说话,闭了闭眼,显得越发老态,说道:"收拾了吧,赏瑞王妃⋯⋯"

"是。"嬷嬷一一记下来。

瑞王府中,瑞王妃听完消息挥了挥手说道:"我知道了。"

翠喜有些担忧地看着瑞王妃,瑞王妃倒是没什么表情,说道:"翠喜传下去,若是让我听见府中有人胡言乱语,直接五十大板扔到庄子上,生死不论,哪里出了差错严惩不贷。"

"是。"翠喜躬身应了下来。

瑞王妃看向陈侧妃说道:"陈妹妹,你看好李氏,我去收拾东西。轩儿,你一会儿给王爷送去,我让人收拾了一些吃食。熙儿,你带着府中的侍卫送去你三姐姐家中,让她莫要心急也不用来府中,等你三姐夫回来再归家。把沈蓉姐弟接到我房里,让丫鬟婆子看牢了,可莫要他们随意走动,伤到了。"

府中的事情被瑞王妃一件件安置下去,很快就把人心给稳定住了。

永乐侯府,沈琦听见这个消息面色大变,猛地起身看向永乐侯世子,说道:"不可能。"

永乐侯世子也不知道怎么劝慰的好,他得到消息就回来与妻子说了:"我已经让人去告示栏守着了,若是真贴了消息……你也不要太过担心,不如我陪你回府探望一下岳母吧?"

沈琦道:"好。"

永乐侯世子说道:"那我……"

"世子,夫人喊您过去一趟。"永乐侯夫人身边的大丫鬟快步跑来说道。

永乐侯世子说道:"我知道了。"

沈琦抿了抿唇,捏着帕子的手一紧,永乐侯世子看向沈琦说道:"我先去母亲那里一趟,你收拾一下,我马上过来。"

"好。"沈琦应了下来,脸上看不出丝毫情绪。

永乐侯世子赶紧跟着丫鬟往正院那边赶去,沈琦道:"霜巧,收拾了东西我们回去。"

"是。"霜巧应了下来。

"多收拾点,我要在王府住段时间。"沈琦咬牙说道。

霜巧手顿了一下才说道:"那世子……"

"不用收拾世子的了。"沈琦此时既担忧父王的事情,又有些心灰意冷的感觉,"把我嫁妆的银票、房契、地契都拿上。"

"是。"霜巧见沈琦打定了主意,也不再问,带着小丫鬟开始收拾东西,那些钱财一类的并没有让小丫鬟沾手。

沈琦坐在椅子上,眼睛却是看着门口,时间慢慢过去,天色也渐渐暗了下来,可是根本没有永乐侯世子的踪影。沈琦的心一点点冷了,霜巧已经把东西收拾好了,让丫鬟先把箱子抬到车上,然后自己抱着小木盒,有些犹豫地说道:"少夫人,不若稍微等等?"

"走吧。"沈琦站起身,拿过一旁的披风自己披上,带着霜巧朝着外面走去。

出了院门,就看见刚才叫走永乐侯世子的那个丫鬟急匆匆跑来,说道:"少夫人,夫人身体不适留了世子爷在身边侍候,夫人知道少夫人要回娘家,特让奴婢送了一些银两来。"说着就双手捧着两张银票。

霜巧看向了沈琦,沈琦面无表情地说道:"接过来。"

"是。"霜巧上前接过,眼神扫了一下,见是一百两的银票,心中又恨又气,不禁红了眼睛递给了沈琦,甚至不敢抬头。

沈琦接了过来,看了一眼笑道:"替我谢永乐侯夫人。"然后将那两张银票随手一扔:"赏你了。"这话是对着永乐侯夫人身边的大丫鬟说的,然后头也不回地上了马车。

坐在马车上,沈琦再也忍不住哭了出来,霜巧坐在她身边却不知怎么安慰。沈琦用帕子捂着脸道:"我这一辈子样样都比姐妹们强,只是有一件事却……"

她的话没有说完,可是意思很明白,她这辈子嫁的男人根本不如沈锦所嫁之人。

马车忽然停了下来,霜巧打开车门刚要去问,就见永乐侯世子满脸是汗地正要上车,心中一喜,叫道:"世子,世子爷来了。"

沈琦的哭声停止了,不敢相信地取下了帕子,傻傻地看着上了马车的褚玉鸿,一下子扑到他怀里,哭道:"你怎么才来啊。"

霜巧悄无声息地下了马车,然后吩咐车夫继续上路,自己去了后面的马车坐下,心中多了几分喜悦。

永宁伯府中,赵嬷嬷他们也得了消息,不过看着睡得并不安稳的沈锦,心中有些犹豫,赵嬷嬷说道:"这时候夫人去也没用的,让夫人休息一会儿吧。"

看着赶来的女儿女婿,瑞王妃皱了下眉头说道:"胡闹!"

沈琦刚哭过,眼睛还是红肿地说道:"母亲,父王怎么了?"

瑞王妃叫人打了水给沈琦净脸,说道:"没什么事情,无须担心。"

沈琦还想说什么,就被永乐侯世子阻止了,他说道:"岳母有什么用得上小婿的,尽管开口。"

瑞王妃叹了口气说道:"刚刚地动过,怕是府上也不安稳,也是琦儿胡闹。"

永乐侯世子说道:"岳母无须如此的,家中还有弟弟在,我……"

"傻话!"瑞王妃打断了永乐侯世子的话,"你是世子,此时侯爷不在,你自当在府中坐镇才是。"

永乐侯世子愣了一下,明白了瑞王妃话中的意思,心知这是为自己考虑才会如此。他本身当世子不久,位置并不稳,这时候不在府中主持大局增加威望,出来才是错误的,若是让几个弟弟……只是看着妻子,他心中又有些犹豫。

瑞王妃说道:"我收拾了两车东西,虽知府上不缺这些,到底想尽一些心意。我带着琦儿梳洗一番,你们就归家去。琦儿自幼娇宠不够懂事,是我这个做母亲的错,若是做错了女婿直接说就是;若是她不听就来与我说,我自会教训。"说完,竟然对着永乐侯世子一福身。

永乐侯世子吓了一跳,赶紧避开说道:"岳母无须如此,夫人对我照顾颇多。"

瑞王妃笑了一下没再说什么。见到瑞王妃的样子,永乐侯世子心中大定,想来岳父也没什么大碍,不过是做个样子给黎民百姓来看罢了。

沈琦也知道自己冒失了,不过得知瑞王的事情她一时乱了神,跟着瑞王妃进了内室后,翠喜就拧了帕子给她净脸,瑞王妃问道:"可是你与婆婆起了争执?"

"母亲……"沈琦这才意识到刚才为何母亲会说那般话,甚至以王妃之尊给永乐侯世子行礼,都是为了自己。这样一来就算她和永乐侯夫人闹了起来,怕是世子也要因为母亲的所作所为帮衬几分。

沈琦低着头把事情说了一遍。瑞王妃是知道永乐侯夫人的性子的,本想着只要瑞王府不倒,那永乐侯夫人就要顾忌几分,没承想竟出了这般事情。

"你回去当如何?"

"我回去自当给婆婆请罪。"沈琦道。

"糊涂!"瑞王妃怒斥道,"既然已经开罪了,还请什么罪?"

沈琦诧异地看着瑞王妃。瑞王妃说道:"记着,你是郡主之身,你父虽然被下宗人府,可并没被夺爵位,你伯父是当今圣上,你妹夫是掌握天下兵马的永宁伯。"

见到女儿的神色,瑞王妃说道:"此一时彼一时。"再多的却不愿意解释,"还有你父王不会有事,若是谁当你面说了,直接让婆子大耳光扇过去。"

"我明白了。"沈琦道。当初瑞王安稳,她不需要太过强势,而如今瑞王出事,她自当要立起来,强势给所有人看。

瑞王妃叹了口气点头,不再说什么。

沈熙到了永宁伯府中的时候,沈锦才被赵嬷嬷叫醒,稍微梳洗了一下就坐在客厅的椅子上,身后还被赵嬷嬷放了软垫。她不知为何格外疲惫,安宁把沈熙带了进来,沈锦问道:"弟弟,用饭了吗?"

"已经用过了。"沈熙开口道。

"快坐下。"沈锦说道,"我身子不适,就不起来了。"

"三姐姐不需要客套的。"沈熙见沈锦没把自己当外人,刚来永宁伯府的拘谨也消失了,开口道,"母亲让我带了些东西过来,知道三姐夫不在家,怕有什么不便,所以让我留在这边陪着三姐姐。"

沈锦满脸的感动,说道:"母妃可有事?"

"并没什么事。"沈熙道,"对了,母亲还让我带了安神药来,怕三姐姐惊了神。"

沈锦摇了摇头,说道:"等夫君回来,我们一起过府谢过母妃。"

沈熙看了一眼趴在沈锦脚边的大白狗,沈锦道:"这是小不点,不会咬人的。"倒是没说出小不点在出事前就把人叫醒的事情,万一被人怨恨为何知道消息不先提醒就不好了,只是那时候谁也不知道到底是为何事,沈锦甚至还怀疑诚帝终于忍不住派人来灭门呢。

安平忽然从外面急匆匆赶来,像是刚得到消息一样,说道:"夫人不好了,王爷被打了。"

"什么?"沈锦猛地站了起来,"怎么回事?"她看向了安平又看向了沈熙,脸上满是无措和焦急。

沈熙这才确定沈锦是真的不知道,不过想到他们才来京城没多久,府中人手又不多,永宁伯也不在,消息没那么灵通罢了。

"只是听说……陛下说此次地动都因父王之过,下令打了板子关进了宗人府。"他心中也满是担心,可是看着三姐姐的样子,不由安慰道,"三姐姐不用太过焦急,母亲已经有所安排,大哥也去打点送了东西。"

"这怎么怪罪到了父王身上?"沈锦身子一软坐回了椅子上,眼睛一红强忍着泪意。她是真的着急,瑞王若是出了事,她们也落不得好。家族这样的事情从来都是一荣俱荣一损俱损的。她倒是可以到边城有夫君护着,可是她的母亲怎么办?母妃怎么办?家中的姐妹怎么办?